Ode aan de vreugde

Shifra Horn
Ode aan de vreugde

Vertaald door Tinke Davids

Amsterdam · Antwerpen

Copyright © 2004 Shifra Horn
Published by arrangement with The Institute for The Translation of
Hebrew Literature
Copyright Nederlandse vertaling © 2006 Tinke Davids/
Uitgeverij Archipel, Amsterdam
Oorspronkelijke titel: לגילי שלי
Uitgave: Am Oved Publisher Ltd., Tel Aviv

Omslagontwerp: Bram van Baal
Omslagfoto: © Corbis

ISBN 90 6305 223 5/NUR 302
www.boekboek.nl

Voor mijn Gili

Geen tweemaal verheft zich de benauwdheid (Nahum 1:9)

O Freunde, nicht diese Töne!
Sondern lasst uns angenehmere anstimmen
und freudenvollere!

O vrienden, niet meer van deze droeve klanken!
Laat ons liever samen de lofzang zingen
In vreugdevoller tonen!

Friedrich von Schiller/Ludwig van Beethoven
De eerste regels van 'Ode an die Freude', Negende Symfonie
in D-mineur

In den beginne

Genesis 1:1

En het leven is weer normaal geworden. Wat voor soort leven en wat voor soort normaal? Ondanks het belachelijke cliché zou ik het willen toepassen op mijn leven, maar sinds de schok die ik heb gekregen op die zondagochtend, de 20ste januari 2002, is mijn leven niet meer hetzelfde geweest, en het nieuwe dat me is opgelegd, is nooit meer normaal geworden.

'Een wonder', zo hebben vreemden dat moment voor mij gedefinieerd, die seconde in mijn leven toen alles uiteenviel. Maar zelfs mijn beste vrienden probeerden de gruwel te ontwijken en wilden er doekjes om winden, alsof het uitspreken van het woord al levensbedreigend was. Ze gebruikten een vreemde variatie van namen als vervanging. Nechama, mijn vriendin de psychologe, haalde haar beroepslexicon erbij, en de zwaarbeladen term 'het trauma'; mijn moeder hield het bij 'het ongeluk', Louisa, mijn research-collega, gebruikte de woorden 'de ramp', Prof. Har-Noy, hoofd van onze faculteit antropologie en sociologie, praatte met me over 'je ziekte', en om een of andere reden speelde mijn man, Nachum, met 'de episode', terwijl ikzelf nog steeds lijd onder de smart van 'die dag'.

Sinds 'die dag' loopt er een breuklijn door mijn gevoel voor tijd. De oude tijd rees in een zuil van rook op naar de hemel, en het ritme ervan verzwakte totdat het geheel verdween. Daarvoor kwam een nieuwe tijd in de plaats, die met beginselen als orde en organisatie spotte, en de vertrouwde indeling in jaren en maanden, dag en nacht, uren en minuten in de war stuurde. En die nieuwe tijdsindeling spot met me en verdeelt zichzelf in eenheden die door geen instrument te meten zijn. Sinds 'die dag' zijn lange jaren ineengekrompen tot vluchtige momenten, en wat in één seconde plaatsvond, verlaat me nooit en lijkt in mijn beleving een eeuwigheid.

Duizend jaar eerder, op de zaterdag voor 'die dag', werd ik wakker van mijn wekker. Ik stak mijn hand uit over Nachums slapende lichaam, zocht naar de wekker en gooide onderwijl het glas water om dat Nachum elke avond braaf op zijn nachtkastje zet. Het water droop naar beneden en werd geabsorbeerd door de pagina's van de weekendbijlage die hij naast het bed had laten vallen. Ik bracht de klok tot zwijgen, en terwijl mijn huid ineenkromp van de kou haastte ik me om op te staan. Ik hing de zware krant, die opgezwollen was van het water en waarvan de pagina's aan elkaar plakten, te drogen over de nog koude ribbels van de radiator. Er klonken tikkende en kloppende geluiden uit op, wat betekende dat het warme water op komst was via zijn lange, aanhoudende klimtocht vanuit de gloeiende ingewanden van de kachel in de kelder, via de verborgen buizen in de wanden tot aan ons appartement op de derde verdieping. Het koude water en de luchtbellen werden op die lange reis voortgedreven. De verwarmingsbuizen onder de vloer van de slaapkamer trilden en kreunden met een zacht gegorgel, als een warme belofte dat zij de krant zouden laten drogen voordat Nachum wakker werd. Ik deed het licht in de badkamer aan en een zwak straaltje scheen op de vloer van de slaapkamer, verlichtte zwarte schaduwen in de duisternis van mijn hangkast en rangschikte mijn kleren voor me. Ik koos een spijkerbroek en de geruite flanellen blouse waar Nachum zo'n hekel aan heeft. Toen stak ik mijn hoofd onder mijn bed en zocht in het duister op de tast naar mijn wandelschoenen. Ik vocht een tijdje uit alle macht met de wirwar van haken en veters, en sloop toen naar de keuken om een pot koffie te zetten. Ik dronk mijn kopje te snel op, zodat de donkere vloeistof zijn weg door mijn keel naar mijn maag brandde. Toen ik Louisa hoorde toeteren, zette ik het hete kopje op het aanrecht en haastte me naar de slaapkamer, en met door de hete koffie verbrande lippen, drukte ik een klapzoen op Nachums voorhoofd. Hij mopperde iets over zijn rustdag die verstoord werd en draaide zich om. Plotseling herinnerde hij zich iets en zijn hoofd verscheen uit het hoopje dekens: 'Vergeet bij het weggaan niet het licht in de gang uit te doen,' mompelde hij. Ik haastte me naar Yoavi's kamer; hij lag te slapen, precies als mijn vader, met zijn oogleden halfopen zodat het wit van zijn ogen zichtbaar was. Ik drukte mijn neus naast zijn wang die rood was van het slapen, ademde zijn zoete babygeur op, en ging het huis uit. Onderweg herinnerde ik me dat ik was vergeten het licht in de gang uit te doen. Ik ging terug naar binnen, deed het uit en rende met twee treden tegelijk de trap af. Buiten overviel me een koude wind. Ik zag de donkere hemel boven de toppen van de cipressen die hun hoofden naar me toebogen en met het geritsel van hun takken elkaar toefluisterden.

De beeldschone Louisa stapte snel uit haar auto, haar armbanden rinkelden me verwelkomend toe. Ze wankelde op haar hooggehakte schoenen op me af, spreidde haar armen en omhelsde me. Ik sloeg mijn ogen neer en staarde naar haar schoenen: 'Ga je daarmee op bezoek bij een bedoeïenenkamp en bergen beklimmen?' Met een verwend stemmetje antwoordde ze dat ze zich mooi wilde voelen, zelfs op een excursie, en trouwens, wie wist wie ze zou ontmoeten. Ik ging naast haar zitten, dankbaar dat ze me had uitgenodigd mee te gaan, want, zoals ze me over de telefoon had verteld: 'Je moet een tijdje weg bij je orthodoxe joden en hun doden.'

Als twee domme meisjes die aan het avontuur van hun leven begonnen, giechelden en luisterden we naar de legerzender, en we zongen luidkeels met de muziek mee. De grijze, lage, dreigende hemel gleed achter ons weg en werd opgeslokt door de bergen. Er verschenen kleine openingen in totdat het helderblauwe firmament zich boven ons uitspreidde en een winters, enigszins bedeesd zonnetje mijn arm in het geopende raampje verwarmde. Ik zei: 'Het is zo heerlijk om weg te zijn uit Jeruzalem, die stad stemt me zo treurig de laatste tijd.' En hoe verder we doorreden, des te verder gleed Jeruzalem achter ons weg, de natuurstenen gebouwen verdwenen, de mysterieuze steegjes, begraafplaatsen en spoken van de doden werden weggevaagd.

Louisa's auto gleed voort over het asfalt dat voor een deel bedekt was met modder van de recente overstromingen. Voor onze ogen welfden zachte, ronde heuvels als jonge borsten, overdekt met het jonge groen van de winterregens, en met de smalle kloven die waren ontstaan door kudden die duizenden jaren lang met harde, scherpe hoeven hun paden hadden gegroefd. Ik vond het jammer dat Yoavi niet bij ons was, hij zou vast verrukt zijn geweest van de schapen die de heuvels met witte stippen overdekten. Ik begon zijn lievelingsliedje te neuriën, 'Wat doen de bomen? Groeien', en toen ik bij de regel kwam: 'En wat maken de schepen? Stof', vroeg Louisa: 'Wat zing je daar?' en ik herhaalde de woorden, en ze moest lachen.

En toen werd het lieflijke landschap plotseling ruwer. Getande kliffen rezen boven ons op en rotsige kraters openden hun droge, gezaagde kaken. En voor ons lag de Dode Zee, olieachtig, zwaar ademend met de geur van de zwavel die was neergeregend op de zondige steden. En een damp rees van de aarde op als stoom uit een oven, en hier en daar konden enkele grijze planten zich nauwelijks vastklampen aan de vervloekte aarde die de verwoeste steden bedekte, en de vrouw van Lot keek van bovenaf toe, versteend en star. Ik dacht aan de vloek die over deze streek was uitgesproken, 'Omdat hun zonde heel zwaar is', en Abrahams woorden galmden in mijn oren: 'Wilt Gij mét de bozen ook de rechtvaardigen vernietigen?' Ik zei tegen Louisa dat God gelijk had gehad toen Hij Lots vrouw in een zoutpilaar veranderde. Soms is het beter een fossiel te worden dan het ergste te moeten aanzien.

De kliffen rezen nog hoger op, als een luidruchtig crescendo dat zijn climax bereikt. Vanuit grote hoogte richtten ze een boze blik op het autootje terwijl het zijn weg zocht langs de kronkelwegen, en ze dreigden erop neer te vallen met stenen en rotsen, zodat het bedolven zou worden. Opeens werd het stil, toen de radio, als overvallen door al die verlatenheid, zwakker werd en ten slotte geheel uitviel. Louisa mopperde beledigd: 'De radio valt altijd precies op deze plek uit,' en ze begon met rinkelende armbanden naar andere zenders te zoeken. De ene na de andere werd in haar net gevangen en ze vulden de auto met luid gekraak. Ik keek toe hoe ze met de ongrijpbare klanken worstelde en wilde tegen haar zeggen dat ik haar benijdde, maar dat deed ik niet. Ik ben jaloers op die luchtigheid van je, die aanhoudende glimlach, zag ik er maar zo gelukkig uit, mooi en elegant, zelfs als we veldwerk gaan doen.

Ik vermoedde dat Louisa me uit medelijden had gevraagd haar op deze trip gezelschap te houden, en gif kolkte in mijn binnenste wanneer ik het onderwerp van haar dissertatie vergeleek met het mijne. Ik had geen excuses om ver weg te rijden zoals zij, want terwijl zij op haar hooggehakte schoenen naar de wijde ruimte van de Negev trekt, dwaal ik in mijn bescheiden kleding in Jeruzalem rond op spookachtige begraafplaatsen als het Sanhedrin, de Olijfberg en Giv'at Sjaoel. Mijn schoenen zakken weg in de modder en de afvalhopen in de steegjes van de ultraorthodoxe wijken van Jeruzalem. Alsof ik me met as voed bezoek ik de lijkenhuizen, ik loer op begrafenissen en besprenkel me met het geween van nabestaanden. Ik begraaf mijn leven in huizen waar gerouwd wordt, verstikkende kamers, en probeer jesjiva-studenten, die mijn blik niet durven te beantwoorden, over te halen om met me te praten. Ik krijg een lichte neiging om Nachum er de schuld van te geven dat ik dat deprimerende onderwerp, begrafenis- en rouwgewoonten in Jeruzalem, heb gekozen. Als hij er niet was geweest, had ik een exotisch onderwerp kunnen bedenken, de wereld kunnen bereizen, tussen verre en mysterieuze volksstammen kunnen dwalen, en dan zouden mijn antropologische studies gepubliceerd zijn in de vakliteratuur en human interest-bladen. Maar ik moet toegeven dat als mijn vader niet besloten had zich op de Olijfberg te laten begraven, ik dit onderwerp nooit zou hebben bedacht.

Ik had me al jaren op zijn dood voorbereid. Ik probeerde me voor te stellen waar ik zou staan, vroeg me af of ik tijdens het begraven in het graf zou kijken. Ik had me afgevraagd wat voor bloemen ik voor hem zou meenemen, of ik zou huilen, welke zonnebril ik zou opzetten en welke blouse ik zou dragen voor het rituele scheuren. Ik leerde bijbelteksten uit mijn hoofd die ik ter herinnering aan hem boven het graf zou uitspreken, omdat we dat boek allebei zo hadden liefgehad. Maar niets had me voorbereid op wat er uiteindelijk gebeurde. Voordat de stoet vertrok, kwam een in het zwart geklede man met een scheermesje in zijn hand op me af. Hij sneed de kraag van mijn blouse door en vroeg mij de scheur met mijn vingers wijder te maken. Ik deed wat hij vroeg en wist dat de scheur, die de breuk in mijn innerlijke wereld symboliseerde, nooit meer zou genezen. Vervolgens kreeg ik van de mensen van de Chevra Kadisja, het begrafenisgenootschap, te horen dat, al was ik de dochter van de overledene, het mij vanwege het 'Joshua Ben Nun-verbod' verboden was aan te sluiten bij de begrafenisstoet, en dat ik achteraan moest wachten. Ik vroeg om een verklaring, maar ze zeiden alleen maar vaag dat dit 'gewoonte in Jeruzalem' was. Zodra het lichaam van mijn vader, gehuld in een versleten gebedskleed, uit de wagen was uitgeladen en op een smalle brancard werd gedragen, schoten de mensen van de Chevra Kadisja met hun flitsende ogen en ongekamde baarden op hem af. En ik, in mijn blouse met de gescheurde kraag, volgde hen. Maar zij waren al een heel eind van mij vandaan, want ze droegen hem weg alsof het ging om een soort manische brancardrace, ver omhoog tegen de helling die overdekt was met nieuwe en afbrokkelende zerken. Ik rende, buiten adem, achter hen aan, smeekte of ze langzamer wilden lopen, of ze wilden stoppen, en op mij en de andere rouwenden wachten, maar ze vertraagden hun pas niet, renden en renden maar voort. Ik kon hun ruggen op en neer zien gaan en hun voeten op de rotsen horen stampen, eentonig, krak-krak-krak. En mijn vaders lichaam werd door elkaar geschud, alsof ze het opzettelijk deden. Vervolgens viel een verwelkte arm bijna onder het gebedskleed vandaan, en ik smeekte hun ademloos: 'Joden, respecteer de dode, waar haasten jullie je naartoe?' maar ze luisterden niet.

Ver achter me zwoegden mijn moeder en Nachum voort, aan het hoofd van de rouwenden die allemaal langzaam liepen, alsof ze zich ergerden, alsof ze een wandeling op een sabbatmiddag maakten.

De mensen van de Chevra Kadisja leidden de plechtigheid en ten slotte, toen alles voorbij was, plaatste een van hen een kleine steen op het bergje zand, en ik hoorde hem zeggen: 'Schenk ons vergiffenis, misschien hebben we u niet voldoende eer betoond.' Ik wilde uitschreeuwen: om vergiffenis vragen is niet genoeg. Dit is geen manier om mijn vader te behandelen. Maar zij zeiden al tegen de rouwenden dat ze twee rijen moesten vormen, en mijn moeder en ik liepen tussen de rijen door, en ze mompelden: 'God zal u troosten, samen met de andere rouwenden van Sion en Jeruzalem.' Ik moest op dat moment denken aan het kinderdansje 'Wij hebben een geitje', en hoe we dan dansten, twee aan twee, heen en weer tussen de twee rijen kinderen die zongen: 'Wij hebben een geitje, en het geitje heeft een baard.' Ik bedwong mijn glimlach en grifte de rijen mensen in mijn geheugen, keek wie aanwezig was en wie niet, en Louisa's hertenogen volgden me. Ze verliet de rij en kwam naar me toe om me te omhelzen en ik gaf klopjes op haar schouder alsof ik haar moest troosten. Ik zei: 'Het is niets, het is niets, maak je geen zorgen.'

Toen ik de begraafplaats bij het wasbakje verliet, kwam een van die mannen in het zwart die met de draagbaar hadden gedraafd, naar me toe. Met vriendelijke ogen, zuiver als die van een dood-onschuldig kind, glimlachte hij naar me en zei dat ik mijn handen driemaal moest wassen, maar niet afdrogen. Ik vroeg hem naar de betekenis van die gewoonte, en hij antwoordde, alsof hij zich amuseerde: 'Om de boze geesten te verdrijven.' Ik zei dat ik niet in dat soort onzin geloofde, maar niettemin waste ik mijn handen driemaal, vroom. Met natte handen gebaarde ik naar Nachum en mijn moeder, die bij het hek op me stonden te wachten, dat ik zo dadelijk zou komen. Ik kreeg de neiging om mijn handen aan mijn blouse af te drogen, en toen pas schrok ik echt. Ik ontdekte dat ik om een of andere reden ter ere van de begrafenis mijn elegante zwarte zijden blouse had aangetrokken, en niet het voddige T-shirt dat ik 's nachts draag, en dat ik toch al had willen weg-gooien. En opnieuw liet de man in het zwart me zijn zuivere, bijna kinderlijke glimlach zien, en hij zei: 'Moge je geen verdriet meer kennen.' Ik zei tegen hem dat ik nog één vraag had, en hij zei: 'Met alle plezier.' Ik vroeg waarom ze zo snel met de baar hadden moe-ten lopen, en hij antwoordde: 'Dat is de gewoonte in Jeruzalem.' Ik vroeg hem wat die gewoonte betekende, en hij mompelde wat, bloosde en sloeg de ogen neer. Starend naar zijn schoenen die met modder overdekt waren, fluisterde hij: 'Vanwege een onsmakelij-ke druppel.' Ik vroeg om nadere uitleg, en hij vertelde me dat een man tijdens zijn leven onsmakelijke druppels afscheidt, en als de kinderen van de dode naar het graf komen om te rouwen om hun vader, zullen de kinderen van die onsmakelijke druppels ook willen komen. Miljoenen en miljoenen van hen zullen de dode omsluiten en hun aandeel in de erfenis opeisen, en op die manier zullen ze zijn status in de andere wereld in gevaar brengen. Ik zei dat ik dat niet begreep, en hij legde het me uit. 'Dat zijn de zonen die geen lichaam hebben.' Ik vroeg hoe hij heette, en hij antwoordde: 'Josef Varsjavski, aangenaam,' ondanks het feit dat ik me nog niet had voorgesteld.

Toen we op de dertigste dag na mijn vaders dood naar de begraafplaats gingen, vroeg ik naar hem, en ik kreeg het telefoonnummer van de Chevra Kadisja in Jeruzalem. Tijdens ons gesprek herinnerde ik hem aan onze ontmoeting bij het fonteintje bij de uitgang van de begraafplaats, en hij aarzelde even en zei toen: 'Ja, ik kan me u inderdaad herinneren.' Ik verdacht hem ervan dat hij loog, vanwege zijn zachte karakter: per slot van rekening zag hij elke dag zoveel rouwende mensen. Ik stelde me voor en vertelde dat ik geïnteresseerd was in begrafenis- en rouwgewoonten in Jeruzalem, en vroeg of ik eens uitvoerig met hem over dat onderwerp kon praten voor mijn onderzoek op de universiteit. Hij antwoordde: 'Natuurlijk, natuurlijk, alleen moet ik het eerst met de baas bespreken,' en ik was verrast dat hij een dergelijk woord gebruikte. Ik dicteerde hem mijn telefoonnummer en hij beloofde te zullen informeren en me terug te bellen. De volgende dag belde hij me op en deelde op plechtige toon mee dat ik was uitgenodigd voor een gesprek. Hij beloofde me ook dat zij me data en tijden van begrafenissen zouden doorgeven, zodat ik die kon bijwonen, en dat ze me zelfs een speciaal pasje zouden geven zodat ik de zuiveringsruimten van de doden kon betreden. 'En ik dacht dat jullie een gesloten en geheim genootschap waren,' zei ik tegen Warsjavski, die mijn eerste professionele contactpersoon was. 'Het is een kwestie van public relations,' antwoordde hij. 'De Chevra Kadisja heeft een slechte naam in de gewone wereld. Ze noemen ons raven en beweren dat we ons ten koste van de doden verrijken.'

Diezelfde week stapte ik naar professor Har-Noy en vertelde hem dat ik een onderwerp had gevonden voor mijn dissertatie. Ik herhaalde wat ze mij op de faculteit geleerd hadden, dat de manier waarop volken omgaan met hun doden ons inzicht verschaft in de fundamentele waarden van hun cultuur. De professor trok een beetje een gezicht en vroeg zich hardop af of een verlegen en gevoelig meisje als ik een dergelijk beladen onderwerp aan zou kunnen. Hij nam aan dat de dood van mijn vader te maken had met deze keuze, en stelde voor dat het beter zou zijn een tijdje te wachten tot de ergste rouwperiode voorbij was, en dan zou ik, nuchter en met passende aandacht, een nieuw onderwerp kunnen kiezen. Maar ik liet me er niet van afbrengen.

Opeens verstoorde Louisa ruw mijn gedachten door te zeggen: 'Wist je dat volgens de bedoeïense legende Hagar, de moeder van Ismaël, zichzelf heeft besneden en dat dat sindsdien gewoonte is onder de bedoeïnenstammen?'

'En wat zegt de koran daarover?' vroeg ik.

'In de koran zelf is geen sprake van vrouwelijke besnijdenissen. Alleen van de oproep van Mohammed, de profeet die besneden was geboren, om alleen mannen te besnijden. In de ongeschreven wetten wordt indirect gesproken over vrouwenbesnijdenis, in een *hadith* die aan Mohammed wordt toegeschreven, en waarin staat dat "besnijdenis verplicht is voor mannen, en een toevoeging is voor vrouwen". Of je het nu gelooft of niet,' voegde ze eraan toe, met haar ogen op de weg gericht, 'alle culturen die het wezen van de vrouwelijkheid van een vrouw verminken, geloven dat ze uiteindelijk vrouwen tegen zichzelf beschermen.' Toen zei ze dat door de kern van de seksuele verlangens van een vrouw te verwijderen ze geen verboden seksuele relaties aan kan gaan, met name wanneer haar echtgenoot veel vrouwen heeft en gedurende lange reizen afwezig is. 'Bij sommige stammen kunnen buitenechtelijke relaties uitlopen op moord op de vrouw, om de eer van de familie te redden.' Vervolgens vertelde ze me over dr. Isaac Baker-Brown, midden negentiende eeuw voorzitter van de London Medical Society, die aan het eind van de negentiende eeuw clitoridectomie had aangeraden als middel tegen hysterie of melancholie onder vrouwen.

Ik keek naar haar mooie gezicht en haar ivoorblanke handen, en in gedachten las ik de lange artikelen die over haar en haar onderzoek geschreven waren, en ik kon haar bij internationale antropologische conferenties op het podium zien staan, haar stem horen, met een zacht, sensueel Frans accent, en haar oorringen die haar lezing met een zacht en fascinerend gerinkel begeleidden.

En opnieuw dacht ik na over mijn eigen onderzoek, en wist dat eeuwige roem voor mij niet was weggelegd.

We bereikten veel te snel Beersheba en parkeerden de auto naast een laag gebouw met afbladderend pleisterwerk, omringd door schaarse, grijzige woestijnvegetatie, met een stoffig bord waarop 'Algemene Gezondheidsorganisatie' stond. We belden aan, een bewaker met vermoeide ogen deed open en vroeg ons met zwaar Russisch accent: 'Wat wenst u? We zijn vandaag dicht. Sabbat. Waar wilt u naartoe?' Louisa liet hem haar stralende glimlach zien, schudde haar weelderige krullen en rinkelde met haar oorringen, speciaal voor hem. Ik zag hoe de strenge uitdrukking van zijn gezicht verzachtte. Hij controleerde plichtmatig onze handtassen en verwees ons naar de eerste verdieping, waar Louisa met haar vingers op de deur trommelde waar een bordje, beschreven in ongelijk handschrift, meedeelde: Dr Khalil Abu Yusuf.

Tussen de beugels van de gynaecologische onderzoektafel kwam de rug van dr. Abu Yusuf in zicht, een donker, kaal hoofd dat met zwarte, verwarde ogen onze kant uitkeek. Een diep, slordig gehecht en genezen litteken liep in een donkere kartellijn dwars over zijn wang. Het was of hij mijn blik opmerkte want hij bedekte het met de palm van zijn hand en stond van zijn doktersstoel op. Louisa liep voorzichtig langs de tafel, kwam dichter in zijn buurt, stak haar hand uit en zei: 'Louisa Amir, ik heb u eerder gesproken, en dit is Yael Maggid, een collega van me op de faculteit,' en haar oorringen rinkelden vrolijk. Hij trok een stoel bij, gebaarde dat ik daar kon gaan zitten, en vroeg vervolgens: 'Koffie?' Dat weigerden we beleefd en hij bleef naast ons staan, alsof hij zich schaamde. Louisa vroeg: 'En u dan? Waar gaat u zitten?' Hij aarzelde even, en schoof toen de ijzeren beugels terzijde en liet voorzichtig zijn zitvlak zakken. Ik herinnerde me dat ik sinds Yoavi geboren was niet meer bij mijn arts was geweest. Dr. Abu-Yusuf staarde naar de vloertegels en bleef zwijgen, en ook wij zeiden niets totdat Louisa eindelijk zei: 'Herinnert u zich ons laatste telefoongesprek nog?' Hij haastte zich om haar in de rede te vallen en zei, nog voordat hem iets gevraagd werd, dat hij zijn laatste geval van besnijdenis twee jaar geleden had gezien, toen een jonge vrouw bij hem was gekomen om haar eerste kind te baren.

'En sindsdien hebt u geen patiëntes meer gezien die een besnijdenis hadden ondergaan?' De dokter sloeg de ogen neer en zijn vingers begonnen met de leren riempjes van de onderzoekstafel te spelen. Hij antwoordde dat de gewoonte in sommige stammen nog gehandhaafd werd, voornamelijk stammen die oorspronkelijk uit het gebied langs de Nijl stamden. Maar tegenwoordig was vrouwenbesnijdenis onder de bedoeïenen minder ingrijpend en bijna onzichtbaar, en ze beperkten zich tot het rechttrekken van de plek waar de *labia minora* in elkaar overgingen. Louisa vroeg of hij haar een afbeelding kon laten zien van besneden vrouwelijke genitaliën, want ze had gehoord dat hij een dergelijke foto in zijn bezit had. Hij verontschuldigde zich verlegen, wreef zijn vingers langs elkaar en zei dat hij zich niet kon herinneren waar hij die had gelaten. Maar Louisa gaf niet op en drong verder aan. 'Maar we zijn helemaal hierheen gekomen om die foto te zien.' Hij haalde zijn schouders op en ik was blij dat Louisa, die gewend was onmiddellijk haar zin te krijgen, geconfronteerd werd met een afwijzing. Ze staarde hem recht aan en zei: 'Vertelt u me dan op zijn minst uit welke stam die vrouw afkomstig was,' en met tegenzin antwoordde hij: 'De Abu Madian.' Louisa trok haar wenkbrauwen op en vroeg hem een plattegrond te tekenen, en hij zei dat die stam voorzover hij zich kon herinneren naar het noorden was getrokken, maar het kon ook zijn dat bepaalde families waren achtergebleven. Hij vroeg in wat voor soort auto we waren gekomen, want je kon het tentenkamp alleen met een jeep bereiken. Vervolgens pakte hij een medische plaat met afbeeldingen van baarmoeders, eierstokken en eileiders en tekende er een plattegrond op. Hij zei dat als we bij het kamp aankwamen we moesten uitkijken naar Umm Mohammed – die zou ongetwijfeld meewerken.

De auto, die gewend was aan rijden op geasfalteerde wegen, jammerde en kreunde, en schoot over rotsen, over een pad dat met een stoomwals in de woestijn was aangelegd. Roodgekleurd stof dwarrelde op de voorruit, die zo met kanten patronen werd versierd. Twee tenten rezen in de verte op, in een klein ravijn, en ik zei tegen Louisa dat we vandaar te voet zouden moeten gaan. Ik wees naar een kronkelpad op de plattegrond die de dokter had getekend, tussen de baarmoeders en eierstokken. Kinderen op blote voeten, in vodden gehuld, doken opeens uit het ravijn op en renden op ons af met opwaaiend geelachtig stof achter hen aan. We vroegen aan hen of dit de stam Abu Madian was. Ze knikten en brachten ons naar een van de tenten. Keitjes kraakten en barstten onder onze voeten in de *wadi* die sinds lang was opgedroogd. Louisa, met die oorringen die klonken als een windharp, strompelde onhandig op haar hoge hakken achter me aan en riep: 'Merde!' Ze trok haar schoenen uit en wankelde langzaam op blote voeten voort, klagend en vloekend elke keer dat ze op een stekel of een scherpe steen trapte. Ik had er een satanisch genoegen in. Haar normale manier van lopen, de zelfverzekerde, lichte, elegante tred waardoor mannen haar nakeken, was nu veranderd in een traag gekruip, en de zolen van haar blanke, welverzorgde voeten waren overdekt met stof.

In de grote tent zat, precies zoals de dokter had gezegd, Umm Mohammed op een rood kussen. Ze lurkte aan het mondstuk van een *nargileh*, en haar bruine gezicht leek op oud perkament, met de groeven van diepe rimpels die mij herinnerden aan een foto van een bejaarde Indiaanse vrouw in een van mijn studieboeken. Haar kaken en wangen waren diep weggezonken in haar verdroogde, tandeloze mond, en haar kin, waaraan een paar lange witte haren waren ontsproten, stak smal en puntig vooruit. Ze liet het mondstuk van de nargileh zakken en riep: 'Tfadalu, tfadalu,' en bracht ons naar een zithoek die bedekt was met tapijten van kamelenhaar, en haalde ons over ontspannen op de grote, kleurige kussens te gaan zitten die in de hoeken van de tent lagen.

Ik ging relaxed op een van die kussens zitten en Louisa kwam naast me zitten. Met sombere blik inspecteerde ze haar gekwetste voetzolen, en begon ze stamelend in Arabisch-Hebreeuws, wat bij haar vader thuis werd gesproken, een praatje te maken. Umm Mohammed antwoordde met 'Hamdulillah' en voegde daaraan in het Hebreeuws toe: 'Het is al goed.' Louisa babbelde verder en de oude vrouw reageerde met een glimlach, en opnieuw bewonderde ik de geduldige en professionele manier waarop Louisa haar veldwerk deed. Later, na een lange stilte, stelde Louisa een vraag, en de oude vrouw boog zich naar haar toe en hield haar oor schuin, zoals slechthorenden doen, en later giechelde ze en zei in het Hebreeuws: 'Begrijp ik niet.' Louisa herhaalde haar vraag op luide toon.

Plotseling liet de oude vrouw haar glimlachende uitdrukking varen, haar gezicht werd scherp en strak, ze wuifde met haar armen en stuurde met een luide kreet de twee meisjes weg die achter het gordijn met de handen voor hun mond en schuddend van het lachen hadden staan gluren. Vervolgens trok ze zich in de diepte van de verwelkte resten van haar huid terug en haar naakte kaken bewogen alsof ze voortdurend aan het kauwen waren. 'Taher elbanat,' fluisterde ze, ter purificatie van de meisjes. 'Tegenwoordig doen ze dat niet meer. Vroeger wel. Vroeger bij alle bedoeïenenvrouwen,' vervolgde ze, en Louisa haastte zich het fluisterend voor mij te vertalen.

'Hoe ging dat in zijn werk?' vroeg Louisa, met haar ogen strak op het tapijt gericht om de oude vrouw niet in verlegenheid te brengen.

'Dat ging zo,' zei de oude vrouw, en zonder enig blijk van schaamte tilde ze haar jurk op tot haar heupen, zodat een paar donkere benen zichtbaar werden, rimpelig als gedroogde pruimen. Ze spreidde haar knieën, zodat de uitgezakte, vrijwel haarloze schaamdelen zichtbaar werden, en liet een denkbeeldig mes tussen haar benen door gaan. 'Dat ging zo,' herhaalde ze en ze voegde eraan toe: 'Je hebt er een scheermes voor nodig.' Met haar pezige handpalm greep ze opeens naar een van Louisa's slanke enkels, gaf mij een zetje met haar elleboog en liet mij de andere enkel vastpakken, en zo beschreef ze, met lichaamsbewegingen en keelklanken die als gehuil klonken, de manier waarop twee vrouwen de voeten van een meisje vastpakten, hoe ze onder dwang haar benen uiteen bogen en hun snijwerk deden. 'Het is niets,' verzekerde ze ons in gebroken Hebreeuws, 'niets, een heel klein stukje vlees.'

'En tegenwoordig doen ze dat nog steeds?'

'Iedereen die het niet wil, zegt nee.'

'Maar kent u stammen waar ze dat nog steeds doen?' bleef Louisa haar in het Hebreeuws vragen, zonder het specifieke woord te gebruiken.

'Ja,' zei de oude vrouw, blij dat ze over een andere stam kon beginnen, en ze somde de namen van stammen op, en voegde daaraan toe dat de gewoonte vooral voorkwam onder de stammen die vanuit Egypte naar de Negev waren gekomen.

'Umm Mohammed,' zei Louisa op kokette toon, opzettelijk spelend en rinkelend met haar oorhangers, 'waarom moet men het doen?'

'Je moet gezuiverd zijn om te kunnen trouwen,' zei de oude vrouw, en ze richtte haar begerige ogen op de oorhangers. Ik dacht aan Louisa's Yoram, Nachums partner in de kliniek, de knapste en liefste man ter wereld, en herinnerde me de avond dat ik hen aan elkaar had voorgesteld. Hij had haar totaal betoverd aangestaard, en tijdens het eten wilde hij haar oorhangers stuk voor stuk tellen en liet hij ze luidruchtig rinkelen. Toen hij bij vijfendertig was, raakte hij in de war en wilde opnieuw beginnen. Toen had ik haar klokkende lach gehoord, ik zag hoe haar lichaam zich naar het zijne boog en dat haar armen overdekt waren met kippenvel. Toen wist ik dat ze zouden gaan trouwen, haast nog voordat zij dat zelf wisten.

Umm Mohammed verjoeg mijn herinneringen en riep de meisjes die ze eerder de tent uit had gestuurd. Ze kwamen terug met twee glazen zoete thee, op een koperen dienblaadje. Louisa keek hen nieuwsgierig aan en fluisterde tegen me dat ze dolgraag met hen zou willen praten, maar dat die oude heks daar zeker een stokje voor zou steken.

Toen we weer buiten kwamen, werden onze ogen die zich aan de schemerige tent hadden aangepast, door het licht verblind. De oranje cirkel van de zon begon in het westen al te dalen, in een wieg van rossige wolken waarvan de randen met gouddraad omwikkeld leken. Louisa zei dat we ons moesten haasten, want ze wilde niet in het donker rijden. We liepen naar de auto, en opeens stak de wind op. Als om indringers te verjagen duwde die ons vooruit, zodat we struikelden over stekelige takken van ontwortelde en doornige steenbreekstruiken. Als ruw schuurpapier vloog gloeiend heet zand tegen onze gezichten, onze oren raakten verstopt, we ademden het in, en het drong zelfs door tot in de luchtpijp. Verwaaid en stoffig bereikten we de auto en Louisa liet zich zwaar op haar stoel vallen. Ze streek over haar voetzolen en zei dat haar schoenen naar de maan waren. In de spiegel woelde ze door haar haar en ze streek over haar haren voor het spiegeltje en siste: 'Oei, wat zie ik eruit.' Ze voegde eraan toe dat deze reis totaal zinloos was geweest en dat ze niets nieuws te weten was gekomen. Een melkwitte laag overdekte de voorruit, zodat de wereld daarbuiten zijn glans verloor. Louisa spoot wat water op de ruit, totdat het stof in modder veranderde, en toen zette ze de ruitenwissers aan. Die piepten, bewogen en ploegden, en twee heldere halve cirkels gaven het landschap zijn natuurlijke kleuren terug. We reden zwijgend door, totdat we de hoofdweg bereikten. Even later was Louisa weer in een goed humeur en kwam terug op haar hoofdonderwerp. Ze vertelde me dat er drie methoden voor vrouwenbesnijdenis bestonden en dat de bedoeïenen in Israël de eenvoudigste variant toepasten. Dit kwam waarschijnlijk doordat ze in Israël woonden, een modern land. Die methode, zo legde ze uit, was te vergelijken met de besnijdenis van mannen, waarbij alleen de huid wordt verwijderd die men de voorhuid van de clitoris noemt. Vervolgens beschreef ze me de andere methoden – de soennitische, waarbij de gehele clitoris wordt weggesneden, en de faraonische, die het zwaarst was en bij jonge meisjes werd toegepast. Volgens die methode worden de clitoris en de kleine schaamlippen geheel weggesneden, en soms ook nog tweederde van de grote schaamlippen. Na die verwijdering worden de schaamlippen aan elkaar genaaid en wordt er een dun stukje hout tussen de labia geschoven, zodat urine en menstruatiebloed eruit kunnen.

Ik kromp inwendig ineen. 'Louisa, echt, zo is het genoeg, ik krijg van jouw beschrijving al slappe knieën,' zei ik smekend, en ik voelde hoe mijn ingewanden gingen kronkelen. Ik wilde haar vragen even langs de weg te stoppen zodat ik kon uitstappen en een frisse neus kon halen, maar ik was bang dat ze op de afdeling zou rondbazuinen dat ik hier niet tegen kon, dus slikte ik mijn speeksel in en bracht het gesprek op haar aanstaande huwelijk. Ze gaf me gretig een volledige beschrijving van de trouwjapon die de eigenaar van die boutique in Tel Aviv voor haar zou naaien, en van Yorams kostuum.

Maar al te gauw bereikten we Jeruzalem. De stad begroette ons met donkere, laaghangende, dreigende wolken die duistere schaduwen wierpen op de sombere natuurstenen gebouwen. Louisa stopte bij mijn huis, keek op naar de betrekkende hemel en deelde als een sombere oerprofeet mee: 'Morgen komt er een vreselijke storm, het einde van de wereld.' Ik werd opeens door angst overvallen, alsof de profetie voor mij bestemd was. In het trappenhuis hing de geur van de sabbat-*hamin*, vettig en penetrant, en ik dacht aan de bruine eieren en het vlees dat in je mond smolt en de zachte bonen. Mijn lege maag rommelde en herinnerde me eraan dat ik, afgezien van de paar uitgedroogde sandwiches die we op de terugweg bij een tankstation hadden verslonden, de hele dag niets had gegeten.

In de woning hingen geen etensgeuren. Nachum gaf een kusje op mijn wang en ik kon in zijn stem het verwijt horen toen hij me vertelde dat Yoavi me had gemist, de hele avond op me had gewacht en later van uitputting in slaap was gevallen. Ik haastte me naar zijn kamertje, hij lag te slapen op zijn buik, met zijn billetjes omhoog. Ik haalde de speelgoedbeesten en poppen uit zijn bed, kuste zijn gouden wangetjes met hun perzikzachte dons en ademde zijn zoete geur in. Ik ging terug naar de woonkamer en naar Nachum, die zich verdiept had in het wereldnieuws, en me plichtmatig vroeg: 'Hoe is het gegaan?' Ik beschreef de zandstorm en vertelde hem, op de verwende toon die ik van Louisa had overgenomen, dat ik zo'n honger had, en me zo vuil voelde. Ik verslond koude rosbief en aardappels in de keuken, zo uit de pan, restjes van de vrijdagavond, liep naar de badkamer en liet het bad vollopen. Als een tevreden nijlpaard lag ik in het warme water, starend naar mijn grote tenen en turend naar het plafond dat overdekt was met vlekken zwartige schimmel. Ik vroeg me af hoe ik Nachum ervan zou kunnen overtuigen dat we eindelijk ons liefdesnestje moesten opknappen.

Die avond keerde Nachum me zijn rug toe, en zei dat Yoavi hem van al zijn kracht beroofd had, en dat hij moest gaan slapen omdat hij de volgende dag een zware dag op de kliniek zou hebben. Toen hij in slaap was gevallen, stapte ik uit bed en ging naar mijn werkkamer, waar ik Nechama opbelde. Ik vertelde haar over mijn dag met Louisa, over de gynaecoloog en Umm Mohammed, en zij vroeg me te beschrijven hoe een vrouwenbesnijdenis in zijn werk gaat. Ik fluisterde haar toe dat ik dat niet kon en Nechama giechelde en zei: 'Doe niet zo preuts.' Dat herinnerde me eraan dat zij, na de *berit* van Yoavi, had moeten komen om hem een schone luier te geven, omdat ik onmogelijk naar de wond kon kijken. Boven ons, op de vierde verdieping, waren de buren meubels aan het verschuiven. De poten van hun eettafel schuurden zwaar boven ons plafond terwijl ze hem naar de hoek van de woonkamer schoven. De dunne pootjes van het koffietafeltje piepten toen het op twee poten werd voortgetrokken en ik hoorde de dreun toen ze hun bank, die 's nachts als tweepersoonsbed diende, opensloegen. 'We slapen in de woonkamer zodat elk kind een eigen kamer heeft,' had Levana, onze buurvrouw, me gegeneerd uitgelegd, toen die geluiden op een avond, toen ik me op mijn werk probeerde te concentreren, door mijn schedel dreunden, en ik de trap naar de vierde verdieping opgegaan was en met mijn vuisten op hun deur had gebonsd. Nu kreunde de bank boven mijn hoofd, piepte voortdurend, en Levana's stem smeekte: 'Meermeermeer.' Toen het lawaai ophield, keerde ik voorzichtig terug naar bed, waar ik een hele tijd naar Nachums ritmische ademhaling luisterde. Ik ging dicht tegen zijn rug liggen. Hij werd wakker en aaide mijn dij die tegen de zijne lag. Ik likte zijn oorlelletje en fluisterde: 'Wat vind je, krijgen we nog een kind?' Hij draaide zich om en ging op zijn buik liggen, zodat zijn lid goed beschermd werd door de dikke matras, en zei op neuzige toon in zijn kussen: 'Nu? Ben je gek geworden? Het is laat, morgen kunnen we erover praten.' Maar ik gaf niet op en zei op lieve toon: 'Een klein meisje misschien? Een zusje voor Yoavi? Ik heb altijd een meisje willen hebben.' Maar hij gaf geen antwoord. Ik voelde hoe zijn spieren zich ontspanden en zijn borstkas ging in een traag ritme op en neer. Ik fluisterde: 'Nachum?' maar hij gaf geen antwoord. Ik wachtte een paar minuten, toen draaide ik me om en viel in slaap.

Die dag

Die zondagochtend vroeg, de 20ste januari 2002, werd Louisa's
vermoeden nog voordat de hemel roze was gekleurd bewaarheid.
Bliksems flitsten en donderslagen galmden. Als wel duizend trom-
mels ter waarschuwing voor dreigend gevaar roffelden de dikke re-
gendruppels tegen de ruiten, gevolgd door hagelbuien die de stad
bombardeerden met hun gladde, bevroren steentjes. Yoavi schrok
van het lawaai en sprong bij ons in bed; zijn voetjes waren ijskoud.
Ik wreef ze tussen mijn handen en opeens herinnerde ik me het
wasgoed dat ik vrijdag buiten had gehangen. Ik sprong het bed uit
en rende naar het balkonnetje. Ik zag de mussen in een rij op het
raamkozijn van onze slaapkamer zitten. Ze hadden hun veren tegen de bijtende kou opgezet, als beroemde Engelse heren in grijze
kostuums, geduldig wachtend in een lange rij. Ik boog me over het
hekje, stak mijn armen uit naar de waslijnen daarbuiten, en plukte
Yoavi's vochtige kleertjes weg, die als ballonnetjes in de lucht hingen en leken op dikke engeltjes met vleugels die vastzaten aan gekleurde plastic wasknijpers. Onberoerd keken de mussen kalmpjes
naar mijn panische bewegingen en ik vroeg me af waarom ze hun
warme thuis achter het rolluik van de slaapkamer hadden verlaten
– daar kon ik ze 's ochtends en 's avonds horen, hun zachte getjilp
en de geluidjes van de jonkies. Ik had ze aan Yoavi willen laten zien,
maar tegen de tijd dat ik weer binnenkwam met het zware, ijskou-
de wasgoed, ontsnapten ze aan mijn bewustzijn terwijl ik me vermoeid zorgen maakte over de lange week die me wachtte.

Ik hing de vochtige kleren over de radiator en klopte ertegen
met mijn knokkels, als om hem aan te moedigen warm te worden
en te beginnen de flat te verwarmen. Hij reageerde als een zwakke
oude man, met een uitbarsting van keelgeschraap en gerochel. Ik
kleedde me snel aan, maakte Nachum wakker en trok Yoavi warme

kleertjes aan, en toen hielden we de ochtendplechtigheid, een ritueel dat hij pasgeleden had bedacht. Als een vrome chassied stond hij er elke ochtend op dat zijn schoenen in de juiste volgorde werden aangetrokken, en 's avonds weer uitgedaan. 'Om de schoenen niet in de war te brengen' werd de rechterschoen eerst aangetrokken, en dan pas de linker, en 's avonds werd de linkerschoen eerst uitgetrokken en dan de rechter. Deze ceremonie van omgedraaide volgorde moest streng gevolgd worden, opdat geen van de schoenen zich gediscrimineerd zou voelen.

Ik maakte het ontbijt klaar en Nachum kwam bij ons zitten, en zijn gezicht achter de krant verbergend, zei hij dat ik zijn toost niet moest laten aanbranden. Yoavi dronk zijn warme chocolademelk en kreeg een bruine snor. Ik likte hem af en toen moest hij lachen. 'Dat kietelt!' Na het ontbijt gingen we allemaal naar beneden. De bank die gebruikt werd door drie bejaarde Russische vrouwen, die met hun glimlach op stralende ochtenden als een gouden schittering naar mij glinsterden, stond er nat en eenzaam bij. Overdag zaten ze in de zon en deelden ze hun voedsel met mussen die zich rond hen verzamelden. Wanneer de schaduwen over de bank vielen, smakten ze met hun lippen alsof ze elkaar luidruchtig zoenden, en de argwanende, van vlooien vergeven straatkatten liepen dan voorzichtig hun kant uit, wachtten op enige afstand en volgden hen met samengeknepen ogen totdat ze hun het kontje van een salami toegooiden, of de kop van een ingelegde haring. Dan sprongen ze op, grepen hun buit met de hoektanden vast en haastten zich weg om die in het verborgene op te peuzelen. Ik noemde hen de 'baboesjka's', en vroeg me af waar ze vandaan kwamen en waarheen ze weer verdwenen. Uit de groene vuilstortbak die op zijn buik opzij van het pad naar de parkeerplaats lag, kwam de stank van rottende groenten. Twee krassende raven vochten in de regen om een dik opgeblazen vuilniszak, en met het geweld van hongerige vogels trokken ze die heen en weer tot hij openbarstte en de inhoud zich op het pad verspreidde.

Op de parkeerplaats zoende Nachum haastig onze wangen, hij vroeg of ik voorzichtig wilde rijden, want de wegen waren vandaag glad, en weg zeilde hij in zijn enorme wagen. Ondanks de korte afstand naar Yoavi's kleuterdagverblijf zette ik hem in de veiligheidsgordel en hij zong vrolijk: 'Wat doen de bomen?' Ik trok een peinzend gezicht en antwoordde: 'Groeien?' en hij lachte en zong verder: 'En wat doen de huizen?' en ik dacht na en zei: 'Staan.' En toen passeerden we de betonnen muur, de hoge barrière van angst die ze in het midden van de buurt hadden neergezet, de muur die doordringt in het landschap en zich tussen onze huizen wurmt, huizen met ramen vol zandzakken. Daar, tegenover Beit Jallah en hun huizen vanwaar het schieten komt en de plegers van zelfmoordaanslagen vertrekken voor hun dodelijke missies. In hun vrolijke kleuren herscheppen de betonnen blokken die door Russische geïmmigreerde schilders versierd zijn met landschappen, het geblokkeerde uitzicht, alsof ze proberen ons het gevaar dat aan die andere kant dreigt te laten vergeten, al is het maar voor even. Als altijd werd ik bij de zebra tegengehouden door de jonge klaarovers, tegenover de schildering van een boom waarvan de top, die echt was, boven de muur uitrees als een voortzetting van de schildering. En tegen de tijd dat Yoavi bij het volgende regeltje was aanbeland, 'En wat doe ik? Nie-ie-iets,' hadden we het kleuterdagverblijf bereikt en zoende hij me op mijn lippen. Voordat hij werd opgeslokt achter het hek, zag ik hoe Nikolaj, de Russische bewaker, hem op zijn rug tikte, alsof hij wilde dat hij flink doorliep.

En toen weigerde mijn brave, oude Mini nog een meter te rijden. Alsof ze wist wat haar te wachten stond, bleef ze daar in de ijzige, doezelige stilte van een winterochtend in Jeruzalem staan en zette haar rubber hoeven als een koppige muilezel vast in het door vorst gerimpelde asfalt. Ik fluisterde haar zachte, vleiende woordjes toe, maar ze hoestte en kuchte alleen maar als een terminale patiënt. Telkens en telkens weer deed ik mijn best om haar te overreden, een gewoonte die ik in de loop der jaren had ontwikkeld in de overtuiging dat deze auto, die ik al het grootste deel van mijn volwassen bestaan had, een stuk van mezelf was geworden. Mijn eigen vlees en bloed, want als we reden waren we één, en mijn bewegingen maakten deel uit van haar. Elk gekreun, gehoest, gepiep of hees geluid was vertrouwd en voorspelbaar, en wanneer ik haar hardop aansprak, ging mijn Yoavi giechelen en voegde hij er zijn eigen zinnetjes en zegenspreuken aan toe. Hij sprak haar aan bij haar bijnaam, 'Minimoesj', een combinatie van 'Mini' en

'Imoesj', zijn koosnaampje voor mij. Jarenlang had ik geloofd dat alleen mijn auto en ik een dergelijke speciale relatie hadden, tot de dag daarvoor, toen Louisa's auto was gaan kuchen en zuchten op de terugweg naar Jeruzalem, en ik haar smekend tegen de auto hoorde praten in het Frans, haar moedertaal, en merkte dat zij de auto, net als ik, met allerlei koosnaampjes aansprak.

Die ochtend echter gedroeg Minimoesj zich totaal onvoorspelbaar. Telkens en telkens weer probeerde ik te starten, haar nieuw leven in te blazen, maar met de wispelturigheid van een oude auto die geen kracht meer heeft, was ze niet ontvankelijk voor al mijn inspanningen. Ik wiste de druppels ijzel af die op haar voorruit lagen en de buitenwereld deden vervagen, en toen hield ik haar voor de gek. Ik zette de versnelling in zijn twee, liet de handrem zakken en liet me de helling afrollen. Met tegenzin liet de motor een enkel windje, en toen nog een keer, en toen werden we gehuld in een wittige nevel. Ik siste smeekbeden tussen mijn opeengeklemde lippen, 'Toe dan, alsjeblieft, beweeg even,' totdat ze eindelijk mijn gebeden verhoorde.

Ik voelde hoe het motorgeronk door mijn lichaam ging.

We reden langzaam over de helling van mijn straat aan de rand van de wijk Gilo, waar ze het knorrige gebrul van een bevroren, slaperige motor liet horen, terwijl de ruitenwissers piepten en schokten, een geluid dat me er weer eens aan herinnerde dat ik ze nodig moest vervangen. Zonder enige consideratie voor haar hoge leeftijd spoorde ik Minimoesj aan tot we op de brede oprit kwamen die ons naar de hoofdweg bracht. We passeerden de witte stenen monsters, de versterkte paleizen van de nouveaux riches die zelfverzekerd op het land stonden van het Arabische dorp Beit Zafafa, helemaal opgetut en opzichtig als architectonische nachtmerries.

Na een serie bochten reed ik tot tegenover het dorp waar rode verkeerslichten het verkeer tegenhielden. Ik wachtte op groen, en zodra dat opflitste, hoorde ik achter me het hoefgetrappel van de ridders van rubber, ijzer en glas. Ik werd door een waanzinnig luidruchtig tumult ingehaald, vermengd met het gebrul van motoren, toeterende claxons en het piepen van remmen. Verscheidene auto's, waarvan de bestuurders vastbesloten waren daar eerder te komen dan ik, reden om me heen tijdens de eeuwige oorlog van de weg. Toen het licht weer rood werd, merkte ik dat ik vastzat achter het brede achterwerk van een bus van lijn 32A, waarvan de billen versierd waren met een affiche waarop 'Het land staat achter de Golan' stond. De silhouetten van mensen die als één zwaar blok opeengepakt waren, gluurden naar me door de achterruit, die vervaagd was door een mistige condenslaag van de adem van de passagiers die daar op deze winterochtend als sardientjes verpakt zaten. Terwijl de auto in zijn vrij onder me trilde, zocht ik de radiozenders af tot ik de 'Voice of Music' vond, en de klanken van Beethovens Negende in stereo over me heen vloeiden. Verre, mysterieuze tonen, ietwat heftig, echoden uit de luidsprekers en verdrukten me in mijn benauwde omgeving. Ik gaf me over aan de muziek die me omsloot, en ik herinnerde me dat iemand eens daarover had gezegd dat het de prachtigste geluiden waren die ooit door mensenoren waren opgevangen.

Ik staarde naar de achterruit van de bus voor me en volgde een heel klein handje dat opeens verscheen en lijnen en stippels tekende op de beslagen ruiten die het kind deels onzichtbaar maakten. De bewegingen van dat tekenende handje gingen onbewust over in de harmonie van de noten die weerklonken in de verzegelde ruimte van mijn auto. Was het alleen mijn verbeelding of hoorde de anonieme tekenaar op dit moment ook dat schitterende muziekstuk? Toen de bus begon te bewegen, en ik geen andere keus had dan erachteraan te kruipen, werd de tekening met korte, schuine, haastige bewegingen uitgeveegd en door het schone, verlichte plekje dat nu door het vuile raam scheen, als een opening tussen wolken, verscheen het duidelijke silhouet van een klein hoofd. Energieke, bezige handen veegden nog meer condens van de binnenkant weg, en een klein neusje werd tegen het glas gedrukt, plat als een brokje gelig deeg, en daaruit verscheen een klein vleugje lucht. Het lieve gezichtje van een klein meisje was door het raam duidelijk zichtbaar: haar kin rustte op de rugleuning van de bank en haar ernstige ogen staarden me vol belangstelling aan.

Ik glimlachte naar het hoofdje, en wuifde ernaar, het kind aarzelde even en stak toen één handje op, liet het weer zakken en stak het opnieuw op. Ze spreidde haar vingers en maakte toen een vuist, zoals kinderen wuiven, en vervolgens met beide handen, terwijl ze op en neer bewoog. Ik vond dit kinderspel voor me erg leuk en ik wuifde terug, en opnieuw opende en sloot ze haar vingers. Nu kwam naast haar de donkere schim die met de rug naar mij toe had gezeten, opeens overeind. Het hoofd van een vrouw met een hoed op draaide zich om en verscheen naast het hoofd van het kleine meisje. Argwanende ogen boorden zich door beide ruiten, die van haar en die van mij, totdat ze de mijne ontmoetten. Mijn vrolijk opgestoken hand verstarde van verlegenheid en voegde zich bij de ander aan het stuur. Het grotere hoofd bewoog weg van het raam, en daarmee verdween ook het kleine blonde hoofdje, opgeslokt achter de leuning van de bank, terwijl de paardestaart van het kind vrolijk achter haar hoofd danste. De verkeerslichten versprongen. De bus blies een lading grijze uitlaatgassen naar mij toe, bewoog langzaam naar zijn halte bij het Patt-kruispunt, stopte na de kruising en blokkeerde met zijn grote achterkant mijn weghelft. Opnieuw draaide het hoofdje zich om en keek naar mij en de moeder greep haar weer vast en dwong haar te gaan zitten. Nogmaals grepen de koppige handjes de rugleuning en het lijfje klom omhoog tot het als een duikelaartje op de bank stond, en nieuwsgierige ogen bleven naar me staren.

'Kiekeboe!' riep ik toen ze opnieuw naar me gluurde, en ik bukte me tot ik onder het dashboard verdween, zodat ze me niet meer kon zien. 'Kiekeboe! Kiekeboe!' Mijn stem schoot omhoog, maar bereikte haar niet, botste tegen het dikke glas dat ons scheidde, en mengde zich met de smeekbeden van de solisten die op mijn radio vrede en liefde predikten. 'Kiekeboe! Kiekeboe!' Ik dacht dat ik een lachje op haar gezicht kon zien, en opnieuw schoot ik weg door onder het stuur te duiken.

'Kiekeboe! Kiekeboe!' en mijn roep werd beantwoord door een dof tromgeroffel, gevolgd door een verblindende bliksemflits. Toen brak de hel los en werd mijn auto heen en weer geslingerd. 'En heel het volk was getuige van de donderslagen en lichtflitsen, en de rook die uit de berg kwam.' Ik kwam moeizaam overeind en het stuur raakte me achter in mijn nek. Het lieve hoofdje voor me, dat naar me gekeken had, was verdwenen, het daglicht veranderde in duisternis en mijn voorruit veranderde in dunne, dichtgeweven spinnenwebben als een schitterend, betoverend gebrandschilderd raam. Ik raakte het tere weefsel aan. Het verkruimelde onder mijn vingers en overgoot me met een waterval van glinsterende diamanten die mijn schoot en knieën bedekte. Een krachtige windstoot raakte me door de kapotte voorruit en bracht een vreemde geur met zich mee. Een verstikkende massa rook bleef in mijn longen steken. In de gruwelijke stilte die na dat lawaai opeens uitbrak, hoorde ik de 'Ode aan de Vreugde', enthousiast gezongen door het koor op mijn autoradio, dat niets wist van wat er zojuist gebeurd was.

Toen kwam het gegil. Onmenselijk gegil, als van dieren die in een brand in de val zitten.

Ik probeerde uit te stappen, maar kon het portier niet open krijgen. Het duurde een eeuwigheid voordat een onzichtbare hand mijn portier opendeed en de klanken van de 'Ode aan de Vreugde' naar buiten barstten en zich vreugdevol mengden met het gekreun, de kreten en het verstikte huilen. Gloeiende vurige tongen likten gretig aan het zwart verkleurende skelet van de bus waarvan het dak was opengesperd alsof het verstard zat in een gil, en staken begerige vingers uit naar mijn Minimoesj. Een hand greep mijn arm vast en trok me naar buiten, de regen in. Op de plaats waar de bus had gestaan rees een zuil van rook en vlammen omhoog boven de lage daken van de huizen die in de hete lucht glinsterden alsof ze een schimmige, nachtmerrieachtige dans uitvoerden.

Als een slappe ledenpop zonder eigen wil werd ik van hand naar hand doorgeschoven. Beethovens pauken dreunden nog dof, boem-boem-boem, en mijn lichaam beefde van de klanken. Mijn huid werd afgerukt en over een trommel gespannen, mijn holle lichaam was een klankbord en trommelstokken sloegen mijn nek in elkaar met de knotsen van Alex en zijn schurkenbende uit *A Clockwork Orange*.

'Gaat het? Gaat het een beetje?' Tientallen vreemde ogen staarden me aan, en anonieme handen bevoelden mijn lichaam en schudden de diamantsplinters van me af. Ik wilde dat ze ophielden, dat ze me met rust lieten, maar ik kon geen woord uitbrengen.

Toen lieten ze me op het trottoir zitten, en ze duwden mijn hoofd tussen mijn knieën. 'Ademhalen, ademhalen,' kreeg ik te horen, en ik vroeg me af waarom ze zich allemaal een keer her-haalden, waarom ze elk zinnetje nog eens moesten zeggen. Kijk maar, ik haal adem, haal adem, en ik keek op en vroeg aan de ge-zichten die op me neerkeken waar het kleine meisje was dat ach-ter in de bus had gezeten. Ik moest haar vinden en terugbrengen bij haar moeder. Maar niemand gaf antwoord. Wankelend als een dronkaard ging ik haar zoeken, en ik struikelde over een glimmen-de, opgezwollen, zwarte plastic zak. Er lagen nog meer van die zakken op de weg, naast elkaar, in een rechte, keurige rij, als de ge-oogste schoven op een akker, en de regen droop ervan af. Ik raakte de beheersing over mijn lichaam en waardigheid kwijt. Mijn ingewanden verkrampten pijnlijk toen hun inhoud mijn broekje inschoot en als een dunne, warme vloed de weg zocht naar mijn billen, dijen en kuiten. Stank rees van me op toen ik op een draagbaar werd gelegd, en ik staarde omhoog naar een hemel die op ons was neergevallen. Zwarte regenwolken zeilden boven me weg, opgeslokt door de zuil van rook, en vermengden zich ermee.

Ik werd naar een ambulance gebracht die zich met luide sirenes een weg naar voren zocht, tot hij bleef staan. Mijn draagbaar werd uitgeladen en ze renden ernaast voort, baanden zich een pad tus-sen rondlopende mensen en rollende brancards. Te midden van een nachtmerrie van bloed en gejammer werd ik op een bed ge-legd. Opnieuw bemoeiden handen zich met me, en ik kreeg te ho-ren, weer tweemaal: 'Ademhalen, ademhalen.' Ik lag daar met mijn bevuilde kleren en vroeg naar het kleine meisje, vroeg of ik haar kon zien, maar ze knipten zwijgend mijn broek en blouse open en verwijderden mijn ondergoed. Ik dacht aan mijn moeder die altijd zei: ga altijd de deur uit met schoon ondergoed, want wie weet wat er op straat gebeurt. Ik herinnerde me dat ik merkwaardig genoeg mijn beste panty had aangetrokken, dat sexy broekje van zwarte zijde waarop kanten bloemetjes bloeiden. Louisa had het meege-bracht uit Parijs. 'En Nachum zal er wild van worden,' had ze ge-fluisterd toen ze me dat kleine, fraai ingepakte cadeautje gaf. Toen probeerde ik me te herinneren wat ik vandaag had gedragen, maar dat bergje vodden op de vloer hielp me geen stap verder. Een auto-ritaire stem wekte me uit mijn gedachten en beval dat ik moest blij-ven liggen en afwachten. Ondanks mijn verdoofde toestand wist ik dat ik niet in staat zou zijn op te staan, vuil en naakt als ik was, en achter het gordijn te gaan zoeken naar dat kind. Ik begroef mijn gezicht in het kussen en weigerde naar het jonge gezicht van een vrijwilligster te kijken die zwijgend met een vochtige doek mijn lichaam waste en geduldig en zachtjes de resten schaamte wegpoetste. Ze vroeg of ik wilde gaan zitten. Ik ging op de rand van het smalle bed zitten en schaamde me voor mijn naaktheid tegenover dat geklede meisje. Ik had medelijden met mijn borsten die over mijn borstkas hingen, slap en kapot als twee lege melkzakjes, en met het lelijke litteken dat zich vanaf mijn navel een weg zocht, mijn buik in tweeën splitste, in de duistere poort van mijn vulva verdween en mijn buik in twee vlezige helften verdeelde. Het was of het jonge meisje merkte dat ik me schaamde en ze wikkelde me in een zachte roze kamerjas, vroeg of ik mijn armen in de opengesperde kaken van de mouwen wilde steken en knoopte achter in mijn nek het koordje vast. Ze zei heel lief: 'Gaat u liggen, de dokter komt zo.'

Een veel te jeugdige assistent verscheen en vroeg met een zwaar Russisch accent of ik me goed voelde. En ik, afgestompt als ik was, herhaalde 'Goed, goed', en ik wist dat alles niet goed was, en dat vanaf nu niets meer goed zou zijn. Rond mijn bovenarm wond hij de manchet, als een zwarte rouwband, en de kwikzuil schoot trots en glanzend in de glazen buis omhoog. Ik keek naar de puistjes op de wangen van de assistent, en naar zijn voorhoofd dat hij geconcentreerd fronste terwijl hij zich zonder me aan te kijken over me heen boog. Zonder om toestemming te vragen tilde hij mijn jasje op en bracht hij zijn stethoscoop naar mijn borstkas. Mijn slappe borsten deinsden terug, hij glimlachte naar me en zei: 'Koud,' en hij wreef over het metaal om het op te warmen, plaatste het weer op mijn borst, en hij luisterde in gespannen afwachting naar mijn hart, alsof hij de geheimen wilde opvangen die ik daar voor hem had verborgen. 'Nu gaan zitten,' beval hij, en ik ging zitten. Toen beklopte hij me, alsof hij mijn toch al gebroken lichaam wilde verbrijzelen, met een rubber hamertje. Ik keek hoe zijn handen over me heen gleden, op zoek naar verborgen tekens die er niet waren. Ik was bang hem teleur te stellen, dus zei ik tegen hem dat alles me pijn deed en dat mijn lichaam stonk. Maar hij klopte geruststellend op mijn blote schouder en trok het jasje weer over mijn lichaam, precies zoals ik het slabbetje van Yoavi rechttrek. Hij zei dat alles oké was, en voordat hij vertrok naar anderen die hem meer nodig hadden dan ik, vroeg hij of ik de sociaal werkster, die zo dadelijk zou komen, het telefoonnummer van mijn familie wilde geven. Toen trok hij het gordijn luid ratelend achter zich dicht zodat ik gevangen zat in een muil van gele lakens. Het nummer van mijn beste vriend Nechama was uit mijn geheugen gewist, en in plaats daarvan kwam Nachums nummer te voorschijn.

Het duurde een eeuwigheid voordat Nachum de EHBO-ruimte bereikte, terwijl hij een uitpuilende boodschappentas van Hamasjbir Letzarchan met zich meezeulde. Hij vroeg met een bezorgd gezicht: 'Hoe voel je je?' Ik zei dat hij aan de andere kant van het gordijn moest wachten, en terwijl ik de schone kleren aantrok die hij had gebracht, die naar lavendel geurden van de wasverzachter, kreeg ik vreselijke pijn in mijn botten en drong een smerige stank mijn neus binnen.

Terwijl ik naar de slippers zocht die hij had meegebracht, stak het jonge meisje dat me had schoongewassen haar hoofd tussen de gordijnen en beval: 'Niet weggaan. U moet op de dokter wachten, die zo dadelijk hierheen komt met uw ontslagformulier.' Het woord 'ontslagformulier' knarste tussen haar tanden alsof haar mond vol grind zat. Ik werd bang, en het drong tot me door dat ik gevangen zat in een gesloten instelling, een gevangenis, en dat ik een ontslagformulier moest hebben, want anders zou ik hier eeuwig in de boeien liggen, binnen de gele lakens, op dat smalle bed. Ik zou een nummer krijgen en een gestreepte pyjama, voorbijgangers zouden naar mij en het bordje mogen kijken dat ze boven mijn bed zouden hangen: *Hier ligt een overlevende*.

Het kostte de dokter nogmaals een eeuwigheid om terug te komen, en hij vroeg me alweer: 'Hoe voelt u zich?' en ik antwoordde snel dat alles in orde was. Als een memento gaf hij me het ziekenhuisformulier, en op het ontslagformulier had hij, in verbazend leesbaar handschrift, geschreven: 'Lichte shock. Ontslagen in goede conditie. Advies: volgende week controle.' Ik herinnerde me die diagnose een paar dagen later, toen ik in de krant las over een diagnose van shock-patiënten. De dokter die ze geïnterviewd had-

35

den, beschreef hen als patiënten zonder lichamelijk letsel, maar met hun armen stevig om hun borstkas geslagen, hun knokkels wit van de spanning. Ik probeerde me te herinneren of ze mij ook zo hadden aangetroffen, met mijn armen over elkaar, maar hoe ik me ook inspande – die momenten wist ik niet terug te halen.

Nachum nam me mee naar de parkeerplaats en stopte me in zijn Volvo, die ons nu met zijn stalen en glazen versterkingen omringde. Ik zat zwijgend naast hem en de vreselijke stank die ik verspreidde, nestelde zich tussen ons in en hield ons uit elkaar. Op de achterbank stond de plastic boodschappentas waarin ik de resten van mijn vorige leven had gestopt, een zakje kalmerende middelen en drie Hypnodorm-tabletten, 'de Rolls-Royce onder de slaappillen', waarvan de dokter had gezegd dat ik er 's avonds één mocht nemen.

We reden zwijgend tegen de helling op. Het ziekenhuis verdween achter een bocht in de weg en werd opgeslokt door de heuvels eromheen. De dag verbleekte tot een schemering, als een rokend sigarettenpeukje, en bleekgele lichten schenen al uit de ramen van gebouwen. Diep uit het Arabische dorp Ein Karem was plotseling het luiden van een klok hoorbaar, een andere voegde zich erbij, en toen nog een en nog een. Geluid door gelovigen, klepels die tegen de bronzen klokbehuizing sloegen. Die vastberaden en nerveuze klanken deden de berglucht en het bleke, vale licht trillen. Ik zei tegen Nachum dat ze waarschijnlijk luidden voor de doden, maar hij herinnerde me eraan dat het zondag was en dat de kerkklokken dan altijd luiden. Toen vroeg hij: 'Waar is je auto, en waar was je precies toen dat allemaal gebeurde?' Ik leunde achterover tegen de hoofdsteun, sloot mijn ogen en vroeg of hij me met rust wilde laten en me niets wilde vragen tot we thuis waren.

Toen de auto voor het flatgebouw stopte, deed ik mijn ogen open. Nachum stapte snel uit, deed het portier voor me open en stak hoffelijk zijn hand uit. Ik negeerde hem, maar werd weer door duizeligheid overvallen en toen was ik gedwongen op hem te leunen. Met zijn arm om mijn middel en de mijne om zijn nek leidde hij me stap voor stap de trap op. En toen mijn knieën knikten en ik bij de deur struikelde, tilde hij me op en droeg me van de deur naar het bed, waar hij me neerlegde alsof ik iets heel breekbaars was. Hij dekte me toe met een gestikte deken die zwaar aanvoelde alsof hij van geweven looddraden was vervaardigd en ik herinnerde me dat hij me op onze huwelijksnacht, ondanks mijn smeekbeden, bij thuiskomst niet over de drempel had willen dragen. Hij had gezegd dat hij niet hield van die romantische onzin die prima was voor suikerzoete Amerikaanse films. Hij had me een tik op mijn achterwerk gegeven en me de slaapkamer ingejaagd, zoals je een koppige ezel de stal induwt. Er is dichterlijke rechtvaardigheid in deze wereld, dacht ik terwijl hij zich naar de keuken haastte om een kop kamillethee voor me te maken. Daar lig ik, binnengedragen door de armen van mijn echtgenoot, vijf jaar nadat ik hem daarom had gevraagd.

Achter in de bus zag ik een klein blond meisje dat kiekeboe met me speelde, en dat wilde ik hem vertellen toen hij terugkwam met een kopje dampende thee, maar ik vertelde niets. Toen hij het kopje voorzichtig naar mijn mond bracht en ik langzame slokjes nam, vroeg ik of hij Rami wilde bellen. 'Bel hem nu op, zeg tegen hem dat ik hem morgen nodig heb.' Nachum fluisterde: 'Weet je het niet meer? Rami kan niet meer komen.' 'Dat kan me niet schelen,' zei ik op dringende toon, 'zeg tegen hem dat ik hem nodig heb.' Nachum knikte en zei: 'Ik zal hem meteen bellen.' Hij liep de kamer uit en ik hoorde hem praten bij de telefoon. Toen hij terugkwam zei hij dat Rami niet thuis was, en toen veranderde hij meteen van onderwerp en vertelde me dat de driejarige David Wasserstein, een patiëntje van hem dat wat ouder is dan onze Yoavi, samen met zijn moeder gedood was bij de explosie. En ik herinnerde me mijn zoon en vroeg bezorgd: 'Waar is Yoavi?' Nachum kalmeerde me. 'Hij is boven bij Levana; hij speelt met haar Yossi.' Hij voerde me geduldig de donkere vloeistof die naar medicijn smaakte, zat naast me op de rand van ons bed en greep met zijn sterke hand naar mijn zweterige vingers. Ik staarde naar de slaapkamervloer waar omgevallen poppen en zachte knuffelbeesten lagen: een vrolijk, kleurig hoopje.

'Zal ik je eens wat vertellen,' zei ik tegen hem, in een plotselinge opleving, 'de "Ode aan de Vreugde" uit Beethovens Negende is door allerlei Europese politieke groeperingen gebruikt als volkslied. De nazi's, de fascisten, de communisten hebben die symfonie allemaal gebruikt. Stuk voor stuk vonden ze daarin wat ze zochten.' Ik had geen idee waarom ik dat zei en waar ik het had gehoord, totdat Nachum me vroeg waarom ik in vredesnaam nu over muziek begon. Ik herinnerde me dat de omroeper van de 'Voice of Music' dat had gezegd, maar ik wist niet meer of hij dat voor of pas na dat moment gezegd had. Ik vertelde Nachum dat de Negende in mijn hoofd werd afgedraaid en maar niet wilde zwijgen. 'Ik hoor die muziek aldoor: de klanken van het koor, de trompetten, de violen en bovenal die hinderlijke pauken,' en ik voegde daaraan toe dat ik nu net Alex uit *A Clockwork Orange* was. Telkens als ik Beethovens Negende hoor, zal ik me misselijk voelen, geconditioneerd door dat stuk muziek. Hij vroeg niet eens waarom en hij praatte en praatte maar, en genoot ervan zijn brede vooropleiding en eruditie ten toon te spreiden. Hij herinnerde me eraan dat Leonard Bernstein die muziek had gedirigeerd op de avond van de val van de Berlijnse Muur, en hij kneep opnieuw in mijn hand alsof hij bang was dat ik voor hem zou weglopen.

Later vroeg ik Nachum om nog een slaappil, en hij vroeg of ik het zeker wist. Ik zei ja en, slaperig van de kalmerende middelen, met mijn hand nog in de zijne, keerde ik mijn gezicht naar de muur. De zwarte kraalogen van Teddy Beer, die Yoavi had meegesleept toen hij vroeg in de ochtend bij ons in bed was gekropen, ongeveer honderd jaar geleden, keken me scherp aan. Met mijn vrije hand greep ik de beer bij zijn ene oor en gooide hem op de vloer, waar hij met een zacht geritsel neerkwam op een berg knuffeldieren die met stro en stukjes spons gevuld waren. Ik dacht dat Nachum misschien wel gelijk had, dat Yoavi die hele dierentuin niet nodig had en dat we om hem op het leven voor te bereiden, vrachtwagens, geweren en pistolen voor hem moesten kopen, net zoals dat bij andere jongetjes van zijn leeftijd gebeurt.

Ik probeerde terug te vallen in de zwarte afgrond die zich opende om mij op te slokken, maar Nachum wilde me niet laten gaan en praatte kortaf over de afschuwelijke gebeurtenis. Hij zei dat hij was opgebeld vanuit de afdeling pathologie van Abu Kabir, waar men hem had gevraagd om de röntgenfoto's op te sturen van het gebit van een jongen die bij de explosie was omgekomen. 'David Wasserstein, een van mijn patiënten. Ze hadden geen andere manier om hem te identificeren; zijn gezicht was helemaal verminkt. En moet je je voorstellen,' voegde hij daar opgewekt aan toe, alsof hij het niet over een dood kind had, 'zijn status lag recht voor me op mijn bureau. Ik heb geen idee waarom die daar lag, want hij zou pas over twee weken voor controle komen.'

'Ze zeggen dat het een begaafd jongetje was,' zei hij lovend, en in zijn stem hoorde ik een zeker verwijt. Ik wist dat hij nu dacht aan Yoavi en dat hij hem vergeleek met dat dode kind. 'Hij had zichzelf leren lezen en schrijven toen hij drie was, terwijl onze Yoavi nog met speelgoedbeesten en poppen speelt,' hij kon het niet laten een vergelijking te maken.

Opeens barstten de tranen los, een bittere smaak rees in mijn keel op en ik kon de stank van brand uit elke vezel in mijn lichaam voelen opwellen. Ik wilde dat mijn vader aan mijn bed zat. Hij zou me vast strelen en geruststellen, en tegen me zeggen: 'Nu is alles weer goed, Yaeli, er kan je niets akeligs overkomen zolang pappie er is. Ik laat je door niemand bij me weghalen.' Daarna zou hij ongetwijfeld naar de keukenkast gaan, de arak pakken die hij als het minste van twee kwaden bewaarde ter vervanging van ouzo; hij zou de kurk er met zijn tanden uittrekken, de drank van wang tot wang rollen om deze te verwarmen. Dan zou hij zijn lippen bijeentrekken als voor een kus en de drank over mijn blote borst en buik sproeien. Vervolgens zou hij me vragen me om te draaien, en dan hetzelfde met mijn rug doen. Daarna zou hij me in een dikke handdoek wikkelen en mijn pijnlijke ledematen wrijven en masseren met de vloeistof die hij in zijn mond verwarmd had. Hij zou me met een deken toedekken en zeggen: 'En nu gaan slapen, morgenochtend staat mijn kleine meid op zonder koorts en zonder pijn.' Voordat ik in slaap viel luisterde ik dan naar de geluiden in huis en naar de stemmen die ik hoorde vanuit de woonkamer die tegelijk mijn ouders slaapkamer was. Dan wist ik dat ze allebei mijn ziekte gebruikten als een excuus om zich aan de arak te buiten te gaan. Als ik dan 's ochtends wakker werd, geurde ik als de heerlijke lucht die opsteeg uit de pot met visvormige dropjes die op een koele, donkere plaats in Shlomo's winkel in het steegje van de Bulgaren werd bewaard. En als ik om een snoepje vroeg, draaide Shlomo zorgvuldig het blikken deksel open van de doorschijnende glazen pot die vol zat met glimmende, zwarte visvormige snoepjes. Hij ving er een voor me en sloot de pot weer haastig af. Een keer heeft hij me verteld dat de geur van drop heel snel vervliegt, en als hij niet snel het deksel er weer op deed, zouden de dropjes niet meer hetzelfde smaken omdat onze smaakzin zonder onze reukzin waardeloos was. Met zwarte tong en lippen zoog ik op de kop van het visje, en tegen de tijd dat ik de staart bereikte, was het dropje helemaal doorzichtig. Op dat moment, vlak voordat het in mijn speeksel verdween, hield ik het vlak voor mijn ogen, en door dat doorschijnende deel keek ik naar de zon die dan grijs werd.

Nachum liet mijn hand uit zijn pijnlijke greep glijden en zei dat hij naar de woonkamer ging om naar het nieuws te kijken, en hoewel ik hem vroeg het geluid zacht te zetten, kon ik de stemmen horen, dwars door de comateuze slaap die me overviel. De dramatische, metalige stemmen van nieuwslezers drongen mijn bed binnen. Ik dekte mijn hoofd toe met de gestikte deken en stak mijn duimen in mijn oren, maar de stemmen waren indringender en sterker dan ik en drongen de kamer binnen als de schoten uit een automatisch wapen. Brokken van woorden, zinnen en bekende termen die de laatste paar dagen eindeloos op het scherm herhaald werden en zich niet tot een samenhangend beeld lieten combineren, vielen weer op me neer als vleugjes as die mijn lichaam verschroeiden en doordrongen in mijn slaap: bij kruising... een bomaanslag... de reddingsdiensten... tot dusver de namen van... Opeens hoorde ik een knal... Ze was pas zestien... Opeens hoorde ik een knal... Ik zag... Ik zag... Opeens hoorde ik een knal...

Opnieuw dacht ik na over Rami, over wat hij van de gebeurtenis zou zeggen en ik vroeg me af wat hij op dit moment zou doen. Ik had zin om hem op te bellen, misschien kon ik hem nog overhalen bij mij terug te komen. Wat Nachum daarvan zou zeggen, deed er niet toe. Boven de stemmen van de nieuwslezers uit hoorde ik dat de voordeur werd opengedaan, en het heldere stemmetje van Yoavi dat vroeg: 'Waar is Imoesj?' en Nachum die zei: 'Ssst, Ima slaapt.' Ik herinnerde me hoe Rami ons thuis in zijn onberispelijke flat had verwelkomd toen ik terugkwam uit het ziekenhuis met mijn buik vol littekens en een baby, met een rood hoofdje van boosheid in mijn armen, terwijl snikken van heel diep in me oprezen. Met de opwinding van een kersverse vader had Rami zijn handen gewassen en zeep tussen zijn vingers doorgehaald, hij had een schone handdoek over zijn schouder gelegd en de baby van me overgenomen. Terwijl zijn grote hand het hoofdje steunde, bracht hij hem voorzichtig naar zijn borstkas, hij liet hem zachtjes schommelen en maakte warme, zachte geluidjes. Hij had even met hem gespeeld voordat hij hem doorgaf aan Nachum. Nachum had hem met vooruit gestoken handen vastgehouden, en had hem niet tegen zijn borst gedrukt, had de geur van zijn baby niet willen opsnuiven. Toen had hij hem weer in Rami's armen gelegd en meegedeeld dat hij ervandoor moest omdat er een patiënt op hem zat te wachten. Rami had zijn ogen neergeslagen alsof hij zich ervoor schaamde mij aan te kijken. Toen had hij me gevraagd in bed te stappen, en hij wilde me niet laten opstaan. Hij was stilletjes in de flat zijn gang gegaan, had het wasgoed opgehangen en de schone was opgevouwen, de kasten opgeruimd en okra, rijst en een salade gemaakt voor de lunch. Hij had me wat moutbier laten drinken omdat dat goed is voor het zog, en toen de baby huilend wakker werd, was hij de slaapkamer binnengegaan en had hem uit de wieg getild. Hij had hem in mijn armen gelegd en zachtjes de deur achter zich dichtgedaan. Korte tijd later was hij teruggekomen, had de baby overgenomen, hem snel verluierd, en was bij ons gebleven tot ver nadat zijn tijd erop zat, totdat mijn moeder luidruchtig arriveerde. Samen hadden ze Yoavi in bad gedaan, en ik hoorde haar vragen of hij de baby wilde vasthouden, want haar handen beefden van opwinding. Ik hoorde hoe zijn zelfverzekerde stem zei: 'Maakt u zich geen zorgen, mevrouw, ik verzorg mijn vijf broertjes ook.'

Toen hij me vroeg in de avond alleen liet en mijn moeder een kussen onder mijn hoofd opschudde, vond ze een pakje in paars papier. Daarin zat een knalblauw babypakje en ze had sissend gezegd: 'Arabische smaak,' en ze had het pakje weer in het verfrommelde papier teruggedaan en op de ladenkast gelegd.

Ik slikte nog een pil uit het zakje dat de dokter me had meegegeven, en werd overvallen door slaap die me in zijn zachte armen sloot, me meetrok naar de afgrond, naar de plaats waarheen de doden gaan, om nooit meer terug te keren.

Toen was het avond geweest en het was morgen geweest: de tweede dag

Genesis 1:8

Ik werd 's ochtends wakker van een verschrikkelijk lawaai, geschreeuw en vleugelgeklapper. Hamers bonsden tegen mijn slapen, een bittere prop van opgedroogde tranen blokkeerde mijn keel, en die afschuwelijke stank die sinds de vorige ochtend bij me was geweest, rees op uit de lakens. Ik hoorde geritsel in de woonkamer. 'Rami, ben jij dat?' riep ik met zwakke stem, en Yoavi kwam op zijn bontpantoffels met kattenkopjes naar me toe gesloft. Ik was bang dat hij de doodsangst in mijn ogen zou zien, dus kneep ik ze dicht, om hem te beschermen. Rami rees voor me op alsof zijn gezicht geëtst was in de duisternis achter mijn oogleden, hoewel het maanden geleden was dat ik hem had gezien.

De maandag was onze dag. Als elke maandagochtend was ik met een zekere bezorgdheid wakker geworden, vermengd met heerlijke verwachting. Dan lag ik daar met gesloten ogen, wachtend op het klopje van zijn knokkels op de gepantserde deur. Ik was er nooit in geslaagd hem te overreden de bel te gebruiken. Ik had hem verteld dat het lawaai van de wasmachine, de tv met kinderprogramma's, Yoavi's gebabbel en de ochtendgeluiden van de straat het geluid van zijn aankloppende vingers zou overstemmen. Hij hield echter aan, en ik leerde mijn oren hoe ze zijn kloppen konden waarnemen. Hoewel ik op hem lag te wachten, met mijn oor naar de deur, hoorde ik nooit zijn lichte tred de trap op komen. Rami liep door het huis als een kat die soepel op zijn voetkussentjes loopt, en telkens weer beefde ik van angst als hij vanuit het niets opdook. Elke maandag, om klokslag acht uur, arriveerde hij. Zelfs als er sneeuw was gevallen in de stad en de straten met een ijzig, dik tapijt bekleed waren, hield hij zich aan onze dag en liep hij die hele afstand, gehuld in een oude overjas uit het leger. Hij stak het hele dal over dat zijn stad, voordat de muur was opgetrokken, van mijn buurt scheidde. Hij begroette me dan met glimlach, vroeg hoe we het maakten, kuste Yoavi op zijn wang, en als onderdeel van een vast ritueel vroeg ik of hij samen met ons wilde ontbijten. Dat weigerde hij dan, hij drong erop aan dat ik naar de universiteit vertrok en daar niet te laat aankwam, en als een gastheer die ongeduldig wachtte op het vertrek van hinderlijke gasten, zei hij ons bij de deur vaarwel. Wanneer ik 's middags terugkwam, met de baby in een draagdoek en beladen met zakken boodschappen, waren de sporen van de orkaan die wij hadden achtergelaten, volledig verdwenen. Elk voorwerp stond op zijn plaats, het porselein glansde, de borden die we in de gootsteen hadden achtergelaten, waren weer opgeslokt door de kasten, de oude stapel kranten in de hoek was weggegooid en de geur van schoonmaakmiddelen hing in de lucht. Rami begroette me bij de deur, zei verwijtend: 'Een vrouw moet geen zware dingen dragen,' borg de boodschappen 'als soldaten' op in de kasten en in de koelkast, en dan zei hij dat hij als hij getrouwd was, de boodschappen voor zijn vrouw zou doen, zodat ze niet zoals ik hoefde te sjouwen met manden.

'Sssst... Imoesj slaapt.' De kleine jongen rukte me los uit mijn herinneringen aan Rami. Hij liep om het bed heen, met Teddy Beer en Tutti, een versleten, smerige lap van een luier die hij graag onder zijn neus hield om eraan te snuiven, als een kleine drugsverslaafde. 'Imoesj slaapt... niet wakker maken,' zong hij voor zichzelf, waarschijnlijk een herhaling van wat Nachum tegen hem had gezegd. Ik luisterde verbijsterd, opnieuw versteld van die zoon van me, 'de engel Gabriël' noemde ik hem in mijn hart, want er was op de wereld geen ander kind als hij, een kind dat mijn behoeften boven die van hemzelf stelde. Dat zei ik altijd tegen Nechama, en dan stak zij haar neus in de wind.

Met gesloten ogen trok ik het dekbed over mijn hoofd, en met de hand van een verlaten vrouw tastte ik naar Nachums lichaam.

'Pappie is naar zijn werk en Imoesj brengt Yoavi vandaag naar het kinderdagverblijf,' zei hij met zijn hoge stemmetje, waarmee hij me herinnerde aan mijn verplichtingen.

Ik knipte de leeslamp aan en wenkte hem met mijn vinger. Hij sprong in bed, met Tutti en Teddy Beer, strekte zich over mijn buik uit, en vervolgens over mijn maag, die sinds de vorige ochtend leeg was en nu licht verkrampte. Zijn lijfje, dat naar slaap geurde, kronkelde in mijn armen onder de deken, hij sloeg zijn armpjes om me heen, zodat mijn pijnlijke lichaam zich enigszins ontspande. Ik rook aan zijn haar, dat nog vochtig was van nachtelijk zweet, kuste hem in zijn halsje met dat kleine rimpeltje, en met mijn tong verwijderde ik de rode jamvlekken die zijn wangen versierden.

'Imoesj is alleen van Yoavi,' mompelde hij.

'Alleen van Yoavi,' herhaalde ik, gehoorzaam als een echo. 'Imoesj is alleen van Yoavi.'

Mijn belofte werd opgeslokt door een geluid van gekrijs, klapwiekende vleugels en gekras van klauwen, en Yoavi wees naar het rolluik, en zei met overtuiging: 'Daar zitten veel vogels in.' De mussen hadden nooit eerder zo luid gepiept, dus was er waarschijnlijk iets aan de hand. Ik herinnerde me hoe ze zich de vorige ochtend, tweeduizend jaar geleden, hadden verdrongen op de vensterbank. Ik stapte uit bed en met vingers die gevoelloos van slaap waren, trok ik aan het koord van het rolluik. Een grijze ochtendschemering sloop door het raam en drong de kamer binnen, en dreigde met haar somberheid de kunstmatige verlichting te overstemmen. Druk fladderende vleugeltjes en scherp gepiep waren het gevolg, en Yoavi schreeuwde dat ik de vogels pijn deed. Hij greep mijn hand vast en vroeg of ik het rolluik wilde laten zakken, 'Want dat is het huisje van de vogels.' Toen ik deed wat hij vroeg, zong hij een regeltje uit ons liedje 'En wat doen vogels? Vliegen, vliegen, vliegen, tot ze moe zijn.' Ik verzamelde al mijn krachten en trok mijn versleten oude lila kamerjas aan, de jas die mijn moeder voor de geboorte van Yoavi voor me had gekocht. De jas, waarvan de wol aardig versleten was, vertoonde allerlei kale plekken, als waterpokken. Ondanks Nachums smeekbeden weigerde ik de jas weg te gooien, want de herinneringen kleefden aan de voorkant, koppige, grijzige vlekken – een herinnering aan de moedermelk die erin gedrupt en opgedroogd was. Ondanks de vele wasbeurten, hingen de laatste resten geur nog aan de stof, de geuren en vlekken hadden zich boven op elkaar gestapeld en weigerden te vertrekken. Ze herinnerden me aan de periode die ik wilde vergeten. Beschermd door zijn vertrouwde honingachtige geur droeg ik Yoavi op mijn rug naar zijn kamertje, maar toen we aan het och-

44

tendritueel van de schoenen toekwamen, vergat ik opeens de juiste volgorde en begon ik te twijfelen tussen de linker- en de rechterschoen. Yoavi voelde mijn verwarring, omhelsde me en noemde me domme Imoesj.

Kruimels van de cornflakes en de toost van het ontbijt glinsterden als een sterrenhoop op de tafel, die kleverig was van donkere pruimenjam, met een Milky Way die zich daartussen een weg zocht. De ochtendkrant lag erbij, gevlekt met stukjes boter en jam, en met die bloederige kop die brulde GRUWEL BIJ DE PATTKRUISING, met een onderkop die tweeëntwintig doden noemde, voor het merendeel kinderen, bij de zelfmoordaanslag op een bus. En hoewel ik het kleine meisje niet kende, was haar dood helemaal van mij. Ik moest haar naam en leeftijd zien te ontdekken, haar ouders vinden, en nagaan waar ze gewoond had. Ik zocht naar elk spoor van haar en bij het bestuderen van de krant ritselden, zuchtten en kreunden de bladzijden onder mijn aanraking. De namen van de slachtoffers en hun leeftijd flitsten voorbij, zwart in kleine lettertjes, als vliegenpoepjes. Aandachtig las ik de namen en leeftijden, maar het kleine meisje stond er niet bij. Vervolgens controleerde ik de foto's van de doden van wie de naam bekend was gemaakt. Die keken me aan, keurig gerangschikt in drie rechte rijen, ernstig, geborsteld en gekamd, en op bevel van naamloze en onzichtbare fotografen lieten ze in een brede glimlach hun tanden zien. Een kortstondig pathetisch moment voor mensen die hun best deden zo goed mogelijk voor de dag te komen op de foto, opdat men hen niet zou vergeten. Ik las de namen en leeftijden nog een keer door, en bestudeerde de foto's.

Mijn lieve kleine meisje was er niet bij!

Mijn lieve kleine kleuter was ook ontsnapt aan de lijst, en zodra ik me dat realiseerde, werd ik overspoeld door een enorme golf van opluchting, bevrijdende tranen verblindden me, deden de namen vervagen en werden door de krant opgevangen. Nu wist ik dat ze veilig en wel thuis was en ik stond versteld van het wonder dat ons beiden was overkomen, en ik wilde haar terugzien. Ik liep naar de gootsteen, zette met mijn rug naar Yoavi gekeerd de kraan aan en een waterval van bijna kokend water stroomde eruit. Ik waste met veel gedruis af. De bus dreef voor mijn ogen in het water, langgerekt en schommelend, en het schattige gezichtje van een klein meisje glimlachte naar me. Opeens werd een ergerlijk gerinkel hoorbaar, en Yoavi maakte me wakker en zei: 'Imoesj, telefoon.' Tegen de tijd dat ik mijn werkkamer had bereikt en mijn handen aan mijn kamerjas had afgeveegd, was het rode lampje van het antwoordapparaat vrolijk naar me aan het knipperen, en Nechama's bezorgde boodschap weerklonk door de kamer. Met haar gezaghebbende stem had ze namens mij besloten dat ik het huis niet mocht verlaten, en ze deelde mee dat ze vanochtend met haar Yoeli per taxi zou komen om Yoavi naar het kinderdagverblijf te brengen. Ze voegde eraan toe dat ze hem daar ook weer zou ophalen, en dat het beter zou zijn als Yoavi vannacht bij hen zou slapen tot ik het trauma dat ik had opgelopen, had verwerkt. Als verlamd stond ik naast het apparaat waaruit haar stem vervormd en metalig opwees, en tegen de tijd dat ik de hoorn oppakte, werd ik door een langdurige toon gewaarschuwd dat Nechama haar verhaal had afgesloten. Mijn vingers toetsten haar nummer in, maar konden haar niet meer vangen.

Opeens hoorde ik het geluid van een sleutel in het slot, ik stond op, rende naar de deur en riep dolblij 'Rami?' Toen verscheen een hoofd met krullen in de deuropening en Nechama, resoluut en efficiënt als altijd, stak haar hoofd naar binnen, met de sleutel nog in haar hand, die ik haar voor noodgevallen gegeven had. Ze bekeek me vol belangstelling, alsof ze me voor het eerst zag, liet de deur achter zich dichtvallen en leunde er zwaar tegen, hijgend van de inspanning van het trapklimmen.

'Rami? Hoe had het Rami kunnen zijn? Je weet toch dat hij hier niet kan komen.' Met het gezag dat ze in haar lange jaren van eenzaamheid ontwikkeld had joeg ze me terug naar bed. 'In dergelijke gevallen moet je namelijk rust nemen.' En terwijl haar Yoeli en mijn Yoavi op het kleedje rondrolden met de speelgoedbeesten, zette ze wat verbena-thee voor me. 'Die kalmeert de zenuwen,' en ze streelde vol medelijden mijn hoofd. Ik vroeg aan haar: 'Kun je het ruiken? Kun je het ruiken?' en zij antwoordde met de vraag 'Wat moet ik dan ruiken?' Ik fluisterde: 'De geur die sinds gisterochtend van mij af komt.' Ze bracht haar voorhoofd naar het mijne tot haar ogen in één cyclopisch oog veranderden, ze rimpelde

haar neus, maakte geluiden als een politiehond en klaagde op ge-
affecteerde toon: 'Oei, wat een stank, ga gauw je tanden poetsen.'
'Nechama,' zei ik tegen haar, 'ik meen het, ik heb een brandgeur
bij me, de geur van verbrand vlees.' Maar zij wuifde mijn klacht
met een spottend gebaar weg, zei dat ik het me allemaal verbeeld-
de en dat het over zou gaan. Ze tetterde haar speciale fluitje voor
de kinderen, de trompetstoot uit Tsjaikovski's *Ouverture 1812*. Ze
kwamen aanrennen, zij ving hen op in haar armen en tilde hen na
elkaar op. Ze klemden zich om haar nek vast en sloegen hun beentjes om haar middel. Toen we afscheid namen, zag ik haar zware
billen als de kont van een sterke muilezel op en neer gaan, met
aan elke kant een kind. Ze omklemden met hun enkels haar brede
heupen en boven haar hoofd vochten ze met ineengeslagen handen met elkaar. 'En waag jij het niet vandaag uit te gaan,' zo sprak
ze mijn vonnis uit terwijl ze de trap afdaalde, 'en trouwens, je hebt
geen auto.' Ze zei dat ik de telefoon moest uitzetten, 'want je hebt
vandaag geen behoefte aan troostende gesprekken'. Dat hoorde ik
haar nog zeggen nadat ze uit het zicht was verdwenen.

Ik luisterde naar de straatgeluiden en toen ik het portier van
de taxi hoorde dichtslaan, haastte ik me naar de badkamer, waar
ik het bad bevrijdde van een familie gele plastic eendjes die daar
sinds gisteren bivakkeerde, toen Nachum Yoavi onder de douche
had gezet. Schuimend, bijna kokend water vulde het bad en door
de stoom besloeg de spiegel. Ik kleedde me uit, stak mijn voet in
het water en brandde mijn tenen. Ik slaakte een gil, sprong overeind en zette haastig de koude kraan aan, testte het water opnieuw
en liet me langzaam zakken, eerst mijn zitvlak en toen de rest van
mijn lichaam. Het water hield me in zijn hete omarming gevangen. Ik pakte Yoavi's zeep, die de vorm van een groene schildpad
had, wreef daarmee de ruwe loofah in tot het ging schuimen en
schrobde mijn huid alsof ik die samen met de resten van de tragedie en de stank wilde afstropen. Ik zeepte zelfs mijn wijsvinger in,
en die liet ik in mijn vagina en anus glijden om ze vanbinnen te reinigen.

Toen leverde ik me over aan het ritueel van het haren wassen. Ik
bewerkte mijn hoofd met shampoo en waste het driemaal, een herhaling van het 'hoofdreinigingsritueel' uit mijn jonge jaren, wat

destijds een handige manier was geweest om de geheugencellen te reinigen en moeilijke gedachten te verdrijven, en ook bijzonder handig bleek om de herinnering aan jongens uit te bannen die me hadden laten vallen. Ik had dat ritueel overgenomen uit de musical *South Pacific*, die ik gezien had met mijn eerste liefde, een opgewonden jongen met een gezicht vol acne-littekens, die mijn hand vasthield met zijn ene bezwete hand, terwijl de andere mijn borstkas bevoelde die zich net was gaan ontwikkelen. Ik concentreerde me op het wegduwen van zijn hand en op de vrouwelijke hoofdpersoon, die haar haar energiek aan het wassen was om die man eruit te wassen. Ik paste die methode de volgende dag toe nadat ik mijn eerste liefde op het plein had gezien, waar hij hartstochtelijk een meisje kuste dat zich verder ontwikkeld had dan ik. Ik spijbelde de rest van de dag en bleef een hele tijd onder een harde douchestraal staan. Ik waste mijn tranen weg en waste en waste, mijn nagels groeven zich in mijn hoofdhuid om hem uit mijn herinnering te scheuren en mijn ziel aan een onderzoek te onderwerpen, totdat het ging bloeden en het warme water opraakte.

Die avond, toen ik bittere tranen vergoot op mijn kussen, kwam mijn vader mijn slaapkamer binnen en ging op mijn voeteneind zitten. Hoewel hij heel mager was, zakte de ene kant van de matras onder zijn gewicht in, en ik rolde naar hem toe. Hij vroeg, half voor de grap en half in ernst, of ik mijn haar goed had gewassen en of het geholpen had. En toen ik hem, verstikt door tranen, vertelde dat dat niet zo was, stelde hij voor dat ik terugging naar de badkamer en het nog eens en nog eens waste tot ik die jongen helemaal uit mijn hoofd had gewassen. Vervolgens pakte hij mijn hand en zei tegen me dat ik zo mooi was, en dat het niet lang zou duren of de jongens zouden in de rij staan, 'En ze zullen uit het hele land naar jou toe komen, tot je moeder ze met haar heksenbezem moet wegjagen.' En ik moest lachen en nog eens lachen, tot ik me van vermoeidheid overgaf aan de slaap. Toen ik 's ochtends wakker werd, bleek mijn vader naast me te liggen, op de rand van het bed, met mijn hand in de zijne.

Ik lag een hele tijd in het warme water en bedacht dat mijn vlees nu zo langzamerhand wel kookte en snel zacht zou worden, net als het vlees dat ze in de *hamin* voor sabbat stoppen, en dat het beetje bij beetje van mijn lijf afbrokkelde, tot het door de afvoer verdween. Als Nachum dan thuiskwam, zou hij een gebleekt skelet vinden in plaats van mij. Schoon en bloedrood stapte ik uit het bad en droogde me af met een handdoek. Maar de brandlucht barstte nog uit elke porie van mijn huid, vermengde zich met de geur van zeep en het parfum dat ik met gulle hand achter mijn oren en achter op mijn nek had gesprenkeld.

Bij de badkamerspiegel, waar beide panelen condenstranen vertoonden, stond ik naakt mijn haar te kammen en ik onderzocht mijn gezicht dat overdekt was met oranje sproeten, hoewel ik niet roodharig ben. Mijn vader had me eens verteld dat die sproeten hem herinnerden aan een meisje dat niet teruggekomen was 'van daar', en dat ik net zulke sproeten had als zij. Op een dag zei hij dat ik een man zou vinden die mijn sproeten liefhad en ze zelfs een voor een zou tellen, als blijk van zijn liefde. Maar Nachum had mijn sproeten nooit bewonderd.

Ik staarde naar mijn lichaam dat gisteren nog zo lelijk en eenzaam was geweest, en nu zag ik een slank middel, ronde heupen en borsten die net zo vol waren en omhoog wezen als altijd. Ik herinnerde me een compliment dat Nachum me al die jaren geleden had gemaakt, nog voordat we getrouwd waren. De welvingen van mijn lichaam herinnerden hem aan de Venus van Milo, en tijdens onze huwelijksreis, toen we in hogere sferen door het Louvre zwierven, had hij me meegenomen om haar te ontmoeten. Ik ging links van haar staan, met mijn handen achter mijn rug, mijn heupen naar voren en mijn hoofd omhoog. Hij maakte een foto van ons, naast elkaar, de een met haar borsten bloot, de armen afgehakt met een glanzend wit, koud en hard lichaam, de ander in een kort zomerjurkje, met een zacht, warm, zongebruind lijf. Bij de souvenirwinkel kocht hij een witmarmeren miniatuur van de godin voor me. Toen we terugkwamen in Israël en hij het filmpje liet ontwikkelen, beweerde hij dat de foto geen recht deed aan mijn schoonheid. Hij noemde me niet meer zijn Venus en prees de welvingen van mijn lichaam niet meer.

Naakt, schoongewassen en geurig ging ik op het voeteneind van het bed zitten om te bedenken wat ik het volgende uur zou doen.

Nechama's waarschuwende woorden galmden nog in mijn oren, en het onopgemaakte bed, met die rimpelige warme lakens, verleidde me om weer in die zachtheid te gaan liggen. Het beloofde me te beschermen tegen de gevaren die buiten op de loer lagen. Ik peinsde over Nechama's bevelende woorden: waag het niet; ga rusten, beweeg je niet. Haar bazige en beschermende toon deed pijn aan mijn oren en ik bedacht: ze neemt me altijd onder haar vleugels wanneer ik me zwak voel. Ik herinnerde me wat ze me een keer verteld had toen we over hysterie spraken, namelijk dat rust en het voorkomen van prikkels eind negentiende, begin twintigste eeuw ontdekt waren als volmaakte therapie voor hysterie bij vrouwen. Toen herinnerde ik me dat ik studies had gelezen over slachtoffers van een schok. Ik bedacht dat er misschien enige waarheid school in de bewering dat het slachtoffer terug moest gaan naar de kern van de gruwel, als beproefde en waarachtige methode om hem van zijn angsten te bevrijden. De spijkerbroek en de geruite blouse die ik had gedragen voor het zaterdagse uitstapje met Louisa lagen nog over de leuning van de stoel. Zonder verder na te denken trok ik ze snel aan, hoewel ze nog vol woestijnstof zaten, en ik belde op naar de dichtstbijzijnde taxistandplaats.

De chauffeur die buiten op me stond te wachten, liet zijn arm uit het raampje hangen. Ik zag de sigaret tussen zijn vingers, de omhoog kringelende rook en het lange stukje as dat nog niet was bezweken onder de zwaartekracht, klemde zich vast aan het uiteinde en weigerde los te laten. Ik ging achterin zitten, hij tikte het restje as weg en zei, misschien tegen mij, misschien tegen zichzelf, dat hij weer was gaan roken nadat hij zes maanden was gestopt. Hoe kon een mens het roken onder de huidige situatie laten, nu alles je lichaam binnendrong?

Ik loog en zei tegen hem dat ik geen last van roken had en vroeg hem richting Gilo te rijden, naar de Patt-kruising en daar bij de bushalte te stoppen. Hij haalde zijn schouders op en vroeg: 'En waarheen daarna?' Ik zei: 'Dan weer naar huis.' Hij gooide zijn peuk het raampje uit, keek me in zijn achteruitkijkspiegel nieuwsgierig aan en wilde me duidelijk iets vragen. Maar ik keek de andere kant op en concentreerde me op de kleine plastic voetbal die aan een doorzichtig draadje aan de spiegel hing. Die bal danste tijdens het rijden in het rond, en de zwarte en gele kleuren, die van de voetbalclub Betar-Jeruzalem, glinsterden als een giftig insect voor mijn ogen. Veel te snel bereikten we de laatste halte van de bus die in vlammen was opgegaan. Daar, op een langwerpige rechthoek van verkoold, zwarter dan zwart asfalt, vroeg ik hem te stoppen. Het skelet van de bus was weggehaald. Ik zocht me een weg door de nieuwsgierigen die zich daar verzameld hadden. Er was daar van de ene dag op de andere een heilige plaats ontstaan. Boeketten bloemen, verschrompeld door de kou en voorzien van zwarte linten, bekleedden nu de banken van de bushalte en verscheidene poppen en teddyberen zaten er vredig tussenin, als vakantiegasten die uitrustten in een sinds lang verwelkt bloemenveld. Een Israëlische vlag bedekte een reclame voor babymelk op de bushalte, en rommelige briefjes op zacht, vochtig karton verklaarden dat de Arabieren gedeporteerd moesten worden. Nieuwe rouwkaarten waren haastig op de hekken van de bushalte vastgeplakt en tientallen herinneringslichtjes voor de slachtoffers waren zo gerangschikt dat ze het Hebreeuwse woord *chaj*, 'levend', vormden, en minuscule vlammen sputterden in de beschermende glaasjes. Twee militairen patrouilleerden rond de bushalte en een paar bleke, zwijgzame passagiers wachtten geduldig op de volgende bus en verdrongen zich dicht opeen buiten het afdak, alsof ze enige troost en veiligheid aan elkaar konden ontlenen. Boven hun hoofden verborg de zon zijn beschaamde gezicht achter een sluier van zwarte wolken die er onrustig omheen dreven, alsof ze dreigden met een nieuwe gietbui die de herinnering aan de dood zou uitwissen en in zijn genade het stof van de doden zou wegwissen, dat zich verzameld had in de barsten van de weg.

'Mogen de namen van die vervloekte moordenaars voor eeuwig weggevaagd worden,' mompelde de taxichauffeur tijdens de terugrit. 'Maagden krijgen ze beloofd, in het paradijs. Ze zouden ze eruit moeten gooien. Allemaal, stuk voor stuk. Pas dan zullen we in vrede kunnen leven.' Hij stak nog een sigaret op en wachtte op mijn reactie. Ik dook diep weg op mijn zitplaats en vertelde hem dat ik er gisteren bij was geweest, dat ik achter de bus had gereden toen die werd opgeblazen.

'Iedereen die achter in de bus zat,' zei hij, 'is op slag gedood, en als u niet door scherven geraakt bent, dan was dat een wonder.' Hij keek belangstellend naar me in de spiegel boven zijn hoofd, alsof hij in mijn gezicht naar tekenen zocht van het wonder dat mij was overkomen. Ik vertelde hem niets over het kleine meisje bij het achterraam dat met me gespeeld had, ik bewaarde haar voor mezelf. Ik voelde dat hij verder wilde praten, maar mijn gezicht in zijn spiegel moedigde hem daar niet toe aan.

'En waarheen nu?' vroeg hij, alsof hij vergeten was wat ik hem nog maar een paar minuten eerder had gezegd.

'Naar huis,' antwoordde ik kortaf.

De taxichauffeur beklom de berghelling over de brede weg en de voetbal glinsterde voor me uit als een gevaarlijke horzel, totdat we stopten op de parkeerplaats bij het huis, dicht bij de bergen afval die uit de groene container waren gevallen. 'Hoeveel is het?' vroeg ik, en hij wuifde mijn woorden weg. 'Hoeft niet.' Ik herhaalde: 'Wat krijgt u van me?' Met dikke vingers zette hij de meter op nul, draaide zich naar me om en zei: 'U hoeft niet te betalen, mevrouw, het was maar een kort ritje.' Ik vroeg hoe hij heette, en dat vertelde hij me; ik vergat het meteen weer en bedankte hem. In de spiegel fixeerde een tweetal bleekgroene ogen me met een blik die we soms reserveren voor mensen die niet zo snugger zijn, en hij zei: 'We zouden elkaar alleen bij vreugdevolle gelegenheden moeten tegenkomen, mevrouw.'

Ik wist niet hoe gauw ik me door het trappenhuis kon laten opslokken. Buiten adem beklom ik de trappen, en alsof ik achtervolgd werd opende ik de deur en gooide me geheel gekleed onder de gestikte deken op het bed dat nog de warmte van mijn lichaam vasthield. Het gerammel van de sleutel in het slot werd gevolgd door de geluiden van Nachum die thuiskwam: de deur ging dicht, zijn sleutels werden neergegooid in de koperen kom die op de lage boekenkast in de hal stond, zijn aktentas klapte neer op de eettafel. Nachum was die dag vroeg naar huis gekomen. Zijn gezicht gluurde naar me vanuit de opening van de slaapkamerdeur en ik trok de deken op tot aan mijn kin opdat hij niet zou merken dat ik geheel gekleed in bed lag. Hij vroeg: 'Waarom heb je de telefoon niet opgenomen? Ik heb je een paar keer gebeld om te zeggen dat ik vroeg zou thuiskomen.' Ik zei dat ik de telefoon eruit had getrokken omdat ik wilde slapen. Opnieuw klonken de geluidjes bij het rolluik, en hij luisterde en vroeg wat voor lawaai dat was, bij het raam. Ik zei dat het vogels waren, en hij zei: 'Maar de mussen hebben nog nooit zulk kabaal gemaakt.' En ik herinnerde me de mussen die gisteren samen op de vensterbank hadden gezeten, als vluchtelingen in de bijtende kou, en ik zei dat het waarschijnlijk andere vogels waren. Hij zei: 'We moeten ze zien kwijt te raken en eindelijk die barst in het kastje van het rolluik laten maken.' Toen draaide hij zich om en kleedde zich snel uit. Een heel kleine, strakke onderbroek met luipaarddecoratie, die ik nooit eerder had gezien, omhulde elegant zijn mannelijkheid die als een indrukwekkende bobbel uitstak. Hij kwam zwaar op het bed zitten, bukte zich om zijn sokken en nieuwe onderbroek uit te trekken en gooide alles in de wasmand. Naakt en op blote voeten schuifelde hij naar de badkamer. Ik hoorde hoe het water van de douche over hem heen stroomde. Hij kwam naar buiten, gekleed in een grijs sweatshirt en omhuld door een wolk van zoete geuren, met zijn rood aangelopen voeten in zijn oude geruite pantoffels, en zijn stem klonk verwijtend: 'Waarom heb je het bad niet schoongemaakt, je haren verstoppen de afvoer; de loodgieter verdient meer aan ons bad dan ik op de kliniek.' Pas toen vroeg hij waar Yoavi was en ik vertelde dat hij bij Nechama bleef logeren. Hij kwam naast me zitten en vroeg wat voor dag ik had gehad. Ik hield hem overal buiten en loog dat ik had liggen slapen. Hij zei: 'Dat is het beste voor je.' En toen vroeg hij of er wat te eten was. Ik zei tegen hem dat ik niet de kracht had om te koken, en geen honger had en dat er nog geroosterd vlees was van sabbat in de koelkast. Hij zei dat hij over de radio had gehoord dat er vannacht sneeuw kon vallen in Jeruzalem, maar dat we niets in huis hadden. Ik zei vriendelijk: 'Dat zal Yoavi's eerste sneeuw zijn, en er liggen eieren in de koelkast.'

Toen ik het gerinkel van borden hoorde, kleedde ik me haastig uit. Ik trok mijn flanellen nachtpon aan en nam een kalmerend middel. Ik gaf me over aan het heerlijk lome gevoel dat zich door mijn lichaam verspreidde, de matras beneden me slokte me op en ik viel in een droomloze slaap. Ik werd wakker van wanhopige woorden die sterker waren dan ik en op me neervielen. Ik zweefde omhoog naar bewustzijnsniveau en vroeg aan Nachum of hij de stem van de nieuwslezer op de tv harder wilde zetten. Hij schreeuwde terug: 'Ik dacht dat je wilde slapen,' en ik hield aan: 'Zet het iets harder.' Toen hoorde ik de standaardformule: vandaag vonden de begrafenissen plaats van... Ze was een jong meisje dat van het leven hield... Hij zou binnenkort gaan trouwen... Hij heeft een zwangere vrouw en drie kinderen nagelaten... Een buitenlandse arbeider die pas een week geleden uit Roemenië was gekomen... een jongen die samen met zijn moeder gedood was. En ik hoorde niets over een meisje van drie dat naar haar laatste rustplaats was gebracht. Toen kondigde de nieuwslezer aan dat vlak na deze uitzending de weersverwachting zou komen, en ik kon de meteoroloog al horen zeggen: 'Morgen wordt het een...' en ik wist dat er een morgen zou zijn, want dat had het weerbericht gezegd.

Toen viel er een stilte, Nachum liet zich op het bed vallen waardoor de matras schudde. Hij drukte zich tegen me aan, kneep met zijn vingers, die opeens weer tot leven waren gekomen, in mijn tepels en liet zich in mijn diepten glijden, maar die waren droog en deden pijn. Ik lag op mijn rug met mijn ogen dicht en zag het kleine meisje van wie ik de naam niet kende, met haar neus tegen het raam gedrukt, en met haar adem rondom haar gezicht als de heiligenschijn op een christelijke icoon.

'Kiekeboe,' fluisterde ik, half in slaap.

'Ben je gek geworden?' zei Nachum, en hij deinsde van me terug. 'Ik probeer je te verleiden en jij speelt kiekeboe?' en hij ging gekwetst met zijn rug naar me toe liggen.

'Heeft Yoavi iets te eten gehad?' vroeg ik aan zijn rug, en hij mompelde: 'Yoavi is bij Nechama, of was je dat vergeten?'

'Heb je hem een verhaaltje voorgelezen?' En ik vroeg of hij Rami nu wilde opbellen om te proberen of hij hem kon overhalen morgen te komen, omdat het zo'n rommel in huis was. Maar Nachum gaf geen antwoord, en mijn slaap was verstoord, zodat ik me tegen zijn warme lichaam aandrukte en probeerde daar enige troost aan te ontlenen. Maar zijn lichaam was verstard en zijn rug was vijandig. Ik stond op, liep naar mijn werkkamer en ging bij het raam staan. In het licht van de straatlantaarn kon ik de eerste sneeuwvlokken zien dansen in de lucht. Ik keek er een hele tijd naar, maar het was een lichte bui die wegsmolt zodra hij de grond aanraakte. Ik voelde hoe mijn lichaam koud werd, naalden prikten in mijn vlees en mijn zware armen en benen voelden als verlamd aan. Ik was bang om terug te keren naar de warmte van het bed, uit vrees dat ik de controle over mijn slaap zou verliezen, en dat die taferelen als een nachtmerrie zouden terugkomen. Ik probeerde me te bevrijden van nare gedachten, maar ze kwamen terug, telkens weer, als zwarte aasvogels, krijsend en pikkend naar de lichamen van de doden.

Toen was het avond geweest en het was morgen geweest: de derde dag

Genesis 1:13

Mijn ogen waren open toen de schreeuwende en bonzende geluiden op de trommel van het rolluik tot me doordrongen, volledig synchroon met het zoemende lawaai van de wekker aan Nachums kant. Ik boog me over hem heen en bracht de wekker tot zwijgen. Nachum weigerde zijn ogen open te doen en draaide zich om. Ik wekte hem met een licht schudden en vroeg of hij Yoavi naar het kinderdagverblijf wilde brengen, omdat ik die nacht geen oog dicht had gedaan. Hij sprong in paniek uit bed, rende naar Yoavi's kamer, kwam terug en zei verwijtend: 'Was je vergeten dat hij vannacht bij Nechama slaapt?' Ik wist het weer en verborg me onder het dekbed dat nog de warmte van zijn en mijn lichaam vasthield, en ik vroeg: 'Sneeuwt het?' Nachum zei dat je gek werd van dat lawaai en dat er iets aan de hand moest zijn. Hij greep het koord van het rolluik en trok het met één ruk omhoog. Het ochtendlicht stroomde naar binnen en kroop over de vloer. Vierkantjes licht vielen op de deken en de duisternis van de kamer raakte vermengd met de zachtheid van de dageraad. Het vreselijke gekrijs buiten overstemde het fluiten van de wind die tegen de ruit sloeg, smekend om binnen te komen, en Nachum vervloekte die verdomde vogels die hem uit zijn slaap hielden.

Hij ging de kamer uit en kwam terug met een aluminiumladder vol vogelpoepjes en zette die met een klap onder het raam. Hij klom erop en maakte de schroeven in het deksel van het kastje van het rolluik los, en legde nijdig de dikke plastic roller bloot. Stro en allerlei rommel zaten in het kastje, en propjes watten, eierschalen, resten van plastic zakken, dorre bladeren, veren, pluis en andere stinkende rommel vielen neer op het vloerkleedje. Nachum sloeg met de steel van de schroevendraaier tegen de bodem van het kastje en werd vergast op een hoog gekrijs. Een zwarte bliksemschicht sloeg op de vlucht en vloog keer op keer tegen het gesloten raam dat schudde en galmde van de pijn. Een gevorkte staart, puntige veren, een snavel, wijdopen en krijsend, en scherpe, kromme nagels schoten van muur naar muur. De vogel vloog, alsof hij blind was, tegen de plafondlamp, smeet een boek van de zijtafel af en botste tegen de Venus van Milo op. Mijn armloze godin schudde heen en weer en er klonk een brekend geluid toen ze uit haar hoge verblijfplaats viel. Omdat de vogel boven mijn hoofd siste, schreeuwde ik naar Nachum: 'Doe open, doe open, zet het raam open,' en hij worstelde met de hendel tot er plotseling een koude windvlaag over me heen streek en het gekrijs langzaam afnam.

In de zalige stilte daarna hoorde ik Nachums boze stem die zei: 'Dat rotbeest heeft me bijna de ogen uitgestoken.' Ik vroeg: 'Waar zijn de mussen?' en hij antwoordde: 'Die zijn er niet. Zij heeft ze weggejaagd.' Ik vroeg wie die 'zij' was, en hij haastte zich naar de studeerkamer, kwam terug met *Vogels in Israël* en vroeg mij die vogel op te zoeken, want hij had zo snel rondgevlogen en was moeilijk te volgen geweest. Ik zei dat ik me een scherp gevorkte staart herinnerde, iets als een zwaluw, en hij bladerde in het boek en bladerde nog eens en deelde toen mee: 'Niet te geloven. Het is een gierzwaluw. Die heeft het kastje van het rolluik overgenomen.' Toen deed hij het raam weer open en schudde het kleedje buiten uit. De wind probeerde het uit zijn handen te rukken en hij worstelde met het opbollende kleedje dat dreigde weg te wapperen. Na afloop veegde hij het stro en het vuil op de grond op en zei dat hij een meubelmaker had gebeld om het kastje dicht te maken, zodat vogels er geen nesten meer konden bouwen. 'En de mussen?' vroeg ik. 'Hoe moet het dan met de mussen?' Nachum haalde zijn schouders op: 'Hoe vaak moet ik je nog vertellen dat vogels alleen maar vuil en luizen meebrengen?' Ik zei dat ik doodmoe was omdat ik de hele nacht niet had geslapen en rolde me op onder de warmte van de gestikte deken. De geluiden van die ochtend – het gekletter van de koekenpan in de keuken, het zoemen van een elektrische tandenborstel, het stromen van water in de douche en de stemmen van de mensen die die ochtend voor de tv werden geïnterviewd – dat alles dompelde me onder in een gevoel van onechte kalmte en in het licht van de ochtend viel ik in slaap.

Ik werd wakker van het plotselinge geluid van de telefoon naast me. 'Die ultraorthodoxen van jou en hun begrafenissen kunnen wachten,' en als in een droom luisterde ik naar de grommende stem van professor Har-Noy. 'Het is nu het belangrijkste dat je geneest en weer jezelf wordt.' Ik bedankte hem en wilde het gesprek afsluiten, maar hij riep: 'Wacht even, er is hier iemand die met je wil praten,' en een strelend Frans accent zong in mijn oren. Louisa's stem weerklonk, zacht ademhalend, en noemde me 'ma chérie', en ik werd vervuld van zoetheid. Ik hoorde hoe haar gouden armbanden haar handbewegingen met hun vrolijke klanken begeleidden toen ze zei: 'Uitrusten, lieverd, niemand heeft haast,' en ze vroeg of ik wilde dat ze op bezoek kwam, en of ik iets nodig had van de kruidenier. Ik antwoordde haastig dat dat niet hoefde, en trouwens, ik zou de volgende dag weer aan het werk gaan. Ik bedankte haar voor haar lieve woorden en ze vroeg: 'Hoe voel je je?' en ik antwoordde vol zelfvertrouwen, 'O, best,' en sloot het gesprek af met 'Tot morgen dan.'

Ik stapte wankel uit bed. Toen ik uit de diepte van het dekbed te voorschijn kwam, werd ik door walgelijke geuren achtervolgd die me in een stinkende wolk wikkelden. Ik schoof in mijn pantoffels en stuitte op een koud, hard voorwerp. Uit de donkere opening haalde ik een klein marmeren beeldje. Mijn godin, die een schuilplaats had gevonden in de warmte van het kunstbont van een van mijn pantoffels, was haar hoofd kwijtgeraakt.

Ik vluchtte naar de badkamer. De stank was me al vooruitgegaan. De spiegel toonde een rimpelig gezicht. Woeste verwarde haren hingen om mijn hoofd als bij een Gorgone, dikke oogleden, wimpers die gelig vochtig op elkaar plakten, en in één wang zaten slaapstrepen van het kussen. Ik bleef een hele tijd in het warme, bijna hete water liggen, ik dompelde me onder en verdreef de vieze lucht naar het water en het schuim van de geurige zeep. Mijn vingers en tenen vertoonden grootmoederlijke rimpels toen ik gezuiverd uit het bad opstond. Ik trok mijn verschoten lila kamerjas aan, ademde met vreugde de geur van Yoavi's uitgewassen braaksel in en voelde me plotseling slap, mijn benen beefden, en ik herinnerde me dat ik al twee dagen niets had gegeten. Ik haastte me naar de keuken en deed met bevende handen van de honger de deur van de koelkast open. Daar vond ik twee eenzame, wit glanzende eieren, een halfvolle fles Coca-Cola en een uitgezakt pak melk waarvan de houdbaarheidsdatum verstreken was. Ik keerde de koelkast de rug toe en de deur viel dicht, waardoor twee versleten magneetjes in de vorm van dinosaurussen losraakten. Ik plakte ze weer op de deur, maar ze weigerden dienst en lieten zich weer op de vloer vallen. Ongeduldig gooide ik ze weg in de afvalemmer, waar ik op de bodem eierdoppen zag liggen en een half verbrand stuk toost. Ik haalde de toost eruit, zette mijn tanden erin en mijn mond vulde zich met verschroeide kruimels. Ik dacht: zo voelt het waarschijnlijk wanneer je op houtskool kauwt. Toen zocht ik de Fruit Housemagneet, en die vond ik, verstopt onder Yoavi's tekeningen die met alfabet-magneetjes op de koelkast bevestigd waren, naast briefjes over dingen die ik nog moest doen, telefoonnummers voor noodgevallen, recepten en de telefoonnummers van loodgieters en pizzeria's. Ik draaide het nummer van Fruit House, waarboven een afbeelding van een tros blauwe druiven zat. Ik vertelde Zvika, de manager, dat ik ziek was en vroeg of hij zo vriendelijk wilde zijn een bestelling te bezorgen. Die dicteerde ik. Hij antwoordde met zijn vertrouwenwekkende basstem: 'Geen probleem, dat is tegen de middag bij u,' en hij vertelde me over Moshe Dvir, de melkboer. 'U kent hem vast wel, de man die eieren en kaas en zo levert. Zijn zoon zat in die bus, op weg naar school, en hij is gedood, en ook Rosa, die nieuwe immigrante die vioolles geeft in het gemeenschapscentrum, die was er ook bij en ligt nu zwaargewond in het ziekenhuis.' Ik werd overweldigd door een golf van misselijkheid, maar hij praatte verder: 'Reken maar uit, heden zij en morgen wij.' Ik vertelde hem niet dat ik daar ook in de buurt was geweest, ik vroeg alleen of hij wilde opschieten, want ik had niets meer in huis en hij zei: 'Zeker, natuurlijk, ik stuur meteen Hamid naar je toe, prettige dag verder.'

Ik ging terug naar de keuken en naar de koelkast, haalde de twee eieren eruit, brak ze op de rand van de koekenpan en goot hun slijmerige inhoud in de troebele olie. Aangenaam knapperende en bubbelende geluiden kwamen uit de pan, de bakkende eieren staarden me aan, geel en glanzend, zwevend in een wolk van stollend wit die bruine randjes kreeg. Ik at ze achter elkaar op, zó uit de pan. Ik prikte met een vork in hun ogen en verwondde ze, en ik eindigde met de resten van een broodje van een dag oud, waarvan de korst oudbakken smaakte. Toen de ketel floot, goot ik het kokende water in een kopje, voegde er een theelepel koffie aan toe en dronk haastig van de donkere drank, waarbij ik mijn tong brandde. Daarna bleef ik een hele tijd in de slaapkamer zitten, luisterend naar de vogels die naar het kastje van het rolluik waren teruggekomen, tot ik een besluit nam en naar mijn werkkamer ging. Ik zette de computer aan en riep het laatste interview op dat ik gehad had met Josef Warshavsky, mijn contactpersoon bij de Chevra Kadisja. Ik staarde ernaar en begreep niets van wat ik vlak voor 'die dag' had geschreven. Opnieuw sloop berouw mijn hart binnen: het onderwerp dat ik voor mijn scriptie had gekozen, *Begrafenis- en rouwgewoonten in de ultraorthodoxe gemeenschap van Jeruzalem*, zou niets bijdragen aan de wetenschap, en zelfs als ik de scriptie niet voltooide, zou niemand het missen in de wereld zoals wij die kennen. In wanhoop telde ik de maanden, weken, dagen en uren die ik had doorgebracht in het koninkrijk der doden, en ik ontdekte dat ik oog in oog had gestaan met twintig lijken, negenentwintig begrafenissen had bijgewoond, elf rouwende woningen had bezocht, negen ontmoetingen had gehad met Josef Warshavksy en drie met diens superieuren.

Ik dacht na over de manier waarop en wanneer ik professor Har-Noy zou meedelen dat ik mijn onderzoek staakte, en ik besloot 'die dag' als excuus te gebruiken en uit te leggen dat ik niet meer in staat was het verdriet van andere mensen te observeren. Met een theatraal gebaar van wanhoop legde ik mijn hoofd op het toetsenbord; mijn neus drukte op een van de toetsen, en een eindeloos, monotoon getik kwam uit het inwendige van de computer. Toen ik mijn hoofd optilde, waren honderden kleine н'tjes naar me aan het knipogen. Ik tikte met de muis op 'einde' en het scherm knipperde 'bewaren?' Ik overwoog het aanbod serieus en besloot het te aanvaarden, en al die н'tjes werden bewaard in een bestand dat 22 januari heette. Ik schakelde de computer uit, ging terug naar de slaapkamer en liet me zwaar op het bed vallen. Buizen, verborgen in de muren, murmelden zacht alsof ze met elkaar in gesprek waren, en het raam zonder rolluik wierp dansende oranje vlekken middagzon op me. Ik sloot er mijn ogen voor, maar ze bleven lenig en stralend achter mijn gesloten oogleden dansen. Ik bedekte mijn hoofd met de gestikte deken en staarde met open ogen naar die heerlijke duisternis. Toen ik het kussen onder mijn hoofd opschudde, kwamen mijn vingers iets hards en ronds tegen. Ik duwde de deken weg en koude marmeren ogen staarden me aan. Geen krulletje op het afgehakte hoofd van mijn godin was verstoord. Ik stond op, gooide Venus' hoofd in de prullenmand en voegde daar het armloze marmeren lijfje aan toe. Toen begroef ik mijn neus en ogen in het kussen en huilde zonder tranen.

In de middag werd ik wakker van het geluid van de deur die openging. Nechama stond in de deuropening naar me te staren, en ze kwam op me af met een blije Yoavi, die zijn benen om haar middel gekneld had en een nieuwe pop in zijn hand hield. 'Ssst, Ima voelt zich niet zo lekker,' zei de hese stem van Nechama.

Nechama, mijn goede vriendin en redster uit al mijn beproevingen. Elke dag dank ik mijn gunstig gesternte omdat dat ons heeft samengebracht tijdens die eerste keer in de wachtkamer van de gynaecoloog. Mijn buik was nog niet zichtbaar, maar de hare puilde onder een dikke laag vet naar buiten. Toen ze me hoorde zeggen wanneer ik zou bevallen, tegen de orthodoxe vrouw die naast me zat en die me ondervroeg naar mijn spijsvertering tijdens mijn zwangerschap, zei ze opeens: 'Wat toevallig, ik ben ook in de tweede week van oktober uitgerekend.' Ik zei tegen haar dat je niet kon zien dat ze zwanger was, en toen kreeg ik meteen een kleur, want ik wist niet of ze mijn opmerking als een compliment zou opvatten of als een belediging, en ik bleef beschaamd zwijgend zitten. De vrome vrouw vatte mijn zwijgen op als een uitnodiging, ondervroeg me opnieuw ongegeneerd en wilde weten of ik, voordat ik zwanger was geworden, de zuiverheid van het gezin had hooggehouden. Ik luisterde geamuseerd naar haar en voordat ik de kans kreeg om te antwoorden, zei ze dat baden in het rituele bad garandeerde dat de kinderen beeldschoon en gezond zouden worden, en Nechama knipoogde naar me. Toen ik na het onderzoek naar buiten kwam en Nechama naar binnen ging, wachtte ik op haar. Ze kwam na een paar minuten naar buiten stormen, zag me niet eens, voelde ongeduldig in haar tasje en haalde een pakje sigaretten te voorschijn met een doorschijnende aansteker. Ze deed een sigaret in haar mond, stak hem aan, zoog de rook dankbaar tot in haar longen en keek iets minder woedend. Toen zag ze mij, ze beantwoordde mijn aarzelende glimlach met een glimlach en vroeg of ik op een taxi wachtte. Ik wilde niet toegeven dat ik op haar had zitten wachten en zei dat ik mijn auto niet zo ver weg geparkeerd had. Ze vroeg waar ik woonde, en ik zei in Gilo, en zij vertelde: 'Ik woon in Patt, je kunt me onderweg afzetten.' Toen we naar de auto liepen, vroeg ik me af of ik haar moest vragen haar sigaret te doven, en misschien terloops moest opmerken dat roken schadelijk is voor de gezondheid, maar zij had zich al in de auto gewrongen en zei tegen me: 'Ik heet Nechama en ik kan niet begrijpen waarom je zat te luisteren naar die *noednik*. Zij bemoeit zich met elke nieuwkomer die ze tegenkomt.' Ik zei tegen haar dat die vrouw een beetje simpel was, en dat ik Yael heette. We reden zwijgend verder, en haar sigarettenrook vulde de auto. En hoewel het een regenachtige winterdag was, draaide ik mijn raampje open en stak mijn hoofd eruit. Toen de gloeiende as het filter begon te verschroeien, zocht ze opnieuw panisch in haar tas en haalde een andere sigaret te voorschijn; die stak ze aan met het dovende peukje, dat ze uit het raampje aan mijn kant gooide, en zoog begerig de rook naar binnen. We bereikten al gauw haar buurt: nietszeggende flatgebouwen die haastig waren opgetrokken om de uitbreiding van het Arabische dorp Beit Zafala te blokkeren. De gebouwen zonder identiteit stonden naast elkaar, alsof ze hun bewoners verraadden en oprecht verklaarden dat in deze boxen mensen zonder gezicht en zonder dromen woonden. Ze waren in de loop der jaren slordig opgelapt, er waren balkons toegevoegd, ramen verplaatst en stukken muur waren met goedkope natuursteen gepleisterd die er weer vanaf dreigde te vallen.

Ik reed door de hoofdstraat van de buurt en vroeg waar ze afgezet wilde worden, en zij zei: 'Laat maar, het maakt niet uit.' Ik wilde haar met alle geweld bij haar voordeur afzetten, en zij glimlachte en zei: 'Meestal loop ik vanuit de kliniek naar huis, dus je hebt me in elk geval een hele wandeling bespaard.' Ze bleef nog een paar minuten in de auto zitten, trok aan haar sigaret en vertelde me dat ze klinisch psychologe was, gespecialiseerd in peuters. Mijn blik was geconcentreerd op het zwartige dons boven haar mond, haar nicotinegele tanden en haar grauwe huid zonder een spoor van make-up, en toen vroeg ze aan mij: 'En jij, wat doe jij?'

'Imoesj voelt zich niet lekker... ssst...' Ik hoorde hoe Yoavi hardop Nechama's waarschuwing herhaalde. Ik sprong uit bed en Yoavi liet zich van Nechama's middel zakken en sprong in mijn armen. 'Imoesj beter, Imoesj beter,' juichte hij.

'Koffie?' vroeg Nechama, om de hoek van de keuken kijkend. 'Graag,' antwoordde ik en ik hoorde hoe de deur van de koelkast openging. Toen riep ze, en haar stem klonk alsof hij uit een lege watercisterne kwam: 'Weet je dat er niets in je koelkast zit? Zelfs geen melk voor de koffie. Ik zal even naar de kruidenier gaan en wat voor je halen.' Ik herinnerde me de boodschappen die nog niet bezorgd waren en ik zei tegen haar dat ik heel wat besteld had bij de kruidenier. Prompt werd er op de deur geklopt en daar stond Hamid, de bezorger van Zvika, hijgend in de deuropening, in een hemd dat stonk naar zweet, en met zwarte krullen die op zijn voorhoofd plakten. Met een bescheiden glimlach zette hij de volle kartonnen doos op het aanrecht. Ik had tegen hem willen schreeuwen waarom hij er zo lang over had gedaan, maar Nechama leidde me af en vroeg belangstellend waar hij woonde. 'In Abu Tor,' mompelde hij tussen zijn bitter opeengeklemde lippen, alsof hij gedwongen werd de vraag van een politieman te beantwoorden. Nechama liet een van haar zeldzame glimlachjes zien. 'Je hebt dus een Israëlisch persoonsbewijs?' Hij knikte en zij vroeg vriendelijk: 'En, hoe is het in jullie buurt?' en hij staarde haar argwanend aan, alsof hij niet begreep wat die vrouw van hem wilde. Hij haalde zijn schouders op en antwoordde: 'Prima,' en zij propte een bankbiljet in zijn hand, veel meer fooi dan ik gewoonlijk gaf, en zei vriendelijk: 'Shoekran.' Ik wist dat ze dat alleen deed omdat hij een Arabier was. Hamid keek haar niet aan en zei: 'Goedendag,' hoewel het al bijna nacht was, en hij vluchtte, met achterlating van een ijl spoor van de geur van een zweterig mannenlijf. Toen de deur dichtviel, vroeg ik of ze een joodse bezorger net zo zou behandelen als ze Hamid had behandeld. De kloppende blauwe ader in haar hals vertelde me dat ze uit alle macht probeerde niet op mijn uitdaging in te gaan. Haar ogen bekeken me medelijdend en concentreerden zich op mijn vlekkerige kamerjas. Met zure stem vroeg ze opnieuw: 'Koffie?' en ik zei: 'Nee, geen trek.' Ze stuurde me terug naar bed, alsof ik aan een ongeneeslijke ziekte leed. Yoavi volgde me met Tutti en Teddy Beer en kwam naast me zitten. Nechama nam bezit van de keuken. Ik hoorde hoe ze laden opentrok en met deuren smeet, en zich mijn kasten toe-eigende. En opnieuw haar stem die vroeg: 'Wil je een kop koffie?' Ik gaf geen antwoord en zij zei: 'Of je het nu leuk vindt of niet – ik ga je verwennen, en ik doe zelfs warme melk in je koffie.' Ik hoorde het rinkelen van pannen en het sissen van overkokende melk. Ik schreeuwde vanuit de slaapkamer dat de melk overkookte, maar zij kwam al binnen met een kop koffie in de ene hand en een sigaret in de andere. Ze kwam zwaar naast me op het bed zitten, duwde met haar grote tenen haar schoenen uit en liet die op de vloer vallen. Nadat ze het kopje op mijn nachtkastje had gezet, strekte ze zich uit op het bed, aan de kant van Nachum. Ik hoorde hoe de veren onder haar gewicht protesteerden.

'Wat heb je daar in het kastje van het rolluik?' vroeg ze, toen ze het gepiep en gekrijs hoorde.

'Een familie gierzwaluwen is bij ons komen inwonen.'

'Wat ga je daaraan doen? Met dat lawaai heb je geen leven.'

Ik zei dat Nachum er een meubelmaker bij wilde halen, om het kastje af te dichten, en Nechama zei dat dat onmogelijk was, want het zijn bijzonder hardnekkige vogels, en misschien moesten we proberen ze uit te roken, en als dat niet werkte, vergif neerleggen. 'Doodmaken? Ben je nou gek geworden?' antwoordde ik geschokt, en Yoavi, die aan onze voeten met zijn poppen zat te spelen, zei fel dat je geen vogels mocht doodmaken. Ik wilde er niet verder over praten voor het geval we van het verjagen van vogels zouden overstappen op het verjagen van Arabieren, en ik zei berispend, alsof zij schuld had aan mijn toestand: 'Ik heb vannacht geen oog dichtgedaan.'

'Nee, natuurlijk niet.' Nechama legde een arm achter haar hoofd en trok aan haar sigaret. 'Kijk uit met je as,' zei ik tegen haar, 'je weet dat Nachum het haat als je hier rookt.' Maar ze negeerde me. 'Wat denk jij? Dat dit trauma zonder therapie zal overgaan?

En afgezien daarvan, ik heb ook geen oog dichtgedaan vanwege het schieten en het lawaai in jullie buurt.'

'Schieten?' vroeg ik.

'Ja, schieten, ze schoten op jullie buurt, opnieuw vanuit Beit Jallah. En er waren helikopters en tanks, de hele mikmak. Als je dat niet gehoord hebt, dan heb je als een blok geslapen.'

'Ik heb ook niet geslapen,' riep Yoavi, ter bevestiging van wat ze had gezegd. 'Er werd de hele nacht geschoten.'

'Ik kan 's avonds niet in slaap vallen,' klaagde ik. 'Maar in de ochtend, nadat Nachum naar zijn werk is gegaan, lukt het me een beetje de slaap te vatten.'

Rook drong door tot mijn longen, en ik kuchte, en opnieuw negeerde Nechama dat. Ze zei dat slapeloosheid alleen maar een symptoom was, en als ik de eigenlijke oorzaak van het probleem niet aanpakte, ik waarschijnlijk de controle over mijn leven zou verliezen. Toen kondigde ze aan: 'We moeten praten,' en ze stuurde Yoavi naar zijn kamer, omdat ze even rustig met Ima wilde praten. En hij, gehoorzaam als hij was, en omdat haar graag een genoegen deed, greep zijn Tutti en vertrok naar zijn kamertje. Nechama streelde zachtjes mijn haar en vroeg op haar professionele toon: 'Heb je al nagedacht over de manier waarop je dit trauma gaat aanpakken?'

'Er was daar een klein meisje, ongeveer zo oud als Yoavi. Ze had blond haar, in een paardenstaart. Ze zat op de achterbank van de bus, en ik weet niet hoe het met haar is afgelopen,' zei ik, eindelijk in staat haar dat afschuwelijke verhaal te vertellen.

Nechama zweeg even, keek de andere kant op en vroeg toen weer: 'Wat ben je nu van plan te doen?'

Ik zei dat ik te weten moest komen wat er met dat kleine meisje was gebeurd. Afgezien daarvan functioneerde ik normaal, en ik zou de volgende dag teruggaan naar de universiteit. Ik vertelde haar niet dat ik gisteren, slechts één dag na de aanslag, was teruggegaan naar die plek, en dat ik overwoog mijn onderzoek stop te zetten.

'Zelfs de krachtigste persoonlijkheid kan een dergelijke schok niet overleven en dan meteen weer overgaan tot de orde van de dag,' verklaarde Nechama plechtig. 'Dit trauma zal je op allerlei manieren blijven achtervolgen. Als je niet wilt praten met een specialist, dan zou je moeten opschrijven wat je allemaal doormaakt. Schrijven kan helpen. Je moet erachter komen hoe je al die vuiligheid kwijt kunt raken, anders kan het schade toebrengen aan Yoavi en aan je huwelijksleven.' En ik zei dat als zij gehoord had, of gelezen, wat er gebeurd was met dat kleine meisje, ongeveer zo oud als Yoavi, dat achter in de bus had gezeten, dan moest ze me dat vertellen, zelfs als het om slecht nieuws ging. Nechama stond op en omhelsde me, haar zware borsten drukten tegen me aan. Toen ging ze de kamer uit en riep Yoavi. Ik hoorde een licht, smakkend geluid toen ze zijn voorhoofd kuste, en wist dat ze, als altijd, met haar hand door zijn krullen woelde. Ik luisterde toen zij hem vertelde dat Ima zich de laatste paar dagen niet zo lekker had gevoeld, en dat hij zoet moest zijn. En ik hoorde hem vrolijk antwoorden: 'Krijgen we dan een baby?' en zij vroeg verrast: 'Hoe kom je bij een baby?' Hij antwoordde vol vertrouwen: 'Omdat Sjlomi van de Ima van het kinderdagverblijf zich niet goed voelde en toen kwam er een baby uit.' Nechama's luide lach drong via de open deur tot me door, ze fluisterde iets, en ik kon de teleurstelling in zijn stem horen: 'Dus er komt geen baby?'

Ik stond op van mijn bed en Yoavi kwam aanrennen, hij omhelsde me en legde zijn oor op mijn buik, alsof hij wilde controleren of er echt geen baby was. Ik streek hem over zijn hoofd, en een paar lange benen en een paar korte liepen zwaar naar de voordeur. Nechama bleef even op de gang staan en vroeg of ik wilde nadenken over wat ze gezegd had. Ze zei dat ik niet moest aarzelen om haar te bellen, zelfs midden in de nacht, en ze omhelsde me hartelijk, met Yoavi tussen ons ingeklemd. Ze deelde mee dat het vreselijk koud was en dat haar ouwe botten voorspelden dat het vannacht ging sneeuwen. Yoavi riep: 'Ha, sneeuw,' ondanks het feit dat hij in zijn korte leventje nog nooit sneeuw had gezien, en Nechama herhaalde, bijna waarschuwend: 'Denk na over wat ik gezegd heb.' Ze liep met zware tred de trap af en floot een wijsje, en ik bleef staan, met mijn vinger bij de lichtknop, opdat ze niet door duisternis werd overvallen.

'Wij zijn zusters,' had Nechama me verteld in het begin van onze kennismaking, en we hadden beiden gezworen dat onze relatie gebaseerd zou zijn op vertrouwen, wederzijdse steun en op beloften waaraan we ons zouden houden. We zouden onze baby's op dezelfde dag krijgen en ze samen grootbrengen. Ik herinnerde me hoe zij die belofte gebroken had en drie dagen eerder dan ik een kind had gekregen. Ik had bij haar gezeten, had tien uur lang haar hand vastgehouden, de druppels zweet van haar gezicht geveegd tot de persweeën inzetten, en ik was met haar meegegaan de verloskamer in. Mijn weg werd versperd door een uitsmijter in de vorm van een bejaarde zuster op witte orthopedische schoenen, bespat met druppeltjes bloed. Verbijsterd bekeek ze mijn buik. 'In uw toestand? Wilt u dit alles zien? Wanneer bent u uitgerekend?' en ze wilde me niet binnenlaten. Ik wachtte op de gang met Nechama's moeder die ter ere van de gelegenheid een roze Chanelmantelpakje droeg met bijpassende schoenen. Ik bedacht: hoe zou iemand ooit in deze slanke, elegante vrouw, met dat blonde haar dat ze ouderwets had opgestoken, enige verwantschap kunnen ontdekken met Nechama? Zij had ook een grote hekel aan roken, zei ze tegen me. En al die tijd dat we daar zaten, wachtend op nieuws, ondervroeg ze me voorzichtig of ik wist wie de vader was, en of die bereid zou zijn voor het kind te betalen. Ze klaagde over Nechama die niet bereid was met hem te trouwen, maar meer dan bereid was om zijn kind te krijgen. Ik loog dat Nechama me niet alles vertelde, want ik kon haar niet toevertrouwen dat dit kleinkind, dat op dit moment zijn weg naar de wereld zocht, afkomstig was uit een reageerbuisje dat een paar honderd shekels kostte, en dat haar dochter nooit zou weten wie de donor-vader was. Zelf vroeg ik haar bijna of Nechama geadopteerd was, omdat ze totaal niet op elkaar leken, maar ik beet op mijn tong en vroeg niets.

Tegen de tijd dat de zuster naar buiten kwam met in haar armen een baby met een rood gezichtje en een boze gelaatsuitdrukking, was ik uitgeput. Ik keek naar de kleine vuistjes die aan de wikkeldoek waren ontsnapt en onrustig bewogen, alsof hij alles en iedereen om zich heen probeerde te slaan. We bekeken zijn apengezichtje en de met haar bedekte oortjes die uitstaken als de oren van een kan, en we slaakten de gepaste koergeluidjes die vrouwen nu eenmaal maken wanneer ze een baby van een paar minuten oud zien. Toen hij werd weggebracht, lachten we en omhelsden we elkaar. Ik zei tegen haar dat er zojuist een volgende compromisloze vechter voor rechtvaardigheid in onze wrede wereld was gearriveerd, net als zijn moeder. En haar moeder keek me verward aan en vroeg: 'Hoe bedoel je?' en het drong tot me door dat Nechama met haar zelfs niet had gepraat over haar politieke activiteiten. Toen liep ik naar de uitsmijter met het strenge gezicht en zei dat nu alles voorbij was, ze me toch wel toestemming wilde geven om de kamer van de jonge moeder binnen te gaan. Ze glimlachte, draaide zich half om en liet ons binnen. Totaal in beslag genomen door het gewassen kindje dat ze op haar nog uitpuilende buik hadden gelegd, lag Nechama te roepen: 'Yoel, Yoeli, Yoelili, Yoelstjoek, Yoelile, Yo-Yo.' Ik kuste haar voorhoofd en zei dat ik nog nooit zo'n mooie baby had gezien, en haar moeder vroeg gretig: 'Lijkt hij op zijn vader?' Nechama, uitgeput als ze was, knipoogde naar mij en samen barstten we in lachen uit.

Drie dagen later was ik erheen gegaan om haar en Yoeli thuis te brengen. Ze wachtte in de gang, gekleed in haar tentjurk, met een buik die nog steeds zichtbaar was, en met Yoeli in haar armen. Zijn harige oortjes waren verborgen onder een wit mutsje, en hij droeg het blauwe pakje dat ik voor hem had gekocht. Met licht opeengeklemde lippen en met de ongeduldige blik van een rookverslaafde die last heeft van ontwenningsverschijnselen, stak ze Yoeli naar mij uit. En terwijl haar vingers in haar tas zochten, naar de eerste sigaret in drie dagen tijd, daar in diezelfde gang waar iedereen bij was, braken bij mij de vliezen en droop warm vruchtwater langs mijn benen en in mijn schoenen. Ik werd regelrecht naar zaal gebracht en zij en haar Yoeli waren met een taxi naar huis gegaan.

Ik hoorde de klap van sleutels in het koperen kommetje, de dreun van zijn zware aktetas op de eettafel en ik werd uit mijn herinneringen opgeschrikt. Nachum verscheen in de slaapkamerdeur, als een ongewenste gast. Nijdig vroeg hij: 'Waarom branden alle lampen?' en hij snoof in de benauwde kamer en zei: 'Nechama is hier geweest. Hoe vaak moet ik je vragen of je haar wilt zeggen dat ze in onze flat niet moet roken?' Pas daarna vroeg hij wat er te eten was, en ik zei tegen hem dat er waarschijnlijk nog wat geroosterd vlees van sabbat over was. Hij zei dat hij dat al had opgegeten, en toen herinnerde ik me Hamid en zei dat ik wat boodschappen had laten komen en dat hij waarschijnlijk wel iets in de koelkast zou vinden. Nachum liep naar de keuken, vanwaar hij riep: 'Wat heb je gemorst op het fornuis? Het is helemaal zwart!' Ik vertelde hem niet dat Nechama melk voor de koffie had verwarmd, en ik hoorde het sissen van een spuitbus, gevolgd door een schrobbend geluid. Nachim schreeuwde: 'Waar is Yoavi?' en ik antwoordde: 'Die zit te spelen in zijn kamertje.' Hij kwam bij me terug met een slaperige Yoavi in zijn armen, en zei verwijtend: 'Raad eens wie ik slapend op het kleedje in zijn kamer heb gevonden, tussen al zijn speelgoed en poppen?' en hij wierp me de blik toe die mannen op vrouwen werpen als ze hen ervan verdenken dat ze hun kinderen verwaarlozen. Yoavi geeuwde, rekte zich uit en zei dat hij honger had. Nachum vroeg droogjes of hij ook iets voor mij moest maken, en ik zei dat dat niet hoefde.

Geuren van toast, verse salade en roereieren dreven uit de keuken naar me toe. Ik kreeg er honger van, en wilde Nachum vragen toch wat voor mij te maken, maar ik had al tegen hem gezegd dat ik geen trek had. Toen ze klaar waren met eten en ik geluiden hoorden die erop wezen dat Yoavi onder de douche ging en in bed werd gestopt, sloop ik naar de keuken en haalde de koekenpan uit de gootsteen. Met een vork schraapte ik de resten ei weg, en in mijn enthousiasme maakte ik een kras in de antiaanbaklaag, en bang voor Nachums boosheid waste ik hem haastig af, droogde alles en zette het weer op zijn plaats – zo zou hij mijn misdrijven niet ontdekken. Ik duwde de koekenpan diep weg in de kast en bedacht dat ik bij de eerste de beste gelegenheid een identieke pan moest kopen.

'Imoesj, kusje,' riep Yoavi uit zijn kamertje. Met nog natte handen haastte ik me naar hem toe en hij sloeg zijn armen om mijn nek, zodat ik bijna stikte. Hij zei dat hij me een geheimpje moest vertellen, en ik vroeg wat voor geheimpje dan, en hij fluisterde in mijn oor: 'Ik hou van jou, meer dan van alles in de hele wereld.' Tranen verstikten me bijna, en ik fluisterde terug: 'En ik heb jou ook een geheimpje te vertellen,' en zijn lijfje verstarde, en ik zei: 'En ik hou meer van jou dan van alles in de hele wereld.'

Ik bleef een hele tijd naast hem zitten, met zijn hand in de mijne, totdat zijn greep verslapte en hij in slaap viel.

Die avond probeerde ik, terwijl Nachum tv-keek, op papier te zetten wat er gebeurd was. Maar de taal van mijn voorouders, mijn oeroude taal, die zo veel jaren luchtig op mijn tong had gelegen, weigerde me te hulp te komen. Ik smeekte en pleitte of de taal de woorden voor me wilde zoeken, maar alsof hij uitgeput was van de gruwelen sloot hij zijn woordenschat af, hield hij zich afzijdig, afstandelijk toekijkend zonder in te grijpen. 'Zelfs met enorme inspanningen zouden we niet in staat zijn de catastrofe te beschrijven,' had mijn vader eens gezegd toen ik hem had ondervraagd over wat hem daar in Europa, in de kampen, was overkomen. Ik was vastbesloten geweest te ontdekken wat hij voor me verborgen hield en ik heb eens gezocht tussen zijn spullen. Toen vond ik in de la van zijn nachtkastje, onder een laagje oude kranten, een vergeelde foto. Een beeldschoon meisje van een jaar of drie, gekleed in een matrozenpakje, glimlachte me toe; op haar hoofd had ze een grote strik die haar gelaatstrekken overschaduwde, ze had net zulke sproeten op haar gezicht als ik, en haar blonde haar vertoonde pijpenkrullen als die van Shirley Temple. Ik wist dat dat meisje, dat zich al die jaren voor mij in de duisternis van die la had verstopt, met mij wedijverde om de aandacht van mijn vader. Ik wist dat hij aan haar dacht, 's nachts naar haar keek, en zonder te weten waarom voelde ik dat zij voor hem even belangrijk was als ik. Ik kon me niet beheersen, liet hem de foto zien en vroeg wie dat was, maar hij gaf geen antwoord. Ik plaagde hem, spotte met die enorme strik in haar haar. Hij rukte me de foto uit de hand en waarschuwde me dat ik nooit meer in zijn spullen mocht snuffelen. Toen ik ging huilen, nam hij me onmiddellijk in zijn armen, hij streek over mijn hoofd, stelde me gerust, 'Sha, sha, sha, kleintje,' en hij beloofde dat niemand mij ooit bij hem zou weghalen. Ik vroeg: 'Wie zou me dan willen weghalen?' en hij begroef zijn neus in mijn haar, ademde mij diep in en zei dat mijn haar lekker rook. Tot op de dag van vandaag kan ik voelen hoe zijn zware adem mijn hoofdhuid kietelt.

Een andere keer, toen ik informeerde naar de plek waarover niet mocht worden gesproken, vertelde hij me dat je niet altijd alles hoeft te zeggen. Soms kon je de dingen die je wilde weten, vinden in stiltes, in de ruimtes tussen de woorden. Die ruimtes, zei hij, maken deel uit van de taal van het zwijgen, die sterker en belangrijker is dan enige andere taal. In die tijd dwaalde ik tussen twee talen, die van mijn moeder en die van mijn vader. Zijn taal was die van de stilte, het stilzwijgen en pijn, terwijl de hare de taal was van gegiechel en geschater, en troostende koestergeluidjes. Boven ons begonnen ze de meubels te verschuiven, en zo dadelijk zou Levana gaan kreunen 'Meer-meer-meer-meer,' en ik verlangde ernaar me te laten vallen in de diepte van de taal, de taal van mijn vader. Voortdurend zwijgen, niet praten, niet schrijven – misschien was dat de manier waarop de gruwel in lichte nevelen zou oplossen. Maar ik moest me aan Nechama's opdracht houden, en ik herlas het weinige dat ik had opgeschreven. Holle woorden die de ervaring van zijn kracht beroofden, net als het holle, afgestompte en akelig voorspelbare verslag van de nieuwslezers op de tv. Maar ik bleef het proberen, en met een stompe naald legde ik het ene lapje op het andere, om uit te wissen wat ik wilde vergeten, maar de gruwelijke beschrijvingen wilden maar niet komen. 'Vuur, vuur, vuur, vuur, vuur, vuur,' typte ik opeens, en een hele pagina vol vlammen verscheen op het scherm en dreigde naar de volgende pagina over te slaan.

'Kom je naar bed?' vroeg Nachum uit de slaapkamer. Hij rukte me weg uit mijn gedachten, en ik antwoordde: 'Zo meteen,' en zei tegen de computer 'Afsluiten', en wees zijn aanbod om het bestand vast te leggen van de hand, en schakelde het apparaat uit. Een koude rilling overviel me en ik dacht dat ze de centrale verwarming weer eens te vroeg hadden uitgezet. Ik knoopte in mijn oor dat ik met de voorzitter van het huiscomité moest gaan praten over de verwarming en over de verwaarloosde tuin. Ik ging de badkamer binnen, vulde het bad met heet water en negeerde Nachums smekende stem die vroeg of ik eindelijk eens ophield met dat lawaai. Met een gloeiende huid droogde ik mijn lichaam af en trok een schone nachtpon aan. Ik ging naast Nachum liggen en hij smeekte me niet zo te woelen, want hij kon de slaap niet vatten en morgen zou hij een zware dag hebben. Afgezien daarvan was hij doodmoe, en vanwege wat mij was overkomen, fungeerde hij ook nog als moeder, want ik verwaarloosde zowel kind als woning. Gekwetst vroeg ik of hij liever wilde dat ik in mijn werkkamer ging slapen, en hij zei: 'Doe maar wat je wilt.' Ik nam een kussen en een dekbed mee en ging naar de werkkamer, waar ik op de geruite bank ging liggen, die in mijn ouderlijk huis mijn bed was geweest. Nu wist ik dat de nachtmerries en spoken van die zondag me weer als een dief in de nacht zouden besluipen, ze zouden als weerzinwekkende maden over mijn huid kruipen, aan mijn vlees knagen en mijn bleke skelet achterlaten in de vage duisternis van mijn leven. Ik vluchtte voor mijn gedachten en ging naar de nog vochtige badkamer, wreef met de mouw van mijn nachtpon het tranende condensvocht van de spiegel weg, staarde in mijn ogen en zag dat er een kleine rimpel van boosheid tussen mijn wenkbrauwen was verschenen. Ik maakte me zorgen dat die daar zou blijven en zich over mijn hele voorhoofd zou uitbreiden. Ik pakte het zakje met de pillen, viste er de 'Rolls-Royce' onder de slaappillen uit en slikte hem zonder water in. Toen ik terugging naar de werkkamer, kon ik buiten voor het raam sneeuwvlokken zien, veel vlokken, zware ditmaal, neer zwevend als balletdanseressen met witte tutu's in het licht van de straatlantaarn. Slaap belegerde mijn ogen al, en ik kon voelen hoe die sluier mijn lichaam overviel, mijn mond bedwong, maar ik verzette me ertegen. Ik dwong mijn dichtvallende oogleden open te blijven en keek uit het raam om te zien hoe de witte deken van illusies de toppen van de cipressen aftekende en bedekte, de tuinen in zijn zachtheid wikkelde en denkbeeldige witte bloemen liet groeien aan de kamperfoelie die sinds lang verwelkt en dood was. Ik dacht aan Yoavi die morgenochtend zijn eerste sneeuw zou zien, en ik was blij dat de sneeuw het bloed bedekte en de pijn en lelijkheid verstikte. Ik liep terug naar de bank en legde mijn hoofd op het kussen, en voordat de pil mijn lichaam veroverde, dacht ik opnieuw aan wat Nechama had gezegd. Ik moest toegeven dat ze gelijk had: ik had een zwaar trauma opgelopen. Sinds het moment dat dat kleine meisje recht voor mijn ogen in rook en vlammen was opgegaan, was mijn leven radicaal veranderd, en het zou waarschijnlijk nooit meer hetzelfde worden. Ik beloofde mezelf de volgende ochtend met haar te praten, zodra ik Yoavi naar het kleuterdagverblijf had gebracht, en ik zonk weg in de zwarte vergetelheid die ons alle beloften, eden, toezeggingen en verboden doet vergeten.

Toen was het avond geweest, en het was morgen geweest: de vierde dag

Genesis 1:19

Een loden deken drukte me neer, duwde op mijn borstkas, bracht mijn longen in het nauw. IJzeren nagels krabden het pleister van de muren, wat klonk als kreten van pijn, en naast me snakte iemand naar adem, zwaar en angstig, met snelle zuchten. Mijn lichaam was verlamd, alleen mijn handen trokken de deken over mijn hoofd, en beschermden het. Maar de fluitende adem lag naast me in de duisternis, rolde zich op in de holten van mijn lichaam en ik ontdekte dat het mijn adem was, losbarstend uit mijn longen. Ik stapte met de deken om mijn lichaam gewikkeld het bed uit en rende naar de smalle strook licht die onder de deur door glom. Het nachtlampje naast Nachum brandde. Hij zat rechtop in bed, met het kussen tegen zijn rug, en met een geërgerd gezicht luisterde hij naar het gekrijs en geritsel. Ik vroeg: 'Wat gaan we daartegen doen?' en de woorden smaakten als as in mijn mond. Nachum sprong uit bed, en met bijna gesloten ogen liep hij naar de badkamer, kwam gewapend met een ruitenwisser weer naar buiten en sloeg tegen het kastje van het rolluik. Een koor van vogels kwam met geagiteerd, oorverdovend gekrijs in opstand en Nachum bezwoer dat hij dat probleem zou aanpakken voordat de dag om was. Ik tilde de deken aan zijn kant op, rolde me op in de warme holte die zijn lichaam had achtergelaten en viel in slaap.

Ik werd wakker van een zacht, babbelend geluid: Yoavi zat op het kleedje aan het eind van het bed zachtjes te babbelen met zijn speelgoedbeesten, en opnieuw stond ik versteld van het meegevoel dat dat kind van drie liet zien. Hij keek naar me op, glimlachte lief, zodat de kuiltjes in zijn wangen te voorschijn kwamen, en deelde kalmpjes mee dat het buiten sneeuwde, alsof sneeuw voor hem een doodgewoon verschijnsel was. Ik wenkte met mijn vinger, hij sprong op mijn buik met zijn Tutti en fluisterde in mijn oor, alsof

73

hij een geheim openbaarde, dat pappie vertrokken was. Hij had al ontbeten, en moest zijn laarzen aandoen, want pappie had gezegd dat er buiten sneeuw ligt en dat is nat. Ik kuste zijn kuiltjes, die van zijn wangen en die boven zijn zitvlak, en hij kirde van plezier. We gingen naar zijn kamertje, ik kleedde hem aan en wilde net beginnen aan het ritueel van 'welke schoen komt als eerste', toen hij zei dat hij laarzen moest aandoen omdat het sneeuwde. Ik zocht in de kast en vond de rode laarsjes die ik in het begin van het seizoen voor hem had gekocht, met die plaatjes van Winnie de Poeh die een potje honing omhelst. Zodra hij ze zag kraaide hij van plezier en het ritueel werd compleet vergeten. Pas later, toen hij de laarsjes al aan had, schuifelde hij me achterna naar de keuken en zei: 'Imoesj, we hebben het vergeten.' En zijn mondhoeken trilden alsof hij op het punt stond te gaan snikken, en hij zei verwijtend: 'Welke schoen komt als eerste.' Ik antwoordde ongeduldig dat ik dacht dat we dat alleen met schoenen deden. Teleurgesteld over mijn antwoord draaide hij zich om en liep de keuken uit, en hoewel ik wist dat het hem dwars zat, bood ik niet aan het ritueel aan te passen aan laarsjes.

Bij de voordeur, op het plankje boven de radiator die nog warm was, lag de envelop van de vermogensbelasting, en naast ons getypte adres zag ik Nachums handschrift; hij hield van het recyclen van officiële documenten en gebruikte enveloppen. Scherpe, hoekige letters vormden samen woorden, op en neer dansend als zwarte geiten op een helling, en deelden me mee:

'Ik ga in de lunchpauze naar een *shiva*-huis. Als je je goed voelt en wilt meekomen, ligt er een interessante antropologische ervaring op je te wachten. De Wassersteins, 28 Admor MiLubavitch Street, in Retsjess Sjoe'afat. Yoavi heeft ontbeten. Neem een taxi. Kusjes, Nachum.'

Yoavi droeg een dikke jas met een wollen sjaal, en ik klemde zijn hand vast terwijl we de trap af liepen. Lagen sneeuw waren overal zichtbaar, brachten bevroren bloemen tot bloei aan de struiken en overdekten de tuin met witte heuveltjes en modderige plassen. Er lag een plas op het trottoir, en daar dreven olievlekken op, glinsterend en veelkleurig als een regenboog. Yoavi sprong er met zijn rode laarsjes in en vermengde de kleuren, die trilden en schommelden. De plas werd troebel en opeens zag ik zijn lieve gezichtje er verdraaid en mismaakt in weerspiegeld, en ik trok hem geschrokken weg. We trapten in modderige sneeuw die harder werd en onder onze voeten kraakte, verzamelden kleine brokjes glinsterende sneeuw van de witte vlakken die zich verzameld hadden op de voorruiten van geparkeerde auto's. Yoavi kneep de sneeuw in zijn handen, likte eraan en zei: 'Dat is koud, heel koud. Net een ijsje zonder smaak.' Ik legde uit dat sneeuw ontstond uit heel kleine vlokjes, met de vorm van sterretjes, en dat geen twee daarvan hetzelfde zijn, net als de kinderen in het kinderdagverblijf en de mensen op straat. En Yoavi dacht daar ernstig over na en bevestigde mijn woorden, en hij zei dat er in zijn kinderdagverblijf Ethiopische kinderen waren, en Russische en zelfs één Arabische jongen, en dat niemand precies op iemand anders leek. Ik beloofde hem: als er die middag nog wat sneeuw lag, zouden we een klein beetje sneeuw meenemen en dat neerleggen op een stukje zwart papier. Dan gingen we met een vergrootglas de interessante vormen van de sterretjes bekijken.

We kwamen heel laat bij het kinderdagverblijf aan. Nikolai, de veiligheidsagent, stond niet meer bij het hek te wachten op terroristen. Vanwege de kou had hij binnen mogen zitten, op een kinderstoeltje van oranje plastic, en hij warmde zijn enorme handen om een dampend kopje thee.

Opnieuw trakteerde Sjosjana, de kleuterjuf, mij op een van die bestraffende blikken die ze reserveert voor luie moeders als ik, vrouwen die hun kinderen laat naar het kinderdagverblijf brengen, zonder rekening te houden met de ochtendopening. Ik vluchtte voor haar verwijtende blikken en ging terug naar huis. Ik bekeek Nachums briefje en wist onmiddellijk dat ik erheen zou moeten. Ik besproeide mijn lichaam met parfum en trok mijn 'velduitrusting' aan, de kleren die ik draag wanneer ik ultraorthodoxe wijken bezoek – een lange rok en een zware trui die de contouren van het lichaam verhullen en ik belde de taxistandplaats van Gilo. Op de nijdige vraag van de baas, 'Waarheen?', antwoordde ik 'Retsjess Sjoe'afat,' en hij antwoordde, geïrriteerd, kortaf: 'Een halfuur. Het sneeuwt. De wegen zijn spekglad. Geen taxi's beschikbaar. Wachten bij de deur.' Ik probeerde hem duidelijk te maken dat ik, als het

75

sneeuwde, niet buiten zou kunnen wachten, maar toen had hij al opgehangen.

Ik zat in de keuken, nam slokjes van mijn koffie die koud was geworden, en mijn vingers woelden achteloos in het brood, trokken er zachte brokjes uit en kneedden ze tot balletjes, die ik in een rijtje voor me legde als soldaten in het gelid. Mijn vader had er een grote hekel aan om zo brood te verspillen, en ik bedacht dat hij wat dat betrof net zo was als Nachum, die elke vorm van verspilling haatte. Hij klaagde altijd dat als een brood in mijn handen terecht was gekomen, het op een berg leek met een tunnel erin, en dat je dan onmogelijk een boterham kon afsnijden. Ik bedacht opeens dat ze alleen op dat punt op elkaar leken, mijn vader en Nachum. In alle andere dingen waren ze totaal verschillend. Nechama had me eens verteld dat vrouwen die een normale relatie met hun vader hadden, trouwden met mannen die op hun vader leken. Ik vroeg me af waarom ik hem had gekozen, Nachum, die anale man, zoals Nechama hem graag noemde. Ik dacht graag dat mijn liefde voor Nachum mijn zintuigen verblind had, dat het liefde op het eerste gezicht was geweest, dat het zalig was om met hem in bed te liggen. Maar ik was met hem getrouwd, en dat was dat. Hij was er gewoon geweest toen ik wilde trouwen. En mijn moeder die, nadat ze weduwe was geworden, aan spirituele dingen was gaan doen en geloofde in reïncarnatie, astrologie en numerologie, heeft me verteld dat het mijn karma was. In een vorig leven had ik Nachum vast gekweld, hem een ellendig leven bezorgd, en het was nu zijn beurt was om wraak te nemen.

Vijfentwintig minuten later ging ik naar beneden. Ik dacht op de verkleurde houten bank op de taxi te kunnen wachten, waar de oude Russische vrouwen altijd zaten, maar die was nat en overdekt met dorre blaren, en een heel kleine sneeuwpop stond langzaam te smelten, en zijn neus, een wortel, lag ernaast. Ik bleef naast de bank staan, onder de olijfboom die hem beschaduwde, en bedacht dat die boom beschermd zou moeten worden met gaas, omdat men tijdens de laatste olijvenoogst te veel aan de takken geschud had, zodat ze ten slotte afgebroken waren.

Toen er een zware regenbui begon te vallen, vluchtte ik weer naar het schemerige trappenhuis en trapte ik op uiteenvallende, gebarsten vruchten met kleine tuberculeuze knobbels, die verstrooid lagen over het pad naar het gebouw, de gevallen vruchten van een hoge boom met kale, doornige takken. Het was vroeger een citroenboom geweest, maar verwaarlozing en droogte hadden hem veranderd in een boom met bittere sinaasappels. Toen ze hem hadden willen weghalen, had Levana geprotesteerd, en gezegd, vol liefde alsof het een denkend wezen, een oude kennis was: 'Wat willen jullie van dat ouwe ding? Ik maak er heerlijke marmelade van, en als jullie willen, mogen jullie daar ook wat van hebben.' En ze had zich naar de keuken gehaast en was teruggekomen met een kommetje bleke, kleverige jam, bestrooid met stukjes schil. Ik proefde de bittere zoetheid van een theelepeltje en zei tegen haar dat die marmelade uitstekend was en zij was naar het witgelakte dressoir gelopen waarop oeroude boekdelen van de *Children's Encyclopaedia* en stoffige poppen in nationale klederdracht stonden, had een tot aan de rand toe gevulde pot opgepakt en die aan mij als een overwinningsteken gepresenteerd. Ik herinnerde me dat die pot onaangeroerd in onze provisiekast stond, en dat we er nooit van geproefd hadden. Ik kwam tot de slotsom dat het huiscomité iets aan die bomen moest doen, en ook aan de heg geurige kamperfoelie die in de zomer was doodgegaan. En ik moest aan iets denken wat ik ooit had gehoord: 'Als men een tuin aanplant, gelooft men in de dag van morgen.' Als onze tuin zo lang geleden al verwelkt was, dan zou je mogen aannemen dat geen van de twintig bewoners van het gebouw in de dag van morgen geloofde.

Twintig minuten verstreken voordat ik in mijn schuilplaats in het trappenhuis het ongeduldige toeteren van de chauffeur hoorde.

Regen dreunde zwaar op het dak van de taxi en de lange ruitenwissers schoten met een krakerig, piepend geluid heen en weer over de voorruit. De chauffeur draaide het raampje naar beneden, ik zag een dikke buik die tegen het stuur drukte en een kaal hoofd dat mij aankeek: 'Waar naartoe?' Ik ging haastig op de achterbank zitten, gaf de chauffeur het adres op, vroeg of hij van Gilo naar de Patt-kruising wilde rijden en vandaar naar de Jaffapoort. Hij zei dat dat een veel langere route was en stelde als alternatief de dubbele autoweg voor, Derech Begin, maar ik hield vol en hij haalde zijn schouders op en zei: 'Mij maakt het niets uit, het kost u meer geld.' In de buurt van de vervloekte bushalte stapelden bergen uiteenvallende bloemen zich op. Hij remde af, deed het raampje open en schreeuwde naar de eenzame man die daar stond: 'Dood aan de Arabieren.' Toen sloot hij het raampje weer, en als tegen zichzelf mompelde hij: 'Mogen hun naam en herinnering vernietigd worden,' en onmiddellijk verklaarde hij tegenover het interieur van de taxi: 'Eergisteren heb ik drie van de gewonden in mijn taxi naar het ziekenhuis gebracht, en het heeft me uren gekost om al dat bloed van de zittingen te verwijderen, en u ziet het misschien niet, maar ik had de bekleding nog maar een jaar geleden vernieuwd.' Ik bleef zwijgen. Zijn ogen gluurden naar me in de spiegel: 'U ziet er nogal linksig uit. Maakt het u niks uit wat hier gebeurd is?' Ik vroeg hoe een linksig iemand eruit hoorde te zien en waarom hij dacht dat ik linksig was, en hij zei: 'Laat maar, kind.' En hij zweeg. Mijn lichaam spande zich, ik ging op de rand van de bank zitten en heel dicht bij zijn oor legde ik opeens een bekentenis af, al verbaasde ik me dat ik dat uitgerekend aan hem vertelde – dat ik erbij was geweest, dat ik achter de bus had gereden, en dat die bus gestopt was bij de halte, zodat ik niet kon doorrijden. Ik beschreef ook het kleine meisje dat kiekeboe met me had gespeeld, en ik voegde daaraan toe dat ik haar niet gevonden had onder de doden in de krant. Hij zei zachtjes: 'Goddank,' en gluurde opnieuw naar me in de spiegel. Ik voegde daar uitdagend aan toe dat ik op weg was naar het *shiva*-huis van een van de patiënten van mijn man, iemand die gedood was bij de aanslag, en hij vroeg: 'Welk huis? Hoe heet hij? Ik weet al hun namen nog.' Ik antwoordde 'David Wasserstein, een kleine jongen die hij in behandeling had.' En hij droeg met trots zijn eigen kennis bij: 'De krant zei dat ook zijn moeder was omgekomen.'

We waren op de helling van de Cinemateque-weg die naar het dal Ben Hinnom leidde, het dal van de gruwelijke en genadeloze wreedheden, nu vol sneeuwplekken, als een kwaadaardige huidziekte, als bleke melaatsheid. En het dal probeerde mij erin te trekken, met versteende armen probeerde het mij te verleiden om me aan te sluiten bij de overlijdensplechtigheid. Ik dacht aan Achaz en Menasse, de koningen van Judea, die hun zonen hadden geofferd aan de Moloch die in het dal woonde, met een enorme buik die neerhing en zijn genitaliën bedekte, onverzadigbaar en meer-meer-meer eisend. Ik vroeg de chauffeur sneller te rijden, en het monsterlijke inferno volgde ons met zijn opengesperde muil. Ik rook de stank van zijn zware, verstikkende adem en zijn hongerige kaken klapten teleurgesteld achter ons dicht, met het geluid van op elkaar slaande kiezen. Ik dacht aan het kleine meisje van wie ik de naam niet kende, aan deze stad die zijn bewoners opvreet, aan zijn zonen die wij niet hebben kunnen redden van de slachting met het mes en de dood door vuur, en aan mijn Yoavi die geen andere werkelijkheid kende. Mijn hersenen stonden in brand. Ik zocht naar kunstjes om hem te behoeden voor die bloeddorstige god, voor die pleger van een zelfmoordaanslag die ons lot zou bezegelen en al begonnen was met zijn moordopleiding, en zich zorgvuldig voorbereidde op de bloedige plechtigheid waarin zijn verspilde bloed zich met joods bloed zou mengen. En nu, nadat hij zich goed gewassen heeft, doet hij kalm zijn gordel met explosieven om zijn middel, hij bindt de zwarte band van de *shahids* om zijn voorhoofd en peinst over het leven na de dood dat hem is beloofd door degenen die hem eropuit sturen, en over de voorbereidingen die in het paradijs voor hem getroffen worden. Over de maagden die op hem wachten, bevend van verlangen, de benen gespreid, alleen voor hem, de held. En mijn oren hoorden luid en duidelijk de vreselijke vloek die over mijn Yoavi was uitgesproken, nog voordat hij geboren was, bij een Vrouwen-in-het-Zwart-demonstratie waaraan ik voor het eerst van mijn leven had deelgenomen. Het gezicht van die vrouw in die rode mantel, verwrongen van haat, verscheen opnieuw voor mijn ogen, en de vreselijke dingen die ze had gezegd kwamen terug en galmden in mijn oren: 'Je zoon zal sterven bij een terroristische aanval, net als de mijne.'

Nu beklommen we de weg langs de muren van het oude Jeruzalem, vlak voor de Jaffapoort, de muren die de littekens van oorlog droegen, de korsten van belegering, de schroeitekens van brand, en we sloegen naar het oosten af, naar de Damascuspoort. Citadels, minaretten, klokkentorens en gouden en zilveren koepels rezen daarachter op, raakten de hemel.

We lieten de muren achter ons en kronkelden omhoog, samen

met de drukke weg naar Sjoe'afat, langs joodse wijken die op betwiste bodem gebouwd waren. Bij de kruising van French Hill dook ik op mijn bank ineen toen jonge verkopertjes in voddige kleren, vochtig van de regen, om de taxi zwermden toen hij stopte voor een rood verkeerslicht, en hun koopwaar aanboden: bezems, gekleurde stofdoeken, plastic kleerhangers, stofblikken en dweilen. Ze drongen om ons heen, tikten op de ruiten met vuisten vol kloofjes van de kou. Ik controleerde automatisch het knopje om te zien of het portier op slot zat. Ik meed de hondenogen van een kleine jongen die me zonder stem smeekte, dwars door de dichte ruit, en toen ik mijn blik afwendde, zag ik voor het andere raampje het platgedrukte gezicht van een andere jongen, wiens loopneus een dunne streep slijm op het glas achterliet. In een flits opende de chauffeur zijn portier, en hij schreeuwde tegen hen: 'Roech min hon!' en hij wapperde met zijn armen, en ze vluchtten als een troep geschrokken kippen.

Het rode licht, dat eeuwig leek te duren, werd groen, en voordat we de kans kregen door te rijden, werd het weer rood. En opnieuw omringden de kinderen ons alsof ze niet vlak daarvoor weggejaagd waren, en de chauffeur schreeuwde weer tegen hen alsof hij dat niet al eerder had gedaan. Vanuit de diepte van de zachte bank in de verwarmde taxi dacht ik na over het absurde van dat stoplicht, dat maar een paar seconden groen werd voordat het weer minutenlang op rood stond. En hoe het, zo willekeurig, dicteerde dat lange rijen auto's vol geërgerde chauffeurs en bezorgde vrouwen wachtten bij de in- en uitgang van de Arabische wijk.

Pas toen we eindelijk doorreden voelde ik medelijden voor die kinderen. In plaats van naar school te gaan riskeerden ze hun leven door op straat wat te verdienen, en ontweken ze streng bewaakte controleposten die bedoeld waren voor sluiting, omsingeling en avondklok, en ik bedacht dat we zo bang voor hen waren geworden dat we geen oog meer hadden voor hun ontberingen. Ik besloot dat ik op de terugweg de chauffeur zou vragen te stoppen, en dan zou ik een paar dingen van hen kopen.

Toen het ophield met regenen, bereikten we de nieuwbouwwijk die al sporen van verwaarlozing vertoonde. Jonge bomen die langs de trottoirs waren geplant, waren uitgedroogd, onkruid domineerde de grond en op het lege terrein tussen de gebouwen lagen kleine afvalhopen en bouwpuin. Wandelaars, kinderfietsjes en plastic speelgoedauto's verdrongen zich op de binnenplaatsen en bij de ingangen van de flatgebouwen. Aan de waslijnen wapperden witte onderhemden van mannen, kleine, van franje voorziene gebedskleden in allerlei maten, babykleertjes, katoenen luiers en jurken met lange mouwen en hoge kragen. Een duidelijk symbool van een buurt die orthodox was geworden.

Ik vroeg de chauffeur te stoppen voor een heel klein winkeltje, met een enorm bord erboven met de tekst 'Eliahu – Vis'. Ik ging naar binnen om te vragen waar ik het adres kon vinden. De visboer van de buurt droogde zijn gesprongen handen aan zijn zwarte schort vol zilverige vlekken van de schubben, en vroeg met zangerige stem: 'En, wat kan ik voor u doen?' Ik keek in de betonnen vijver bij de muur. De gapende roze en grijze bekken van karpers die rondzwommen en wisten dat de dood hun wachtte, riepen me geluidloos toe. Opnieuw vroeg hij 'Wat kan ik voor u doen?' en ik wilde hem niet teleurstellen door alleen maar de weg te vragen, en ik antwoordde: 'Een vis.' 'Groot, klein?' vroeg hij, en ik zei klein. Zijn net achtervolgde al de vissen, en een voor een haalde hij ze te voorschijn en liet hij ze zien, terwijl ze heftig bewogen en stikten, en vroeg: 'Zoiets?' en ik zei: 'Kleiner,' en verontschuldigde me, 'ik heb maar een klein gezin.' Eindelijk ving hij er een. 'Dit is de kleinste. Daarvan kunt u twee porties *gefillte fisch* maken, als mevrouw erop staat,' en ik antwoordde vol vertrouwen: 'Dat zal genoeg zijn. Ik heb een klein gezin.' En hij vloog door de lucht, viel zachtjes neer op een stuk krant dat uitgespreid lag op de toonbank. Met de handigheid van een goochelaar werd de krant eromheen gewikkeld, en aan de staart van mijn vis hing een kop uit het religieuze dagblad *Hamodia*, dat zijn lezers informeerde over bepaalde *kasjroet*-inspecteurs die betrapt waren op onfatsoenlijk gedrag. Verpakt in het nieuws werd de vis in mijn armen gelegd; zijn staart tikte zacht tegen mijn borstkas en zijn wijd geopende bek hapte naar adem. Ik wist niet wat ik ermee moest doen. De visboer kwam me te hulp en zei dat als ik hem echt vers wilde hebben, ik hem direct na thuiskomst in een bad met koud water moest stoppen. Ik zei dat ik pas over een uur thuis zou zijn, dus bood hij hoffelijk aan de vis in zijn eigen vijvertje te bewaren. Hij bevrijdde het beest snel van zijn lijkwade van krantenpapier en als een losgelaten veer sprong de vis op de met ingewanden en schubben overdekte toonbank. De man greep hem bij zijn flappende staart en liet hem in het kleine aquarium vallen waarvan de zijkanten vol met groenige algen zaten, en hij zou hem bewaren tot ik terugkwam.

Ik liep terug naar de taxi en de chauffeur vroeg: 'En, waar is die straat?' en toen herinnerde ik me dat ik vergeten had daarnaar te vragen, dus liep ik terug naar de winkel en de visboer was al bezig mijn vis te vangen toen ik zei: 'Ik heb vergeten u te vragen waar ik de Admor MiLubavitch-straat kan vinden.' Hij wees met zijn met bloed bevlekte kapmes en zonder me aan te kijken dat ik naar de 'Moriah'-taxistandplaats moest gaan, en vandaar naar de 'Yir'at Dalim'-synagoge, en daar op de hoek zou ik het vinden.

Tal van versleten wandelwagentjes versperden de hal met gedeukte postbussen die aan de afbladderende muur waren bevestigd. We werden begroet door kookgeuren die rondwaaiden op de gemengde luchtjes van waspoeder en de flauwe stank van poepluiers die in de week stonden. Aan de wand van het trappenhuis hing de aankondiging van het overlijden: 'De Heer is een God der Wrake. Wee ons, die overvallen zijn door deze ramp. Hoe zijn de zuivere en onschuldige zielen gevallen door boosdoeners. Mijn vrome echtgenote en zuivere zoon, Batsjeva en David Wasserstein, moge de Heer hun bloed wreken.' Ik ging naar de vierde verdieping, en kwam ademloos binnen door de open deur, waarop eenzelfde overlijdensbericht was bevestigd. Toen ik binnenkwam werd ik overvallen door de zurige geur van mensen die zich strikt houden aan het voorschrift dat men gedurende zeven dagen van de rouw niet mag baden en geen schone kleren mag aantrekken. De taferelen die me uit andere woningen van een overledene zo vertrouwd voorkwamen, zag ik ook hier: de spiegel waarover een doek was gehangen, 'opdat boze geesten zich niets aantrekken van de beelden die ze in de spiegel zien', of misschien 'opdat de rouwenden zich daar niet mooi maken en zodoende afstand nemen van hun rouw'. Korte dikke herdenkingskaarsen brandden op een laag tafeltje, en een thorarol in een schitterend fluwelen omhulsel stond volgens de gewoonte van strenggelovige joden in een kleine kast met glazen deuren, want 'een rouwende die een aantal mensen voor het gebed in zijn huis uitnodigt, moet ook een thora meebrengen'. Tientallen zwarte vilten hoeden, bedekt met natte plastic boodschappentassen van supermarkten, lagen verzameld in geheim conclaf op de eettafel in de hoek van de woonkamer. Hun eigenaars, baardige jongemannen in wit overhemd en met zwarte keppeltjes, stonden in het midden van de kamer, op en neer buigend tijdens hun gebed. Geuren van mottenballen en schimmel rezen op uit de dikke jassen die op de radiator te drogen waren gelegd. Nachum was nergens te bekennen in die massa mompelende, heen en weer bewegende mannen. Ik bleef verlegen in de deuropening staan, bestudeerde de mensen in de kamer en de punten van mijn schoenen, totdat een vrouw met rode, opgezwollen ogen van het huilen, me met haar hand naar zich toe trok en me meenam naar een zijvertrek. Benauwde, verstikkende lucht begroette me in de kamer waar de ramen gesloten waren. Ik kreeg nauwelijks lucht. Vrouwen in donkere japonnen, met pruiken die prachtig verzorgd waren, of bedekt met fraaie hoeden, zaten dicht naast elkaar op twee bedden die in de kleine, kale kamer tegenover elkaar stonden. Anderen zaten op een matras op de vloer, met hun rug naar de muur en hun benen uitgestoken. Ze keken me vragend aan.

'Dit is Batsjeva's kamer,' huilde een oudere vrouw, terwijl haar ruwe handen de mijne vastgrepen, en ik knikte en mompelde: 'Dat u geen verder verdriet mag overkomen.' Zij stelde zich voor als Bilha, de grootmoeder van Davidl en de moeder van Batsjeva; ze inspecteerde mijn kleren en haar en vroeg: 'En wie bent u?' Ik stamelde mijn naam en zij beweerde: 'U bent zeker een van Avsjaloms kennissen,' en ze vroeg of ik hem uit het leger kende. 'Avsjalom?' herhaalde ik, en zij zei: 'Avsjalom is mijn schoonzoon. De vader van Davidl.' Ik vertelde haar dat mijn man dokter Maggid is, de tandarts van David, en meteen vervloekte ik mezelf omdat ik de tegenwoordige tijd had gebruikt. Ze aarzelde even, probeerde me een plaats te geven tussen haar vriendinnen, en haar ogen begonnen te stralen toen ze zei: 'Dokter Nachum Maggid is een voortreffelijke tandarts, en Davidl heeft heel wat problemen omdat hij slaapt met een fles melk in zijn bed, de suiker in die melk tast zijn tanden aan.'

Alsof ze zich dat opeens herinnerde, barstte ze uit in zwak gesnik. Een jonge vrouw met een bleek gezicht stond op van de vloer en duwde me met een uitdrukkingsloos gezicht snel opzij, ze omhelsde Bilha met beschermende armen en bracht haar naar de matras, liet haar daar zitten, gaf haar een kussen in de rug en wiegde haar in haar armen als een baby. Ze fluisterde: 'Huilen, Ima, het is het beste om te huilen, zo veel je maar kunt. Later zal je daar de kracht niet voor hebben.'

Ik ontvluchtte de slaapkamer. Alsof ik bang was om slapende mensen te wekken liep ik voorzichtig door de donkere gang naar de verlichte woonkamer. De massa mannen was klaar met bidden en ik vond daar Nachum, gecamoufleerd als een kameleon met zijn kreukelige zwarte broek en witte overhemd met die eeuwige zweetvlekken onder de oksels. Ik herinnerde me de bijnaam die ik hem ooit had gegeven, 'Zelig'. Zo heb ik hem een hele tijd genoemd nadat we naar Woody Allens film *Zelig* waren geweest, en na verbaasde blikken had ik uitgelegd dat Nachum, net als Allens hoofdpersoon, er altijd in zou slagen op te gaan in een willekeurige groep mensen, Chinezen, zwarten of Hottentotten, en ik sloot de dieren niet uit. Ik beweerde dat ik hem, als hij zich in een Afrikaans moeras verstopte, nog zou kunnen vinden in een zwerm roze flamingo's of in een kudde met modder overdekte nijlpaarden.

'Kom mee, ik zal je voorstellen aan Davids vader,' fluisterde hij, en hij trok me mee naar het andere uiteinde van de kamer, en daar zag ik hem voor het eerst, gezeten op een dubbelgevouwen matras. Zijn donkerblauwe ogen flitsten naar me, en hij hield een foto met een zilveren lijst tegen de blonde baard gedrukt die tot op zijn borst reikte.

'Yael, dit is Avsjalom,' zei Nachum op luide toon, en hij fluisterde me toe: 'Zijn vader.'

Ik bukte me en zag de scheur die in zijn overhemd gemaakt was, en de honingkleurige slaaplokken die achter zijn oren verscholen waren. Ik fluisterde mijn condoleances en stak automatisch mijn hand uit, maar die nam hij niet aan. Hij legde alleen maar de foto ondersteboven op zijn knieën, begroef zijn gezicht in zijn handen en kreunde tussen de gespreide vingers. Als betoverd staarde ik naar zijn handen, en ik werd opeens jaloers op de vrouw wier man hij was geweest. Zulke handen had ik nog nooit gezien. Ze waren krachtig en zachtaardig, sterk en kwetsbaar, en in mijn ogen waren ze het toppunt van mannelijke schoonheid. Onvrijwillige gedachten kwamen opeens in me op, en ik zag voor me hoe zijn handen over mijn lichaam gleden. Ik moest blozen, verdreef dat vreselijke tafereel onmiddellijk en probeerde me voor te stellen hoe ze het heilige en het profane aanraakten, zijn zoon vasthielden en zijn hoofdje streelden, een stukje van de sabbat-challa afbraken, in een boek bladerden en over zijn baard streken. Ik heb geen idee hoelang ik daar gestaan heb, starend naar die prachtige handen die zijn gezicht bedekten. Plotseling werd het stil in de kamer, en in de verstikkende lucht slopen aarzelende gesprekken binnen, geruchten circuleerden, beloften werden gedaan, leugens werden verteld, en de komst van de Messias werd verkondigd, evenals troost in het verdriet en dat elke terroristische misdaad ons dichter bij de verlossing bracht.

Met grote moeite daalde ik samen met Nachum de trappen af. Bij de ingang stonden naast de brievenbussen drie mannen in luchtmachtuniform met legerpet op het hoofd met een enigszins gegeneerd gezicht met elkaar te fluisteren. Ze keken ons vermoeid aan en renden de trap op.

De taxi, die ik totaal vergeten was, stond vlak naast Nachums auto op me te wachten en de ramen waren nu helemaal beslagen. Ik tikte op de ruit, maar de chauffeur had zijn stoel achterover geklapt en lag de slaap der rechtvaardigen te dutten. Ik opende het portier, schudde aan zijn schouder, zei dat ik hem niet meer nodig had en vroeg hoeveel ik hem schuldig was. Hij staarde me met kleine oogjes aan, mompelde wat toen ik hem betaalde, en reed toen snel weg. Ik stapte in Nachums auto en hij gaf me een standje omdat ik de taxi niet had laten vertrekken en had moeten betalen voor de wachttijd. Ik zonk weg in de stoel en dacht aan Avsjalom. Ik vroeg me af wat er gebeurde met een man wiens geloof zo standvastig was, en die zo zwaar gestraft was zonder dat hij een fout had gemaakt.

Tegen de tijd dat we de kruising bereikten waar die Arabische kinderen en hun koopwaar stonden te wachten, flakkerde het groene licht nog een laatste waarschuwing en Nachum trapte het pedaal in, racete door het gele licht en mompelde, tegen zichzelf, zo leek het, dat je daar moest uitkijken, want er was al eens op een joodse auto geschoten. Ik keek achterom en zag de achterblijvende kinderen in de verte vervagen tot ze in kleine zwarte puntjes veranderden. De bezems in hun handen rezen achter hen op als beschadigde en verbleekte pauwenstaarten.

Mijn ogen vulden zich met tranen toen het gedicht van Yehuda Amichai me te binnen schoot, en bedacht dat God niet echt medelijden had met kinderen van het kinderdagverblijf, en nog minder met schoolkinderen en met volwassenen al helemaal niet. Ik keek uit het zijraam zodat Nachum mijn tranen niet zou zien, en veegde ze weg met mijn mouw. Toen ik mijn neus snoot, zei hij dat ik waarschijnlijk kou had gevat en dat ik moest uitkijken dat ik die niet doorgaf aan Yoavi. En toen voegde hij daaraan toe, niet echt terzake, maar met een zekere bewondering in zijn stem, dat men zei dat Avsjalom, de vader van David, een genie met de computer is. In zijn vrije tijd leert hij jesjiva-studenten en ultraorthodoxe vrouwen hoe ze met computers en internet moeten omgaan. En ik vroeg stomverbaasd: 'Een ultraorthodoxe man? Computers?' Nachum was verrast door die opmerking: 'Jij bent bij hen kind aan huis, jij bent degene die die gemeenschap door en door zou moeten kennen,' zei hij, en hij voegde daaraan toe dat wij, met onze vooroordelen over de ultraorthodoxen, hen allemaal zien als parasieten, maar 'er zijn erbij die een bijdrage aan de maatschappij leveren', verkondigde hij trots, alsof hij Avsjalom als familielid had geadopteerd.

En ik kon maar niet ophouden met denken aan de verbijsterende handen van die vreemdeling die ik vandaag had ontmoet.

's Avonds bracht Nechama Yoavi thuis; ze zei dat ze haast had en bleef niet praten. Nachum deed Yoavi in bad en bracht hem naar bed. Ik gaf hem een nachtzoen, deed het licht uit, en de maan en de sterren die ik voor zijn geboorte op het plafond had geplakt, schitterden in het fosforescerende licht. Het kind bracht zijn Tutti naar zijn neus, ademde de geur in en vroeg of ik niet weg wilde gaan, en met zijn andere hand greep hij drie van mijn vingers vast.

Ik bleef naast hem zitten tot hij in slaap viel, en herinnerde me dat ik vergeten was mijn karper op te halen bij 'Eliahu – Vis'. Ik bedacht dat ik het dier vast van een wisse dood had gered en dat hij nu op zijn gemak kon rondzwemmen tot hij op hoge leeftijd overleed.

Toen ging ik onze kamer binnen en zag dat Nachum liggend op bed zachtjes een telefoongesprek voerde. Toen hij mij zag, nam hij haastig afscheid en legde de hoorn op de haak. Ik vroeg wie dat was geweest, en hij vermeed mijn gezicht toen hij antwoordde: 'Een of andere patiënt die een afspraak voor morgen wilde.'

Ik ging naar mijn werkkamer en probeerde opnieuw, op aanraden van Nechama, de gebeurtenissen van de afgelopen paar dagen te reconstrueren. Ik staarde een hele tijd naar het scherm dat geduldig naar me schitterde, maar mijn gedachten dwaalden af. Ik besloot te proberen me te concentreren op mijn proefschrift en riep het bestand 'Lilith' op, dat ging over de gevleugelde demon met lange haren, de gemalin van Sammaël de Duivel, die rondvloog in donkere kamers en het zaad inzamelde dat geëjaculeerd werd door mannen die alleen slapen. In het verborgene werd ze zwanger van dat zaad, en vulde ze de hele wereld met haar nakomelingen, allemaal demonen, en hun aantal is groter dan dat van alle menselijke aardbewoners. 'Niemand ter wereld kan zich onttrekken aan de bezoeken van Lilith,' had Warsjavski bekend, mijn contactpersoon bij de Chevra Kadisja, 'en dat is de reden dat ze zich moeten houden aan de gewoonte die kinderen verbiedt in het voetspoor van hun vader te treden.' Ik had tegen hem gezegd dat ik me meer zorgen maakte over de langharige, tweebenige Liliths die op klaarlichte dag op de loer lagen voor mannen buitenshuis. Warsjavski had gelachen, en gezegd dat een verhaal uit Ben Sira vertelde dat die Lilith, de roofster van sperma en echtgenoten, Adams eerste vrouw was geweest. En omdat ze beiden tegelijkertijd naar Gods beeld waren geschapen, had ze geen gezag erkend, en had ze van haar echtgenoot gelijke behandeling geëist. Ik had hem verteld dat onder mijn feministische vriendinnen Lilith beschouwd werd als de eerste feministe, omdat ze volledige gelijkheid had geëist, zelfs tijdens geslachtsgemeenschap, want zij wilde ook boven liggen. Warsjavski had gebloosd en gezegd dat Lilith, omdat ze in de tijd van Adam gestraft was, een wrok koesterde tegen diens afstammelingen en baby's in hun wieg doodde. Ik verliet de computer in paniek, rende naar Yoavi's kamer en luisterde een hele tijd hoe hij zachtjes lag te ademen. Op de vierde verdieping werd het meubilair verschoven, en ik hoorde de dreun toen de dubbele sofa werd opengeslagen. In een poging mezelf af te leiden van mijn buren keerde ik terug naar de computer, en merkte dat ik automatisch 'Avsjalom, Avsjalom, Avsjalom' typte. Een heel scherm vol Avsjaloms verscheen, en toen ik de volgende pagina bereikte, vulde ik mijn naam in, en die van Yoavi, en ik zag hoe mijn vingers uit eigen beweging typten: 'Yael, Avsjalom en Yoav Wasserstein' en 'Dit is het Gelukkige Thuis van Avsjalom, Yael en Yoavi'. Ik schrok ervan en liet het allemaal verdwijnen, en voor alle zekerheid zette ik scherm en computer uit, zodat het bestand met de bezwarende bewijzen gewist werd. Overvallen door gewetensnood ging ik naar Nachum, die met gespreide armen en benen op bed lag. Ik wikkelde me in het stukje deken dat hij voor mij had overgelaten, en met mijn ogen voelde ik de schaduwen van de kamer: de wandkast, waarvan het bruine houtkleurige formica hier en daar langs de randen was afgebladderd, het nachtkastje aan mijn kant van het bed, dat altijd vol lag met boeken en tijdschriften en dat nu een lange schaduw op de muur vormde, en het witte kleedje van kameelhaar dat ik gekocht had in een bedoeïenendorp in de Sinaï, en dat nu grijs was in het donker.

Later hoorde ik dat er geschoten werd. Met gesloten ogen kon ik de kogels zien, zoals ze op televisie werden vertoond – gloeiende bogen die over de huizen in mijn buurt schoten als de vurige staarten van evenzovele kometen. Toen gingen er lampen aan in het huis van de buren aan de overkant, en drong er licht door de spleten van het rolluik. Honden werden wakker en blaften nijdig, de stemmen van nieuwslezers kwamen uit de luisprekers van radio's, het veeleisende en eentonige gejammer van een baby kwam uit een van de flats, en die mengeling van geluiden kreeg gezelschap van mijn echtgenoot, die een zacht gesnurk liet horen.

Ik had zin om te schreeuwen: 'Stilte, zo is het wel genoeg, hou op!' maar deed dat niet. Ik slikte een halve tranquilizer. Toen ik weer in bed kwam, werd ik overvallen door angsten. Ik begon opeens aan mijn verstand te twijfelen en bedacht dat dergelijke kalmerende pillen vast en zeker veel hersencellen doodden, en ik vroeg me af of ze ook zenuwen verzwakten die toch al kwetsbaar waren. Wie weet, misschien was ik al verslaafd aan dat middel. Mijn ledematen worstelden tegen de slaap en ik lag maar te woelen. Ik had zin om naar de keuken te rennen en een kop sterke koffie te zetten die het effect van het medicijn zou verzwakken, maar plotseling verschenen Avsjaloms handen uit de zee als de masten van een zinkend schip, en ik greep ze vast. Het schip zonk en zonk en ik werd meegesleurd, de diepte in, en mijn benen trilden van de lichte rilling die slaap aankondigt, en ik zonk langzaam weg in een sluimering die me liet schommelen als een baby, en zijn tong likte als kleine golfjes aan mijn voeten.

Toen was het avond geweest en het was morgen geweest: de vijfde dag

Genesis 1:23

Om drie uur werd ik wakker van de beverige nachtelijke oproep tot gebed van de muezzin van Beit Zafafa, die lieflijk galmde in de duisternis. De stem ging omhoog en naar beneden, nu eens smekend, dan weer berispend. Ik wachtte tot hij zijn gebed had beëindigd, maar een andere muezzin antwoordde hem opeens als een verre echo, en die twee kregen gezelschap van een derde en toen van een vierde. De echo's van hun doffe trillers weergalmden in de hemel, wedijverend met elkaar als in een heilige estafette naar het luisterend oor van Allah de Alwetende. En die metalige klanken, versterkt door krachtige luidsprekers, vermengden zich met het angstig bonzen van mijn hart. Ik ging overeind zitten, deed de leeslamp aan en had zin om Nachum te wekken en hem te vragen waarom de muezzins van Beit Zafafa, Beit Jallah en Bethlehem hun horloges niet gelijkzetten opdat hun gebeden gezamenlijk gehoord konden worden. Maar Nachum lag op zijn linkerzij, en zijn zacht gesnurk rolde nog uit zijn mond alsof het om een gesprongen afvoerbuis ging. Zijn zo vertrouwde trekken waren veranderd en hij leek wel een vreemde.

Ik ging weer naast hem liggen en omarmde meelevend de vader van mijn zoon en kuste zijn borstkas, waarop een paar krulletjes groeiden. Hij mompelde iets en draaide zich om, zodat hij me zijn rug toekeerde, en ik drukte me tegen hem aan, duwde zijn achterwerk plat tegen mijn buik, maar hij schopte naar me in zijn slaap, en een scherpe pijn schoot door mijn linkerbeen. Gekwetst trok ik me terug, vochtig van zweet stapte ik uit bed en ging ik naar Yoavi's kamertje. In de deuropening struikelde ik over het huisje dat hij van zijn Lego had gebouwd, trapte op een van die steentjes, en dat boorde zich nijdig in mijn hiel. Ik verschoof de speelgoedbeesten, veegde de krullen weg die over zijn gezichtje vielen, streelde zijn wangen en rook aan zijn lijfje. De geur van een klam jong hondje rees uit hem op, en onder zijn halfgesloten oogleden kon ik de snelle oogbewegingen van een droom zien. Ik dekte hem toe met zijn dekbed en ging naast hem zitten, in een poging mijn lichaam te kalmeren met behulp van zijn regelmatige ademhaling. Ik bleef daar een hele tijd zitten, luisterend naar zijn slaperig gemompel, totdat mijn keel opdroogde en ik naar de keuken liep om een glas water uit de kraan te tappen. Ik ging op de bank in de zitkamer zitten, luisterde naar nijdige katten die aan het vechten waren, en naar de geluiden van passerende auto's. Als vanzelf draaiden mijn vingers het telefoonnummer van Nechama.

Een slaperige stem antwoordde: 'Wie is daar, wat is er aan de hand?'

'Nechama, ik ben het.'

'Wil je soms hierheen komen? Dan zet ik de ketel op voor koffie,' zei ze, nu helemaal wakker, alsof het de gewoonste zaak van de wereld was dat ik haar om vier uur 's ochtends belde.

'Nee, laat maar. Het zit wel goed,' zei ik, opeens spijt voelend om de zwakheid die me had overvallen.

'Weet je het zeker?' vroeg ze, geeuwend.

'Ja, natuurlijk. Sorry dat ik je wakker heb gemaakt,' mompelde ik.

Ik zag voor me hoe Nechama rechtop in bed zat, het licht aan deed en de wekker naar haar gezicht bracht om te zien hoe laat het was.

'Wat is er mis?'

'Het geringste geluid maakt me wakker. Die muezzins in de vroege ochtend,' mompelde ik.

'Wat voor muezzins?'

'Uit Beit Zafafa, en misschien die van Beit Jallah en Bethlehem,' zei ik, en opeens drong het tot me door dat dit de eerste keer was dat ik, sinds mijn verhuizing naar Gilo, de roep van de muezzins had gehoord.

'Misschien kun je beter een paar nachten weggaan uit de stad. Je moet zien weg te komen van die sombere sfeer van Jeruzalem.'

'Waar kan ik naartoe?'

'Wat dacht je van je moeder? Je hebt haar al een hele tijd niet gezien. Dus *yalla*, ga morgen naar haar toe. Ze verdient het dat ze je een beetje verwent. Ik zal Yoavi ophalen bij het kinderdagverblijf; hij kan hier blijven slapen.'

Terwijl het roze licht door het rolgordijn scheen, ging ik naar de badkamer, en door het raam kon ik zien hoe de maan zich omdraaide op zijn bed van zachte ochtendwolken, waarvan de randen geborduurd waren met de eerste glans van het ochtendlicht. Twee uur later wachtte ik met hevige hoofdpijn in de keuken op Nachum. Hij keek verrast naar het feestelijke paarse mantelpak dat ik droeg, hoewel het een gewone weekdag was, vroeg hoe ik had geslapen, wachtte niet op antwoord, opende de koelkast en vroeg waar de melk was. Ik zei tegen hem dat ik een dag naar mijn moeder ging. Hij leek geen woord van wat ik had gezegd te hebben gehoord, en met zijn hoofd in de koelkast en met handen die daarin rommelden, deelde hij me opgewekt, alsof hij van de gelegenheid gebruik maakte, mee dat ik de hele nacht met mijn tanden had liggen knarsen. Toen ging hij zwaar aan tafel zitten met een leeg melkpak in zijn hand, en zei berustend: 'Er is geen melk meer, dus vergeet niet vandaag wat te kopen.' Hij vroeg me mijn mond te openen zodat hij kon zien wat daar aan de hand was, en zei dat ik leed aan bruxisme, nachtelijk tandengeknars. Als ik daarmee doorging zou ik eindigen met kapotte kiezen en vullingen, hoofdpijn krijgen en pijn in mijn kaken. Hij begreep dat ik overspannen was, zei hij als om me te troosten, en voegde daaraan toe dat dit kennelijk mijn manier was om mijn belevenis te verwerken, en als het de volgende paar nachten weer gebeurde, zou hij een nachtelijke mondbewaker voor me maken die het probleem zou oplossen. Ik zag voor me hoe hij me een metalen muilkorf omdeed, als een valse hond, en mijn mond daarmee verzegelde, en de schroeven aan weerszijden van mijn kaak aandraaide. En als ik dan iets wilde zeggen, kon ik mijn mond niet openen en mijn tong niet bewegen, en dan zou er een verstikt, hees geblaf uit mijn borstkas omhoog komen en mijn mond zou naar roest smaken. Voordat hij de flat verliet met Yoavi, zei hij dat hij zou proberen die middag met die meubelmaker thuis te komen, dan zouden ze die vogels zien kwijt te raken, en dan kon het gat in het kastje van het rolluik gemaakt worden. Er kwam een afscheidszoen op mijn wang terecht, te dicht bij mijn oor.

Het heel kleine blauwe autootje dat de verzekeringsmaatschappij me had gegeven tot mijn eigen wagen gerepareerd was, stond op de parkeerplaats op me te wachten. Het was voorzien van een grote, diagonale band, iets als een brede zijden sjerp over de borst van een schoonheidskoningin, en daarop stond: dit voertuig is een vervangende auto en eigendom van de Citadel-verzekeringsmaatschappij, de beste en betrouwbaarste van Israël. Een winters zonnetje scheen aan de wolkeloze hemel, deed het glasachtige laagje tot een kleine plas smelten, en ontdooide langzaam de ijsbloemen die in de nacht op de stoep waren ontstaan en die kraakten onder mijn voeten.

Opnieuw zag ik auto's die vastzaten in de ochtendspits. Ik zigzagde ertussendoor, vermeed de bussen die over de busbanen voortkropen en hun wittige rook verspreidden. Ze stopten bij hun haltes, namen passagiers op terwijl anderen uitstapten, alsof alles wat er gebeurd was al vergeten was en alleen nog in mijn nachtmerries voorkwam.

Hoewel ik nooit met de ruilauto naar mijn moeders huis was geweest, leek het of ik helemaal niet hoefde te rijden: hij bracht me daar vol vertrouwen naartoe, als een paard dat de stal ruikt. Hij verslond de kilometers, de banden maakten snelle geluiden, haalden brutaalweg veel grotere auto's en vrachtwagens in. We bereikten de kustvlakte al heel snel, en langs de Ayalon-autoweg glansden de torenflats van de stad in die zilverige grijze lucht, en enorme, verleidelijke reclameborden flakkerden van beloften die niet altijd vervuld zouden worden. Het verkeer wervelde in duizelingwekkende snelheid om me heen en auto's haalden me links en rechts in. Ik sloeg rechts af en reed in de richting van Jaffa. Grijze stroken van een gemelijke zee gluurden tussen de gebouwen door, en trage golven, zwaar van slib, rezen omhoog en dreigden de promenade te overstromen. Bij de afrit naar de stad glimlachte vanaf de top van de toren de maanronde klok, waarvan de wijzers jaren geleden gestopt waren, naar me, en vandaar kroop ik door de steegjes van de vlooienmarkt. Op een van de hoeken, boven het achterwinkeltje dat met ruwe, rottende planken was dichtgetimmerd, stond nog het bordje, met afbladderende verf, 'Vicki – Breiwol en -naalden', mijn vaders wolwinkel die naar mijn moeder genoemd was.

Met het gepiep van nieuwe remmen parkeerde ik voor het huis. Een onbekende auto blokkeerde mijn vaders Ford uit 1977, waarmee niet meer gereden was sinds de dag waarop hij was gestorven, zodat ik half het trottoir op moest. Mijn autootje kreunde en beklom de hoogte met grote moeite, en ik hoorde hoe de onderkant over het asfalt schraapte met een geluid dat me deed rillen. Vanaf de zee kwam een plotselinge windstoot door het smalle steegje en raakte mijn rug, alsof ik weggeduwd moest worden. Hij voerde stof en dorre bladeren mee, evenals oude herinneringen, hij blies plastic zakken op als kleurige ballonnen, droeg kranten mee waarvan de koppen waren doorgelopen, met nieuws dat al oud was voordat het de pers had verlaten. Met een ongeduldige ruk draaide de wind de bladzijden om, gebeurtenissen werden tot conflicten opgeblazen en vermengd met de stroom van dagen en rampen. Even wervelde hij om me heen alsof hij geen afscheid wilde nemen, en toen verdween de krant door de straat, met zijn gezicht naar de zon, hoger en hoger de herinnering aan de doden en de echo's van weeklachten en gejammer met zich meevoerend.

Ik stond buiten voor mijn thuis. Een enkel Arabisch gezin had daar ooit prettig gewoond, maar sinds de Onafhankelijkheidsoorlog hadden er joden gewoond, op een veel kleinere oppervlakte. Tot ik naar Jeruzalem verhuisde had ik nooit ergens anders gewoond. De muren, met hun verschoten roze kleur, waren overdekt met littekens van baksteen en verroeste, ijzeren balken. Boven me waren getraliede ramen en scheefhangende balkonnetjes met balustrades die bol stonden van zout en vocht. Ik stak snel een lapje hardnekkig kweekgras over dat voortkroop in de richting van het trappenhuis, waar de in tapijtpatroon gelegde vloertegels fijne barstjes vertoonden.

Ik klom naar de eerste verdieping en belde aan en de vrolijke melodie van de Big Ben weerklonken. Er viel een drukkende stilte die een eeuwigheid duurde, en toen hoorde ik geschater, en mijn moeders stem die in de richting van de deur riep: 'Ga weg. Ik ben bezig. Kom morgen maar terug.'

Als een vluchteling stond ik daar op de drempel van de dichte deur van het huis dat ooit mijn thuis was geweest. Nu wilde ik met alle geweld daarheen terug, om daar iets te ontdekken wat niet voltooid was, om herinneringen te volgen, om te proberen te begrijpen.

'Ima, ik ben het, Yael. Doe open.'

Opnieuw stilte, en toen geritsel. Haar zachte pantoffels gleden over de vloer daarbinnen. Ze deed de deur op een kier open en begroette me met een gegeneerd gezicht en blozende wangen.

Een wolk van stinkende, schimmelige lucht trof me, en de treurige resten van een hulpeloze vrouw werden op de achtergrond onthuld. Achter haar, boven de bank met de verbleekte bloemen die altijd toegedekt was met een geruite wollen deken, was 'Vaders Kaart' te zien, de plaat die trots de grenzen aangaf van het grote Koninkrijk Israël. De grenzen waren vervaagd onder de laag plastic die niet meer doorschijnend was, maar troebel van ouderdom, met kleine druppels witkalk en vliegenpoepjes. Die kaart, waarvan de vier hoeken met vier stalen spijkers aan de muur waren bevestigd, was nooit van de muur gehaald, en wanneer Zalman de schilder om de drie jaar kwam om voor Pesach het huis te witten, stelde mijn vader de voorwaarde dat de kaart niet van de muur werd gehaald. Hij gaf Zalman opdracht zorgvuldig eromheen te schilderen, en bleef bij hem staan om erop toe te zien dat de schilder de kaart niet raakte.

Ook ik kon niet aan die kaart ontkomen: ik zag hem vanuit mijn kamer die uitkwam op de woonkamer, hij gluurde naar me in de keuken en op het balkon, en als een vreemdeling verscheen aan onze drempel, zou hij de kaart recht voor zich zien. Bij onze buren en thuis bij mijn vrienden en vriendinnen bleef die ereplaats in de woonkamer gereserveerd voor geborduurde kleedjes van aristocratische meisjes in fraaie crinolines, jachttaferelen uit verre landen of voor goedkope reproducties van een grote meester.

Elke vrijdag, voordat de sabbatkaarsen werden aangestoken, pakte vader zijn houten liniaal, versleten van het vele gebruik, en daarmee ging hij langs de grenzen van het Beloofde Land. 'Je moet op de kaart altijd in het noorden beginnen,' verkondigde hij, alsof hij het tegen zichzelf had, zich op zijn tenen uitstrekkend, en de liniaal streelde langs de zuidgrens van Turkije en ging daarin over. 'En nu bewegen we ons naar het zuiden,' en dan gleed de liniaal over de Rode Zee en de grote Sinaï-woestijn, en omhoog naar de vruchtbare Nijldelta, gleed er aan de linkerkant langs en kwam tot stilstand bij de Middellandse Zee ten westen van Port Said. Vandaar bewoog hij zich in een flits over de rand van de Middellandse Zee en kruiste naar het oosten, over de rivier de Jordaan, klom omhoog, naar het noorden, voegde zich bij de oevers van de Eufraat en keek vandaar uit op Damascus. En vader sloot zijn reis af en zei dat met zulke uitgebreide grenzen niemand ons zou vernietigen. En dan, heel plechtig, pakte hij van het dressoir een zwaar glas en zijn fles arak, 'Om hart en ziel te sterken,' schonk de heldere vloeistof in, zette het glas met kracht neer op de tafel en vroeg dan: 'Waarom slaan we met het glas op tafel?' En zonder op antwoord te wachten beantwoordde hij zijn eigen vraag: 'Als je arak drinkt, dan moeten alle zintuigen ervan genieten: de mond die het proeft, de neus die het ruikt, het oog dat het ziet, dus waarom zouden we het oor erbuiten laten?'

Vader had de gewoonte in aanwezigheid van gasten in ons huis te genieten van 'de beloofde grenzen', en elke keer dat een nieuwe vriendin me kwam bezoeken, vroeg hij haar buitengewoon beleefd of ze in de woonkamer wilde komen. Met zijn liniaal schetste hij dan de grenzen van ons land zoals ze zouden moeten zijn.

'Yaeli, waarom heb je niet gezegd dat je zou komen?' zei mijn moeder berispend.

'Jij zegt dat je van verrassingen houdt, dus hier ben ik dan.'

Ze stapte met tegenzin opzij, en ik wrong me door de smalle opening die ze me gunde naar binnen. De woonkamer leek nog meer verwaarloosd dan anders. Stapels vergeelde kranten waarvan de hoeken waren omgekruld van de vochtige zeelucht, wachtten bij de deur. De kleurige macramégordijnen die ze jarenlang gehaakt had van restjes wol die vader voor haar meebracht uit de winkel, waren grauw en zwaar van het stof. Kleren die achteloos waren neergegooid, bedreven in een orgie van vodden de liefde op de vloer en de banken. Sinaasappelschillen en restjes eten lagen opgestapeld op de tafel naast uiteenvallende ronde kanten kleedjes, en ik wist: als ik ze verplaatste, zal ik daaronder een heel stofnest aantreffen. De hele rommel werd treurig bekeken door de gevoelsmatig zo waardevolle yucca in een pot die mijn vader twintig jaar vol liefde had verzorgd, maar die daar nu slap van ellende bij stond, met puntige, verwelkte bladeren en een dunne stam die kronkelde in doodsstrijd.

'Ik kan je niet echt verwijten dat je zo slordig bent,' herinnerde ik me dat Nachum een keer neerbuigend tegen me had gezegd, 'je hoeft alleen maar naar de toestand in je moeders huis te kijken.'

'Vicki, wie is daar?' riep een mannenstem uit de slaapkamer die ooit de mijne was geweest.

Ik bloosde. Mijn moeder sliep met mannen, mijn nachten waren zonder liefde en verzadigd van angst.

'Waarom kom je straks niet terug?' smeekte mijn moeder op fluistertoon. 'Ga op bezoek bij je vriendinnen en kom over een uur terug. Ik zal een lunch voor je klaarmaken.' Ik begreep niet hoe ze had kunnen vergeten dat ik hier in de omgeving geen vriendinnen meer had.

'Ik ga terug naar Jeruzalem, en als je wilt weten wat er mis is, bel me dan maar op.'

Ze zette een ernstig gezicht. 'Is er wat gebeurd met Yoavi? Met Nachum?'

'Die maken het allebei uitstekend.'

'Ben je ontslagen bij de universiteit?' vroeg ze, terwijl een bezorgd trekje over haar gezicht gleed.

'Is dat het enige wat je kan schelen?' fluisterde ik nijdig. 'Ik had met je willen praten, maar als het mevrouw niet uitkomt, dan kunnen we dat ook over de telefoon doen.' En ik smeet de deur achter me dicht.

'Yaeli, wat is er aan de hand, wacht even,' beval ze met verstikte stem achter de deur, ze deed hem wijdopen en rende me achterna over de trap, waarbij haar openhangende kamerjas een tweetal omhoog wijzende borsten openbaarde. 'Wacht even, ik zal zeggen dat hij moet weggaan. Gun me even de tijd.' Beschaamd omdat ik haar naaktheid zag, richtte ik mijn blik op haar gezicht. Een brutaal zonnestraaltje dat zijn weg door de dikke zwarte wolken wrong, scheen op haar gezicht, en toonde als een krachtige schijnwerper wreed de diepe rimpels die verborgen waren geweest onder een dikke laag poeder, de ouderdomsvlekken op haar slapen, de ogen die troebel van ouderdom waren en de rimpelige huid die onder haar kind beefde.

'Wacht,' zei ze nog een keer, 'ik zal zeggen dat hij moet weggaan.' En haar gezicht betrok alsof ze zich plotseling iets herinnerde. 'Maar ik heb niets in huis.'

'Ik wil ook helemaal niets. Ik ben niet hierheen gekomen om te eten.'

'Wacht,' zei ze, zonder naar mijn antwoord te luisteren, 'ik heb wat kip en koolsla in de koelkast. Wacht, als je niet wilt eten, zal ik het inpakken, neem het mee voor Yoavi.'

Beschaamd vanwege mijn moeder maakte ik me haastig uit de voeten. Ik reed naar de boulevard en de zee hikte vuil schuim in mijn richting, en opnieuw speelde dat kinderliedje 'Wat doen de bomen' ononderbroken in mijn oren. 'En wat doet de zee? Zee-a. Wat doet de zon? Dag.' Ik dacht aan Yoavi, die vast en zeker graag de zee had gezien, zelfs nu hij zo ruw was, en aan mijn vader die me 's zomers op een binnenband op de golven liet varen en met ijs gekoelde vijgen voor me kocht.

Ik parkeerde voor Margarets restaurant, stapte uit de auto en ging op het terras zitten onder de groene vleugels van verbleekt canvas die tegen elkaar wapperden. Maar de eigenaar van de garage daarnaast wuifde naar me, om mijn aandacht te trekken, en hij vertelde me dat Margaret ziek was en dat het restaurant gesloten was.

Ik liep langs de muur die de oude gebouwen tegen de grillen van de zee beschermt, en ik dacht: hoe durft ze op zo'n manier te vrijen, terwijl mijn vader pas achttien maanden geleden in haar armen is gestorven.

'Je moeder is een vrouw die zichzelf overgeeft aan de waanideeen van liefde, en zonder een man aan haar zijde zal ze zich tekort gedaan voelen,' had Nechama tegen me gezegd toen mijn vader ziek werd, en ze had voorspeld dat mijn moeder binnen heel korte tijd een nieuwe liefde zou vinden. En ik had toen tegen haar geschreeuwd, dwaas die ik was: 'Hoe kun je dergelijke dingen zeggen over mijn moeder; ze heeft tegen me gezegd dat als hij doodgaat, ze met hem mee wil gaan.'

En de golven, vastberaden en koppige ijzeren stormrammen,

probeerden de versterkte muur te slechten en smakten ertegenaan in verspilde woede, en bespatten mij met kleine zoutkristallen die mijn gedachten lieten verkruimelen. Plotseling viel er een hevige regenbui, en hemel, zee en land gingen op in een grijze en melancholieke massa. De zee braakte zeewier, dode vissen en gebroken schelpen uit, mijn natte haren geselden mijn gezicht terwijl ik naar de auto rende en op de smalle stoel ging zitten. Ik legde mijn hoofd op het stuur en had willen huilen om Davidl, om het kleine meisje dat verdwenen was, en om Yoavi, om mijn leven, mijn moeder en mijn dode vader.

Ik voelde medelijden met mijn vader die nu door mijn moeder werd bedrogen, alsof ze geduldig had gewacht tot hij haar leven verliet, zodat ze met andere mannen kon neuken. Hoe had ze dat die man kunnen aandoen, terwijl hij zo veel van haar had gehouden? Ik huilde om mijn vader en wist dat ik al om hem was gaan rouwen toen hij nog leefde, jaren voordat hij stierf. Er was iets breekbaars in hem, iets vergankelijks, alsof hij weifelde tussen leven en dood. En ondanks het feit dat hij geleerd had hoe hij moest lachen, hoorde ik in zijn stem de geesten van zijn familie die waren gestorven en van wie hij geen afscheid had kunnen nemen. Zijn leven hier in de wereld was het leven van een ontheemde geweest, een korte, tijdelijke halte die hem leidde naar het allergrootste moment, wanneer hij zijn doden weer zou ontmoeten. Dat had hij me eens verteld op een moment van intimiteit, en daarna was hij van mening veranderd en had hij me gevraagd te vergeten wat hij had gezegd.

Op weg naar huis liet ik me weer door mijn woede op mijn moeder meeslepen.

Tegen de tijd dat ik Jeruzalem bereikte, glansden de ramen van de natuurstenen gebouwen in oranje tinten, en lange schaduwen tekenden zich af bij de straatlantaarns die nog niet brandden. Ik stak het Dal van het Kruis over en voegde me bij een lange rij auto's op weg naar huis. In het Gazellendal wierpen de witverkleurde skeletten van kalende bomen hun scherpe, benige schaduwen op elkaar, en ze verborgen achter hun takken hele gazellenfamilies die ik nooit had gezien. Opeens werd ik aan beide kanten ingehaald door een politieauto en een ambulance, met sirenes die smekend brulden, en met waarschuwingslampen die rood en blauw knipperden. Ik slipte in de opening die ontstaan was door de auto's die voor hen waren uitgeweken, en haastte me achter hen aan. Ik raakte hen kwijt bij de Patt-kruising, en de twee halo's, de ene blauw, de andere rood, raceten achter elkaar voort, reden naast elkaar, totdat ze samensmolten in één enkele glanzend paarse aura. En de lichten flitsten door de rode verkeerslichten en klommen steeds verder tegen de berghelling, in de richting van mijn wijk, totdat ze verdwenen en het geluid van de sirenes niet meer hoorbaar was. Ik reed over de steile helling naar mijn wijk, die gebouwd was in de drukke bouwperiode na de hereniging van Jeruzalem. Ik zag de gebouwen uit de verte en dacht na over de architecten die een paar minder geslaagde architectonische experimenten hadden uitgevoerd. De romantiek had haar kleverige vingers in het harde gesteente gedrukt en daarin flamboyante bogen aangebracht, er ronde balkons uitgehaald en had de bouwstenen gevuld met allerlei symbolen en historische verwijzingen, alsmede bedroevende imitaties die geïnspireerd waren op de omringende Arabische buurten. Wij hadden niets geleerd van onze Arabische buren, dacht ik terwijl mijn auto de hekken naderde. Zij hadden hun huizen gebouwd op de hellingen van de heuvels, om de horizon niet te vervuilen, terwijl die van ons oprijzen als arrogante, opzichtige vuurtorens op de toppen. Mijn boosheid was weggeëbd toen ik Gilo binnenkwam, en tegen de tijd dat ik onze straat bereikte, had ik in gedachten gewerkt aan het gesprek dat ik binnenkort met Nechama zou hebben.

'Je zult nooit geloven wat ik je ga vertellen,' zei ik korte tijd later tegen haar over de telefoon, 'mijn moeder heeft een verhouding, en ze had het zo druk met neuken dat ze geen tijd had om met me te praten.' Er klonk een hartelijke lach over de lijn. 'Wat heb ik je gezegd?' zei ze, niet in staat zich te beheersen. 'Vind je niet dat dat een stuk beter is dan zelfmoord plegen? En ontken maar niet dat je jaloers bent,' voegde ze daar nadrukkelijk aan toe.

Vanuit de slaapkamer hoorde ik de sleutel in het slot, en het geluid van de deur die openging. Ik beëindigde haastig het gesprek, zei dat Nachum thuiskwam en dat we later met elkaar zouden praten. Toen ik de hoorn neerlegde, herinnerde ik me dat ik vergeten was naar Yoavi te vragen, hem geen goede nacht had gezegd en geen fijne dromen had toegewenst.

Nachum keek naar mijn paarse pakje en vroeg op zijn onnavolgbare manier: 'Wat heb jij voor dag gehad?' Ik nam niet de moeite hem te vertellen dat ik die ochtend had gezegd dat ik naar Jaffa ging om mijn moeder te spreken, maar vroeg alleen: 'Waar is de meubelmaker?' Nachum sloeg met zijn hand tegen zijn voorhoofd en mompelde: 'Hoe heb ik dat kunnen vergeten,' en hij vroeg naar Yoavi. Ik zei dat Yoavi bij Nechama overnachtte, en hij zei dat het niet goed voor het kind was om daar nacht na nacht te slapen. Hij pakte zijn sleutels uit het koperen kommetje en liep de deur uit. Ik belde Nechama op om haar te vertellen dat Nachum onderweg was om Yoavi op te halen, en zij zei dat de kinderen al gegeten hadden en gedoucht, en dat Yoavi al in pyjama was. Op de achtergrond hoorde ik de deurbel overgaan en Nechama fluisterde: 'Dat is waarschijnlijk Nachum,' en ze legde de hoorn neer. Een paar minuten later waren ze weer thuis. Ik bracht Yoavi naar bed en liep naar de boekenplank om een verhaaltje voor het slapengaan te zoeken. Toen ik me omdraaide, waren zijn ogen al halfdicht. Ik kuste hem op zijn wang en fluisterde in zijn oor dat ik hem de liefste van de hele wereld vond, en hij mompelde wat en bracht Tutti naar zijn neus. In de woonkamer lag Nachum al languit in zijn leunstoel; hij snoot luidruchtig zijn neus en vroeg me enigszins bezorgd wat er te eten was. Ik antwoordde dat ik net thuis was en niets had kunnen koken, maar er was waarschijnlijk nog wat van het geroosterde vlees van sabbat over, in de koelkast. Nachum klaagde dat hij gisteren al had gezegd dat dat vlees allang op was, en zijn sombere ogen richtten zich verwijtend op mij, als om te zeggen: jij hebt nu een week thuis rondgehangen zonder iets te doen, en een week lang heb ik niets te eten gekregen. Ik bood aan een omelet voor hem te bakken, met wat sla erbij, en hij zei: 'Als ik een omelet en sla wilde hebben, had ik het zelf wel klaargemaakt.' Ik herinnerde me hoe mijn vader altijd doodmoe thuiskwam van 'Vicki – Breiwol en -naalden', mijn moeder optilde en, alsof hij haar in geen dagen had gezien, hij haar hartstochtelijk op de lippen kuste. Dan haastte hij zich naar de keuken, vulde de ketel en maakte een kopje thee voor haar, deed daar heel kleine groenige muntblaadjes in, en dan vroeg hij wat hij voor haar kon klaarmaken voor het avondeten. Vanaf de dag dat ze elkaar op het strand ontmoet hadden, hij een Griekse overlevende van de holocaust en zij een langbenige, mollige inheemse Israëli, hadden ze van elkaar gehouden, tot aan mijn vaders laatste ademtocht, zoals mijn moeder het vertelde aan iedereen die het maar wilde horen. Hij was in haar armen gestorven, 'Hij ging zomaar dood,' alsof ze vergeten was dat hij twee jaar eerder geleidelijk achteruitging, totdat ze mij smeekte hem mee te nemen, het huis uit.

In het eerste rouwjaar was ik bang dat ze het dreigement, dat ze uitgesproken had op de dag dat ik met Nachum trouwde, zou waarmaken. Moeder had nooit geloofd dat Nachum de man van mijn leven was. Een paar uur voordat ze me onder de huwelijksluifel leidden had ze iedereen uit de kamer weggestuurd, ze had de deur dichtgedaan en gevraagd: 'Weet je zeker dat je van hem houdt?' Ik antwoordde nijdig dat ik, als ik niet van hem hield, daar niet zou staan in een trouwjurk, maar de twijfel knaagde al aan me toen ze vroeg: 'Maar wat is het dan in hem waar je van houdt?' Ik dacht even na en zei: 'Zijn vlijt, zijn volharding, dat hij zo goed georganiseerd is, en zo kalm en ontwikkeld.' En moeder had beledigd haar schouders opgehaald en geschreeuwd: 'Maar dat is niet genoeg! Hoe zit het met de vlinders in de buik, de opwinding, de knikkende knieën, de slapeloze nachten?' Ik antwoordde net als Nachum had gedaan toen ik hem had gevraagd waar de vlinders in de buik naartoe waren gegaan, dat al dat soort dingen gebeurde in romannetjes en suikerzoete films, en niet in het echte leven. Nachum en ik, had ik toen met nadruk gezegd, baseerden onze relatie op vriendschap, wederzijds vertrouwen en gevoelens van hartelijkheid en liefde. Toen had moeder luid geschreeuwd: 'En wat zal er gebeuren als hij, wat God verhoede, dood neervalt?' Ze wachtte niet op een antwoord en voegde daar nadrukkelijk aan toe dat zij als er wat met vader gebeurde, wat God verhoede, zelfmoord zou plegen, want leven zonder hem zou de moeite niet waard zijn.

Twee uur later stond ik naast Nachum onder de huwelijksluifel, tijdens de plechtigheid die op het strand plaatsvond. De mistige lucht deed het haar van de vrouwen kroezen, en ik had het gevoel druppeltjes water in te ademen. Mijn longen waren zwaar als die van een verdrinkende, ik stond op het punt te stikken en dood te gaan. Mijn oogmake-up rolde in zwarte druppels over mijn wangen, ik veegde mijn zweet weg met mijn witte handschoen, die overdekt raakte met gele, roze en zwarte vlekken, als het palet van een schilder. Toen begon de rabbi over 'de stem van vreugde en blijdschap', en mijn hart werd vervuld van verwarring en vrees. Ik hield niet van Nachum zoals mijn moeder van mijn vader had gehouden. Eigenlijk gaf ik toe dat ik Nachum had gekozen omdat hij een verantwoordelijke kerel was, spaarzaam en welgesteld, want ik was op zoek naar veiligheid, naar een huis en regelmaat. En toen Nachum het glas stuktrapte ter herinnering aan de verwoesting van de Tempel, en wij nu man en vrouw waren, werd ik opeens bang. Ik had zin om te schreeuwen: ik ken die man naast me nauwelijks. Hoe kunnen twee zo verschillende mensen zich op grond van een vodje papier en een stukje metaal vastleggen, om levenslang samen te wonen, in hetzelfde bed te slapen en hetzelfde voedsel uit één pan te eten.

De geur van gebakken uien zweefde de keuken uit. Nachum zou zo dadelijk het ei breken boven de sputterende koekenpan en een roerei met uien voor zichzelf maken. Ik herinnerde me hoe ik hem voor het eerst had ontmoet in de tandheelkundige kliniek voor studenten: hij was student tandheelkunde en droeg een witte jas die het buikje, dat net zichtbaar begon te worden, verdoezelde, en ik was een studente met kiespijn. Hij vroeg beleefd of ik op de stoel wilde plaatsnemen, boog de stoel naarachteren, onderzocht mijn gebit met zijn vergrootglas en tikte zacht op de pijnlijke kies. Ik kromp ineen, van de pijn of van de geur van zijn aftershave. Daarna stond hij gespannen en aandachtig naast de tandarts die me behandelde, en toen ik kreunde van de pijn, pakte hij mijn hand en zei in het meervoud, alsof ook hij met mijn kies bezig was: 'We zijn bijna klaar, rustig maar, we zijn er bijna.' Toen ik van de stoel stapte en hij het doekje van mijn hals verwijderde, dacht ik dat ik verliefd op hem was geworden. Ik ging er een week later naartoe om de vulling te laten polijsten, maar toen bemoeide een andere assistent zich met mij. Ik informeerde naar Nachum en ging terug naar de kliniek op de dag dat hij dienst had. Toen hij zich over me heen boog, keek ik in zijn ogen die in mijn mond keken, en ik maakte hem een compliment, zei dat zijn handen zo zacht en behendig waren dat ik helemaal geen pijn voelde. Hij glimlachte en zijn hand rustte als toevallig op mijn borst. Toen ik uit de stoel kwam, nam hij het doekje af en vroeg om mijn telefoonnummer.

Eetgeluiden kwamen uit de keuken en ik was kwaad op Nachum omdat hij niet de moeite had genomen mij te vragen of ik soms ook trek had. En opnieuw dacht ik aan moeder – hoe ze altijd van drama's en tragische taferelen had gehouden, net als in de Egyptische films die ze op vrijdag op tv vertoonden, en hoe ze bij vaders grafsteen, op de dertigste dag na zijn dood, verklaard had dat ze zich spoedig bij hem zou voegen. Als een Griekse weduwe stond ze erop een vol jaar in het zwart gekleed te gaan. Ze sloot zich op in haar huis en hield maar niet op over hem te praten, alsof hij elk moment kon binnenkomen voor hun dagelijks ritueel: hij zou haar op de lippen kussen en haar luidkeels en plechtig verzekeren dat hij haar liefhad. Ik heb geprobeerd die gewoonte met Nachum over te nemen, maar hij had geweigerd aan zulke zoete romantiek mee te werken, want – zo zei hij – het echte leven was totaal anders.

'Wie was die man?' vroeg ik aan moeder, toen ze later die avond opbelde en zich uitvoerig verontschuldigde.
'Yoskeh.'
'Welke Yoskeh?'
'Je weet wel, Yoskeh Ben-Nun, onze vroegere buurman.'
En opeens wist ik het weer. De twee gezinnen hadden in aangrenzende flats gewoond. Het onze en dat van hen. Yoskeh, zijn vrouw Sarah en hun dochter Tzillah. Voor de oorlog, zo had moeder me verteld, had het huis aan een Arabische familie toebehoord, en toen die gevlucht was, werd het gebouw tot verlaten eigendom verklaard en verbouwd tot een aantal flatwoningen. Yoskeh, die als lid van de 'Egged'-buscoöperatie vrienden had op invloedrijke posten, had de enorme zitkamer en de bediendenkamer met aangrenzende keuken toegewezen gekregen, terwijl wij het moesten doen met de badkamer met zijn fraaie bad van marmer, plus twee

heel kleine kamertjes – bediendenkamers, zo noemde mijn moeder ze, en ze zuchtte aldoor dat haar woning leek op een stel treinwagons. Als je naar de achterkamer, mijn kamer, wilde gaan, moest je eerst door de voorkamer, die de woonkamer, de hal, de eetkamer en mijn ouders slaapkamer was. De gebloemde divan werd 's avonds opengeklapt als bed. Mijn kamertje keek uit op een van de marktsteegjes, en 's avonds luisterde ik naar het geluid van de metalen luiken die werden neergegooid, naar de piepende sleutels, en dan de stilte van het steegje die soms onderbroken werd door de wankele voetstappen van dronkelappen. Totdat Yoskeh voor zichzelf een kleine latrine op de gemeenschappelijke binnenplaats had gebouwd, met een douche en een toilet, hadden hij en zijn gezin gebruikgemaakt van onze badkamer, en moeder had in hun keuken gekookt tot vader een kookhoek op het balkon had geïnstalleerd.

'Onze buurman Yoskeh heeft een hart zo groot als een huis,' had mijn moeder eens tegen mij gezegd, en ze had daar vol respect aan toegevoegd dat hij lid was van 'Egged', en dat leden van 'Egged' gratis met de bus mochten reizen, net als hun echtgenotes en kinderen. Op een dag was Yoskeh, wiens nek en enorme handen zongebruind waren en wiens stem gebarsten, ruw, maar ook hartelijk was, verdwenen, samen met zijn vrouw Sarah en hun dochter Tzillah, even oud als ik en mijn beste vriendin. Twee gespierde kruiers haalden dozen en meubels weg uit hun woning en laadden die op een vrachtwagen. Vervolgens stapten zij met z'n drieën in een glanzende zwarte taxi, en de chauffeur haastte zich achter de vrachtauto aan, die beladen was met de bundels van hun leven en ze in wolken uitlaatgas wikkelde. Ik hoorde een van de buren zeggen dat de familie Ben-Nun de buurt had verlaten omdat Sarah Yoskeh had betrapt op verraad. In die tijd, toen je overal spionnen had, dacht ik dat hij Israël had verraden. Die avond opende mijn vader een nieuwe fles arak, hij dronk ervan, zó uit de fles, en de volgende ochtend vertelde hij me, terwijl anijsgeuren over me heen zweefden, dat hij, nu Yoskeh weg was, het andere appartement kon kopen en onze woning vergroten.

Een hele tijd vroeg ik telkens weer aan mijn ouders naar de reden dat ze zonder afscheid te nemen waren vertrokken, maar ik kreeg nooit antwoord. 'Mensen verhuizen aldoor,' zei mijn moeder dan, en als ik aandrong, voegde ze daar haastig aan toe: 'Ik heb wat op het fornuis staan.' En mijn vader klemde zijn tanden opeen en mompelde wat onder zijn dikke snor, in lange zinnen in het Ladino, en ik vermoedde dat hij vloekte.

Mijn vader kon het geld niet bij elkaar krijgen om de flat van de Ben-Nuns te kopen, en een nieuw gezin van immigranten uit Irak, afkomstig uit een doorgangskamp, vestigde zich naast ons. De naam Ben-Nun was nooit meer gevallen, tot op dit moment. Omdat ik nog steeds deed of ik boos was, onderdrukte ik mijn nieuwsgierigheid en informeerde ik niet bij mijn moeder naar meer bijzonderheden over Yoskeh, en over de manier waarop ze elkaar gevonden hadden, hoewel ik wist dat ze het me dolgraag wilde vertellen.

'Is het goed als ik morgen naar Jeruzalem kom?' vroeg mijn moeder, haar laatste onderhandelingstroef.

'Doe maar wat je wilt,' antwoordde ik, en ik vertelde Nachum meteen dat mijn moeder van plan was ons het aanstaande weekend te bezoeken. Ik vroeg hem te proberen niets te zeggen over haar slordigheid en haar manier van koken.

Die avond bleef ik laat doorwerken. Ik wilde mezelf moe maken, zodat de slaap me gemakkelijk en snel zou overvallen. Ik vocht met het toetsenbord, tikte en sloeg erop tot de letters op het scherm flakkerden en voor mijn ogen op de vlucht sloegen. Daarna sloop ik zachtjes de slaapkamer binnen, pakte een dekbed en een kussen en dekte me toe op de bank in mijn werkkamer. Lange tijd keek ik naar de gekleurde tropische visjes die vreedzaam zwommen tussen het koraal en de waterlelies van de screensaver, en ik kon de slaap niet vatten. Opnieuw bereikte de geur van brand mijn neusgaten, en ik zag mijn kleine meisje voor me, zoals ze onbevreesd had geglimlacht. Ik was bang dat die gruweltaferelen weer terug zouden keren zodra ik mijn ogen dichtdeed. Opnieuw kwam het geluid van schieten uit de richting van Beit Jallah, en ik wist dat de helikopters binnenkort zouden opstijgen, op zoek naar degenen die schoten. Tanks zouden hun granaten afvuren, de honden van Gilo zouden verbitterd blaffen en de honden van Beit Jallah zouden dat met onderbroken gehuil beantwoorden, baby's zouden gaan huilen, tv-toestellen zouden midden in de nacht worden aangezet en die zouden het incident rapporteren. Ik luisterde een hele tijd naar die geluiden, totdat de eerste muezzin zijn roep liet horen. Ik wachtte gespannen of ik kon horen wat de muezzin te zeggen had, maar zijn stem was hees, naar het scheen van schrik vanwege die kanonnen.

Toen die kakofonie eindelijk wegstierf, probeerde ik in slaap te vallen met mijn ogen open, net als mijn vader die met halfgesloten ogen had geslapen, zodat je echt 'het wit van zijn ogen' kon zien. Hij had me eens verteld dat hij zo sliep om de Engel des Doods te vangen voordat die erin slaagde hem bij verrassing mee te nemen. Maar toen verscheen het lichaamloze hoofdje van het kleine meisje weer, en het zweefde voor mijn ogen als een zilveren heliumballon, met een touwtje als een navelstreng. En het kind glimlachte naar me en riep: 'Kiekeboe,' en haar gelaatstrekken vervaagden opeens, losten op en veranderden, tot ik merkte dat ik Yoavi's gezicht zag. En mijn zoontje wuifde met zijn mollige handjes door het achterraam van de bus en kneep zijn vingers samen, om ze vervolgens weer te spreiden, en hij zei: 'Kiekeboe, kiekeboe,' en toen verdween hij uit het zicht. Toen ik mijn gezicht naar de hemel keerde, zag ik zijn zilverige gezichtje boven me hangen, en het touwtje aan de ballon zwiepte boven mijn hoofd. Ik sprong overeind om het te pakken, maar dat mislukte. En Yoavi ging steeds hoger en hoger de lucht in, tot hij een ver, zilveren puntje werd dat met zijn schaduw de maan bedekte, als bij een verduistering. Ik schudde me los van die gruwel tot ik wakker werd.

Ik ging naar de badkamer, slikte een Hypnodorm en ging met versteende ledematen liggen op de smalle bank. Daar lag ik te woelen tot een vaag licht tussen de spleten van het luik door filterde. Ik luisterde naar mijn hart dat tikte als een tijdbom, naar het lawaai van de vuilnismannen die de bakken rondsmeten, en naar het piep-piep van een autoalarm tot het werd uitgezet door een bestuurder die vroeg was opgestaan. Het jammeren van een verre sirene deed me opeens rillen van een vertrouwd angstgevoel, en ik wachtte op een volgende jammerkreet. Toen die niet kwam, slaakte ik een zucht van opluchting, want één sirene in onze stad betekent niet veel – de ene jammerkreet na de andere, dat is slecht nieuws.

Toen was het avond geweest en het was morgen geweest: de zesde dag

Genesis 1:31

'Ima slaapt 's nachts niet,' zo hoorde ik Yoavi mijn toestand samenvatten terwijl ik mijn pijnlijke lichaam in de warmte van het dekbed wikkelde. Nachum smeet de kastdeur dicht, en terwijl hij zijn das rechttrok zei hij tegen het gezicht in de spiegel dat hij die nacht was opgestaan om te plassen, en toen hij me niet in bed had aangetroffen, had hij in Yoavi's kamer gekeken, en daarna in de werkkamer. Daar had hij me gezien, slapend, opgerold als een foetus, met mijn hoofd bijna tegen mijn knieën; met zo'n houding was het nauwelijks een wonder dat mijn lichaam pijn deed, en dat ik een stijve nek had. 'Waarom doe je een das om? Waar ga je vandaag naartoe?' fluisterde ik, en Yoavi probeerde wat orde aan te brengen in mijn vreemde slaapgewoonten en verkondigde met het zelfvertrouwen van een heel jong kind: 'Je slaapt niet in de ochtend, je moet alleen 's nachts slapen. In de ochtend maken vogels lawaai, en dan moet je opstaan.' Nachum zei: 'Ik heb een belangrijke afspraak vandaag,' en hij gaf een licht kusje op mijn wang. Yoavi herhaalde nadrukkelijk: 'Je slaapt niet in de ochtend, je moet alleen 's nachts slapen.' Ik beloofde dat ik hem, wanneer we terugkwamen van het kinderdagverblijf, het verhaal zou vertellen van de dagvlinder en de nachtmot. En ik voelde met mijn lippen naar de zijne, ons vaste ochtendritueel, en er werd een kusje, kleverig van jam, tegen mijn mond gedrukt. Nadat ze weg waren, versterkte ik mijn greep op het bed; ik luisterde naar de ochtendgeluiden die luidruchtig en vrolijk tussen het rolluik door kwamen, en terwijl ik staarde naar de stofjes die in het zonlicht geel gekleurd waren, viel ik in slaap.

Zwak, bevend en met een nare smaak in mijn mond werd ik wakker van het gekrijs van de vogels die zich vrijwillig hadden opgesloten in het kastje van het rolluik.

Ik kwam tot het inzicht dat ik Avsjalom opnieuw moest bezoeken.
Ik negeerde de vervangende auto die op zijn parkeerplaats stond en liep naar de halte op die vervloekte busroute. Ik beklom haastig de drie hoge treden die me naar binnen leidden en bleef even naast de chauffeur staan, terwijl ik me afvroeg waar ik zou gaan zitten. Ik zocht langzaam mijn weg over het smalle middenpad, en inspecteerde de gezichten van de mensen die op de plastic banken aan weerszijden van de bus zaten. Twee Ethiopische vrouwen in witgeborduurde kleding zaten rustig met elkaar te praten, en de jongere van de twee, die eruitzag als een kind, speelde met de chocolakleurige baby die me tevreden vanaf haar schoot toelachte. Een jongen, wiens lange haar met gel in pieken was getrokken, en zijn vriendin, die paars, kortgeknipt haar had en een gouden knopje in haar neus, zaten dicht tegen elkaar aan, en hun vuisten waren gebald alsof ze in duizelingwekkende vaart afdaalden in een achtbaan. Een oudere vrome man zat gebogen over een boek en mompelde gebeden en geloften, en een schoolmeisje in uniform en een donkerhuidige soldaat, het geweer tussen zijn knieën, zaten op de één na laatste rij. Ik greep de metalen stang boven hun hoofden vast en wachtte tot we de gedoemde plek waren gepasseerd: niemand stond daar te wachten en niemand wilde uitstappen. De regen van die nacht had de plakkaten naar de goot gespoeld en de overlijdensberichten tot pulp gekneed. De bus reed sneller langs die halte, weg van de ramp, en als op een onhoorbaar bevel draaiden alle hoofden zich naar de ruiten aan de rechterkant van de bus. De ogen staarden naar de grauwe kransen die allang verwelkt waren en uiteenvielen op de paarse bank die daar nu in zijn eentje stond. De bejaarde vrome man sprak zijn gebeden opeens met luide stem uit, en de soldaat deelde hardop mee dat hij op weg was naar Ramallah om al die klootzakken eens een lesje te leren. Zijn mond was indrukwekkend vol verhalen over heldendom, terwijl zijn vingers speelden met de insignes die onthulden dat hij een kantoorbaan had. 'Op de ochtend dat het gebeurde,' zei het schoolmeisje, 'zijn alle vogels uit de lucht verdwenen, want vogels zijn de eerste die het weten.' En ons liedje speelde in mijn hoofd: 'En hoe zit het met de vogels? Die vliegen, vliegen, vliegen

totdat ze een wiegeliedje zingen.' En tussen dat wijsje door zei het meisje dat ze die ochtend laat wakker was geworden en de bus had gemist omdat de chauffeur haar niet had gezien, want als hij haar zag, wachtte hij altijd. En als ze in die bus was gestapt, dan zou ze nu niet met hem zitten praten. Ik liep hen voorbij, ging op de achterste bank zitten en drukte mijn rug in de middelste zitplaats met uitzicht over het middenpad, precies de plaats waar mijn kleine meisje had gezeten. Ik draaide mijn hoofd om en keek door de achterruit. Een verveelde chauffeur stond stil achter ons bij de oprit, geconcentreerd op de tandenstoker die hij gebruikte. Ik probeerde zijn blik te vangen, maar hij zag me niet.

Ik draaide mijn hoofd weer terug naar de voorzijde van de bus en keek naar passagiers die instapten, terwijl ik mijn zintuigen inspande en naar verraderlijke tekens zocht. In de opgeschreven verklaringen had men uitgelegd dat ze zich op de dood voorbereidden door hun lichaam te reinigen, en om er niet verdacht uit te zien, schoren ze hun baard af en verwijderden ze alle waardevolle voorwerpen. Per slot van rekening draagt iemand die op het punt staat deze wereld te verlaten niet een duur horloge of een gouden ketting.

De soldaat en de oude man stapten uit in het centrum van de stad, en een jongeman stapte in, gebukt onder een zware rugzak. Zijn uitpuilende, levenloze ogen, met daarboven dikke, in elkaar doorlopende wenkbrauwen, doorzochten de halflege bus. Van alle lege zitplaatsen koos hij die naast het schoolmeisje, hij ging zitten en zette zijn rugzak in het looppad ernaast. Het meisje kromp ineen en drukte haar gezicht tegen de ruit. Ik keek naar zijn rug. Stekelige haartjes kleefden aan de boord van zijn feestelijke witte overhemd, alsof hij net van de kapper kwam. Zijn zwarte haar was met olie bewerkt en zijn nerveuze vingers, die speelden met het koord van zijn rugzak, onthulden zijn boosaardige plan. Ik dacht na over wat ik kon doen. Moest ik de chauffeur vertellen wat mijn argwaan had gewekt? Die mogelijkheid wees ik meteen van de hand: dan zou hij zich ter plekke opblazen. Vervolgens bedacht ik dat ik me van verantwoordelijkheid moest bevrijden en uitstappen bij de eerstvolgende halte. Met verlammende angst, met mijn ogen starend naar zijn rug en mijn lichaam klaar om me op hem te

storten dan wel het raam uit te springen, vervloekte ik de rode verkeerslichten en het zware vrijdagverkeer dat voortkroop terwijl iedereen haast had. Vlak voordat we de halte bereikten, boog de jongen zich naar opzij, zijn vingers openden de rugzak en hij woelde
erin. Ik wist dat dit het was, het zou nu, op dit moment, gebeuren.
Ik stond moeizaam op en mijn kreet werd achter in mijn keel gesmoord. De geur van hardgekookt ei en ingelegde komkommer
zweefde in de lucht terwijl de jongeman een dikke sandwich uit
de diepte van zijn rugzak haalde. Iemand die op weg was naar zijn
dood zou niet zo'n plotselinge honger tonen.

Gietende regen overviel me toen ik uit de bus stapte tegenover
'Eliahu – Vis', en ik dacht aan mijn vis die ik van de dood had gered. Een lange man stond onder het afdak, zijn zwarte baard woei
rond zijn gezicht op, zijn jaspanden wapperden en zijn vrije hand
worstelde met een paraplu die door de wind was omgeklapt. De
zwangere vrouwen en de kinderwagens waren van de straat verdwenen, en slechts een paar jesjiva-studenten renden door de regen, hun zwarte hoeden bedekt met plastic zakken. Ik liep tussen
hen door met mijn vrolijk gebloemde paraplu, en beklom de helling naar het huis van Avsjalom.

Alsof ze aankondigden dat de zeven dagen van de rouw voorbij
waren, had men de overlijdensberichten voor Davidl en Batsheva
verwijderd van de muren van de huurhuizen; die waren vervangen door nieuwe meldingen, over nieuwe doden. Een paar kleine meisjes, gekleed in helder gekleurde jurkjes, speelden in de hal
met een bal, die ze van hand naar hand gooiden en tegen de muur
kaatsten, in een nauwkeurig vangspelletje dat ik niet kende. Ze riepen elkaars namen en schreeuwden bevelen in het Jiddisch. Zodra
ze me zagen hielden Chaja'le, Sarah'le en Rivka'le op met spelen,
en ze vroegen, in het Hebreeuws en allemaal tegelijk: 'Naar de
shiva van de Wassersteins?' Ik knikte, en zij deelden mee: 'Vierde
verdieping. Linkerdeur.'

Die deur stond op een kier. Avsjalom, die op een matras zat tegenover de deur, zag me. Ik voelde dat hij blij was me te zien. Ik
knikte naar hem bij wijze van groet en liep naar het vrouwenvertrek, maar hij gebaarde dat ik naar hem toe moest komen. Ik stond
tegenover hem, met mijn hoofd naar hem toegebogen. Met neer-

geslagen ogen, die de mijne vooral niet mochten ontmoeten, fluisterde hij: 'Dokter Maggid heeft me verteld dat u daar was met uw auto, toen het gebeurde.'

Ik knikte bij wijze van antwoord.

'U was dus daar?' herhaalde hij hoopvol. Ik begreep dat hij me niet had zien knikken.

'Ja,' fluisterde ik.

'Hebt u hen misschien gezien voordat het gebeurde?' vroeg hij, en hij overhandigde me de foto. Ik zag een gelukkig gezin, vader, moeder en zoon, keurig gekleed, ondersteboven. Ik draaide de foto om en opeens werd hij zwaar, en ik liet hem bijna vallen; de ogen van het kleine meisje staarden me aan vanuit het zilveren lijstje. Ze glimlachte naar me met een heel licht, aarzelend lachje, en goudblonde krullen hingen af onder een hoog keppeltje. Ik voelde dat ik ging flauwvallen. Een stoel werd me ergens vandaan toegeschoven, en ik viel erop neer, terwijl mijn hart in mijn keel bonsde. Ik boog mijn hoofd en keek naar het lieve gezichtje dat vernietigd was in vuur en rook.

'Zij is het,' snikte ik, en onmiddellijk verbeterde ik mezelf, 'hij is het. Ik heb hem gezien, vlak voordat het gebeurde. Hij zat op de achterbank. Ik dacht dat hij een meisje was.' Een glas koud water werd me in de hand gedrukt, en ik nam afwezig een paar slokjes. Avsjalom stak zijn hand naar de foto uit en kuste hem. 'We lieten zijn haar groeien. We zouden hem deze zomer meenemen naar Meiron. Voor de *halakah*-plechtigheid van het eerste knippen van het haar.' Hij zweeg terwijl ik huilde, snikte en snufte. Iemand overhandigde me een papieren zakdoek. Ik snoot luidruchtig mijn neus, veegde mijn tranen weg en verontschuldigde me. 'Het was allemaal zo plotseling.' We zwegen een hele tijd, en ik keek naar hem terwijl hij naar hen keek. Toen wierp hij een blik op mij en vroeg: 'Hoe was hij toen, Davidl?'

'Hij speelde met me,' antwoordde ik moeizaam, met een stem die hees was geworden, 'hij speelde "kiekeboe" met me. Dat is een spelletje dat ik soms met mijn eigen zoontje speel.'

Avsjalom keek naar me op, twee diepe, blauwe poelen, en toen sloeg hij zijn ogen neer en vroeg: 'Davidl? Hoe zag hij eruit? Zag hij er gelukkig uit?'

Ik probeerde de overlevende vader moed in te spreken. 'Hij zag eruit als een gelukkig kind.'

'En Batsjeva, hoe zag Batsjeva eruit? Speelde zij ook met hem?'

'Haar heb ik niet kunnen zien,' stamelde ik, 'maar ze heeft zich één keer omgedraaid om te zien met wie hij een spelletje deed.'

We huilden allebei. Hij zat op de vloer en ik op de stoel, een jongeman haalde het glas water bij me weg en bood me een doosje zakdoeken aan. Ik haalde er een paar uit en vergoot mijn ziel erin, mijn verdriet, en ik dacht aan het kleine meisje dat een kleine jongen was. En Avsjalom fluisterde me troostwoordjes toe, alsof mijn eigen doden voor me lagen, en verzocht me naar het vrouwenvertrek te gaan en aan zijn schoonmoeder te vertellen wat ik hem had verteld. Maar ik wilde bij hem blijven en samen met hem huilen, en moeizaam stond ik op en ging hun slaapkamer binnen. Een golf van verstikt huilen en kreunen begroette me, en ik begreep dat het nieuws me voor was geweest. Bilha stond op, sloeg haar armen om me heen, drukte mijn gezicht in de brede gleuf tussen haar borsten en verzocht me alles te vertellen, vanaf het begin. Hoe hadden ze eruitgezien? Wat had Davidl gedaan? Hoe had hij geglimlacht? Hoe had hij gewuifd? En wist je dat hij zo'n begaafd kind was? Hij kende alle letters van het alfabet al, en hij kon tot tien tellen. Ik voelde me opgelucht toen ik hoorde dat ze in de verleden tijd over hem praatte. Ik ging naast haar zitten op de matras en vertelde de vrouwen in de kamer het verhaal dat elke nacht in mijn bed terugkeerde. Ik beschreef het handje dat strepen en stippels had gekrabbeld in de condens op de ruit ('Waarschijnlijk tekende hij letters,' zuchtten de vrouwen), en hoe het handje de condens had weggeveegd ('Een nieuwsgierig kind. Hij wilde alles zien en alles weten'). Ik beschreef het blonde hoofdje dat ik had gezien, en zei dat ik dacht dat hij een klein meisje was ('Lief en mooi als een meisje,' zo antwoordden de zuchten, 'hij had gouden krullen, pijpenkrullen, pijpenkrullen'), met dat kleine neusje tegen de ruit gedrukt, die twee handjes die vrolijk naar me wuifden; ik vertelde hoe hij op de zitting had gedanst, en hoe hij een paar keer omhoog was geschoten toen we 'kiekeboe' speelden.

Bilha's borstkas bewoog hevig, ze kreunde en liet toen een jammerkreet horen. Ik merkte dat ik haar hand had vastgegrepen; zij legde haar hoofd op mijn schouder en ik streelde het haar van haar pruik en probeerde haar te kalmeren. Ik merkte tot mijn verbazing hoe gemakkelijk het me viel om een vreemde vrouw te omhelzen en te troosten. Met mijn moeder was dat niet zo eenvoudig geweest. Toen mijn moeder huilde bij het open graf van mijn vader, was ik niet in staat geweest haar te ondersteunen. Ik had Nachum gevraagd naar haar toe te gaan, omdat ik de kracht niet had. Nachum had onhandig geprobeerd haar schouder te omarmen, maar zij had hem weggeduwd en rechtop naast het graf gestaan, trots en ontroostbaar. Ze rouwde om haar dode alsof ze alleen op de wereld was, alsof hij alleen van haar was geweest, en niet van mij. En ik kon, hoezeer ik het ook probeerde, niet één traan vergieten. En voordat ze hem met aarde toedekten, was het of ik hem tegen haar hoorde fluisteren: 'Schat van me, ik hou van je.'

Nu vloeiden bij mij de tranen, ook voor mijn vader. Bilha lag in mijn armen en de vrouwen om ons heen mompelden telkens en telkens weer: 'De Almachtige zal jullie troosten.' Ik vroeg of ik Davidls kamertje mocht zien. 'Dat heeft hij op slot gedaan,' zei Bilha verontschuldigend, en ik begreep dat Avsjalom de ramen had gesloten, de blinden had neergelaten en de deur op slot had gedaan, omdat hij de geur van Davidl, zoals die op die ochtend was geweest, wilde bewaren. 'Hij gaat daar in zijn eentje naartoe wanneer hij het kind wil voelen. Misschien laat hij jou daar binnen,' zei ze, ze ging naar hem toe en kwam terug met een sleutel in haar vuist geklemd. Ze worstelde enigszins met het slot, de deur ging piepend open en we betraden het Heilige der Heiligen. Het licht werd aangedaan ter ere van mij, en de deur ging achter ons dicht, opdat Davidls geur niet zou ontsnappen. De warme en aangename geur van wasverzachter vermengde zich met zure melk en de honinggeur van een baby die nog geen kind is geworden, dezelfde vertrouwde geur die me tegemoet kwam uit Yoavi's kamer na een nacht slapen.

Davidls kamer was groot en stond vol meubels. Een oude, witgeverfde houten ladenkast, één enkele stoel en een nieuw eenpersoonsbed, nog bedekt met doorschijnend plastic, waardoorheen ik de rode matras met zijn dansende beren kon zien. Ik herinnerde me dat we een een nieuw bed voor Yoavi moesten kopen. 'Yoavi heeft geen ledikantje meer nodig, het wordt tijd dat je hem als een grote jongen behandelt,' had Nachum me zes maanden lang verweten, en hij had zelfs meer dan eens aangeboden vrij te nemen en met me naar de meubelwinkel te gaan om een nieuw bed voor het kind te kopen. Half verborgen door de wandkast stond een onopgemaakte wieg, met daarboven een schilderij van een rechtvaardige jood met een witte baard en vriendelijke ogen; een aan het plafond hangende mobile van dansende bijen wierp er zijn schaduwen op. Een paar boeken en een rode bal lagen in een klein strooien mandje. Ik kreeg een steek van schuldgevoel vanwege de overvloed aan speelgoedbeesten, poppen en ander speelgoed die in ons huis aanwezig was. Bilha wekte me uit mijn dromen, opende de deur een beetje, duwde me naar buiten, volgde me en deed de deur op slot. De mannen in de woonkamer stonden rechtop, met hun ruggen naar me toe, schommelend tijdens hun gebed. Avsjalom was een hoofd groter dan de anderen; met zijn brede schouders en stevige gestalte leek hij daar misplaatst. Ik vond het jammer dat ik geen afscheid van hem kon nemen voordat ik vertrok. Ik wilde zo graag terugkomen en hem zien, met hem praten, kijken naar zijn prachtige handen, maar ik wist niet hoe.

Ik liep terug naar de bushalte bij de viswinkel, wachtte op de bus en keek naar mijn spiegelbeeld in het stoffige venster. Eliahu kwam opeens zijn winkel uit rennen, en de visschubben op zijn schort glinsterden in de zon die vanachter de wolken was verschenen. Hij zei, licht hijgend, alsof hij de vissen in zijn vijvertje imiteerde, dat ik de vis was vergeten die ik gekocht had. Hij verontschuldigde zich en zei dat hij die aan een andere klant had verkocht die per se een bijzonder kleine vis wilde hebben, maar nu had hij een nieuwe voor me, uit een partij die net vandaag was gearriveerd, op tijd voor de sabbat. 'Laat maar,' zei ik, en ik bedacht dat ik, ondanks alles, dat beest toch niet had kunnen redden. Hij stond er echter op dat ik binnenkwam: 'U hebt me al betaald en dan hoort u wat terug te krijgen. Ik wil me niet schuldig maken aan een overtreding.' Opnieuw dompelde hij zijn netje in het troebele water van het vijvertje en herhaalde de plechtigheid van de visvangst tot we de kleinste vonden, bijzonder wild en sterk. Hij verzette zich, sprong op en ontweek Eliahu's handen terwijl deze probeerde hem in krantenpapier te wikkelen. Toen gaf het beest het eindelijk op en werden de lussen van een bewegende plastic zak met een mummie van hijgende, opspringende vis over mijn arm geschoven. In de bus terug ging ik vlak achter de chauffeur zitten, terwijl de vis op mijn knie de laatste adem uitblies.

Een zacht en zilverachtig landschap van verre olijfbomen drong door de ruiten naar binnen, en ik zag Avsjalom voor me, ik herinnerde me de babygeur die de afgesloten kamer had gevuld, en steeds weer hoorde ik wat Bilha tegen me had gezegd: 'Uw gezicht was het laatste wat dat arme kind heeft gezien.' En hoewel ik niet zwanger van hem was geweest, het niet mijn bloed was geweest dat had gevloeid toen hij geboren werd, was Davidl ook van mij. Ik had een rol voor hem gespeeld, al had die maar een paar minuten geduurd. En nu was hij dood. Opnieuw werd ik vervuld van doodsangst toen ik me herinnerde hoe die vrouw in het rood me had vervloekt, een vloek die uiteindelijk een ander kind had getroffen, Davidl. En ik vroeg me af of die vloek nu mijn kant uitkwam, of het nu de beurt was aan Yoavi.

Een lange rij kinderen stond aan weerszijden van de busroute, en het slanke, prachtige lijfje van mijn Yoavi viel daartussen op. Ze stonden geduldig in de bijtende kou, in de regen, ze huilden niet en klaagden niet, en de Engel des Doods liep tussen hen door, verkleed als een Arabische terrorist met een gemaskerd gezicht en een lichaam dat bol stond van de explosieven. Met vingers van dynamiet wees hij naar de kinderen, en koos hij zijn slachtoffers uit. Nu veranderde hij in een nazi-schurk in zijn fraaie uniform, die genoot van de selectie, en met zijn rijzweepje wees op een allerliefst, sproetig klein meisje met een enorme strik in haar haar, het kleine meisje dat mijn vader in een la had verstopt.

Ik smeekte hem om vergiffenis. Ooit had ik hem ervan beschuldigd dat hij de gruwelen voor me verborgen had gehouden, maar nu begreep ik dat hij door zijn zwijgen erin geslaagd was de kracht te vinden om te overleven, om door te gaan met leven, en mij, mijn moeder en de hele wereld te redden van zijn nachtmerries. Het geheugen van een mens is een vreemd verschijnsel, dacht ik toen ik uit de verte de muur van mijn wijk zag, soms herinnert hij zich iets onbetekenends, en soms zal hij proberen iets van waarde te vergeten, diep begraven in een afgesloten la vol geheimen. Allebei waren we overlevenden, hij van daar, en ik van hier. Ik liet het woord 'overlevenden' over mijn tong rollen en bedacht dat onze taal groot onrecht had gedaan aan degenen die daarvandaan teruggekeerd waren. Ze werden hier 'overlevenden' genoemd en allemaal in dezelfde rol geduwd: de overlevenden en de helden en de strijders. Met één enkel woord waren ze veranderd in hulpeloze mensen die in de kampen op redding zaten te wachten. Na een van de holocaust-herdenkingsdagen was mijn vader laat in de avond thuisgekomen, zoals altijd op die dag. Toen hij en moeder de bank hadden opengeslagen om te gaan slapen, hoorde ik hem tegen haar zeggen dat de term 'overlevenden' vervangen zou moeten worden door 'beschaamden'. Hij was zo beschaamd geweest vanwege *Aktionen* en selecties, beschaamd dat ze zijn familie hadden meegenomen en dat hij hen niet had kunnen beschermen. Hij had zich elke dag opnieuw geschaamd wanneer hij die soep met rottend vlees at, hij had zich geschaamd voor degenen die naast hem op hun britsen gestorven waren, hij had zich geschaamd toen hij de soldaten van het Rode Leger ontmoette die hem uit het kamp bevrijd hadden, zich geschaamd voor mijn moeder wanneer hij niet in staat was te lachen, en hij schaamde zich elke dag opnieuw omdat hij het allemaal had overleefd. Op dat moment in de bus, toen ik me die woorden herinnerde, besloot ik dat ik, net als hij, zou proberen de taferelen uit te wissen en de geuren en geluiden te verjagen. Ik zou er niet over praten en ik zou weigeren ze in mijn geheugen te reconstrueren. Alleen op die manier zou ik dat alles misschien kwijtraken.

Ik stapte haastig bij mijn halte uit de bus, en liet de vis, die nog steeds zwakjes bewoog, achter op de bank, voor zijn eigen noodlot. De deuren gingen dicht, de bus kuchte en reed weg. Opeens weerklonk er een gepiep van remmen, de deuren sisten open en de bus stopte naast me. Ik was ervan overtuigd dat iemand een bom had gevonden en ik rende weg, zo hard ik kon, maar toen stapte een van de passagiers uit, rende achter me aan en riep: 'Mevrouw! Mevrouw! U hebt uw vis vergeten!' en hij haalde me in met dat zakje met de vis in zijn hand. Ik bedankte hem en nam het zakje over. De vis lag er koud, zwaar en levenloos in. Ik wist niet wat ik met het lijk aanmoest toen ik thuiskwam, en overlegde of ik hem in de nabije vuilnisbak zou gooien. De zak beschreef een hoge boog door de lucht, miste de opening en viel met een luide klets op het trottoir. Ik veranderde van plan. Misschien leefde het beest nog. Ik liep sneller en haastte me naar huis. Ik vulde het bad en probeerde de krantenflarden van de vis te verwijderen, maar de pagina's plakten aan zijn schubben. Ik stopte de halfdode vis en de krant in het water. De vis zonk naar de bodem en bleef op zijn zij liggen, zodat zijn wittige buik zichtbaar was. Luchtbelletjes stegen op en barstten aan de oppervlakte. De opstanding der doden vond voor mijn ogen plaats. Een paar zwakke bewegingen van zijn staart hielpen de stukken krant te verwijderen, hij schoot omhoog als een kurk en zwom meteen weg naar de bodem van het bad, waarbij zijn lijf zich draaide als een kurkentrekker, alsof hij zijn evenwicht kwijt was.

'Er zijn nachtvlinders die 's nachts vliegen en vlinders die overdag vliegen,' vertelde ik Yoavi 's middags toen Nechama hem had thuisbracht na de plechtigheid voor sabbatsavond in het kinderdagverblijf. Yoavi wachtte tot ze weg was en sprong onmiddellijk met zijn schoenen aan op mijn bed. Bij Nechama thuis mocht hij niet met schoenen aan op het bed komen, zoals hij me ooit had verteld met de verbijstering van iemand die gezien had hoe de natuurlijke orde ondermijnd werd.

'Nachtvlinders zijn bruin, grijs en donker, net als de kleuren van de nacht,' vervolgde ik, 'en vlinders hebben alle mogelijke kleuren en ze zijn prachtig en oogverblindend, en het zijn net vliegende bloemen. Overdag, wanneer de zon schijnt, gaan de nachtvlinders slapen, maar de vlinders vliegen vrolijk en blij rond, van bloem naar bloem, ze drinken de zoete honing uit de bloemen en eten het stuifmeel op. De nachtvlinders worden pas wakker wanneer het donker wordt op aarde.'

'Maar 's nachts gaan alle bloemen slapen,' zei Yoavi, 'dus wat eten nachtvlinders dan?'

'Je bent een slimme jongen,' zei ik, ik omhelsde hem en vertelde dat nachtvlinders papier eten, kleren en wollen truien, en dat ze ook op boomschors kauwen. 'Maar soms vinden ze ook een bloem in het bos die nog niet wil gaan slapen.'

Hij luisterde met open mond, en vatte toen het verhaal samen: 'Er was eens een tijd dat Imoesj een vlinder was, en nu is ze een nachtvlinder,' en onmiddellijk vroeg hij met een bezorgde rimpel op zijn voorhoofd hoe dat was gebeurd. Ik zei dat ik veel werk had gehad, 'en 's nachts, wanneer het stil is in huis, en Abba en Yoavi slapen, dan kan Ima rustig werken'. Maar daarmee was hij niet tevreden: 'Als Yoavi de hele dag stil is, kan Imoesj dan overdag werken en 's nachts slapen?' Ik schrok van de gedachte aan de zware last die ik nodeloos op zijn schoudertjes had gelegd, en ik zei snel en kalm dat ik gewend was geraakt aan het leven van een nachtvlinder in het donker, en ik beloofde hem dat ik weer een vlinder zou worden, net als Yoavi.

'Maar Imoesj is net zo mooi als een vlinder,' riep hij, en hij omhelsde me en begroef zich op mijn schoot. Toen herinnerde hij zich iets belangrijks, hij maakte zich van me los, rende naar zijn kamerje en sloot zichzelf op. Een hele tijd later kwam hij weer terug; hij bood me een kleurige krabbeltekening aan en legde uit dat hij een nachtvlinder met kleuren had getekend. Ik ving hem op in mijn armen en ademde zijn geur in, ik probeerde de angsten en de rook te verdrijven met de zoetheid van zijn lijfje.

Opnieuw hoorden we schietgeluiden en de boergeluiden van mitrailleurs, en Yoavi ontsnapte aan mijn armen en zei onverschillig: 'O, ze schieten weer eens,' en ik zei tegen hem dat ik een verrassing voor hem had in de badkamer. 'Ver-rassing,' herhaalde hij, en zijn ogen schitterden toen hij zijn handen in het water dompelde. 'Een vis?' en ik bevestigde dat: 'Een vis.' Teleurgesteld zei hij dat deze vis niet zo mooi was als de goudvissen in het aquarium van het kinderdagverblijf, en bovendien zwom hij raar, net een bromtol. En hij liep naar zijn kamertje.

Nachum kwam thuis met een verlegen, gespierde jongeman. 'Dit is Yuval, de meubelmaker,' zo stelde hij ons aan elkaar voor, en voegde daar terloops aan toe dat hij zojuist op de radio had gehoord dat drie huizen in Gilo getroffen waren en dat twee vrouwen lichtgewond waren geraakt. De politie adviseerde de bewoners van Gilo binnen te blijven. Toen nam hij Yuval mee naar de slaapkamer, deed de deur achter hen dicht en vroeg mij niet binnen te komen omdat Yuval de vogels zou verjagen en het kastje van het rolluik zou afsluiten.

Na afloop ging hij de badkamer in om zijn handen te wassen, en hij kwam er bijna op een drafje weer uit: 'Wat zit er in vredesnaam in de badkuip?' Ik herinnerde me die arme vis en zei: 'Kun je niet zien dat dat een vis is?' Hij vroeg met een mengeling van vrees en hoop: 'En wat ben je van plan daarmee te doen?' Ik antwoordde dat ik dat nog niet wist, en hij nam namens mij een besluit: 'Het is een karper. Ga je soms gefillte fisch voor me maken? Je weet hoe gek ik ben op vis.' Ik antwoordde dat ik die vis nooit zou doodmaken, en hij verklaarde dat ik gek was en waarom ik geld aan een karper verspilde als ik hem niet wilde klaarmaken. En toen zei hij knorrig dat hij niet in bad kon omdat dat bezet was door de vis. Ik zei: 'Neem dan een douche,' en hij keek me aan alsof hij wilde zeggen dat er sinds die 'gebeurtenis' iets mis was met mijn hoofd. Toen opende hij de koelkast en deelde mee dat er niets in huis was: 'Je moeder komt zo dadelijk,' zei hij berispend, 'en het is vrijdag en zo meteen gaat de kruidenier dicht.' Ik ging de deur uit en haastte me naar het Fruit House, vlak langs de stenen muren rondom de gebouwen, die waren opgetrokken om me te beschermen tegen een verdwaalde kogel. Ik deed geen moeite om in de tomaten te knijpen en de sla te keuren, en gooide slordig wat kruidenierswaren en groenten in het karretje. Ik kwam naar buiten met twee zware draagtassen aan mijn armen. Opnieuw sloop ik als een angstige straatkat langs de muren. Ik stak haastig de straat over en slaakte een zucht van opluchting toen ik de ingang van ons flatgebouw bereikte. Op de trap ontmoette ik Yuval de meubelmaker, die net wegging; zijn dikke haardos was versierd met een puntige zwarte veer, als een indiaanse krijger die gewonnen heeft, en zijn blauwe overall was bezaaid met grijs stof en strootjes. Hij groette me en deed een stap opzij om me voorbij te laten, maar ik bleef staan waar ik was: 'Een ogenblik, wat heb je in dat kastje gevonden?' en hij lachte breed en zei: 'Dat zou u niet geloven, mevrouw. Ladingen vogelnestjes. Een hele nederzetting. Ze hadden de boel erg vuil gemaakt, en twee of drie zwarte vogels vlogen bijna uw woning binnen. Maar die komen niet meer terug. Ik heb het kastje echt goed afgesloten.'

Eenmaal binnen legde ik de tassen op het aanrecht en ging de slaapkamer binnen. Ik hielp Nachum met het opvegen van de hoopjes vuil, en vertelde hem dat ik inmiddels gewend was geraakt aan de geluiden van de vogels, en dat ik ze nu waarschijnlijk zou missen.

Die avond hoorde ik mijn moeders lach vanuit het trappenhuis. Die lach ging haar vooruit, drong door in de flat, liet zijn dikke lijf onder de deur door glijden. Met roze wangen haastte mijn moeder zich achter hem aan, gekleed in een nieuwe rode, nauwsluitende wollen jurk die haar brede heupen en boezem benadrukte. Aan haar arm had ze een boodschappenmand van gevlochten plastic draad, tot aan de rand gevuld met lekkernijen. Yoskeh beklom zwaar de trappen achter haar, met voor zich uit een nieuwe dikke buik die hij had gekweekt in al die jaren dat hij uit ons leven was verdwenen. Over zijn ene schouder droeg hij een tas met een brede band, en met zijn twee handen torste hij een grote pot waaruit de geur van kippensoep opsteeg, en onder zijn bezwete oksels hield hij mijn moeders dekbed en kussen. Hij zette alles neer in de deuropening, alsof hij bang was binnen te komen, kuste mijn moeder zorgvuldig op haar voorhoofd en vertrok.

Toen herinnerde ik me dat ik hem had gezien, die Yoskeh. Hij was naar ons huis gekomen toen we *shiva* zaten voor mijn vader, hij was gaan zitten en had gezwegen te midden van een menigte luidruchtige mannen, terwijl ik, gedompeld in en in beslag genomen door mijn verlies, geen aandacht aan hem had geschonken.

Mijn moeder had de keuken al in bezit genomen en zette haar boodschappenmand op het aanrecht, en ik kon het diepe spoor zien dat de hengsels op haar arm hadden achtergelaten. Toen nam ze bezit van Nachums schort, het zwarte met de plastic borsten dat ik voor hem had meegebracht van mijn laatste reis naar Londen. Ze knoopte het om haar middel, rende naar de spiegel, bekeek haar spiegelbeeld, moest hardop lachen en vertelde mij en Nachum dat de hare mooier waren dan die op het schort. Ik kon de donkere blos over Nachums gezicht zien kruipen, en die bereikte ook zijn voorhoofd en oren. Toen ging ze naar Yoavi's kamer, wekte hem uit zijn middagdutje en nam hem in haar armen. Hij omhelsde haar met gesloten ogen, legde zijn hoofd opzij van haar hals en drukte de plastic borsten plat met zijn lijfje. Ze boog haar hoofd naar hem toe, haar lippen kusten hem boven op zijn hoofdje en ze fluisterde: 'Mijn lieve jongen, wat heb ik je gemist.' En met Yoavi als een jong aapje tegen zich aangeklemd liep ze de keuken binnen. Samen haalden ze etenswaren uit haar mand, ze rinkelden met pannen en koekepannen en praatten en praatten, en algauw vulde de lucht zich met de geuren van mijn lievelingsgerechten. Ik hing op een keukenstoel en Yoavi zat met bengelende beentjes op het aanrecht, en hij vertelde mijn moeder zijn eigen, verbeterde versie van de dagvlinders en nachtvlinders, terwijl Nachum op eieren liep en ervoor zorgde dat hij er niets onaangenaams uitflapte.

Toen ging mijn moeder een bad nemen, ze sloot de deur achter zich en kwam er droog en gewikkeld in een handdoek weer uit. 'Je had de karper in het bad vergeten. Het is nu te laat om er nog visballetjes van te maken.' Ik zei dat ze maar een douche moest nemen. 'En wat doe je dan met die vis? Zal ik wat visballetjes voor sabbat maken?' Verwijtend vroeg ik haar: 'Weet je dan niet meer dat ik geen vis eet?' En zij schreeuwde terug: 'En Nachum en Yoavi dan? Verdienen die niet een lekker stukje gefillte fisch?'

We gingen aan tafel. Nachum zei de zegenspreuk over de wijn en op de achtergrond flakkerde zwijgend het scherm van de tv, een overzicht van de gebeurtenissen van die week. Opnieuw zag ik de bus in vlammen opgaan, de stank van geschroeid vlees drong door in mijn neusgaten. Mijn moeder zei dat er iets in de keuken aanbrandde, ik dacht dat die geur bij mij vandaan kwam en dat ze dat niet tegen me durfde te zeggen.

Ze kwam terug met een groot dienblad vol geroosterde kalfslapjes en nieuwe aardappels in olijfolie, bestrooid met rozemarijn. Ik keek naar de bloederige brokken tussen de aardappels en bedacht hoe levend het vlees eruitzag, trillend en gewond. Ik deelde mee dat ik die avond geen trek in vlees had, en onmiddellijk herinnerde ik me dat ik de hele week geen vlees had gegeten, en misschien moest ik het eens met een vegetarisch leven proberen, want miljoenen mensen over de hele wereld weigeren vlees te eten. Terwijl zij allemaal hun vorken in het roze, rubberachtige vlees staken, voelde ik me opeens misselijk, en ik liep weg van tafel, onder het voorwendsel van hoofdpijn. Binnen hoorde ik Nachum aan mijn moeder vertellen dat Yael, sinds 'die gebeurtenis', geen vlees had aangeraakt, en Yoavi's hoge stemmetje vroeg: 'Wat is een 'beurtenis?' Nachum gaf geen antwoord, en Yoavi herhaalde zijn vraag tot hij bijna schreeuwde: 'Wat is een beurtenis? Wat is een beurtenis?' en Nachum gaf toe en zei: 'Ima heeft een ongelukje gehad, een heel kleintje, en voelt zich niet zo lekker.' Toen hoorde ik Yoavi's gekalmeerde stemmetje dat om nog wat vlees vroeg, en mijn moeders bemoedigende woorden: 'Eet maar veel vlees, dan word je een dappere soldaat en dan kun je Ima beschermen.' Yoavi's ijle stemmetje maakte bezwaar: 'Ik wil geen soldaat worden,' en Nachum zei iets wat ik niet verstond.

Het duurde een hele tijd voordat Nachum naast me kwam liggen, geurig en naakt. Hij stak zijn armen uit en probeerde me te omhelzen, maar ik trok me terug. Ik kon niet begrijpen waarom hij juist deze nacht, nu mijn moeder bij ons logeerde, met me wilde slapen. Ik had hem willen vragen waar hij al die andere avonden was geweest, maar dat deed ik niet. Ik fluisterde dat ik het echt niet kon, vrijen terwijl mijn moeder, die nooit erg vast slaapt, op een matras in Yoavi's kamertje lag en elk geluid kon horen. Hij bromde iets, teleurgesteld, keerde zijn gezicht naar de muur en klaagde dat ik hem elke keer weer afwees, en dat ik dan niet moest durven klagen als hij me later ontweek. En alsof hij niet vlak daarvoor op het toppunt van seksuele opwinding was geweest, zonk hij vlot weg in een diepe slaap. Ik lag op mijn rug in het donker en streelde mezelf en dacht aan Avsjalom, en mijn lichaam wilde zich maar niet ontspannen, wilde niet kalmeren. Ik sloop naar de badkamer, slikte mijn laatste Hypnodormtablet dat ik in de ziekenhuistas vond, nam een paar slokken wijn uit de fles die teruggezet was in de koelkast en zonk weg in een droomloze slaap.

Ik sliep de hele zaterdag door, werd af en toe wakker, en mijn familie sloop om me heen en fluisterde achter mijn rug, alsof ze een complot tegen mij smeedden. Vanuit een droom hoorde ik mijn moeder aan Nachum vertellen dat het kind per slot van rekening een grote ramp had meegemaakt, en dat we moesten proberen haar gedrag te begrijpen, en nu was ze waarschijnlijk al bang voor haar eigen schaduw. Ik stopte mijn hoofd onder het dekbed en dacht na over mijn reis naar Japan, vlak na mijn demobilisatie uit het leger. Op het zuidelijke eiland Kyushu had ik mensen ontmoet die aan de voet woonden van een werkende vulkaan die uit zijn muil rotsblokken en lava en as spuwde. En de stad zelf, de huizen, bomen, trottoirs en auto's, waren allemaal overdekt met een dikke laag as. Zomer en winter liepen de bewoners rond onder hun paraplu's om zich tegen de as te beschermen, en de kinderen droegen valhelmen. Misschien was onze situatie beter dan die van hen. Ik zonk weer weg in een diepe slaap en droomde dat iedereen door de straten van Jeruzalem rondliep met een witte stalen helm op het hoofd, terwijl Japanse papieren parasols, versierd met kersenbloesem, ons tegen de bomscherven beschermden.

Ik werd tegen de avond wakker, toen Nachum me door elkaar schudde en zei dat mijn moeder vertrok en afscheid wilde nemen. Ze drong de kamer binnen, omhelsde me door het dekbed heen en zei dat we nu quitte stonden: 'Jij hebt de hele dag liggen slapen en had geen tijd voor je moeder,' beweerde ze, en daaraan voegde ze op fluistertoon toe dat Yoavi in zijn bed had geplast en dat daar iets aan gedaan moest worden.

Toen er gebeld werd, vloog mijn moeder in de armen van Yoskeh, die in de deuropening stond te wachten, bang om binnen te komen, ondanks mijn smeekbeden. Hij keek naar haar met de uitdrukking van een geslagen hond die op de verkeerde plaats naar liefde zoekt, en zij zei: 'Goed, pak de spullen maar, waar wachten we nog op?' Opnieuw propte hij het dekbed en het kussen onder zijn arm, hing haar tas over zijn schouder, pakte de lege soeppan vast bij het ene oor, en zij stak haar arm door zijn overladen arm, en toen vertrokken ze samen. Ik hoorde haar lach in het trappenhuis galmen, en mijn boosheid op haar kwam weer opzetten. Ik had willen geloven wat Nechama had gezegd over mijn moeder die een fatsoenlijk leven leidde, en mijn vaders nagedachtenis niet had verraden. En mijn vader, die waanzinnig veel van haar had gehouden, keek waarschijnlijk met een tevreden glimlach op haar neer. Per slot van rekening had hij niet gewenst dat ze naast hem begraven werd, of dat ze zich op een brandstapel wierp, als een weduwe uit India.

Vanaf de straat drong het geluid van dichtslaande portieren door, en ik hoorde mijn moeders stem die naar mij en Yoavi riep. We gingen naar het balkon, en zij stak haar bovenlichaam door het raampje van het portier en wuifde dramatisch met haar zakdoek. Ik tilde Yoavi op om oma vaarwel te zwaaien, en hij bleef zwaaien, met beide handen, zelfs nadat Yoskehs auto om de bocht was verdwenen. Iets in de heel kinderlijke manier waarop hij vaarwel wuifde herinnerde me aan wat ik had willen vergeten. En opeens rees Davidls lichaamloze hoofd voor me op, evenals zijn twee handjes die naar me wuifden, en die ogen in dat bleke gezicht die verwijtend naar me keken.

Pas toen ik terug naar bed ging en me in het dekbed rolde, herinnerde ik me dat ik mijn moeder niets had verteld van Avsjalom, Davidl en Batsjeva.

En de wolken? Die vliegen, die vliegen

Ik werd wakker toen een zacht, bleekroze licht door de latten van het rolluik scheen en gebroken lijnen en cirkels op het bed tekende. 'Ik heb vannacht bijna vijf uur geslapen,' zei ik, om Nachum deel te laten uitmaken van mijn blij ontwaken, en hij, nog verdoofd van slaap, omhelsde me zacht en zei: 'Ik wist dat je vroeg of laat door die waanzin heen zou komen.' Hij begon meteen te preken dat het hoog tijd was dat we weer als een gezin begonnen te functioneren, want sinds 'die ervaring' van mij deugde er niets meer in dit huis. Ik negeerde zijn preek en ging naar Yoavi, die deze ochtend niet in bed op ons was gesprongen, zoals hij elke dag deed. Hij begroette me slaperig en zei dat hij geprobeerd had een nachtvlinder te zijn, en dat hij de hele nacht niet had geslapen. Een zurige lucht rees uit zijn wollen pyjama. Ik tilde hem uit zijn bedje, en mijn handen werden vochtig. Yoavi drukte zijn hoofdje tegen mijn buik en bekende dat de pipi gewoon was weggesijpeld, en dat ik het niet tegen Abba mocht zeggen. Ik beloofde dat het ons geheimpje zou zijn. Ik droeg hem op mijn rug naar de badkamer, waar de vis nog steeds vocht voor zijn leven, waste zijn lijfje met lauw water, en mijn hart brak toen ik zijn scherp afgetekende schouderbladen en zijn ronde babybilletjes zag. Ik beet op mijn lip om te voorkomen dat ik in zijn billen zou bijten. En Yoavi lachte en zei dat het water zijn piemeltje kietelde en hij nog wat meer pipi had. Ik zei dat hij onder de douche mocht plassen, en hij keek me samenzweerderig aan, trok zijn gezicht en spande zich hevig in om voor mij nog een paar druppels te produceren. Ik waste hem opnieuw en wikkelde hem in een dikke handdoek. Ik hees hem als een zak over mijn schouder en kondigde aan dat ik een jongetje te koop had, waarop hij met een vrolijk lachje reageerde.

Toen hij aan tafel ging zitten, vroeg hij aan mij of ik vandaag een dagvlinder zou zijn.

Onderweg naar de Scopusberg, naar de universiteit, kwamen we door het centrum van de stad, omdat Nachum bij het hoofdpostkantoor een pakje moest ophalen. Lege straten gaapten stilletjes, verkeerslichten flitsten tevergeefs en de weinige auto's haastten zich door de straten alsof ze voor hun leven vreesden. Mensen met gejaagde gezichten, die zich afzijdig hielden, liepen door de lege straten alsof ze vluchtten voor een zelfmoordaanslag die nog niet had plaatsgevonden.

We parkeerden voor het postkantoor, vlak naast drie Russische muzikanten: twee violisten en een man met een contrabas. Hun zware, in kostuum gestoken lichamen zaten op vouwkrukjes die te klein waren voor hun brede achtersten. Glimlachjes met gouden tanden flitsten tussen de witte stoppels op hun gezicht naar de snel doorlopende voorbijgangers. Ik werd vervuld van medeleven toen ik het gekreukelde pak van de contrabassist zag, die vlammende ogen, omgeven door diepe rimpels, en ik vroeg aan Nachum of hij hun wat wilde geven als hij naar het postkantoor ging. Hij morde dat hij geen kleingeld bij zich had en verdween naar binnen. Ik stapte uit de auto, hem achterna. De schimmelige geur van jassen die te lang opgeborgen zijn geweest, rees van de muzikanten omhoog. Ik rommelde in mijn tasje, haalde er een biljet van twintig shekels uit en legde dat in de kist van de contrabas waarvan de lege, met paars fluweel beklede muil dankbaar openstond. De drie bedankten me met een luidruchtig 'Spasibo', en de violen barstten uit in een rasperige melodie en de contrabas bimbamde mee. Ik had geen idee wat ze aan het spelen waren, totdat een uitgemergelde man met een pijnlijke uitdrukking op zijn gezicht en gekleed in een ouderwets zwaar, veel te groot spijkerjasje naast hen verscheen. Hij keek me grauw aan met zijn ene arm over zijn borstkas en dirigeerde de maat met overdreven gebaren. Uit de diepte van zijn holle buik dreunde zijn basso profundo voort. Hij zong een ingewikkeld en onbekend arrangement van 'Jeruzalem van Goud', ter ere van mij.

Daar stond ik, de enige die naar een straatconcert luisterde, terwijl de straat zelf glansde van duizenden donkere kringen: resten zwart verkleurde kauwgom, sigarettenpeukjes en doppen van zonnebloempitten die ervan getuigden dat er ooit leven in deze stad was geweest. Er begon zich een klein publiek rond hen te verzamelen, en ik werd opeens bang dat zo'n samenkomst iemand zou kunnen uitnodigen om een zelfmoordaanslag te plegen. Ik verliet de muzikanten en de zanger, liep terug en ging in de auto zitten. Toen Nachum terugkwam, zei hij dat hij goed nieuws voor me had, en me de volgende ochtend, nadat we Yoavi hadden afgezet bij het kinderdagverblijf, naar de garage zou brengen, want mijn auto was klaar. Ik dacht aan mijn oude, dierbare en trouweloze Minimoesj, en zag het fijne, glazen spinnenweb dat voor me op de voorruit was geweven. Ik kreeg het gevoel dat vurige vingers zich naar me uitstrekten. Ik wilde haar niet terugzien, laat staan erin rijden. Ik gaf haar de schuld van alles wat mij was overkomen, alsof zij me opzettelijk naar die dodelijke val had gelokt. Als zij zich niet de tijd had gegund, en die ochtend gewoon gestart was, en mij niet mijn tijd had laten verspillen aan mislukte startpogingen, had ik die gruwel waarschijnlijk kunnen mijden. Pas later, toen ik in mijn kamer in de universiteit zat, realiseerde ik me opeens dat ik, als Minimoesj zich niet de tijd had gegund, nooit Avsjalom en de mooiste handen ter wereld had ontmoet.

Mijn auto had me sluw naar hem toe gebracht, alsof hij een betoverde pompoen was.

Toen we de berg Scopus naderden, volgden de ramen van het Hyatt Hotel ons als gezeemde, glimmende, verveelde en kille ogen. Tegen de achtergrond van de diepblauwe, bijna saffierkleurige hemel, als de deurkozijnen van Arabische huizen die blauw geschilderd zijn om het boze oog te weren, was de wind bezig wolken uiteen te drijven en weer bij elkaar te zoeken. 'En de wolken? Die vliegen, die vliegen', en ze creëren donzige paleizen en vliegende torens, springen van raam naar raam, en ze werpen hun spiegelbeeld op de ruiten alsof het een enorm scherm is.

We bereikten de universiteit en ik zocht mijn weg langs de studenten die door de eindeloze gangen liepen, tegen elkaar opbotsten, bezorgd, als werkmieren zonder identiteit, snel een weg zoekend in de diepten van de aarde, elkaar verdringend en elkaars voelsprieten aanrakend totdat ze hun doel bereikt hadden. Een depressief gevoel overviel me, als steeds wanneer ik door die gangen liep die op een mythologisch labyrint leken waar aan het einde een hongerig monster op ons allemaal wachtte.

Ik werd met vreugdekreten begroet in het kantoor van de secretaresses van de faculteit. Noga haastte zich om pepermuntthee te zetten en bekende op fluistertoon dat het erg saai was geweest zonder mij. Ik bedankte haar zwijgend omdat ze geen verdere vragen stelde. Ik ging zwaar aan mijn bureau zitten, uitgeput, bekaf, en Noga overhandigde me een kop thee en een plak chocoladecake van het verjaarspartijtje van haar dochter Maya gisteren. En alsof ze er opeens aan moest denken, informeerde ze naar Yoavi en schonk ze mij een troostende blik. Toen zei ze dat ze tijdens mijn afwezigheid mijn planten water had gegeven, ze verliet op haar tenen de kamer en ik hoorde haar in de gang verkondigen dat ik er weer was. Ik bekeek mijn twee zielige begonia's die ik almaar had willen opkweken onder het koude zoemen van de tl-buizen. Ondanks Noga's zorgen waren mijn planten rechtop gestorven, verwelkt en verkruimeld terwijl ze nog bevestigd waren aan de bamboestokjes, als Christus aan het kruis. De veel te natte aarde zat vol uitgedrukte peuken die versierd waren met ronde kringetjes, de afdrukken van Louisa's lippen.

Professor Har-Noy stak het puntje van zijn rode neus de kamer in. Hij schudde zijn massa vochtige witte krullen als een hond die net uit het water komt, en ik wist dat hij vanuit zijn woning in Rehavia weer eens naar de berg Scopus was gelopen, en dat hij zoals gewoonlijk zijn paraplu niet had meegenomen. Met een vriendelijk gezicht liet hij me zijn tanden zien en vroeg hoe ik het maakte. En zonder op antwoord te wachten droeg hij me op niet te overdrijven op mijn eerste werkdag na 'je ziekte', en het zou het beste zijn als ik alleen maar een uurtje oefende met de schrijfcursus. 'Het maakt niets uit als je studenten een tijdje wachten, want ik heb een plaatsvervangster voor je gevonden,' zei hij, en als een verslaggever bij een bokswedstrijd trompetterde hij de naam van de winnaar: 'Louisa.'

Er ging een rilling door me heen. Ik was nog niet dood, maar zij haastte zich al om mijn plaats in te nemen? En waarom had niemand de moeite genomen om me dat te vertellen? En waarom had hij het over een ziekte, als ik helemaal niet ziek was geweest, als ik alleen maar 's nachts niet kon slapen?

Het gerucht van mijn terugkeer verspreidde zich door de gangen van de faculteit en klopte op alle deuren, en als in een processie kreeg ik bezoek van lectoren, docenten, secretaressen en zelfs van twee van mijn favoriete studenten. Ze zetten allemaal een tevreden gezicht op, wuifden door de open deur naar binnen, logen regelrecht dat ik er geweldig uitzag – 'Alsof je vakantie hebt gehad' – en verklaarden, als samenzweerders die ervoor gezorgd hadden dat hun verhalen overeenkwamen: 'We zijn zo blij dat je weer terug bent.'

Alsof ik ergens anders naartoe had kunnen gaan.

Louisa verscheen rond het middaguur en trakteerde me op een stevige omhelzing die de vijandigheid tegenover haar die ik was gaan voelen, enigszins liet ontdooien – ze noemde me '*ma chérie*', nam plaats op mijn bureau en begon me te vertellen hoe moeilijk het was geweest met mijn studenten: zij hadden haar niet verstaan, en zij had hen niet kunnen verstaan. Na deze ervaring, zei ze, was ze tot de conclusie gekomen dat research het enige was voor haar, en college geven niet. Ik had haar willen vragen waarom ze mijn potplanten als asbak had gebruikt, maar liet dat maar zitten.

Ze kwam 's middags terug, gluurde naar binnen en vroeg of ik naar huis ging. Ik vertelde haar dat Minimoesj in de garage was, en zij bood me een lift aan. Onderweg naar mijn huis babbelde ze vrolijk over haar fantastische Yoram, over de voorbereidingen van het huwelijk en de verbijsterende restaurateurs die ze gevonden hadden, op aanbeveling van vrienden. Ik luisterde en haatte haar – in stilte. Ik liet de inhoud van mijn tas zien aan Nikolaj in zijn blauwe uniform, die bij het hek op de plaats rust maakte, en hoewel hij me bijna dagelijks zag, vroeg hij me toch mijn tas open te maken. Opnieuw woelden dikke, buitenlandse vingers door de intimiteit van mijn tas. En mijn tas, opgezwollen van zorgen, kotste een mobieltje uit, een gerafelde tampon, een elektronisch afsprakenboekje, verlopen recepten, een pakje hoofdpijnpillen, een uitgedroogde speen, proppen papieren zakdoekjes, een lippenstift zonder dop, een brief die ik vergeten was op de post te doen en een paar kleverige zuurtjes. En terwijl Nikolaj zocht, dacht ik aan onze tassen die onze geheimen bekend maakten, en aan Nechama die beweerde dat Freud had gezegd dat de handtas van een vrouw het symbool was van de vrouwelijke genitaliën.

Mijn Yoavi was buiten, hing aan het hoge hek, stak als een jong aapje zijn hand tussen de tralies door en schreeuwde: 'Imoesj, hier ben ik.' Hij droeg een onbekende rode broek en wapperde met een stapeltje grote papieren naar mijn gezicht. Ik slaakte jubelkreten over zijn tekeningen, die allemaal het afgeronde handschrift van Sjosjana de juf droegen: 'Van Yoavi voor Ima, een dagvlinder.' Ik vroeg wiens broek dat was, maar Sjosjana verraste me achter me, en sprak mij luid en gezaghebbend toe als 'Dr Maggid!' Hoewel ik mijn proefschrift nog niet af had, en betwijfelde of dat ooit zou lukken, stond Sjosjana er altijd op me zo te begroeten. Ze vroeg of ze me even kon spreken, en daar, op het pleintje, waar iedereen bij was, deelde ze me vol afkeuring mee dat Yoavi weer in zijn broek plaste, en dat er kennelijk iets was waarmee hij problemen had. Met een kromme, beledigde rug pakte ik Yoavi's warme handje en we gingen naar binnen. Een krachtige geur van urine, sinaasappels, oudbakken brood en rubberlaarzen begroette me. Ik voelde me duizelig en hield me vast aan de gladde muur, waarvan de onderste helft glom van roze olieverf. Yoavi trok me achter zich aan en samen zochten we een weg tussen de kleine oranje plastic stoeltjes die in een halve kring stonden voor de ochtendopening, en langs de doktershoek, de poppenhoek en de kookhoek: Yoavi wilde me de natuurhoek laten zien. Hij ging op zijn tenen staan en pakte van een lage plank een jampotje met troebel water en cyclamen, anemonen en narcissen met zwart geworden steeltjes. Toen zette hij het weer zorgvuldig neer en bood mij plechtig een paar verdroogde bollen aan, slakkenhuizen zonder inwoners en een vogelnestje zonder eieren. Boven al die dingen stond een bordje met scheve letters: 'De Winterbloemen van Ons Land'.

Op weg naar buiten haalde ik een doorschijnende plastic zak met de natte broek en onderbroek van Yoavi's haakje, en liep haastig met hem naar buiten. Ik had daar willen wegrennen, weg van die verstikkende geuren en van Sjosjana. Maar zij lag op het plaatsje op de loer en riep tegen mijn verdwijnende rug dat ik niet mocht vergeten die broek te wassen en morgen terug te brengen, want die was van Rotem. Op weg naar de auto vroeg ik aan Yoavi of Rotem een jongen was of een meisje, en hij zei: een meisje, natuurlijk een meisje. Louisa deed het portier voor ons open, was blij hem te zien en zei dat hij een grote jongen was, een echte kerel, en als hij groot was, zou zij met hem willen trouwen. Yoavi keek mij schuins aan en zei zachtjes tegen haar, opdat ze zich niet beledigd zou voelen, dat hij alleen van Ima was, en als hij groot was dan was ik degene met wie hij ging trouwen. Louisa lachte en zei in het Engels tegen me: hier hebben we dus een volgende Oedipus.

Toen we ons flatgebouw bereikten, vroeg ik of ze mee naar boven kwam om koffie te drinken, en ik hoopte dat ze nee zou zeggen, maar ze zei: 'Graag, waarom niet.' Bij de deur kondigde ik aan: 'Rechtstreeks het bad in,' en Yoavi zei: 'Maar daar zit een vis in.' Dus zei ik: 'Dan onder de douche.' Louisa drong met ons de kleine badkamer binnen en barstte in lachen uit toen ze de vis in verwarde kringetjes zag rondzwemmen. Ze vroeg: 'Wat moet dat beest hier?' en ik antwoordde: 'Dat is een lang verhaal.' Ze ging op de rand van het bad zitten terwijl ik Yoavi de rode broek uittrok en die vol weerzin in de wasmand gooide. Ik richtte het warme water op mijn zoon, hij greep zijn penis vast en klaagde: 'Heet!' Louisa zei in het Engels dat als zij een jongen kreeg, ze hem niet zou laten besnijden, want een besnijdenis kwam in feite neer op verminking. Ze kon niet begrijpen hoe zo'n primitieve gewoonte tot in het derde millennium kon voortbestaan. Toen we teruggingen naar Yoavi's kamertje, discussieerde ik met haar alsof ze al een baby had gehad, en ik vroeg haar of het haar niets kon schelen dat haar zoon zijn leven lang de uitzondering zou zijn. Zij haalde haar schouders op en antwoordde in het Engels dat als verminking een kind het gevoel gaf dat het net zo was als iedereen, dat dan een terugkeer naar de oude stamgewoonten van brandmerken en tatoeëren van het lichaam was, en daar voegde ze aan toe dat onbesneden mannen hun echtgenotes meer genoegen doen en meer van seks genieten. Ze stond op het punt in details te treden over het waarom en waartoe, toen ik zei: 'Louisa, je dwaalt af van je onderwerp. Je hoort je bezig te houden met vrouwenbesnijdenis.' En Yoavi klaagde: 'Nou praten jullie Engels omdat jullie geheimpjes vertellen.'

Toen zij vertrokken was, was ik er helemaal voor Yoavi. We speelden met het poppenhuis en keken naar tekenfilms, tot Nachum als een natte deken binnenkwam en meedeelde dat hij een zware dag achter de rug had en vroeg wat we aten die avond.

Nechama belde die avond op en zei dat ze van Sjosjana had gehoord dat Yoavi weer in bed plaste, en dat daar meteen wat aan gedaan moest worden. Want als kinderen weer gingen bedplassen, was dat een signaal van een emotionele stoornis, en ze hield niet op voordat ze mij ronduit had beschuldigd: 'Jij hebt je zorgen op hem geprojecteerd, en nu bevrijdt hij zich daarvan door in bed te plassen.' Ik herinnerde me dat ik Rotems rode broek nog niet gewassen had en antwoordde ongeduldig: 'Hou op, ik krijg nu genoeg van al die mensen die zich met Yoavi's plasjes bemoeien,' en zij zei: 'Wie zijn "al die mensen"? Wie heeft er nog meer over gepraat?' maar ze verzachtte onmiddellijk haar toon: 'Maar je weet dat ik alleen het beste met je voor heb.' Ik antwoordde dat ik soms het gevoel had dat iedereen in mijn leven aan het wroeten was, en dat ikzelf niet meer dan een toeschouwster was, kijkend, maar zonder mee te doen. Zij zei dat ik een beetje overgevoelig was na het trauma dat ik had opgelopen, en ik moest bedenken dat zij mijn beste vriendin was, altijd bereid om me te helpen. Ik zei: 'Tot morgen,' en beëindigde met een treurig gevoel het gesprek. Ik was boos op haar omdat ze zich met mijn leven bemoeide en ik kreeg opeens behoefte haar van alles de schuld te geven, zelfs van die vloek over Yoavi toen hij nog een foetus in mijn buik was. Onmiddellijk echter gaf ik mezelf de schuld: sinds mijn eerste ontmoeting met haar in de wachtkamer van de gynaecoloog had ik mijn deur wijd opengezet en haar uitgenodigd in mijn leven.

Ik herinnerde me onze tweede ontmoeting, zoals we in mijn auto hadden gezeten. Zij had een sigaret opgestoken en mij verteld over haar activiteiten in de beweging van 'Vrouwen in het Zwart', en over de linkse vrouwengroep die ze had opgericht. Nechama had rook uitgeblazen en ernstig gezegd dat we handelend moesten optreden, en vroeg of ik me wilde aansluiten bij een demonstratie van 'Vrouwen in het Zwart' die vrijdag, om twaalf uur op het Parijs-plein zou plaatsvinden. Ze waarschuwde me dat ik sterk moest zijn, dat voorbijgangers meestal op hen afkwamen en hen aanvielen en soms tegen hen uitvielen. Enkelen scholden en gooiden met rotte groente. Totaal overweldigd door die charismatische vrouw die mijn vriendschap zocht, verklaarde ik dat ik bereid was alles te doen voor vrede. Toen we afscheid namen, wist ik zeker dat we elkaar buiten de wachtkamer van de dokter nogmaals zouden ontmoeten en dat we misschien wel goede vriendinnen zouden worden.

Twee weken later zagen we elkaar weer in de wachtkamer van de dokter, en ze zei nijdig dat de dokter haar had verboden te roken, maar daar trok ze zich geen lor van aan. Ze zou hem laten zien wat een beeldschone, sterke zoon ze zou krijgen. Toen ik haar naar huis reed, vertrouwde ze me een intiem geheim toe: ze vertelde me dat ze precies op de dertiende januari zwanger was geworden. Verrast zei ik: 'Maar dat is ook mijn datum, dinsdag de dertiende.' Ik vertelde niet in detail hoe ik dat zo precies kon weten, en ik zei er niet bij dat Nachum, die dertig dagen reservedienst had moeten doen, onverwacht op de dertiende januari voor één dag verlof was thuisgekomen. 'Dus allebei op dezelfde dag?' zei Nechama zachtjes, en toen ik enthousiast knikte, omhelsde ze me plechtig als veelbetekenende lotgenoot. En ik stikte bijna van de nicotinelucht in haar haren, en haar stem werd hees toen ze in mijn oor fluisterde dat we van nu af een band hadden. En hoewel ze niet in het noodlot geloofde, was het duidelijk dat onze ontmoeting geen zuiver toeval was geweest.

En in de vierde maand van mijn zwangerschap voegde ik me bij haar, bij de demonstratie van de 'Vrouwen in het Zwart'.

Later likte de nacht met zijn donkere tong hemel en aarde, en alle sterren glinsterden en glommen vanuit de ramen alsof ze aan een haar hingen. Toen ik de slaapkamer binnenkwam, draaide Nachum het licht uit, hij keerde me de rug toe en mompelde goedenacht. Ik lag in bed te denken aan Avsjaloms handen, en kon de slaap niet vatten. Ik glipte de badkamer in, controleerde het medicijnenzakje van het ziekenhuis, zag dat het leeg was en herinnerde me dat ik alle pillen al geslikt had. Ik liep naar mijn werkkamer. De computer begroette me met eentonig gezoem en het scherm flakkerde in kleuren van de zee. Als betoverd volgde ik de kleurige tropische vissen die kalm en zwijgend voorbijkwamen, alsof ze een geheim in het aquarium van de screensaver bewaakten. Ik raakte het toetsenbord aan en ze verdwenen, het scherm glinsterde me zilverig tegemoet, wachtend op mijn bevelen. Ik wist niet wat voor instructie ik moest geven, ik stond op, ging voor het raam staan en keek naar Beit Jallah, gedompeld in verduistering. Een paar flauwe koplampen van een auto glinsterde in het donker, die verdween achter een gebouw waar alles donker was, nog een keer te voorschijn kwam en opnieuw verdween. Afwezig scheurde ik stukjes af van de brede strook blinderingstape die de vorige huurders tijdens de Golfoorlog op de ruit hadden geplakt. Ik was er nooit in geslaagd die helemaal weg te krijgen. Toen ik er met Nachum was komen wonen, had ik het appartement grondig schoongemaakt en de herinneringen aan die oorlog van de ruiten willen halen. Maar Nachum had gezegd dat het de moeite niet waard was, dat Saddam Hussein toch weer zou verliezen en dat we dan de ruit opnieuw zouden moeten afplakken.

Opeens ging de telefoon over, en had ik mijn moeder aan de lijn. Ze zei haastig dat ze niet in slaap had kunnen vallen omdat ze zich opeens herinnerde dat ze vergeten was mij te vragen of we onze gasmaskers hadden vervangen, en of Yoavi een beschermkap had. De kranten stonden vol met verhalen over de nieuwe oorlog in Irak, zei ze verontschuldigend, en ze had al haar necromantie en tovenaars, de tarotkaarten en de astrologische schema's te hulp geroepen.

'Maar waarom bel je me midden in de nacht?' vroeg ik, want ik wilde niet toegeven dat ik op dat moment aan hetzelfde had zitten denken, anders was ze vast begonnen over telepathie en moederinstinct. Ze zei echter alleen dat ze, als ze nu niet had opgebeld, de volgende ochtend waarschijnlijk vergeten zou zijn dat ze met me moest praten.

Nu kon ik helemaal niet meer slapen. Ik besloot het huis op te ruimen, en dat deed ik met een ijver die ik voorheen niet had bezeten. Ik stopte de wasmachine vol, legde het wasgoed op de radiatoren te drogen, vouwde de droge kleren op, streek Nachums overhemden, controleerde voorraadkast en koelkast, maakte een boodschappenlijstje voor de volgende ochtend, kookte een pan groentesoep, bakte schnitzels, schilde aardappels voor frieten en maakte een roomsaus voor de spaghetti. Vervolgens besloot ik ook wat brood te bakken. Ik genoot van de gedachte dat Yoavi en Nachum 's ochtends zouden wakker worden in die bakgeur. Ik kon nergens gist vinden, maar ik hield vol, kneedde het deeg tot een vlecht, en ik opende telkens weer de oven om te snuiven aan de geur die in krullende wolkjes opsteeg. Vlak voordat het ochtend werd haalde ik een plat baksel te voorschijn, ongelooflijk zwaar en hard – het deed denken aan het brood dat mijn vader jarenlang had bewaard en dat mijn moeder en ik hadden willen weggooien.

Mijn vader had een bepaald zwak, een zwak voor brood. 'Je moet brood nooit weggooien, brood is de pijler van het leven,' zei hij vaak. Hij verzamelde altijd de restjes in een wit geëmailleerde trommel, en als ze uitgedroogd waren, maalde hij ze in de molen, en de kruimels deed hij dan in plastic zakken. Die zakken stapelden zich op in de keukenkasten tot de broodkruimels veelkleurige lagen schimmel ontwikkelden, en dan gooide mijn moeder ze stiekem weg. Vader propte groen uitgeslagen broodresten, die niet geschikt waren om te verkruimelen, ook in zakken, en dan ging hij naar het strand en verdeelde daar zijn pijler van het leven. De meeuwen zagen hem al van verre aankomen, en als witte bliksemflitsen, als een krijsende, lawaaierige zwerm, fladderden ze zwaar om hem heen. Hun geluiden, schor van hebzucht, waren van verre te horen. Steeds meer meeuwen hoorden dat geluid en verzamelden zich om hem heen, ze landden zwaar in het zand en sjokten op hun rode steltpoten naar hem toe. Met gestrekte nekken en geopende snavels haastten ze zich hobbelend voort, en hij schudde zijn zakken dan heel zorgvuldig leeg, verkruimelde het brood met zijn vingers en gooide de resten op het strand, in het water, en ook nog de lucht in. Wanneer de meeuwen verzadigd waren en een stap opzij deden, met hun snavels pikkend aan de wortels van hun veren, kwamen hele golven mussen, bulbuls en spreeuwen aanvliegen, evenals grijze duiven die speciaal voor hem hun staart opzetten, en de broodresten onder luid gekoer en geroep uit zijn offerende handen ontvingen.

Na zijn dood had mijn moeder achterin zijn klerenkast en in de ruimte tussen het slaapkamerplafond en het dak broden ontdekt die in de loop der jaren gefossiliseerd waren, met korsten dik en hard als staal. Huilend hadden we de broden ingezameld – hun gewicht was in de loop der jaren toegenomen. We laadden ze in mijn auto en reden naar het strand. Met grote moeite hadden we de zware zakken naar de plek gesleept waar hij altijd had gestaan, en wachtten een hele tijd of de meeuwen kwamen. Maar dat gebeurde niet. We verspreidden de broden over de rand waar de golven de kust raakten, maar de broden zonken in het zachte zand weg en weigerden zich te verplaatsen. Ik had mijn broekspijpen opgerold, had een paar broden opgetild en was de zee in gelopen, maar het water wenste mijn aanbod niet en wierp het terug op de kust. Telkens en telkens weer probeerden wij, mijn moeder en ik, de broden ver weg in de golven te gooien, en steeds weer had de zee ze uitgebraakt. We verlieten het strand toen het donker werd, en tal van harde broden die de meeuwen niet wensten op te eten en waarin de zee niet kon doordringen, slopen sluw achter onze vertrekkende ruggen aan.

Mijn vis. Ik pulkte het binnenste van de *challah* die over was van vrijdag en verkruimelde het in het water in het bad. Mijn vis lag op de bodem, grijs en uitgeput, hij weigerde omhoog te komen en het brood met zijn lippen te verzamelen.

Wat maakt de zon? De dag

Op maandagochtend was ik vast van plan mijn leven weer op gang te brengen.

Die ochtend vond Nachum me in de keuken, waar ik naar de zonnestralen staarde die me via de openingen van het rolluik bereikten en een flakkerende glans op de vloer wierpen, in een onbegrijpelijke tekening. Zijn blote voeten kwamen mijn kant uit, ze vertrapten de helderheid van het licht en verstoorden de tekening.

'Hela, ben je gek geworden? Wat heb je in de keuken uitgevoerd?'

Opeens zag ik de rommel die ik had achtergelaten. 'Ik heb alleen maar geprobeerd brood te bakken, voor ons, voor vanochtend.'

Nachum verplaatste zijn gewicht van het ene been op het andere. 'Weet je zeker dat je je goed voelt?' En zonder op antwoord te wachten voegde hij er aarzelend aan toe: 'We gaan vanochtend je auto ophalen bij de garage.'

Daarmee stemde ik automatisch in, en als een volmaakte echtgenote vroeg ik: 'Koffie? Toast?' Nachum knikte, deed de voordeur open en raapte de krant op. Hij kwam aan tafel zitten en zei, als het ware tegen zichzelf, dat er twee dagen verstreken waren zonder enige terreuraanval, en dat de ministers nu tijd hadden voor de rommel. Ik vroeg niet met wat voor rommel de regering te maken had, want sinds 'die dag' had ik geweigerd uit te zoeken wat er in de kranten stond.

Yoavi begroette me met een natte pyjama en een verontschuldigend lachje: 'Het is er weer uit gelekt.' Ik troostte hem en zei: 'Maak je maar geen zorgen, dat gebeurt wel eens. Misschien moeten we eens met Nechama praten, dan kan zij vertellen wat we eraan kunnen doen,' maar Yoavi schrok van mijn woorden. 'Nee, niet met Nechama, die zal het aan Yoeli vertellen, en die vertelt het weer op het kinderdagverblijf.'

Het was of we samen een misdrijf pleegden: Yoavi trok snel zijn natte kleren uit en ik trok het laken van het bed en stopte alles in de wasmachine. Nachum zei dat ik me moest haasten, en ik bedacht dat Rami vandaag misschien zou komen, want de maandag was onze dag.

Ik had Rami voor het eerst ontmoet in het trappenhuis van Nechama: ik was zwaar de trappen aan het beklimmen, met mijn ene hand aan de leuning, en de andere op mijn heup, met mijn enorme buik voor me uit, uitgeput van dat gevecht met de zwaartekracht. Hij begroette me hartelijk, alsof hij degene was bij wie ik op bezoek kwam. Zijn honingkleurige ogen lachten naar me, en met een verontschuldigende glimlach en een breed, ridderlijk gebaar, alsof hij een rood tapijt voor me uitrolde, legde hij snel een versleten dweil onder mijn schoenen, opdat ik de treden die hij net schoon had gemaakt, niet vuil zou maken. Toen ik aan Nechama vroeg wie die aardige jongeman was die hun trap dweilde, wist ze dat niet. Ik zorgde dat ik haar de volgende keer op diezelfde weekdag bezocht, om dezelfde tijd, en ook die keer spreidde hij met een zachte glimlach naar mij de dweil voor mijn voeten. Ik vroeg hoe hij heette, en hij zei: 'Men noemt mij Rami,' en zonder dat ik iets vroeg zei hij uit zichzelf dat hij uit Beit Jallah kwam, en een avondcursus volgde op de Al-Quds universiteit. Dat hij overdag huizen schoonmaakte om geld te sparen voor zijn huwelijk met Julia, het meisje dat hem als verloofde was toegewezen toen hij nog klein was.

Bij mijn volgende bezoek aan Nechama stelde ik voor dat hij voor mij kwam werken. Hij vroeg: 'Maandag, acht uur 's ochtends oké?' en ik antwoordde: 'Ja, dat is oké.' Twee dagen later was hij er. Ik was destijds thuis, een paar dagen voor de bevalling, en probeerde me te concentreren op het werkstuk dat ik moest inleveren. Mijn kleffe vingers tikten moeizaam de toetsen in. Rami liep met verbazend lichte voetstappen om me heen, alsof hij bang was me te storen bij mijn werk.

Vanwege Rami had ik voor het eerst ruzie met Nechama gekregen. We zaten in een café, en ik vertelde terloops dat ik Rami had gevraagd voor mij te komen werken. Zij nam zwijgend een lange trek aan haar sigaret en blies de rook recht in mijn gezicht. Ik kon me niet beheersen en zei tegen haar: 'Je mag jezelf en je baby vergiftigen als je wilt, maar waarom wil je ons ook nog vergiftigen?' Ze doofde nijdig haar sigaret op het bord waarop nog slappe slablaadjes lagen, en ik hoorde het stervende sissen van de as die stikte in een plasje vinaigrette. Haar donkere ogen doorboorden me en ik concentreerde me op het dons van haar bovenlip dat stijver en zwarter leek dan anders.

'Wie denk je wel dat je bent?' zei ze woedend, met scherpe stem, waarbij ze me met druppels spuug besproeide. Ze zei dat het in dienst nemen van een Arabische schoonmaker meehielp aan het voortbestaan van kolonistische slavernij, en nog luider voegde ze daaraan toe: 'Hoe durf je een Arabier in dienst te nemen waarbij jij de dame bent en hij een bediende is?' Ik was zo boos dat mijn buik pijn deed; ik was bang dat mijn vliezen zouden breken, en ik antwoordde nijdig dat haar eigen woningcomité Rami in dienst had genomen om het trappenhuis te dweilen, en daarin zag ik geen enkel verschil. Toen raakte ik buiten adem en ik zei tegen haar dat ik genoeg had van haar hypocriete gepreek, ik voegde daar moedig aan toe dat ze het niet meer moest wagen in mijn auto te roken.

'Dan loop ik wel,' pareerde ze, 'van jou hoef ik geen gunsten.'

Zelfs nadat we een beetje gekalmeerd waren en samen naar mijn auto liepen, kon ik me niet inhouden en schreeuwde haar toe dat ik hem tenminste een baan met een redelijk loon aanbood, en geen partij had gekozen en in zwart en geel gekleed holle leuzen schreeuwde die de bezetting veroordeelden. Er viel een stilte, en zwijgend bereikten we haar huis. Voordat ze uit de auto stapte zei ik dat we het niet altijd met elkaar eens hoefden te zijn, en Nechama spreidde haar armen en omhelsde me verzoenend. Ze knuffelde me, onze buiken raakten elkaar alsof ze elkaar zoenden, en ik zei tegen haar dat onze baby's nu een taal aan het spreken waren die wij nooit zouden begrijpen, en waarschijnlijk moesten ze lachen om die malle moeders van hen. En Nechama glimlachte, stak haar pink naar me uit, sloeg die om de mijne heen en vroeg aarzelend: 'Vriendinnen?' en ik antwoordde: 'Voorgoed.'

'Imoesj, je staat te dromen,' zei Yoavi met een glimlach. Ik deed haastig het waspoeder in de machine, en terwijl ik op de startknop drukte, besloot ik Nechama op te bellen om haar te vragen of ze mij haar schoonmaakster wilde sturen, omdat ik de controle over de rommel in onze woning begon te verliezen.

Arabische graffiti en felgekleurde Palestijnse vlaggen sierden de muren van de huizen in het Arabische dorp Beit Zafafa, en elk kind dat langskwam met een schooltas op zijn rug kwam mij voor als pleger van een zelfmoordaanslag. Ik huiverde en Nachum zei dat ik wat moest kalmeren. We kronkelden door de smalle steegjes van het dorp naar de plaats waar de weg breder werd en ons als via een zwarte trechter naar het terrein met de garages in Talpiot voerde. De scherpe geur van machineolie hing in de lucht, gekruid met houtskoolrook en de geur van geroosterd vlees aan shoarmastokjes. Ik voelde me doodmisselijk en merkte dat mijn maag zich omdraaide. Ik stopte mijn hoofd tussen mijn knieën, zoals mijn vader me had geleerd toen ik klaagde dat ik moest spugen op de kronkelweg van Jaffa naar Jeruzalem. Ik haalde diep adem om de misselijkheid te onderdrukken, maar de koffie en toast van die ochtend zochten zich een weg naar mijn slokdarm.

Ik riep naar Nachum dat hij moest stoppen. Vlak voor een kleine groentewinkel opende ik het portier en spuugde mijn ingewanden leeg. Ik veegde mijn gezicht en haar af met de zakdoek die Nachum me via het open portier aanreikte. Blind voor mijn ellende gaf hij me op mijn kop, vanuit de diepte van zijn zitplaats, ver van de stank van mijn eigen bodem. 'Je hebt waarschijnlijk iets gegeten wat niet goed meer was.' De misselijkheid keerde terug, en in een grote boog spuuwde ik mijn gal uit, en ik kreunde. Een vrouw met een gekleurde hoofddoek kwam de winkel uit en vroeg in Hebreeuws met een Arabisch accent: 'Mevrouw, wat is er?' en ze zette me op een met stro bekleed krukje dat ze naar buiten sleepte, verdween in de schemerige winkel en kwam terug met een glas koud water waarin ze citroensap had gedaan. Ze hielp me geduldig het zure water op te drinken, veegde mijn gezicht af met een vochtig doekje en zei: 'Arm mens, ben je zwanger?' Mijn gezicht vertrok, ik spuwde het bittere speeksel uit dat zich in mijn mond had verzameld, en de vrouw stelde voor dat ik naar haar huis boven de winkel kwam om uit te rusten. Maar Nachum was al uitgestapt en met een arm om mijn rug geslagen hielp hij me in de bijrijdersstoel. Hij bedankte de vrouw die haar hoofd door het raampje had gestoken en me bezorgd aankeek.

'Voel je je nu beter?' vroeg hij. Ik bleef naast hem zitten, leeg en pijnlijk, en de zure stank van ingewanden rees uit me op toen ik antwoordde: 'Ja, ja. Waarschijnlijk iets wat ik gisteravond gegeten heb.' 'Ben je misschien zwanger?' vroeg hij, in een poging grappig te zijn, en ik drukte mijn nagels in het vlees van mijn handen en vroeg of hij wilde doorrijden, want ik moest naar een vergadering. Ik zei niet tegen hem wat ik hardop had willen uitschreeuwen: hoe kan ik zwanger zijn als we niet samen neuken?

We reden tussen bergen autobanden en ingewanden van motoren, door steegjes die zwart zagen van oude machineolie, totdat we stopten voor een garage met een bord waarop stond 'Benny's Body Shop'.

En toen zag ik haar.

Schoon en opgepoetst stond mijn verraderlijke auto op me te wachten. De motorkap glom van de nieuwe lak, de wimpers van haar ruitenwissers knipperden verlegen open en dicht, en haar ronde kikkerogen waren wijd geopend van verwondering, alsof ze me geïnteresseerd bekeek.

Ik controleerde haar uit alle mogelijke hoeken. In één klap waren alle sporen van haar lange leven op de weg, die in haar lichaam geëtst waren, weggevaagd, samen met mijn vingerafdrukken.

Het was mijn auto niet meer.

'De auto is weer prima in orde,' zei de garagebaas tegen Nachum, en hij bleef tegen hem praten alsof ik niet bestond: 'Het chassis was niet beschadigd, we hebben de wielen en wieldoppen vervangen, we hebben hem schoongewassen en in de was gezet,' en hij veegde zijn vettige handen af aan een stuk krant. Ik tuurde naar zijn handen die overdekt waren met zwarte olie en vet. Bijna afwezig verfrommelde hij de pagina's met de gruwelen die vrijwel zeker tijdens de ochtendpauze door de monteurs gelezen waren, tussen de koffie en de cake door. Een rimpelige prop werd handig in het cilindrische, roestige blik gegooid dat naast me stond. Ik keek er zijdelings in. De prop krantenpapier dat de nachtmerrie had opgeslokt, rustte op de ingewanden van aan stukken gehakte auto's, plastic flessen en blikken met vettige zijkanten.

En de man ging door met zijn mannengesprek met Nachum, alsof het niet om mijn auto ging: 'U hebt er geen idee van hoe die auto eruitzag toen hij hier aankwam. Bijna total loss. En, hoe moet ik het zeggen, uw vrouw heeft waanzinnig geluk gehad. Ik snap niet hoe ze levend uit dat wrak is gekomen.'

Ik beet op mijn tong en trok een witte plastic stoel met een smerige, gescheurde rugleuning naar me toe, die wiebelde zoals dat past bij een stoel in een garage, en ging er in zwijgende aanvaarding op zitten. De woorden klonken luid boven me: carburateur, hoofdpakking, banden, startmotor. Het lukte me te begrijpen dat de motorkap vervangen was omdat de oude door scherven beschadigd was, evenals de motor zelf, verscheidene lange spijkers waren uit de zijdeur verwijderd, en een paar daarvan waren zelfs door de binnenbekleding gegaan. Hij kon maar niet begrijpen hoe mevrouw er ongedeerd uit was gekomen.

Ik was bijna dood geweest, zei de eigenaar, maar de dood had me niet gewenst. Hij had Davidl gestuurd om mijn leven te redden.

Ik reconstrueerde de laatste paar seconden voordat het gebeurd was. Hoe ik onder het stuur gedoken had gezeten bij het spelletje dat ik voor dat kleine meisje had bedacht, en daar was mijn hoofd geweest toen de bus werd opgeblazen.

Nachum liep naar mijn auto, opende de motorkap, startte de motor, luisterde naar het geluid, en deelde als een kenner mee dat hij zo goed als nieuw was. Hij zette de motor af en smeet de motorkap dicht. Plechtig overhandigde hij me de sleutels: 'Hoe voel je je nu? Kun je rijden?' en ik slaagde er net in van de stoel op te staan en te zeggen: 'Het gaat best.' 'Oké, tot vanavond,' zei Nachum. 'Ik kom wat later want ik heb een patiënt die alleen na achten kan komen, en het is een ingewikkelde behandeling. Wacht maar niet op me met het avondeten.' Ik hoorde hoe hij een vrolijk wijsje floot terwijl hij in zijn auto stapte, de achteruitkijkspiegel naar beneden trok, zijn gezicht inspecteerde en in een puistje boven zijn kin kneep dat ik niet had gezien. Hij streek zijn haar glad over zijn voorhoofd en reed opgewekt weg.

Ik bleef alleen bij haar achter. Ik had zin om weg te lopen en haar te vergeten, maar ik kon daar niet wegkomen omdat de eigenaar van de garage, die eindelijk mijn bestaan erkende, nieuwsgierig naar me keek, zoals men kijkt naar een zeldzaam dier, en opnieuw verklaarde dat het een godswonder was geweest en dat God me liefhad.

'Wilt u haar niet meenemen en zien hoe ze het doet?' vroeg hij, en hij liet me geen ruimte voor besluiteloosheid: met zijn vettige handen, en lachwekkend plechtig, opende hij het portier voor me. Ik viel zwaar neer op de bestuurdersstoel van Minimoesj, en zij prikte me gemeen in mijn achterwerk. Ik stond in paniek op en haastte me de auto uit.

'Wat is er mis?' vroeg de garageman bezorgd, en ik zei dat er iets in me geprikt had. Strijdlustig liep hij met uitgestoken zwarte slakkenhoornvingers naar de auto, en hij voelde en duwde, en met een triomfantelijke kreet bood hij me op de palm van zijn hand een vierkante splinter glas aan, volmaakt als een kristal. Hij zei dat het een stukje van de gebarsten voorruit was geweest en stelde voor dat ik het bewaarde als herinnering aan het wonder dat me was overkomen. 'Laat er een sieraad van maken,' en zijn vingers bewogen automatisch naar zijn nek, voelden onder zijn hemd en haalden een gelige kogel te voorschijn, met een gat erin, hangend aan een gouden kettinkje. Hij kuste de kogel, geneerde zich even en stopte hem weer onder zijn overhemd. Ik wist dat hij dolgraag wilde dat ik naar die kogel informeerde, maar ik zei niets, en hij beeindigde ons gesprek met enige teleurstelling. 'Nou, het beste dus, en maakt u zich geen zorgen, uw auto is weer helemaal in orde.'

Ik ontspande mijn vuist en keek naar mijn oorlogsherinnering, en toen sloot ik mijn hand weer. Ik was gestoken, en toch voelde ik me beschermd tegen alle ongeluk. 'Geen tweemaal verheft zich de benauwdheid,' zo herinnerde ik me de uitspraak van mijn vader, een citaat van de profeet Nahum. Die benauwdheid was me al een keer overkomen. Een bus was voor mijn gezicht ontploft, en het zou niet nog een keer gebeuren.

Ik stapte in Minimoesj en startte de motor. Ze gaf zich vlot over aan mijn aanraking en reed de weg op, waar haar nieuwe banden trots op het asfalt trommelden. Ik gaf gas en probeerde weer één

met haar te worden, met haar te praten en op te gaan in haar bewegingen, net als vroeger. Maar mijn auto was een vreemde, ze negeerde me en gaf niet toe aan mijn wensen.

Haar buitenste huid was intact gebleven, maar haar ziel had ze
achtergelaten bij de bus die in de lucht was gevlogen.

En die stank. De stank waarvan ik dacht dat ik daar slim van af
was gekomen, kwam binnen door de ventilatie en kroop rond mijn
enkels, klemde die in zijn weeë, doorschijnende armen en klom tegen me op totdat hij mijn neusgaten bereikte. Ik sloot de ventilatie af en zette de verwarming uit, maar als om mijn moeite te be-
spotten bleef de stank over me heen stromen, vanuit een of andere
onzichtbare bron, totdat hij me ten slotte uit de auto verdreef. Ik
sloot raampjes en portieren, zodat ik de vieze lucht binnen op-
sloot, als een gevaarlijk beest.

Ik wenkte de eerste de beste taxi en vroeg de chauffeur me naar
de universiteit te brengen.

In mijn werkkamer greep ik de telefoon en belde op naar Nachums kliniek en vertelde aan Hagit, zijn mondhygiëniste, die me
met een schril stemmetje vol eigendunk antwoordde, dat ik Nachum dringend nodig had en dat het me niet kon schelen of hij
midden in een ingewikkelde kaakoperatie zat. Ik vertelde hem dat
ik het goed maakte, maar de auto stonk en ik kon er niet in rijden
en ik had hem laten staan op de Hebron-weg, en zei dat hij meteen
moest komen.

Nachum zuchtte en zei dat ik alleen maar hysterisch was, en
verklaarde berustend dat hij zijn lunch zou overslaan om me op te
halen, dan zouden we samen naar mijn auto rijden. Toen hij neerlegde, wachtte ik zelf een paar seconden. Het was niet zonder reden dat ik iets wantrouwde, toen ik hoorde dat de hoorn op de
haak werd gelegd, en ik wist dat Hagit weer eens mijn gesprek met
hem had afgeluisterd, en ze had ongetwijfeld gehoord dat hij gezegd had dat ik 'hysterisch' was.

Een dichte stank die vast zat in de auto en probeerde te ontsnappen, overviel me toen ik het portier opende. Nachum echter
verklaarde dat het de geur van verse verf en nieuwe remmen was
en er helemaal geen stank was, en hij zei dat ik hem voor niets had
gestoord. Ik bleef aandringen dat we van auto ruilden, en hij zei

grimmig: 'Dan veroorzaak je krassen. Jij bent niet gewend in een grote auto te rijden.' Ik zei: 'Dan zal ik de hele dag taxi's nemen,' en daar schrok hij van: 'Maar dat kost handen vol geld.' Hij wrong zich in mijn kleine auto, verschoof de bestuurdersstoel en de spiegels, en met handen die niet gewend waren aan een versnellingspook reed hij hortend weg. Ik ging op de leren bestuurdersstoel van zijn fraaie schuit zitten en reed haastig naar huis.

Ik ging terug naar Talpiot en parkeerde voor de recentelijk geopende autoshowroom. Kleurige vlaggen wapperden rond het gebouw, en beloofden betaalbare, veilige en economische Koreaanse auto's. Ik ging naar binnen, duizelend van de overvloed aan modellen en kleuren. En alsof het kopen van een nieuwe auto een dagelijkse bezigheid van me was, wees ik op een blauwe auto en zei: 'Die daar.' Ik telefoneerde met mijn bank en verzocht ze geld van mijn spaarrekening en mijn studiefonds vrij te maken, en het kon me niet schelen toen de manager zelf tegen me zei dat het geld nog niet lang genoeg vaststond, en dat ik een boete zou moeten betalen.

Ik wilde die nieuwe auto onmiddellijk hebben, en was teleurgesteld toen de vlot pratende verkoper in een oranje jasje me vriendelijk vertelde dat ik een week tot veertien dagen zou moeten wachten. Hij vroeg hoe ik heette, en herhaalde mijn naam telkens weer: 'Yael, als je die auto meteen wilt hebben, of morgen moet ik eigenlijk zeggen, dan kun je deze rode krijgen. Ik moet eerlijk tegen je zijn, Yael, hij heeft al wat kilometers achter de rug, want we hebben hem gebruikt voor proefritten. Ja, Yael, je hebt gelijk, hij heeft een paar krassen, maar die gaan er met een beetje was gemakkelijk af.'

Ik aarzelde even, want ik dacht aan Nachum die nooit van rode auto's had gehouden, met de mensen die daarin reden spotte en hun alle mogelijke onbeleefde bijnamen gaf. Maar de verkoper kwam haastig met een belofte van compensatie, een nieuw stereosysteem, en liep al met me mee naar het kantoor om de papieren voor de rode auto te tekenen.

Opgewonden over de eerste belangrijke aankoop van mijn leven ging ik niet terug naar mijn werk; ik besloot hen in Nachums auto een bezoek te brengen.

Ik informeerde in welk blok de Wassersteins lagen, en reed langzaam door het marmeren labyrint van de doden tot ik de plaats bereikte. Daar waren twee aardhopen, naast elkaar, een grote en een kleine. Er waren steentjes op gelegd, in de aarde gestoken kaarsen brandden, en kleine houten plankjes deelden eenvoudig mee dat hier Batsjeva Wasserstein, geboren Cohen lag, en David Wasserstein, moge de Heer hun bloed wreken.

Ik stond een hele tijd te kijken naar de verse graven. Toen merkte ik dat ik om Batsjeva's toestemming vroeg. Toestemming om haar echtgenoot lief te hebben.

In de verte hoorde ik het grind kraken onder de haastige voeten van dragers, en de gedempte stemmen van de mensen die de overledene volgden. Opeens werd ik door lawaai omringd, en tienduizenden nakomelingen van 'de verfoeilijke vloeistof', het mannelijk zaad, de kinderen van Lilith, doorschijnend en lichaamloos, trokken aan de randen van mijn kleren, herinnerden me aan de studie die ik had laten varen en berispten me scherp om mijn luiheid. Ik schudde mijn kleren uit en trok mijn handen weg van hun kleverige greep. Die kinderen zijn gevaarlijk, zo had Warshavsky me verteld. Ze trekken in drommen naar de begrafenissen van hun vaders om hun aandeel in de erfenis op te eisen. In hun rouw kunnen ze delen van het lichaam van de overledene meenemen, en soms vallen ze diens wettige kinderen aan. Ik had op grond van mijn antropologische mening gezegd dat de poging hen weg te houden waarschijnlijk voortkwam uit de vrees dat die kinderen, die geen lichaam hebben, de wettige kinderen verhalen zouden vertellen die beter geheim konden blijven, ze zouden de daden van de vader kunnen verklappen en alle keren van zijn leven dat hij de 'verfoeilijke vloeistof' had geëjaculeerd. Warshavsky had gebloosd en gezegd dat mijn theorie interessant was, maar dat ze toch verdreven moesten worden, hetzij door de baar te schudden, hetzij door psalmen te reciteren en rondom het graf te lopen.

Ik wilde wegvluchten, weg van de kinderen van Lilith, van de mensen van de Chevra Kadisja, de tranen, de graven en de rouwenden. En opeens besloot ik dat ik nooit meer een begrafenis wilde zien, en nooit meer in een rouwend huis zou gaan zitten dat ik niet kende.

Voordat ik vertrok legde ik twee kleine stenen op de bergjes aarde van Batsjeva en Davidl, en zocht mijn weg terug uit de wereld van de doden, van de geesten en de demonen en de kinderen van Lilith.

Bij het hek van de begraafplaats waste ik driemaal mijn handen, zonder ze af te drogen, en ik verklaarde die gewoonte aan een jonge vrouw die naar buiten was gekomen en huilend naast me bij de kraan stond. Ze zei tussen haar tranen door: 'Maar u ziet er helemaal niet religieus uit.' Ik gaf geen antwoord en haastte me weg.

Toen zag ik hem opeens recht op me af komen. Slepend met zijn voeten, op schoenen die het grind verschoven, met licht gebogen hoofd en met zijn ogen op de grond gericht.

En alsof we hadden afgesproken elkaar precies op die plaats en om die tijd te ontmoeten, haastte ik me naar hem toe. Ik liep met zware stappen op hem af en het grind onder mijn voeten echode het geluid van het grind dat onder zijn schoenen verschoof. Mijn hart bonsde hevig toen ik naar hem toe liep, en hem de weg versperde.

Hij keek op, zijn blik gleed over me heen en weer weg, en hij sloeg onmiddellijk zijn ogen neer. Ik wist dat hij me niet had herkend.

'Avsjalom?' zei ik, en hij keek opnieuw op, en weer werd ik omspoeld door blauwe golven van de zee, en ik kon zien dat de radertjes in zijn hersenen draaiden, in een poging mij een plaats in tijd en ruimte te geven.

'Yael,' zei ik, om het voor hem gemakkelijker te maken, 'Yael Maggid.'

'Mevrouw Maggid?'

Ik knikte en hij vroeg: 'Wat doet u hier?'

Stamelend zei ik dat ik antropologe was, dat ik de begrafenisgewoonten in Jeruzalem bestudeerde, dat ik daarom hier was, en hij zei dat hij onderweg was om hen te bezoeken.

Dom genoeg mompelde ik: 'Moge je geen verder verdriet kennen,' en onmiddellijk herinnerde ik me dat hij geen gezin meer had. Hij knikte beleefd, alsof ik hem een lang leven had toegewenst, of een dergelijke zegenspreuk had uitgesproken, en hij liep door.

Ik had zin om achter zijn verdwijnende rug aan te gaan. Om uit te leggen, om te zeggen dat ik verliefd op hem was geworden. Met als verontschuldiging dat zoiets me in geen jaren was overkomen. Ik wilde mijn liefde voor hem beschrijven als een steeds terugkerende gedachte die maar niet wilde ophouden. Maar ik zei helemaal niets.

Bevend over mijn hele lichaam liep ik terug naar de auto, en ik bedacht wat mijn moeder van deze ontmoeting gezegd zou hebben. Zij zou beslist beweerd hebben dat niets toevallig gebeurt. Alles wordt in de hemel beslist. Zelfs de dood van Batsjeva en Davidl had moeten geschieden opdat ik hem zou ontmoeten.

Toen ik de auto startte, zei ik tegen mezelf dat ik hem zuiver toevallig had ontmoet. Hier had het lot niet ingegrepen. Zijn dierbaren waren gestorven, en hij bezocht hun graven. Ik probeerde het kloppen van mijn hart – dat galoppeerde als een gek – te vertragen. Maar mijn lichaam verraadde me. Ik had geen controle over mijn hart, bedacht ik, dat was gewoon een spier. De hartspier. Die besluit zelf wanneer hij galoppeert en wanneer hij rustig is.

Op weg naar huis stopte ik in Beit Zafafa, op de parkeerplaats voor Faradus, de kruidenierswinkel die eigendom was van de gebroeders Naim en Abdallah, en die ook open was op zaterdagen en de joodse feestdagen. Vanachter de kassa werd ik hartelijk begroet door de jongste broer, Naim, die snel achter de kassa vandaan kwam en me met een verlegen glimlach vertelde dat ze zojuist een verse lading Shamouti-sinaasappels hadden binnengekregen, het soort dat ik altijd bij hem kocht. Hij had ook warme pita's, vers uit de oven, en hummus, en gekookte favabonen. We liepen samen door de ruime winkel waar geen andere klanten waren.

Ik kromp ineen toen ik hele bergen verwelkte sla zag, rimpelige wortels, ongewenste bananen die zwart verkleurd waren, en ik kreeg medelijden met de gebroeders Naim en Abdallah, en met het fruit en de groenten die in hun kisten lagen te rotten en gisten. Ik liep naar een berg avocado's en pakte er een waarvan de schil hard was, maar de vrucht spleet toen ik hem aanraakte en verspreidde een zachte, donkere en weerzinwekkende pasta over mijn hand. Die veegde ik af aan mijn spijkerbroek, opdat Naim

het niet zou zien, en ik werd naar een bergje rode, overrijpe tomaten geleid. Ik voelde voorzichtig aan een paar ervan, maar ze waren allemaal te zacht, en Naim zei zachtjes dat ze het best gekookt
konden worden. Ik stopte een paar ervan in de plastic zak die hij
me overhandigde, en bedacht dat ik er spaghettisaus van kon maken. Ik koos nog wat andere dingen en Naim ging weer achter de
toonbank staan en verontschuldigde zich voor de kwaliteit van de
groenten. Hij zei dat hij al een week, sinds de bus 'die hier vlak in
de buurt was opgeblazen', geen klanten uit Gilo had gehad.
    Voordat ik mijn boodschappen op het aanrecht legde, haastte
ik me naar de badkamer. De kruimels van de challah die ik in het
bad had gestrooid, hadden het water troebel gemaakt. Mijn vis lag
te hijgen op de witte bodem. Ik haalde de dop eruit en draaide de
kraan open om hem vers water te bezorgen. De vis leek een beetje hersteld te zijn en weer zichzelf te worden toen hij zijn kop uit
de oppervlakte stak en gretig naar lucht hapte. Ik bleef een hele
tijd op de rand van het bad zitten, en vroeg me af wat ik met hem
moest doen. Mijn handen achtervolgden hem in het water, maar
ondanks zijn verzwakking vluchtte hij voor mijn greep, en glipte
tussen mijn vingers door. Ik trok de dop er weer uit, liet het bad
leeglopen tot hij op de lege bodem lag, verdoofd, vochtig en flap-
pend met zijn staart. Daaraan greep ik hem vol weerzin vast, ik
gooide hem in de schoonmaakemmer en vulde die met water. Ik
ging naar beneden met de emmer en mijn vis daarin, naar Nachums auto, en reed naar de campus van de universiteit in Givat
Ram. De bejaarde bewaker bij het hek doorzocht mijn handtas,
keek in de emmer en wilde weten wat ik met die vis wilde. Ik loog
glashard dat die voor research naar het Biologisch Instituut moest,
en de bewaker zei: 'U kunt hem beter mee naar huis nemen en
er gefillte fisch van maken.' Ik dacht erover hem in de fontein bij
het administratiegebouw te gooien, maar die stond droog, en op
de bodem lagen een paar stoffige munten, erin gegooid door studenten en bezoekers. Ik zocht verder, tot ik een kleine vijver met
waterlelies vond, naast de ingang naar de botanische tuin. Ik goot
mijn vis erin en met een paar bewegingen van zijn staart zei hij
vaarwel. Ik wist dat ik zijn leven gered had.

Die avond kwam Nachum thuis, en hij deelde plechtig mee dat hij de hele dag in mijn auto had gereden en dat die het uitstekend deed en het rook er naar niets, en het stonk ook niet. 'Ik kan die auto niet meer aanraken,' zei ik die avond tegen hem, 'wat mij betreft mag je hem wegdoen. Ik zal er nooit meer in rijden.' Nachum keek me medelijdend aan en stelde voor dat ik Nechama raadpleegde, of een andere psycholoog. 'Die stank, die zit namelijk in je hoofd. Ik kan het niet ruiken, Hagit kon het niet ruiken, niemand kon het ruiken.' Ik wilde hem vragen waarom Hagit haar neus in mijn auto stak, en ik tilde mijn hoofd van het kussen en leunde ermee tegen het hoofdeinde van het bed. Ik zei: 'Ik moet met je praten.' Zijn lichaam verstarde en zijn gezicht werd serieus. Hij kwam zelf ook overeind, ging naast me zitten en haalde kort adem van gespannen verwachting.

'Ik heb een nieuwe auto gekocht,' deelde ik kortaf mee, zonder hem aan te kijken, en voegde daar haastig aan toe dat ik daarvoor mijn spaarrekening had aangesproken en dat ik morgen de sleutels zou krijgen.

Zijn stem schoot omhoog, en hij schreeuwde op scherpe toon: 'Heb jij een nieuwe auto gekocht? Ben je gek geworden? Zonder met mij te overleggen?' en meteen probeerde hij zijn stem onder controle te krijgen en vroeg op kalme toon: 'Wat voor soort auto heb je gekocht?' Ik zei dat ik niet meer wist wat voor merk het was, maar hij kwam uit Korea.

'Hoe heb je een auto kunnen kopen zonder te weten van welk merk hij is?' zei hij hijgend, hoewel hij opnieuw probeerde zich te beheersen, en zei: 'Maar goed, het is jouw geld, je kunt ermee doen wat je wilt, en je had niet dat stomme excuus van stank hoeven te gebruiken om een nieuwe auto te kopen.' Ik wilde hem vragen wat ik eerder niet gevraagd had, namelijk wat Hagit eigenlijk in mijn auto te zoeken had, en opeens drong het tot me door dat het me eigenlijk niet kon schelen. Ik keerde hem mijn rug toe en zei dat ik wilde gaan slapen.

Mijn slaap die nacht was licht en kortstondig, en ditmaal weet ik dat aan de opwinding over de aankoop van mijn nieuwe rode auto.

Ik? vraag ik

Mijn moeder belde 's ochtends op en zong over de telefoon 'Happy Birthday to You', wat mij eraan herinnerde dat het mijn verjaardag was, en ze moest daar zo nodig ook aan toevoegen: 'Vijfendertig jaar vandaag.' Ik moest aan mijn vader denken, die me ooit verteld had dat vijfendertig jaar de leeftijd is waarop we deze wereld zouden moeten verlaten, want vijfendertig jaar is ongeveer de levensduur van ons gebit. En als tanden en kiezen beginnen te verdwijnen, is het tijd om je ziel terug te geven aan de Schepper, net als schapen die met vijf of zes jaar sterven, wanneer hun gebit is afgesleten door al dat kauwen en herkauwen. Vanaf het voeteneind van het bed vroeg Nachum: 'Wat wilde je moeder?' 'Niets, ze vroeg alleen hoe ik het maak,' antwoordde ik, en ik vroeg me af of hij eraan zou denken dat ik jarig was.

Hij reed me naar de showroom van de auto en negeerde me totaal tijdens de rit erheen. Opgewonden ging ik naar binnen en uiterst plechtig werden me de sleutels en de toegezegde radio overhandigd. De zware geur van een nieuwe auto verdreef alle gedachten aan brandlucht, en ik bedacht opeens dat iemand echt eens een spray zou moeten uitvinden met de geur van een nieuwe auto, een die je in een oude auto kon spuiten, zodat de bestuurde de illusie van frisheid en vernieuwing kon koesteren. Ik legde het fragmentje van Minimoesj's voorruit, dat ik als herinnering had bewaard, op het dashboard, deed de ruitenwissers aan en veegde samen met hen de vage schuldgevoelens weg dat ik mijn oude auto verraden had. Ik voeg me af wat voor bijnaam Yoavi zou verzinnen voor de nieuwe auto, wanneer hij hem voor het eerst zag, en wat ik hem zou vertellen als hij naar Minimoesj vroeg.

Luid gelach zweefde mijn richting uit op de gang van de afdeling. Louisa zat achter mijn bureau, omringd door een kleine groep bezoekende docenten van de universiteit van Tel Aviv. Haar prachtige benen, omsloten door verleidelijke zwarte netkousen, had ze provocerend over elkaar geslagen, en ze zat luid te lachen om een grap die iemand haar had verteld, en haar oorringen begeleidden dat lachen. Alsof het niet ook mijn werkkamer was bleef ik verlegen in de deuropening staan, en zij riep: 'Kom binnen, kom binnen, dit moet je horen,' en ze vroeg aan een jeugdige docent met een lief, kinderlijk gezicht of hij die grap over besnijdenis nog een keer wilde vertellen. Hij herhaalde die blozend, en opnieuw barstten ze allemaal uit in luid gelach. Ik schraapte mijn keel en deed mijn uiterste best, maar slaagde zelfs niet in wat gegrinnik, dus om hem niet te beledigen glimlachte ik en zei: 'Heel geestig.' Nu realiseerde ik me dat ik sinds die ene dag niet één keer had gelachen. Was ik misschien vergeten hoe dat moest? Net als mijn vader, toen hij op die plek terecht was gekomen en had gezien hoe zijn familie naar het crematorium werd gevoerd: ook zijn lach was hem ontvlucht en verdwenen. Lachen wordt, net als machinerie die dagelijks in gebruik is en niet wordt gesmeerd, roestig, de radertjes verslijten en ten slotte wordt het op de schroothoop gegooid.

Nadat hij naar Israël was gekomen, moest hij van zichzelf nu en dan lachen, maar hoe hij zich ook inspande, hij had alleen de ingehouden geluiden van verstikte snikken kunnen voortbrengen. En mijn moeder, die hem misschien juist daarom liefhad, had geprobeerd hem te leren lachen. Toen ze hem voor het eerst ontmoet had op het strand van Tel Aviv, zo heeft ze me verteld, was hij broodmager, zijn lippen waren zijdelings vertrokken en zijn glimlach was versleten en bitter, wat openbaarde wat hij juist wilde verdoezelen. Hij glimlachte om niet te huilen, zei ze.

In die tijd was ze een jong meisje, lachend en zorgeloos, met stralende blonde krullen, een bruine huid en een sproetig gezicht. Elke zaterdag ging ze bij de toren van de strandwachten zitten, samen met jongens en meisjes van haar leeftijd, waar ze als een verkeersteken opviel in het rode badpak dat ze zelf gebreid had. Rond het middaguur, wanneer de zon zijn hoogste punt bereikt had, wierp de toren een schaduw over dat groepje, en dan lagen ze naast elkaar, met het hoofd van een jongen op de buik van een meisje, en hun buiken schudden van het lachen, en de hoofden die daarop lagen, bewogen op en neer.

Week na week had hij daar gezeten, starend naar dat vrolijke groepje, terwijl zijn lichaam geroosterd werd door de zon. Totdat zij hem zag en ze zei tegen haar vrienden en vriendinnen: 'Kijk eens naar die arme overlevende, hij is zo alleen,' en ze nodigde hem ronduit uit bij hen te komen zitten. Onhandig en gegeneerd, rood van de zon en van schaamte, stond hij op, en zij maakte ruimte voor hem op haar handdoek, en hij zat, met zijn armen over elkaar geslagen, op de rand ervan, alsof hij bang was dat hij die door zijn aanraking vies maakte. Zij zei tegen hem dat hij niet verlegen moest zijn, en vroeg of ze het blauwe nummer mocht zien dat op zijn arm getatoeëerd was. Ze stelde hem vragen over die plaats, en hij antwoordde ontwijkend in zijn keurige school-Hebreeuws, en maakte hen allemaal aan het lachen – ook haar. De volgende zaterdag had hij als gewoonlijk op het strand op hen zitten wachten, en opnieuw vroeg ze of hij erbij kwam. Dat ging zo voort, week na week, tot hij een van de jongeren werd en heel vroeg naar die plek ging om de schaduwrijkste plek bij de toren van de strandwacht te bezetten.

Mijn moeder, die zich niet gerealiseerd had dat ze verliefd op hem was geworden, had hardnekkig geprobeerd hem te leren lachen, en ze vroeg hem mee te gaan naar een film in de Mograbibioscoop. Zij had hard gelachen en hij had treurig gestaard bij een film van Charlie Chaplin, en zijn medelijden ging uit naar die pathetische *nebbech* in zwerverskleren. Maar zij gaf niet op, begon de clown te spelen, trok rare kleren en hoeden aan en trok malle gezichten. En hij staarde dan naar het meisje dat zichzelf belachelijk maakte, zonder een lach bij hem op te wekken. Toen haar inspanningen tot niets leidden, kietelde ze hem onder zijn armen en voeten, die bijzonder gevoelig waren, en hij reageerde met diepe zuchten op haar inspanningen. Opnieuw legde ze geduldig uit hoe je je mondhoeken optrekt, je tanden laat zien, en in- en uitademt terwijl je het zachte gehemelte en de huig laat trillen. Ze had haar mond wijdopen gedaan en hem haar huig laten zien, en hij wilde haar een plezier doen en liet een mekkerend geluid horen. Als laatste mogelijkheid ging ze op een dag tegenover hem zitten en daar lachte ze luid en langdurig, zomaar, in een poging hem te besmetten met haar lach. En zo was het een gewoonte geworden, en zij werd verliefd op die man die verliefd was geworden op haar, en ze lachte en lachte tot er opzij van haar ogen een web van diepe rimpels ontstond. Hij keek haar liefdevol aan en noemde haar 'comédienne', maar werd niet besmet door haar lach.

'Terwijl hij dáár was, met die andere zes miljoen,' had haar vader, mijn grootvader die gestorven is voordat ik geboren was, haar verteld, 'waren wij hier, wij aten zoveel we wilden en gingen zwemmen in zee, en we gingen naar de bioscoop. Hij is een ware held,' zei ze, toen ze zijn woorden voor mij herhaalde, want heldendom is het vermogen om je dag na dag en jaar na jaar te verzetten tegen zulk lijden, dat is alles verliezen en toch willen blijven leven.

Mijn moeder werd als betoverd aangetrokken tot zijn lijden en probeerde hem verlossing te brengen. Ze smeekte hem alles aan haar te vertellen, want ze wilde een blik werpen in de donkere afgrond die in zijn ziel zat. Toen hij dat weigerde, kuste ze hem op zijn mond, en ze verzekerde hem dat ze sterk zou zijn, en dat ze, zelfs als ze die diepten zag, niet overweldigd zou worden door duizeligheid en zich er niet in zou laten vallen. Hij echter zat gevangen in zijn eenzaamheid, hij was voortdurend op zijn hoede en argwanend, en bleef weigeren. Overweldigd door schuldgevoel dat zij daar niet samen met hem was geweest, wilde mijn moeder alles weten wat er gebeurd was, ze las boeken, luisterde dagelijks naar radioprogramma's waarop naar verloren familieleden werd gezocht, en liep op straat achter mensen aan die getatoeëerde nummers op hun arm hadden. Hoe meer ze zocht, hoe minder ze begreep. Toen ik ouder was, leerde ze mij de vragen die ik aan hem moest stellen, en dan vroeg ze aan mij wat hij had gezegd en verteld; dan vergeleek ze wat zij wist met wat ik te weten was gekomen. Hij injecteerde zijn angsten in mij, zonder woorden, als gif dat uit een infuus in een open ader druppelde. Zijn vrees vloeide door me heen, knaagde aan mijn vlees en zoog het merg uit mijn botten. Ik was bang dat mijn leven net zo zou zijn als dat van dat kleine meisje met die enorme strik in haar haar, het meisje dat ik gezien had op een foto die ik zijn la had gevonden. Ik dacht vaak aan haar en probeerde mijn gezicht te vergelijken met het hare, evenals mijn voorkeur en afkeer. Hield ze, net als ik, van tomatensla, hield ze van touwtjespringen en naar het strand gaan, hoeveel vriendinnetjes had ze gehad, en wreef mijn vader haar rug in met arak wanneer ze zich niet lekker voelde?

Samen met hem luisterde ik naar het radioprogramma dat naar verloren familieleden zocht, en daarna zag ik hem de binnenplaats op gaan om te roken, tenminste, dat zei hij tegen mij. Dan stond hij bij het hoge hek dat rondom het huis liep, terwijl zijn schouders schokten van ingehouden snikken. Ik vertelde hem niet dat ik, zijn dochter, was uitgekozen om op de dag van de herdenking van de holocaust de jaarlijkse toespraak te houden. Ik had met trots gedeclameerd wat mijn moeder had gedicteerd over mijn vader, dat hij een overlevende van de holocaust was. Ik had luid het nummer genoemd dat op zijn arm getatoeëerd was, en had daaraan toegevoegd dat hij, toen hij daarvandaan kwam, wel een skelet had geleken, en als je nu naar hem keek, was het moeilijk te geloven dat het diezelfde man was.

Op die speciale dag ontvluchtte mijn vader het huis en dan kwam hij 's nachts pas laat terug, en de volgende ochtend rook zijn adem sterk naar anijs. Een keer, toen ze ruzie hadden, hoorde ik hem tegen mijn moeder zeggen dat die Asjkenazische joden hun alles hadden afgepakt, en dat ze ons nu zelfs beroofden van de holocaust.

Toen hij een baan vond als hoofdmecanicien in een textielfabriek in Bnei Brak en in ruil voor sleutelgeld een kleine flat in Jaffa kreeg waaruit de Arabische huurders tijdens de oorlog waren gevlucht, besloten ze met elkaar te trouwen. Hij had echter één voorwaarde: ze zouden geen kinderen krijgen. Hij wilde geen kinderen, zo heeft mijn moeder me jaren later verteld. Ze heeft op die manier bijna twintig jaar met hem geleefd, en heeft driemaal abortus laten plegen om hem te plezieren; pas toen ze dacht dat ze niet meer vruchtbaar was en zij geen voorzorgsmaatregelen meer trof, had ze mij vijf maanden in haar buik gedragen, en hem het pas verteld toen hij merkte dat ze dikker werd.

Louisa keek me met enige bezorgdheid aan en zei tegen de docenten, die een hele reeks grappen over besnijdenis en voorhuiden hadden verteld: 'Yalla, zo is het wel genoeg, ophouden, we hebben nog werk te doen.' Ze gingen de kamer uit en lieten de echo's van hun lachbuien achter, en zij liet zich van mijn bureau afglijden, trok een stoel naar zich toe, ging zitten en vroeg of ik naast haar kwam zitten. Ze streelde mijn wang en zei: 'Ma chérie wat moet er van je worden? Weet je dat ik je, sinds je die ramp hebt meegemaakt nog geen één keer heb horen lachen?' En ik zei: 'Maar wat kan ik daaraan doen, ik heb geen zin in lachen.' 'Het komt waarschijnlijk wel weer terug,' zei ze, 'gun het wat tijd.'

Mijn vaders lach was teruggekeerd op de dag dat ik werd geboren. Moeder beschreef graag hoe mijn vader, die in de vijftig was, had gekeken naar dat krijsende bundeltje in haar armen, en op zijn lippen was een heel licht glimlachje verschenen, een minuscuul lachje dat zich opeens uitbreidde en alle rimpels van zijn gezicht overviel; opeens was zijn lach terug. Ze zei dat zijn ogen ook hadden gelachen, en ze was besmet door zijn lach terwijl ze daar in haar bed zat, met mij in haar armen, en ze lachte zo hard dat haar hele lichaam schokte, bevend en smachtend van de zware bevalling. De verpleegster die was komen aanrennen, nam mij geschrokken van haar over, bang dat de arme baby op de vloer zou vallen. Sinds die dag had de lach ons huis in bezit genomen. Ze lachten beiden om de eenvoudigste dingen, gesmoord gegrinnik drong laat op de avond door vanuit hun slaapkamer, en lachen begeleidde mij de volgende ochtend wanneer ze in elkaars ogen keken en zonder enige aanleiding begonnen te lachen. Als mijn vader thuiskwam van zijn werk en zij zich in zijn armen liet vallen, snoven ze aan elkaars nek en lachten luid.

Precies zoals zijn lach was teruggekomen, was die ook weer verdwenen. Vlak na mijn huwelijk begon mijn vader met me te ruziën over onbelangrijke dingen, en moeder stond dan terzijde en smeekte me met haar ogen: laat hem maar. Maar ik was niet bereid het op te geven. Ik zag de voortekenen niet en vergaf hem niet dat hij oud werd. Ik dacht dat we weer een van die bekende ruzies hadden tussen een dochter en een vader die weigerde te aanvaarden dat ze opgroeide.

Dit was niet de manier waarop ik afscheid van hem wilde nemen. 'Moordenaar, moordenaar!' schreeuwde een vreemdeling tegen me, met een grauw, verzonken gezicht, verwrongen van haat. 'Moordenaar, help!' verstond ik, woorden die verstikt klonken door de dunne deken die een mager en verkrampt lichaam bedekte. Vergeelde tanden, onthuld tot en met de laatste kies, glimlachten sluw naar me uit een glas water op het nachtkastje, en ik wilde vragen waarom ze hem zijn gebit hadden afgenomen, en wat ze hem dan te eten gaven nu hij ze niet meer nodig had. Als de aanklager in een moordproces richtte hij een scherpe, stijve vinger op mij: 'Moordenaar!' Ik streelde de beschuldigende vinger en de magere arm, waar het getatoeëerde nummer verbleekt was tot heel kleine stipjes tussen de verschrompelde huidrimpels, en ik fluisterde: 'Abba, ik ben het, Yael, ik ben op bezoek gekomen.' Maar hij staarde naar me met zijn verzonken ogen waarvan het wit met een waas bedekt was: 'Ga weg!' Ik trok een plastic stoel naar me toe, kwam naast hem zitten, vertelde dat Yoavi hem kusjes had gestuurd, en uit mijn tas haalde ik een vingerverftekening in paars en rood, waaronder Sjosjana, de juf van het kinderdagverblijf, in haar ronde handschrift had geschreven: 'Voor Yoavi's opa, word gauw beter, Yoavi.' Zijn ogen weigerden te kijken, en hij fluisterde, alsof hij om zijn leven smeekte: 'Ga weg. Nu.'

Beschaamd vanwege de blikken van de andere bezoekers, die daar ook onhandig en hulpeloos bij de bedden van hun dierbaren stonden, trok ik het oranje bedgordijn dicht, en ik bedacht dat dat magere, uitgeteerde lichaam mijn vader niet meer was. Nu stapte dat lichaam opeens uit bed, de naald van het infuus werd uit zijn arm getrokken en bloed spatte op de mouw van zijn gestreepte pyjama. Ik rende van het zaaltje naar de kamer van de verpleegsters, greep een van hen bij de arm, trok haar in tranen van haar stoel en schreeuwde tegen haar verbijsterde gezicht: 'Hij moet geen streepjesgoed dragen!' 'Wat voor streepjes?' vroeg ze met een zwaar Russisch accent, en ik had haar willen vertellen dat ik een keer een pyjama voor hem had gekocht als verjaardagscadeau, en hoe hij had gekeken naar de zware, gestreepte stof, met ogen die tot spleetjes geknepen waren, en dat hij me niet bedankt of omhelsd had. De volgende dag vond ik de pyjama in de grote vuilnisbak op de binnenplaats. 'Hij kan geen gestreepte dingen dragen,' zei mijn moeder, in een poging de klap te verlichten, 'dat herinnert hem aan dáár.' Maar nu sleepte ik de zuster mee naar zijn kamer, en we struikelden over een omgevallen infuusstandaard die de deuropening barrikadeerde als een afzetting van de politie, en we zagen mijn vader in zijn natte gestreepte pyama, op zijn knieen naast het bed en jammerend als een baby. We tilden hem op, breekbaar en gewichtloos als hij was, en zij las hem streng de les: 'Meneer Shemesh, dat is niet netjes van u. Uw dochter komt u bezoeken, en dan doet u zóiets!' en hij keek me aan met haat in zijn ogen, en hij siste: 'Ga weg.' We trokken hem het pyjamajasje met de mouw vol bloedvlekken uit, en ik kon zijn diep ingezonken borstkas zien, alsof zijn longen aanhoudend uitademden, en die magere ribben die onder de doorschijnende huid lagen, met hier en daar wat witte haren die zich hardnekkig overeind hielden. Ze brachten hem een nieuw jasje en ik smeekte: 'Hebt u er niet een zonder strepen?' maar de zuster antwoordde ongeduldig: 'Nee. Iedereen hier draagt gestreepte pyjama's.'

Uitgeput en verslagen tijdens de laatste strijd van zijn leven lag mijn vader daar op zijn rug, en alleen zijn bleke lippen mompelden nijdig: 'Ga weg.' De zuster keek hem belangstellend aan, zoekend naar tekenen die de reden van zijn haat konden verklaren. Ik meed haar ogen. Ik glimlachte dapper en zocht een plek om Yoavi's verfwerkje voor opa op te hangen, maar ik kon geen geschikte plaats ontdekken op die gelige, zieke olieverf waarmee de wand was bestreken. Ik rolde het plaatje op, duwde het in mijn tas en liep de gang op.

Vanuit de deuropeningen werd ik door oeroude hoofden aangestaard, als een troep kale arenden geduldig wachtend op aas, met lege ogen, ingevallen gezichten, tandeloze kaken die voortdurend kauwden op hun lippen en de binnenkant van hun wangen, en met die pezige voeten die schuifelden in pantoffels, met de afgemeten stappen die typerend zijn voor kromgebogen mensen die nergens naartoe kunnen. Zwak van lichaam en geest lagen ze op lijdzame matrassen met rubber onderlakens, een bescherming tegen het verraad van hun lichaam, en ze wachtten, met open ogen, tot hun tijd gekomen was.

'Weet je wat ze in Israël doen met de voorhuid van baby's?' vroeg Louisa, die me wakker schudde uit mijn sombere herinneringen en probeerde me aan het lachen te maken, en ik antwoordde: 'Louisa, ik ben vandaag niet in de stemming voor grappen.' Ze stelde voor dat we zouden spijbelen en naar het winkelcentrum Malcha gingen, want niets vrolijkte een mens zo op als winkelen. Ik zei dat ik die ochtend al een nieuwe auto voor mezelf had gekocht. Ze trok verbaasd haar wenkbrauwen op en zei: 'Dat méén je niet! Waarom ben je dan niet blij?' en ik antwoordde dat ik me de volgende dag vast wel beter zou voelen. 'En kunnen we dan weer lachen, zoals we vroeger altijd deden?' vroeg Louisa smekend, en ik zei: 'Vast wel,' en herinnerde me hoe de lach van mijn vader was teruggekeerd, een paar dagen voordat hij stierf. Mijn moeder had me over de telefoon verteld dat hij opeens in zijn bed was gaan zitten, naar haar had gekeken en begon te lachen. Ik reisde als een waanzinnige naar het ziekenhuis, maar mijn vader lag al op zijn rug met zijn ogen halfopen, zoals hij altijd sliep, opdat de Engel des Doods hem niet zou verrassen. Ik kon het wit van zijn ogen zien, maar hij kon mij tegen die tijd al niet meer zien, en hij lachte niet, en hij huilde niet, en hij noemde me niet 'Moordenaar'. Zijn borstkas ging op en neer als een blaasbalg, alsof hij heel hard had gelopen, en het zakje waarin zijn urine werd opgevangen, was gevuld met een oranje vloeistof; er was niemand gekomen om het te verwisselen. De standaard van het infuus stond nutteloos, met gebogen hoofd in de hoek. Anton, de Filippino die mijn moeder 's nachts verving, stond naast me en sloeg een kruis. Ik rende de zaal uit en drong door in de dokterskamer, ik schreeuwde tegen zijn dokter en vroeg wat er met hem gebeurde, met mijn vader, met meneer Shemesh. Hij haalde hulpeloos zijn schouders op en trok zijn wenkbrauwen op naar de neonbuizen die zoemend aan het plafond hingen, alsof hij erop probeerde te zinspelen dat alles nu in Gods handen was. 'Maar waarom heeft hij geen infuus, waarom heeft niemand zijn zakje verwisseld?' en de dokter zei: 'Kalmeert u alstublieft, mevrouw, het zal nog maar een paar uur duren.' 'Wat bedoelt u met duren?' vroeg ik, maar de dokter had me al de rug toegekeerd.

We bleven daar de hele nacht, totdat mijn moeder me vroeg te vertrekken omdat Yoavi me waarschijnlijk miste, en ik reed naar

Jeruzalem. Toen ik thuiskwam wachtte Nachum me op bij de deur, met de telefoon in zijn hand, en zijn blik maakte me alles duidelijk. Toen ik daar terugkwam, vertelden ze me dat hij in mijn moeders armen was gestorven.

Onderweg naar het ziekenhuis wist ik dat mijn moeder me weer eens wat had aangedaan. Zelfs op het ogenblik van zijn dood had ze mij niet bij hem gewenst. Ik was alleen maar een plaag in haar leven. Ze hadden mij nooit moeten krijgen.

Ze had niet van zijn zijde willen wijken, vertelden ze me in het ziekenhuis, ze had gezegd dat hij spoedig wakker zou worden, en had haar armen stijf om hem heen geslagen. Haar nagels hadden in zijn verstarrende vlees gedrukt, totdat de dokter kwam, haar een kalmerende injectie gaf en haar vingers van zijn lichaam losmaakte.

Opeens vloeiden tranen uit mijn ogen, en Louisa omhelsde me en zei: 'Yaeli, kom op, niet huilen, heb je geen zin in een ijsje?' Ze trok me uit mijn stoel en duwde me voort, helemaal tot aan de cafetaria, terwijl haar oorringen vrolijk rinkelden. We zaten uit te kijken over het dorre landschap van de bergen van Judea dat zich voor ons uitstrekte, en ik voelde me ellendig en uitgeput als een oude vrouw. Louisa vertelde me ondertussen enthousiast over hoe de zaal eruit zou zien en over de bloemen, die rood en wit zouden zijn, en ze zei dat ze me zo dankbaar was dat ik haar en Yoram aan elkaar had voorgesteld. Ik grinnikte bitter en hoorde mezelf zeggen: 'Louisa, wie weet, misschien ga je mij dat nog eens verwijten.' Zij reageerde nijdig: 'Hou op, Yaeli, wat mankeert je, hou er eens mee op,' en ze stelde voor dat we met ons vieren die avond naar de bioscoop zouden gaan. Ik zei tegen haar dat Nachum laat thuis zou komen.

Toen we op onze afdeling terugkwamen, probeerde ik me te verdiepen in het college dat ik moest geven, maar ik kon me niet concentreren. Louisa kwam binnen met een bosje kleurige anemonen, kuste me op mijn wang en zei: 'Mazal tov, ma chérie, dat je een lang en gelukkig leven mag hebben, en denk maar niet dat ik het was vergeten.' Dankbaar voor dat gebaar vroeg ik wanneer zijzelf jarig was, en ze zei: 'Wat, ben je dat al vergeten?' Ze had zo'n twee maanden eerder haar achtentwintigste verjaardag gevierd, en ik dacht aan mijn vader, wiens leven was begonnen toen hij ongeveer zo oud was als Louisa nu, althans, dat dacht ik, want er was geen enkele foto geweest van hem als baby of kleine jongen thuis. Toen ik klein was, dacht ik dat er mensen waren die volwassen geboren werden. Hij was achtentwintig geweest toen hij gefotografeerd was in het militaire hospitaal na zijn bevrijding uit het kamp, met verzonken ogen en wangen die hij naar binnen leek te zuigen. Zijn magere gestalte werd verhuld door een jasje dat hem veel te groot was, en zijn broodmagere benen leken op stampers in een vijzel, in die indrukwekkende leren laarzen die hij bij een dode Duitse soldaat had gevonden.

Die middag ging ik naar Sjosjana's kinderdagverblijf, ik opende het rode portier en de geur van een nieuwe auto dreef naar de kinderen toe. Yoeli sprong erin en riep blij: 'Een nieuwe auto, een nieuwe auto.' Yoavi bleef bij de deur staan, en zijn grote honingkleurige ogen staarden me aan, angstig verrast. Ik legde uit dat dit mijn nieuwe auto was, en zijn gezicht betrok. 'Waar is Minimoesj?' 'Minimoesj was zo vreselijk oud dat ik haar heb moeten inruilen,' zei ik. Onmiddellijk vroeg hij: 'En was ze niet gewond geraakt?' Ik probeerde hem gerust te stellen en zei dat Minimoesj alleen maar een auto was, een oude auto die vervangen moest worden door een nieuwe, maar hij hield niet op: 'Maar waar is zij nu?' Ik zei sussend dat de mensen die haar zouden kopen, vast heel goed voor haar zouden zorgen en van haar zouden houden, net als wij hadden gedaan. 'Maar als jij oud bent, ga ik je niet inruilen,' zei Yoavi geruststellend, en ten slotte was hij bereid in te stappen. 'We zullen haar missen, ja toch?' zei hij, en onmiddellijk, alsof het allemaal weer was vergeten, begon hij op de nieuwe bank te dansen met Yoeli, en de plastic bekleding herinnerde me aan Davidls nieuwe bed en aan Avsjalom en zijn prachtige handen. Yoavi stak zijn hoofd al uit het raampje en deelde mee aan de kinderen van het dagverblijf die binnen het hek stonden: 'Mijn Ima heeft een nieuwe rode auto!' Een van hen, die over het hek hing en wiens gezicht besmeurd was met chocoladepasta, riep terug: 'Nou en? De auto van mijn Abba is groter.' We reden naar huis, terwijl Yoeli de motor van een auto nadeed en met zijn handen aan een denkbeeldig stuur draaide en Yoavi, diep in gedachten verzonken naast hem zat. Ik bedacht dat

Yoavi nooit met autootjes had gespeeld en nooit vroeg of hij op de bestuurdersstoel mocht zitten. Ik vroeg hem hoe hij de nieuwe auto zou noemen, en hij keek me aan via de achteruitkijkspiegel en zei: 'Eerst moeten we haar leren kennen, en dan zullen we zien.' Toen we thuiskwamen, schonk ik beide jongens een glas chocolademelk in en maakte ik sandwiches; daarna zei ik dat ik moe was, en op mijn vijfendertigste verjaardag sloot ik me op in de slaapkamer, in rouw, dezelfde rouw die had aangehouden sinds mijn kinderjaren, toen ik – jaren voordat mijn vader was gestorven – om hem had gerouwd. Ik was nooit vergeten dat hij in het diepst van zijn hart voortdurend uitkeek naar een hereniging met zijn vermoorde familie.

Later die middag reed ik met de kinderen naar Nechama's woning, en zij begroette me met een berenomhelzing en vroeg me die avond wat tijd voor haar vrij te houden. 'Dan kunnen we samen je verjaardag vieren,' zei ze, en ze opende de deur van de koelkast om me een prachtige chocoladetaart te laten zien die ze voor de gelegenheid had gekocht. Ik beloofde dat ik mijn best zou doen vroeg thuis te komen, en vanuit mijn nieuwe auto belde ik het nummer dat ik gevonden had in het handboek gezondheidszorg, en maakte een afspraak voor een bezoek aan een 'homeopaat gespecialiseerd in problemen met bedplassen'.

Onder het koude zoemen van tl-buizen vroeg de specialist sinds wanneer ik aan nachtelijk bedplassen had geleden, en ik kromp enigszins ineen en zei: 'Het gaat om mijn zoontje van drie.' Hij staarde me beschuldigend aan en vroeg: 'Wanneer bent u gescheiden?' Ik stamelde dat ik nog steeds getrouwd was, en schrok toen meteen doordat ik het woordje 'nog' had gebruikt, uit vrees dat een voorspelling die bewaarheid zou worden haar weg naar mijn woorden had gevonden.

'Ik kan een kind dat in zijn bed plast niet behandelen met een afstandsbediening,' verklaarde de specialist, en hij wilde dat ik voor een volgende afspraak verscheen met het kind en de vader, want we moesten praten over de emotionele situatie van het kind thuis en in het dagverblijf. Toen zei hij dat homeopathie een hulp kon zijn voor kinderen die niet bij een psycholoog liepen. Ik zweeg toen hij vroeg of er thuis iets gebeurd was, of er iets in de omgeving van het kind veranderd was, en aangemoedigd door mijn zwijgen beloofde hij een homeopathisch middel voor te schrijven dat het onderbewuste van het kind in evenwicht zou brengen, de eigenlijke oorzaak van het probleem zou aanpakken en het kind weer optimaal zou laten functioneren. Ik bedankte hem en betaalde zijn buitengewoon hoge rekening zonder met mijn ogen te knipperen. Bij mijn vertrek sprak hij lovend over de symboliek waarbinnen water analoog is met emotie, en zei dat het vergieten van water door te urineren overeenkomt met een emotionele bevrijding.

Ik wist dat ik niet naar hem zou teruggaan. Per slot van rekening zou Nachum, die uitsluitend geloofde in conventionele geneeskunde, nooit instemmen met een therapie bij iemand die hij als een charlatan en kwakzalver beschouwde. Onderweg naar Nechama peinsde ik of ik haar om hulp zou vragen, maar de hele kwestie van het bedplassen werd onmiddellijk vergeten toen ze met een brede lach de deur opendeed, de deuropening met haar achterste blokkeerde en zei dat ze me niet meer zou laten vertrekken voordat we echt feest hadden gevierd. Ze nam me mee naar de tafel waar de cake trots stond te wachten, met één kaarsje erin. Yoeli en Yoavi stonden bij die tafel en peuterden met kleine, gretige vingertjes aan het chocoladeglazuur.

Later legde Nechama twee tekeningen op tafel die de jongens hadden gemaakt, elk met de titel 'Mazal Tov'. Yoeli had de zijne zelfs met zijn naam gesigneerd, in spiegelschrift, met scheve letters, en ze zongen allemaal 'Happy Birthday', ontzettend vals, en we aten allemaal cake die wat zwaar op de maag lag. Ik vertelde haar niets van mijn bezoek aan de homeopaat.

Toen ik met Yoavi thuiskwam, werd ik door Nachum begroet met een triomfantelijke glimlach, alsof hij wilde zeggen: je dacht dat ik het vergeten was, hè? Op de tafel stond een enorm boeket witte gladiolen, waarvan de dikke stengels in de afschuwelijke geslepen glazen vaas gezet waren die Nachum van zijn overleden moeder had geërfd.

In bed die avond overhandigde hij me een doosje, en een dunne gouden armband glinsterde me toe vanuit zijn kussentje van paars fluweel. 'Mooi, vind je niet?' zei hij. 'Ik heb overal in de stad gezocht naar een cadeautje voor jou.' Ik wilde hem vragen waarom hij een sieraad voor me had gekocht, want ik droeg nooit sieraden, en ook of Hagit hem had geholpen bij het uitkiezen ervan, maar ik hield mijn mond. Hij deed het armbandje om mijn pols en zei: 'Mazal Tov, lieverd.'

Ik had zin om te huilen, maar dat lukte niet.

De volgende ochtend sprong Yoavi in ons bed, zijn pyjama was droog en warm, en hij vroeg of ik hem naar de badkamer wilde brengen. Hij liet me trots zijn half verstijfde penis zien, en deelde mee: 'Nu is hij hard en dat is fijn, en als ik pipi heb gedaan, wordt hij zacht.'

Toen ik hem 's middags van het kinderdagverblijf ging ophalen, kwam ik Sjosjana tegen, ze keek me extreem vriendelijk aan, en sprak me luid aan met 'dr. Maggid', zodat de andere moeders die bij het hek stonden te wachten, konden horen dat ze in haar dagverblijf kinderen had met ouders die doctor waren. Ik vroeg hoe Yoavi het maakte en zij zei: 'prima,' en toen ik hem naar me toe zag rennen in de broek die hij die ochtend had gedragen, was ik opgelucht, en ik bedacht me dat het probleem misschien zichzelf had opgelost.

Die avond vond de maandelijkse bewonersvergadering in ons huis plaats. Ik kwam buiten adem thuis van de universiteit en ruimde haastig de woonkamer op, bracht Yoavi naar bed en hij stond erop te zingen 'Wat doen de bomen?' en pas toen we bij de laatste regel waren, 'Wat doe ik? Nie-ie-iets! Ik vraag alleen maar,' was hij bereid zijn ogen dicht te doen.

In de deuropening, tien minuten later, stond onze voorzitter Micha Barnea, en achter elkaar kwamen zijn kippetjes binnendruppelen – zo noemde Nachum zijn jaknikkende waarneemsters. Micha liet zich zwaar in Nachums tv-stoel vallen, veranderde de hoofdsteun, trommelde op de leuningen met dikke vingers die overdekt waren met een wildernis van krullend rood haar, bestudeerde de aanwezigen met geloken ogen, glimlachte naar een vrouw en fronste zijn voorhoofd naar een andere, en zei toen: 'Laten we maar beginnen.'

Ik luisterde maar half naar het financiële verslag dat hij haastig voorlas en naar zijn bewering dat de prijs van de brandstof voor de centrale verwarming was gestegen. Toen kwam het belangrijkste onderdeel van de agenda: De Situatie. Eenstemmig werd besloten een speciale heffing aan de bewoners op te leggen, een veiligheidsheffing, voor vernieuwing van de voordeur en de intercom, want in zulke moeilijke tijden moesten we voorkomen dat er ongewenste lieden binnenkwamen, en als er wat geld over was zouden tegelijkertijd de brievenbussen worden opgeknapt. Ik viel hem in de rede en stelde de vraag die me aldoor had beziggehouden: 'En hoe zit het met de kamperfoelie?' Micha vroeg: 'Wat voor kamperfoelie?' en ik antwoordde: 'Die geurige kamperfoelie. De haag bij de ingang die al een hele tijd dood is.' De kippen begonnen als op commando te kakelen, en Micha keek me woedend aan en zei: 'Geurige kamperfoelie? Is dat het enige waaraan jij denkt terwijl wij proberen de veiligheid in dit gebouw te verbeteren?' en hij wees mijn vraag van de hand en deelde mee dat hij deze kwestie niet ter discussie zou stellen. Ik gaf nog niet op. Ik sprak luider en zei dat we nog vóór de lente iets zouden moeten doen aan de tuin, want die was er vreselijk aan toe. Maar Micha had de bijeenkomst al verdaagd en ik hoorde mezelf tegen hem schreeuwen, beledigd als ik was: 'Waarom ben je niet bereid om over mijn verzoek te praten?' Hij keek me woedend aan en richtte zijn ogen vervolgens op Nachum, als om van hem te eisen dat hij zijn vrouw onder de duim hield. Mijn echtgenoot, moge-hij-leven-en-gezond-zijn, haalde zijn schouders op alsof hij hem in gebarentaal vertelde: ik heb de hoop sinds lang opgegeven. Ik schreeuwde, en kon maar niet geloven dat dat geschreeuw van mij afkomstig was, dat de tuin niet minder belangrijk was dan veiligheid, en dat iedereen die geen tuin aanplant, niet aan de dag van morgen denkt. En Micha stak zijn hand op en zei op verzoenende toon, zoals men tegen een onhandelbaar kind spreekt: 'Mevrouw Maggid heeft gelijk, maar vanwege De Situatie zijn er prioriteiten,' en hij benadrukte dat laatste woord met trots. Hij voegde eraan toe dat als mevrouw Maggid een tuin wenste, ze maar een paar vrouwelijke vrijwilligers moest zien op te trommelen. Hij liet zijn blik door de kamer gaan en zijn kippetjes doken op hun stoelen ineen. 'Koop een paar planten,' stelde hij voor, en daaraan voegde hij onschuldig toe: 'Hoeveel kunnen een paar planten helemaal kosten? Als je de bon aan mij geeft, zal ik wel een paar shekels vinden om de kosten te dekken.' Toen we afscheid namen, klopte hij kalmerend op mijn schouder en Nachum zei: 'Wacht even, Micha.' En Micha blokkeerde de deuropening met zijn forse lichaam en ik hoorde hen fluisteren. Ik had kunnen zweren dat Nachum tegen hem zei: 'Luister, sinds wat haar is overkomen, is ze een beetje uit haar evenwicht.'

Waarom? Daarom

'Nu gaan we spelen als grote jongens,' deelde Nachum mee terwijl hij van achter zijn rug een rond pakje haalde, gewikkeld in oranje kreukelpapier met een blauwe vlinder erop geprikt; hij overhandigde het aan Yoavi en zei: 'Dat is een cadeautje voor jou.' Yoavi scheurde gretig het pakpapier eraf. Er zat een rode plastic bal in, en hij kwam meteen naar mij toe, duwde de bal in mijn handen en begon met zijn poppen te spelen. Nachum gaf het niet op – hij greep hem onder zijn oksels en tilde hem uit de berg speelgoed die in een zachte, kleurige kring om hem heen lag, en zei langzaam: 'Yoavi, met die poppen heb je genoeg gespeeld; nu gaan we spelen als grote jongens, en Abba gaat je leren voetballen.' Yoavi trappelde met zijn beentjes in de lucht, Nachum kalmeerde en zette hem op de vloer, nam de bal van mij over, legde hem voor zijn rechtervoet en trapte hem zachtjes in Yoavi's richting. Het kind werd bang en sloeg de handen voor zijn ogen, rende naar mij toe en begroef zijn hoofd tussen mijn benen. Met opeengeklemde lippen kwam Nachum weer naar hem toe, hij rukte Yoavi van me weg, draaide hem om en siste: 'Dan gaan we vangbal spelen.' Hij zei dat hij zijn handen moest uitsteken, en gooide hem van korte afstand de bal toe, maar Yoavi spreidde zijn handen en de bal viel zacht stuiterend op de vloer.

En nog gaf Nachum het niet op: 'Nu moet je eens kijken hoe Abba vangbal speelt met Ima,' en hij gooide mij de bal toe. Ik ving hem op en gooide hem naar hem terug, maar de bal raakte de zijtafel, en zijn moeders vaas van geslepen glas met de witte gladiolen die al vergeelden, schommelde licht terwijl hij een val naar de vloer overwoog. Nachum rende erheen, hield de vaas in evenwicht en zei nijdig: 'Je moeder gooit net als een meisje,' en Yoavi keerde ons zijn rug toe en zei: 'Ik hou niet van ballen,' en ging naar zijn kamertje. 'Jouw zoon kan niet eens een bal vangen,' schreeuwde Nachum verbitterd. Als hij in hem teleurgesteld was, noemde hij hem 'jouw zoon', en slechts een enkele keer, wanneer hij over hem wilde opscheppen, noemde hij hem 'mijn zoon'.

Toen hij op het punt stond naar de kliniek te vertrekken, bleef hij bij de deur staan alsof hem iets te binnen schoot. 'Vind je niet dat het tijd wordt dat zijn haar geknipt wordt? Met al die krullen lijkt hij wel een meisje.' De deur was net dichtgeklikt toen Yoavi's hoofd met wijdopen ogen om de deur van zijn kamertje keek: 'Is Abba weg?' vroeg hij, en toen ik knikte, kwam hij naar me toe, hij omhelsde me en fluisterde in mijn nek: 'Is Abba boos op Yoavi?' en ik drukte mijn lippen op het midden van zijn hoofd, zodat hij mijn ogen niet kon zien en niet merkte dat ik niet de waarheid zei. 'Boos? Natuurlijk niet! Abba houdt heel erg veel van Yoavi.'

Maar ik wist dat hij wist dat ik loog.

Toen Nachum die avond laat thuiskwam en meedeelde dat hij 'doodmoe' was, liet ik hem in zijn eentje in slaap vallen en sloop ik naar Yoavi's kamertje. Ik streelde zijn hoofd dat bezweet op het kussen lag, volgde zijn snelle oogbewegingen terwijl ze in een droom achter zijn bijna doorschijnende oogleden dansten, veegde de vochtige krullen van zijn voorhoofd weg en nam ze in mijn hand. Ik probeerde me hem voor te stellen met lang haar in een dansende paardenstaart, net als bij Davidl, en ik dacht aan Davidls vader, Avsjalom. Ik verlangde ernaar hem te zien, evenals zijn prachtige handen, ik wilde met hem praten over wat er gebeurd was, ik wilde hem vertellen van Yoavi, en hem meedelen dat mijn leven, sinds die vreselijke dag die ons met elkaar had verbonden, niet meer zo was als vroeger.

Vrijdagavond ontvingen we vrienden voor wat somber staren naar de tv en wat maagvulling van pinda's en meer van die niet-voedzame lekkernijen. Yoavi, die wakker was geworden, kwam opeens de woonkamer binnen, met Teddy Beer in zijn armen en Tutti tegen zijn mond, en klaagde dat hij niet kon slapen.

'O, wat is zijn haar lang,' riep Louisa enthousiast, 'hij is zo lief als een klein meisje.'

Ik keek even naar Nachum en zag de ontzette uitdrukking op zijn gezicht. 'Yael vindt dat erg mooi,' zei hij, en hij keek om zich heen op zoek naar steun en begrip. 'Zij wil zijn haar laten groeien en ten slotte zal ze hem naar Meiron meenemen voor die religieuze plechtigheid van de halakeh, het eerste haarknippen.'

Daar ging ik onmiddellijk op in: 'Zal ik je eens wat zeggen? Je hebt me op een idee gebracht. Dat ga ik met hem doen! Ik geloof dat dat een indrukwekkende ervaring is, die hem de rest van zijn leven zal bijblijven.'

Er viel een gegeneerde stilte. Louisa rinkelde met haar armbanden, schudde haar krullen los en demonstreerde haar kennis: 'Het woord halakeh is Arabische spreektaal, en betekent haar knippen of afscheren,' deelde ze mee.

Nachum liet een van zijn bittere glimlachjes zien en ik hoorde hem luid fluisteren tegen Yoram: 'Ik begrijp de laatste tijd niets meer van haar. Ik geloof dat ze sinds de ramp met die bus een beetje van slag is.' Ik bloosde toen er meelevende blikken op me werden geworpen en vroeg wie er nog koffie wilde. Blind van tranen rende ik naar de keuken, met Nechama achter me aan. 'Laat je dat niet aandoen door dat anale wezen,' zei ze streng. 'Wees sterk, ga er niet aan onderdoor.' En ik antwoordde: 'Ik huil niet om hem,' en zij vroeg: 'Als je niet om hem huilt, om wie dan wél?' En ik snoot mijn neus en zei dat ik sinds die dag niet kon ophouden met denken aan Davidl en zijn vader. 'Waarom aan zijn vader?' vroeg ze verbaasd.

Eindelijk bekende ik wat er aan de hand was. Ik kon niet geloven dat ik degene was die zei: 'Ik geloof dat ik verliefd op hem ben geworden.' Nechama barstte in lachen uit en trok me naar zich toe, en op de manier waarop je een huilend kind geruststelt liet ze koesterende geluidjes horen, en ze zei: 'Ho maar, ho, sha, sha, lieverd, huil niet, het is maar een klein romantisch pijntje, heel klein hartzeer dat je hebt willen koesteren. Het gaat wel weer over.'

Toen ze allemaal weg waren, zei ik tegen Nachum dat ik moe was en dat we de afwas maar moesten laten staan tot de zaterdagochtend, maar daarmee was hij het niet eens, en hij ging bij de gootsteen staan met dat belachelijke schort met plastic borsten. Ik zette steeds meer borden op het aanrecht en fluisterde, bang dat ik Yoavi wakker zou maken: 'Ja, dat zal ik inderdaad doen. Ik zal hem meenemen naar Meiron,' en hij mompelde iets van 'Je bent getikt' en 'We zullen zien'. Toen hij klaar was met afwassen deed hij een plastic zak om zijn rechterhand en verzamelde hij met een zekere walging op zijn gezicht de vochtige etensresten uit de roestvrij stalen gootsteen, en gooide die in de vuilnisbak.

Die nacht keerde hij me zijn rug toe en zei niets tegen me. Ik wist niet waarom hij zo kwaad was – omdat ik hem had laten afwassen of om Yoavi's haar. Of misschien om allebei.

Nadat hij in slaap was gevallen, glipte ik Yoavi's kamertje binnen en wijdde ik me aan het nachtritueel. In het licht van het bedlampje ging ik naast hem zitten en liet ik mijn vingers door zijn lange haren glijden. Heel kleine witte, glanzende en ongrijpbare eitjes zaten hardnekkig vast aan zijn haren, eerst verborgen, en vervolgens onthuld tussen zijn krullen. Ik verklaarde ze de totale oorlog en dacht: waaraan hebben we dit verdiend? Waren de plagen die het joodse volk hadden getroffen nog niet genoeg, bloed, vlammen en rookzuilen? Terroristen, zelfmoordaanslagen, bombardementen, economische crises, zaken die op de fles gingen, economische achteruitgang, begrotingstekorten, het niveau van het Meer van Galilea, de krimpende Dode Zee, de plaag van verkeersongelukken en de plaag van het doden van de eerstgeborene, en naast al dat andere hadden we nu ook nog een hoofdluisepidemie.

Ik zon op wraak, want niemand, zelfs niet het kleinst denkbare schepsel, mocht drinken van het bloed van mijn zoon. Terwijl zweetdruppels op Yoavi's voorhoofd parelden, stak ik vol vreugde mijn vingers in zijn verwarde krullenbol, en ik begon ze in de pan te hakken. Bij het zwakke licht van het bedlampje maakte ik paadjes in zijn haar, opende wegen en ging daarlangs op de loer liggen. Met de vreugde van een overwinning en vol wraakgevoelens ving ik een luis, ik pulkte hem uit zijn schuilplaats, plaatste hem tussen de nagels van mijn duim en middelvinger en kneep zijn grijze lijfje fijn. Ik legde het kadaver op een stukje wit papier en zag hoe de pootjes onder het verbrijzelde lijfje trappelden. Opnieuw stak ik mijn nagels uit, op zoek naar een volgend slachtoffer. Yoavi herinnerde me aan zijn bestaan en knipperde opeens met zijn zijdezachte wimpers, opende even zijn ogen en vroeg: 'Imoesj, wat doe je?' en hij stak zijn handen op als om een hinderlijke mug weg te jagen, ging toen weer liggen met een hoofdje vol onverklaarbare dromen en verborgen luizen, en gleed terug in de kalme slaap van baby's.

Ik ging terug naar bed en naar Nachum, en repeteerde de min-achtende opmerkingen die ik de volgende ochtend tot Sjosjana zou richten, de juf van het kinderdagverblijf. Het was onvoorstel-baar dat er weer een hoofdluisepidemie op het dagverblijf was uit-gebroken, er moest wat aan gedaan worden, er moest een haarwas-campagne voor de groep georganiseerd worden, en alle besmette kinderen moesten naar huis gestuurd worden.

De volgende ochtend negeerde ik haar kruiperige ochtend-groet, ik pakte haar flink aan, zei dat Yoavi luizen had opgelopen van een van de andere kinderen en eiste dat alle noodzakelijke stappen werden ondernomen. Zij keek me geschokt aan en zei dat ik het ook niet fijn zou vinden als ze besloot Yoavi naar huis te stu-ren vanwege hoofdluis, en dat het niet leerzaam was, en dat kinde-ren op die manier een trauma konden oplopen. Vervolgens sloten andere moeders zich aan bij de discussie, en ik kon zien dat Sjos-jana hen wist te overreden, en dat zij hulpeloos hun schouders op-haalden. En toen arriveerde Nechama met Yoeli, en zij legde haar zware hand op mijn schouder en fluisterde: 'Toe nou, Yaeli, heus, hoofdluis is het einde van de wereld niet.' Ik schudde haar van me af en siste: 'Bemoei je er niet mee, en trouwens, het zou jou geen zier kunnen schelen als het hoofd van jouw Yoeli vol luizen zat, en dat mijn Yoavi ze waarschijnlijk van hém heeft gekregen.' Ze ver-bleekte en liet haar hand van mijn schouder vallen. 'Yael, je raakt overstuur, beheers je.' Ik vertrok haastig, smeet nijdig het ijzeren hek achter me dicht en ik zag dat Nikolai, de Russische bewaker, wakker schrok uit een dutje.

Die middag, toen ik Yoavi ophaalde, sloeg ik mijn ogen neer voor Sjosjana's boze blikken toen ze mijn groet met opeengeklem-de lippen beantwoordde. Yoavi kwam met een lang gezicht naar me toe en vertelde me onderweg naar huis dat Sjosjana boos op me was, en dat Yoeli boos op hem was, en dat de kinderen hadden ge-zegd dat ik gek was. Ik draaide mijn hoofd om en keek naar mijn zoon die vastgegespt zat in zijn autozitje. Ik zei tegen hem: 'Na-tuurlijk heb je een moeder die gek is. Je moeder is gek op jou.' Yoa-vi liet me een treurig glimlachje zien, stak zijn hand uit en kwam een beetje overeind, en omhelsde mijn nek van achteren.

En die avond sloop ik opnieuw zijn kamer binnen om mijn missie te voltooien. En terwijl mijn vingers zich in de richting van Yoavi's hoofd bewogen, alsof ze daar zelf naartoe wilden, zag ik opnieuw voor me hoe Luizen-Yaeli naar huis werd gestuurd met een briefje van de schoolzuster, dat met een veiligheidsspeld aan haar blouse bevestigd was. En ik zag ook mijn vader, wiens gezicht verbleekte, ik hoorde hem schreeuwen, een geluid dat iets van wanhoop had, dat hier in het Land Israël geen kinderen met luizen mochten zijn, en wel in de allerlaatste plaats bij zijn dochter. En die avond, in de badkamer, hadden vier handen, die van haar en die van hem, mijn haar afgeschoren. De schaar klikte spottend boven me en lange tressen honingblond haar gleden over het laken en stapelden zich op de grond op. Een dodelijk mengsel van gelijke hoeveelheden benzine en azijn werd over mijn hoofd uitgegoten, en die stinkende oplossing verbrandde mijn hoofdhuid die vol krassen van mijn nagels zat.

Mijn vader bleef de hele nacht naast me op mijn bed zitten. Ik lag te snikken in mijn kussen en hij hield zwijgend mijn hand vast. Toen vouwde hij zijn zakdoek open en droogde mijn tranen af, troostte me door te zeggen dat hij beloofde dat mijn haar weer heel snel zou aangroeien, en dat het zelfs nog mooier zou zijn dan het afgeschoren haar. Ik ging naar school met een kleurige doek om mijn hoofd, en ze noemden me 'luizenkop' en 'stoppelknol' en 'kale'.

Mijn vaders voorspelling was niet uitgekomen. Evenmin als zijn belofte dat ik een man zou vinden die dol was op mijn sproeten en ze een voor een zou tellen.

De volgende ochtend ging ik naar de apotheek in de buurt. Toen ik de toonbank naderde, haastte een bejaarde apotheker zich naar me toe, en ik fluisterde dat ik een sterk middel tegen hoofdluis zocht. En hij vroeg: 'Wat? Wat?' en ik herhaalde mijn verzoek, en hij riep luid: 'O, hoofdluis.' Hij zocht op de planken en kwam terug met een oranje flacon met een weerzinwekkende close-up van het akelige beest, en zei, in Hebreeuws met een Duits accent: 'Alleen deze oplossing werkt afdoende. De shampoos uit de supermarkt kietelen de luizen alleen maar.' Een vrouw die achter me stond, met een kapje op haar hoofd, deed opeens een duit in het zakje en zei dat zij dat middel ook kon aanbevelen. Zij had, goddank, een heleboel kinderen en kleinkinderen, en volgens haar ervaring was dit het enige middel dat werkte. 'Het maakt ze dood, en daarna komen ze, dankzij die lucht, niet meer terug.' Ik negeerde haar, kwaad dat ze me had afgeluisterd, ik draaide me om en wilde weggaan, maar zij greep mijn mouw vast en zei: 'Ik wens onze vijanden luizen toe, ze planten zich voort als de Arabieren, en zouden allemaal gedood moeten worden.' Ik wilde niet met haar in discussie, ik draaide me alleen maar om en ging weg. Ik bleef op de hoek staan tot ik haar naar buiten zag komen, en ging weer naar binnen, waar de bejaarde apotheker me hartelijk begroette en vroeg: 'En, wat hebben we vergeten?' en ik antwoordde doodkalm, alsof ik in de plaatselijke kruidenierswinkel om een pak melk vroeg: 'Hypnodorm,' en hij vroeg: 'Wat? Wat zei u?' en ik herhaalde aarzelend 'Hypnodorm?' Hij antwoordde, terwijl zijn ogen veranderden in spleetjes achter de brillenglazen: 'Mevrouw, dat is alleen op recept verkrijgbaar. Dat is zo'n sterk middel dat we het bewaren in de kluis, bij alle middelen die een mens kunnen doden,' en hij wees naar een metalen deur die in de muur was ingebouwd.

Ik vertrok, terwijl de oranje flacon, met zijn afbeelding van het monster, in mijn hand brandde.

Die middag belde ik Nechama op en stelde voor dat Yoeli na het kinderdagverblijf naar ons huis kwam, bij ons bleef eten en vervolgens slapen. Nechama kon zich niet beheersen: 'Ben je dan niet bang voor de hoofdluizen van mijn zoon?' Ik haalde hen op bij het dagverblijf. Thuis speelden ze samen op het vloerkleedje, en hun hoofden raakten elkaar aan. Ik bedacht dat hun luizen waarschijnlijk familie van elkaar waren, en onderling babbelden, vertrouwelijkheden uitwisselden en copuleerden in een orgie, met wel duizend tegelijk. Ik voelde vreselijke jeuk op mijn hoofdhuid, en stelde me voor dat hun dunne pootjes overal over me heen liepen. Ik haalde haastig de stofkam door mijn haar en gilde van ontzetting toen ik een grijze luis zag, gevangen tussen de tanden van de kam, met pootjes die hulpeloos op en neer bewogen. Ik verzoop hem haastig in de gootsteen onder een massa heet water.

Die avond zette ik hun een koninklijk banket voor. Toen ze uitgegeten waren, kondigde ik aan: 'Het bad in,' en paradeerde met hen de badkamer in. Ik goot een hele fles badschuim in het water en een zure, groenige lucht vulde de afgesloten kamer. Als kleine eilandjes staken hun hoofden uit die zee van schuim. Ze lachten en zeiden dat ze in slagroom zaten, ze probeerden hoe het smaakte, trokken gezichten en spuugden het weer uit. Een hele tijd hoorde ik hen lachen, en toen het verwende kinderstemmetje van Yoavi: 'Imoesj, het water is koud.' Ik rende naar binnen en zei dat ze hun ogen dicht moesten doen, en ze knepen ze zo stijf dicht dat ze rimpels in hun voorhoofd en rond hun wimpers kregen. Ik overgoot hun hoofden met de oplossing en de stank hing in de lucht en Yoavi zei: 'Oei, wat vies,' en toen schreeuwde hij: 'Imoesj, het brandt, het brandt op mijn hoofd!' En Yoeli leed in stilte. Ik wachtte vijf minuten, volgens de gebruiksaanwijzing, en waste eerst Yoavi's hoofd schoon. Ik zag tot mijn vreugde dat zijn natte haren zijn nek overdekten en bijna tot aan zijn scherpe schouderbladen reikten. Vervolgens spoelde ik Yoeli's kortgeknipte hoofd af, ik waste hun hoofden met gewone shampoo en kamde hun haren, en tussen de tanden van de kam zag ik luizenlijkjes en dode eitjes zitten. Ik haalde het beddengoed uit de kamer van de kinderen en uit onze slaapkamer, en gooide alles in de wasmachine, die ik op 'Koken' zette. De kinderen lieten zich uitgeput in hun bedden vallen en ditmaal hoorde ik niet het vrolijke gesnater dat meestal uit dat kamertje klonk.

Toen ze eenmaal in slaap waren gevallen, ging ik de badkamer binnen, spoelde de laatste resten schuim weg en waste mijn eigen haren met de oplossing, en daarna nog een keer, zodat ik me bevrijdde van elk laatste spoor van die bloedzuigers.

'Abba heeft het gedaan,' zei het jongetje trots toen hij me die dag begroette bij het kinderdagverblijf. 'Hij zei dat ik een jongen ben, en geen meisje, en jongens hebben geen lang haar.' En alsof Yoavi zijn natuurlijke baby-lieflijkheid plotseling was kwijtgeraakt, kon ik nu de fijne trekken van een kleine jongen zien. Onder het genadeloos kortgeknipte haar keken een paar enorme ogen me aan, er was een gewelfd voorhoofd dat onder de krullen verborgen was geweest, en het was of de gelaatstrekken die hij als volwassene zou hebben, nu geopenbaard werden. Met kleine, berekende zuchten lucht en speeksel slikte ik de boosheid in die binnen in me kolkte, en ik voelde hoe dat alles in mijn maag begon te gisten.

Ik kuste het kind op zijn kale hoofdje, en heel kleine blonde stekeltjes kietelden mijn lippen.

Die avond wisselden Nachum en ik geen woord. Die nacht maakten we met zachte stemmen ruzie achter de gesloten deur. 'Hoe heb je me dat kunnen aandoen, zo achter mijn rug! Waarom ergerde je je zo aan zijn haar? Hij laat het toch weer aangroeien als hij een tiener is.'

'Wat wil je van me?' zei Nachum, die zich verdedigde. 'Yoavi klaagde dat de kinderen in het dagverblijf hem pestten en hem voor meisje uitscholden. Ik wilde niet dat hij verdriet had. En afgezien daarvan, hij is veel te fijngevoelig, en jij maakt dat nog erger door poppen voor hem te kopen, alsof hij een meisje is, en ook nog speelgoedbeesten. Wat wil je eigenlijk? Wil je soms een halfzacht mietje grootbrengen?'

Ik wikkelde me in mijn kamerjas en mompelde kwaad dat al die speelgoedbeesten een compensatie waren voor het echte dier dat Yoavi wilde hebben, een huisdier, een hond of een kat, iets wat Nachum niet in huis wilde hebben, met de bewering: 'Dat zijn vieze beesten.'

'Yoavi, voordat Abba je haar afknipte, noemden ze je toen een meisje, in het kinderdagverblijf?' vroeg ik de volgende ochtend aan het kind.

'Nee, dat is niet waar,' antwoordde de kleuter, beledigd, 'ik ben een jongen.'

'Maar de kinderen van het kinderdagverblijf, hoe noemen die je?' vroeg ik, mijn vraag anders formulerend.

'Die noemen me Yoavi.'

En zij werd zwanger en bracht een kind ter wereld

Genesis 4:1

'En zij werd zwanger en bracht een kind ter wereld' – dat was de manier waarop vrouwen als door een wonder zwanger werden en kinderen baarden, in de aloude tijd van de bijbel: Eva de Moeder van alle Leven, onze Vier Matriarchen, de vrouwen van de Profeten en Richteren, de echtgenotes en concubines van de Koningen. De bijbelauteur slaat handig de negen maanden van zwangerschap over, geeft geen beschrijvingen van copulatie, ochtendmisselijkheid, opgezette enkels, stemmingswisselingen, de rondom opbollende buik, de druk op een zwakke blaas, de bezorgdheid, de angsten en de dood van het verlangen bij de echtgenoot. Getrouw aan zijn methode bespaart hij zijn lezers beschrijvingen van bevalling, weeën, bloed, inscheuringen en de eerste kreet van de baby.

Het resultaat, dat is waar het om gaat: 'En zij werd zwanger en bracht een kind ter wereld.'

'Als een vrouw ons Boek der Boeken had geschreven,' zei ik tegen Nechama in de wachtkamer van de gynaecoloog, 'had ze vast wel meer woorden gevonden dan alleen "en zij werd zwanger en bracht een kind ter wereld".'

Yoavi was op 13 januari verwekt. Op die dag was Nachum thuisgekomen voor één nacht verlof tijdens langdurige reservedienst. Ik begon hem uit te kleden bij de ingang van het huis, en plaveide de hal met zijn uniform en mijn kleren. Naakt en lachend huppelde hij achter me aan naar de slaapkamer, en zijn broek en onderbroek, die waren afgezakt naar de hoge legerlaarzen, boeiden zijn enkels en beperkten zijn tempo tot een gestrompel. Ik duwde hem naar het bed, hij verloor zijn evenwicht en sloeg met zijn hoofd tegen de plank aan het hoofdeinde. Hij lag op zijn rug, zijn hoekige benen staken uit en zijn lid was hard en stevig. Ik peuterde aan zijn veters, maakte ze ongeduldig los. Ik trok hem zijn stoffige laarzen uit en verwijderde de grijze wollen sokken, hard van zweet en vuil, van zijn voeten. Ik trok zijn broek over zijn enkels, en in zijn onderbroek worstelde hij met me alsof zijn leven ervan afhing. Hij was al een week niet in bad geweest en hij stonk behoorlijk. Maar ik onderwierp hem aan mijn wil. Naakt ging ik op hem zitten, en zijn vingers drongen fel door in mijn billen tot ik een gil slaakte en hij zijn greep verzachtte. Ik voelde hoe hij binnen in me oploste en een klein plasje achterliet dat mijn schaamhaar bevochtigde. Hij rolde me haastig van zich af en verontschuldigde zich: 'Ik verlangde zo naar je dat het veel te snel is gegaan.' Toen haastte hij zich naar de douche, waar hij een hele tijd besteedde aan het afwassen van mijn geur en de zijne, en tegen de tijd dat hij bij me terugkwam, schoon en geurig, met een lid dat overeind stond en om méér vroeg, herinnerde ik me met schrik dat ik vergeten had het pessarium in te brengen, en ik holde naar de douche en probeerde met een krachtige stroom water het zaad uit me weg te spoelen.

En zij bracht een kind ter wereld. Ik heb twee dagen in de verloskamer gelegen terwijl opwekkende infusen door mijn aderen vloeiden. Studenten, artsen, verpleegsters en allerlei anderen kwamen en gingen en wrongen hun vuisten bij me naar binnen, handen in handschoenen verkrachtten me keer op keer, hoofden consulteerden elkaar boven mijn buik en telden mijn 'dilatatie' op hun vingers. Ik had willen vluchten, weg van dat smalle bed, ik wilde alles achterlaten en wegkruipen in een grot waar ik, onder de bescherming van duisternis en stilte, mijn kind kon baren. Maar koude ketenen hielden mijn enkels vast, de naald van een infuus drong door in mijn vlees en liet gif in mijn lichaam druppelen, de banden rond mijn buik waren aangesloten op een monitor en lieten geluiden van galopperende paarden horen. Uitgeput en vernederd, vol pijn en hulpeloos, voelde ik me als een verkrachte vrouw. En toen volgde de waanzinnige race naar de operatiekamer, het haastige scheren, de ruggenprik, mijn handen en voeten vastgebonden, het scherm dat tussen mij en mijn buik werd geplaatst. Ik hoorde hen praten, ik hoorde de instructies van de chirurg, en de *Vier Seizoenen* van Vivaldi op de achtergrond, en toen 'Voorjaar' kwam, sneden ze mijn buik van boven tot onder open, legden mijn baarmoeder bloot, maakten hem open en trokken de baby eruit. Ik lag op de met bloed bevlekte lakens, half verdoofd door medicijnen, en achter het scherm hoorde ik de kreten van de baby die liever niet geboren had willen worden. Voordat ik de kans kreeg te herstellen van de scherpe overgang tussen pijn en de vreugde die van me verwacht werd, toonden ze me het bundeltje dat verantwoordelijk was voor mijn lijden, nog besmeurd met mijn bloed en babyvettigheid. De blik van een vreemde kwam op me af, staalgrijze ogen inspecteerden me, en heel kleine rode en rimpelige handen, als kippenpootjes, bewogen in alle richtingen. Ik slaakte een onbeheerste kreet en gilde – iets waaraan Nachum me herhaaldelijk herinnerd heeft en wat me letterlijk elke dag kwelt wanneer ik 's ochtends Yoavi's lieve gezichtje zie: 'Haal het weg, ik wil het niet, ik wil hem niet.'

Iedereen daar zei tegen me: 'Gefeliciteerd mammie, je hebt een zoon,' en ik huilde omdat ik bedacht dat het lot van mijn zoon vaststond, en dat hij zou omkomen bij een terreuraanval of in een oorlog. En toen, te midden van dat pandemonium om me heen, leunde plotseling Nachum, die ik helemaal vergeten had, over me heen, en hij fluisterde: 'Alweer een soldaat voor de staat Israël.' Ik had van het bed af willen springen, met al die slangen en kabels aan mijn lijf, en met die snede die nog niet met naald en draad gehecht was, en ik had mijn nagels in het gezicht van de vader van mijn zoon willen slaan, en hem willen vertellen dat ik hem haatte, maar ik had er de kracht niet toe.

De volgende ochtend kwam hij op bezoek met een enorm boeket verslapte en zielige ogende gele rozen. Hij boog zich over het doorschijnende wiegje naast me, en inspecteerde de baby die daar lag als een Egyptische mummie – alleen zijn serieuze, rode gezichtje stak uit de lijkwade. De bloemblaadjes fladderden naar de vloer en in het wiegje. Achter de doorschijnende zijkanten gluurden treurige, peinzende ogen als die van een oude man. Op die momenten geloofde ik dat het zintuiglijke mechanisme van pasgeboren baby's verder ontwikkeld is dan dat van ons.

Zelfs deze baby, die per ongeluk geboren was, wist dat hij ongewenst was en nooit zou worden bemind en voelde vast en zeker mijn angsten aan, want hij was veroordeeld tot sterven bij een terreuraanval.

Nachum rukte me uit mijn gepeins en vroeg hoe we hem zouden noemen. Ik zei dat de bloemen die hij voor me had meegebracht betere dagen hadden gekend. Hij vluchtte praktisch de kamer uit en ik dacht dat hij niet meer terug zou komen. Maar een grote plastic cocacolafles waarvan de bovenrand was afgeknipt, verscheen samen met hem bij de deur, hij vulde hem met water, duwde het zielige boeket erin, zette het op het nachtkastje naast me en zei dat hij de hele nacht geen oog dicht had gedaan, dat hij had nagedacht over de naam die we de jongen zouden geven, en opeens flapte hij het eruit: 'Yoav.'

Yoav, Yoavi, Yo-Yo, ik rolde de naam rond in mijn hoofd, en ik vergat Yoav, de leider van Davids leger, en herinnerde me alleen Yoav, de bink van de middelbare school die een klas hoger zat dan ik en die mij nooit had zien staan. Ik knikte zwakjes, maar instemmend.

Het duurde een vol jaar voordat ik mezelf geleerd had te genieten van zijn zoete geur, van lachen tegen hem, en versteld te staan van zijn gevoeligheid. Ik vroeg een keer nerveus aan Nechama of hij zich de slechte dagen van mijn afwijzing zou herinneren, en of hij me zou haten en zich zou willen wreken wanneer hij opgroeide.

'Kinderen beschikken over een opmerkelijk vermogen tot het combineren van het goede en het slechte dat ze in hun korte leven hebben ervaren, en ze zijn gezegend met een natuurlijk vermogen om slechte ervaringen recht te zetten,' zei ze geruststellend.

Maar ik was niet gerustgesteld. Tot op de dag van vandaag niet. Omdat ik toch een meisje had gewild.

Acht dagen later stond ik met een mishandeld en uitgeput lichaam bij de besnijdenis, leunend op Nechama, en voordat ik mijn blik afwendde van wat er gebeurde, zag ik dat Louisa heel dicht bij de *mohel* stond, en dat haar hoofd het blote lijfje van de baby bijna aanraakte. Ik wist dat ze geen enkel onderdeel van het proces zou willen missen. Terwijl het snikken van de gemartelde baby de lucht vervulde, kondigde de mohel de naam aan. 'Yoav, Yoav, Yoav,' mompelde iedereen, een soort echo, en de mohel zei plechtig: 'Deze kleine jongen zal een groot man worden, als Joab, de aanvoerder van Davids leger.' Zijn woorden herinnerden me aan wat ik was vergeten. Misschien had Nachum gelijk gehad, dacht ik, toen hij gezegd had dat ik vlak na de geboorte door een soort tijdelijke waanzin was overvallen. Dat is het enige excuus dat ik heb ter rechtvaardiging van het feit dat ik met die naam had ingestemd.

De eerste nacht na de besnijdenis, toen de baby in zijn bedje krijste van de pijn, las ik in 2 Samuel, en in de eerste hoofdstukken van 1 Koningen. Het beeld van Joab, de bloeddorstige krijger die driemaal het vertrouwen van koning David had geschaad, verscheen aan me, schrikwekkend duidelijk, en Davids vloek weerklonk scherp en vernietigend: 'Moge het neerkomen op het hoofd van Joab en op zijn gehele familie. Laat er in Joabs familie altijd iemand zijn die een druiper of de schurft heeft, iemand die met krukken loopt, een gewelddadige dood sterft of honger heeft.' En Davids woede was pas afgenomen nadat hij zijn zoon Salomo had bevolen: 'Laat zijn grijze haar niet in vrede in het dodenrijk nederdalen', en het bloed dat hij vergoten heeft, zal terugkeren 'op het hoofd van Joab, en op de hoofden van al zijn nakomelingen, voorgoed'.

Ik zei tegen Nachum dat het onvoorstelbaar was dat mijn zoon genoemd zou worden naar een bijbelse moordenaar, en dat we zijn naam moesten veranderen.

'Jij bent van ons tweeën de bijbelgeleerde, hè? Daar had je eerder aan moeten denken.' Ik hoorde de minachting in zijn stem, en zei wat hij wilde horen: 'Ik heb een zware bevalling achter de rug. Ik was uit mijn evenwicht.' Maar hij redeneerde dat het te laat was, dat het onmogelijk was die naam te veranderen, en als Yoav hem wilde veranderen, dan kon hij dat doen wanneer hij achttien was. En toen voegde hij eraan toe dat hij hoopte dat zijn zoon mij, met mijn linkse neigingen, niet zou volgen. Hij waarschuwde me dat ik hem nooit zou mogen meenemen naar enige Vrede-Nu-bijeenkomst, en zeker niet naar die 'getikte lesbiennes, die Vrouwen in het Zwart van jou', zei hij hatelijk.

In mijn studietijd geloofde ik dat de twee volken, het hunne en dat van ons, hun nare herinneringen aan het verleden moesten onderdrukken, de gesneuvelden moesten vergeten, evenals de haat, de verwoestingen en de lust tot wraak. Vergeten, zo dacht ik, was een fundamentele voorwaarde voor een schikking in het joods-Arabische conflict, want als we niet vergaten, zou het zaad van het kwaad van vader op zoon overgaan, en van moeder op dochter, generatie na generatie.

In mijn eerste jaar had ik al met een rood-en-zwarte vlag meegelopen met een demonstratie van Vrede Nu, voor het kantoor van de premier. Een dichte rij politieagenten beschermde ons tegen het gepeupel dat vloekte en dreigde erdoor te breken om zich op ons te wreken. Later, toen ik Nechama had ontmoet, ben ik met haar naar een Dochters van Vrede-bijeenkomst geweest, waar de slogans luidden: feminisme, vrede, vreedzaam naast elkaar bestaan en opname van Palestijnse vrouwen in het beraad, en alleen vrouwen zouden in staat zijn om een eind te maken aan het offer van hun zonen aan Moloch. Dat alles klonk in mijn oren als het juiste pad in de richting van een oplossing van het conflict. Onder ons gehoor zaten jonge Palestijnse vrouwen in een afzonderlijke groep, goedgekleed, ontwikkeld en trots. Als in een illusie zag ik alleen de aura en ik groef niet dieper, deed geen moeite om de gelaatsuitdrukkingen te ontcijferen, om subtiele intonaties te doorgronden, of de onbekende lichaamstaal te decoderen. We leefden in een euforie, in verwachting van vrede, en we verstonden hen niet toen ze ons vertelden dat hun leefsituatie in de bezette gebieden niet goed was, er waren geen politieke horizonten, en er heerste geen echte vrede. Wij begrepen het niet toen zij uitlegden dat het vrijwel onmogelijk was te spreken over de ontberingen, de pijn, de wanhoop, het onrecht. Bij elke samenkomst stonden ze op en deden ze een aanval op Israël en de nederzettingen, en wij, op onze beurt, stonden op en deden een aanval op Israël en de nederzettingen. Na afloop ging ik naar huis met een gevoel van opluchting dat ik een pleidooi voor de waarheid had gehouden, en dan ging ik naar bed met het gevoel dat we een bondgenoot hadden om tot vrede te komen. Later, toen de al-Aqsa-intifada begon en onze groep kreunend uiteenviel, herinnerde ik me hoe wij joodse vrouwen met hen gepraat hadden, zacht, verontschuldigend, in een poging hen te kalmeren en ons geweten te sussen, en zij hadden ons met krachtige vastberadenheid aangekeken. En hoe ik vergeefs geprobeerd had een intiem gesprek met hen aan te knopen, in de taal van vrouwen, en ik had ze van mijn zwangerschap verteld en mijn verlangen naar een dochter. Als ik een zoon kreeg, had ik gezegd, zou ik hem nooit laten vechten tegen jullie zonen. Maar zij staarden me met argwanende ogen aan, alsof ze mij veroordeelden, ons allemaal veroordeelden.

Slechts één keer, op die noodlottige vrijdag, toen ik vier maanden zwanger was, heb ik toegegeven aan de wens van Nechama en me aangesloten bij een groepje van een stuk of tien vrouwen, gekleed in sombere rouwkleding. Samen stonden we op het Parisplein tegenover King's Hotel, achter de fontein die sinds lang was opgedroogd en veranderd was in een bloemperk. Zwart, vastberaden en zwijgend droeg ik een banier van zwart karton, in de vorm van een hand die verklaarde: 'Stop de Bezetting'. Ik dacht aan mijn vader en zijn plattegrond, en ik probeerde het gevloek te negeren waarmee onze groep werd uitgescholden voor 'Lesbische vijanden van Israël', voor 'Hoeren die met Arabieren neuken', alsof alleen al het feit dat wij daar stonden bij mannen alles naar boven bracht wat ze tegen vrouwen hadden. En wij, zwijgend en trots, hadden daar gestaan en die schreeuwlelijken dapper aangekeken.

Mijn ogen volgden een jonge vrouw die een eindje van onze groep vandaan stond, met een gezicht als van een standbeeld, gehouwen uit wit marmer, met blauwe, enigszins schuine ogen en blond, kortgeknipt haar. Ik vond haar gezicht mooi, evenals de manier waarop ze zich kleedde: een lange rode mantel van zachte wol die haar slanke figuur aantrekkelijk omhulde. Ik had net zo'n mantel gezien in de etalage van de Summit Boutique, maar had de winkel niet durven binnengaan vanwege de prijs.

Die vrouw stond een eindje van ons vandaan, terzijde, en sloeg ons met grote belangstelling gade, maar ze sloot zich niet aan bij de mensen die ons beledigden. Ik was ervan overtuigd dat ze zich met ons identificeerde, en dat ze wachtte tot wij haar uitnodigden om zich bij ons aan te sluiten. Ik glimlachte naar haar en zij reageerde met een verlegen lachje. Ze leek me te begrijpen, zonder woorden: ze kwam naar ons toe en liep als een getuige voor een politie-identificatie langs ons, waarbij ze ons scherp in zich opnam. Van dichtbij zag ik dat haar ogen zwaar opgemaakt waren, dat verbitterde rimpels van haar neus naar haar kin liepen, en haar mond was enigszins geopend, als voor een niet geslaakte kreet. Ze bleef een hele tijd voor mij staan, en staarde me ongegeneerd aan. Ik sloeg mijn ogen neer en vroeg me af of ik met haar moest praten, maar zij wendde zich af en liep door naar Nechama, die naast me stond, en bleef langzaam doorlopen naar het einde van de rij demonstranten. Toen draaide ze zich langzaam om tot ze opnieuw voor mij stond, en haar ogen, als blauwe stekels, boorden zich in me en weigerden los te laten. Ik glimlachte naar haar, gegeneerd, maar ditmaal beantwoordde ze mijn glimlach niet. Opeens vertrok haar gezicht, en ze zocht haastig in haar tas, haalde er een sinaasappel uit en wierp die naar mij. De stevige sinaasappel sloeg hard tegen mijn buik, en als in een nachtmerrie zag ik haar gezicht, vertrokken van haat, en haar ene oog knipperde, recht voor me. Ze kwam dichterbij, stak haar hand op of ze met haar magere vingers mijn oog uit wilde steken, en fluisterde op hese toon: 'Je zoon zal omkomen bij een terreuraanval, net als mijn zoon.'

Ik schrok me wild. Ik begreep niet hoe ze de baby kon zien in mijn buik, want die was nog plat en werd beschermd door een dikke jas. Ik gooide de zwarte kartonnen hand neer en sloeg op de vlucht, met Nechama hijgend achter me aan, roepend dat ik moest stilstaan. Ze haalde me in bij de Rambamstraat, in de buurt van mijn auto, en sloeg haar arm om me heen. Ik liet me in haar armen vallen en snikte: 'Ze zei dat mijn zoon zou omkomen bij een terreuraanval, net als haar zoon.' En Nechama suste me: 'Ik stond vlak naast je, en ik heb daar niets van gehoord. Je verbeeldt het je maar.' Ik was kwaad dat ze me niet geloofde en schreeuwde, midden op straat, zodat voorbijgangers me verbaasd aankeken: 'Maar dat is precies, helemaal precies, wat ze tegen me zei!' En Nechama hield vol: '*Noe*, laten we zeggen dat ze je inderdaad vervloekt heeft. Hoe kan een verlichte vrouw als jij geloven in vervloekingen? En trouwens, die vrouw is krankzinnig.' Nu vertelde ze me dat de vrouw in die rode mantel er bijna elke vrijdagmiddag was, op zoek naar een slachtoffer onder de demonstranten, en haar dan vervloekte. Ik wist dat ze loog en ik hield vol: 'Maar hoe wist ze dat ik zwanger was? En dat ik een zoon zou krijgen?' Nechama haalde haar schouders op en ik zei dat ik er voor vandaag genoeg van had; ik reed naar huis, gloeiend van ontzetting. Toen ik de trap op liep, voelde ik hoe de foetus in mijn buik trappelde, voor de eerste keer.

Sindsdien had de dood bij ons op de loer gelegen, als een harige spin die geduldig en plichtsgetrouw zijn web weeft, vol doorschijnende druppels ochtenddauw als een parelketting, en een aanhoudende zwarte wolk zweefde brullend en zoemend boven mijn hoofd. De boze gedachten vielen me aan als groene aasvliegen. Positief denken! zei ik tegen mezelf, alleen maar positief. Negatieve gedachten hebben de gewoonte bewaarheid te worden. Later kwam het me beter uit te geloven dat je het ergste kon voorkomen door er maar gewoon niet over na te denken.

Ik heb nooit meer op het plein gedemonstreerd.

Nachum echter, die graag mijn zonden opsomde, zou me herhaaldelijk herinneren aan mijn misstap, hoewel ik zorgvuldig een grote afstand tot dat plein bewaarde, zelfs wanneer de Vrouwen in het Zwart er niet waren.

Op mijn legerstede des nachts zocht ik mijn zielsbeminde

Hooglied 3:1

'Ik ben verliefd op hem.'

Met een scherp mes in haar hand sneed Nechama in de bloederige biefstuk op haar bord, waarna ze het met bloed bevlekte lemmet zorgvuldig aflikte.

'Je weet zeker dat je van hem houdt,' het was misschien een vraag, misschien een mededeling.

'Dat denk ik.'

Ze keek me aan, en iets van medelijden blonk in haar ogen. Ze bleef een hele tijd kauwen, en toen ze eindelijk het stuk vlees doorslikte, pakte ze de sigaret die langzaam aan het opbranden was in de asbak. Ze inhaleerde diep en blies de rook toen in mijn richting, vervolgens boog ze haar hoofd weer naar de biefstuk die voor haar lag.

'Ik kan je maar niet begrijpen,' zei ze met haar rookstem. 'Je haalt je alle mogelijke rare ideeën in je hoofd en weigert ze los te laten.'

Ik zweeg.

'"Ik ben verliefd op hem,"' imiteerde ze me spottend. 'Hoe weet je dat? Hoe vaak heb je hem zelfs maar gezien? Wanneer heb je ooit de kans gekregen een echt gesprek met hem te voeren?'

Nadat ze uitvoerig gekauwd had en weer wat had doorgeslikt, werd haar toon iets zachter: 'Je weet dat die verliefdheid van jou hopeloos is. Die klopt totaal niet. Niet anders dan de dagdroom van een verwende vrouw. En wat mij de meeste zorgen baart...' Ik wachtte gespannen op wat ze te zeggen had, maar zij concentreerde zich op haar vingers die in een bakje met tandenstokers zochten. Ze koos er heel zorgvuldig een uit, bevrijdde hem langzaam van het dunne papiertje en bewerkte zwijgend haar gebit. 'En de meeste zorgen...,' zei ik, om haar geheugen op gang te brengen, en zij schokschouderde, haalde de tandenstoker uit haar mond en keek me oprecht bezorgd aan. 'Wat mij de meeste zorgen baart is dat jij oprecht gelooft in wat je zegt. Dat jullie voor elkaar bestemd waren, vanwege een toevalligheid. Het doet er niet toe dat je zijn zoon in die bus hebt gezien. Hij heeft niets over liefde verkondigd. En praat me niet van karma en bestemming. Dat is iets voor je moeder, maar niet voor jou. Je weet dat ik niet in die onzin geloof,' besloot ze, leunde gemakkelijk in haar stoel en wachtte om te horen wat ik te zeggen had. Ik keek haar aan: 'Nechama, het is veel eenvoudiger dan je denkt. Ik ben verliefd op hem geworden. Dat is alles.' Ze boog zich naar me toe. 'En hoe verklaar je dat je gewoon verliefd op hem bent geworden, op een mooie dag, en dan nog wel op een *jesjiva-bocher*, iemand die je nauwelijks kent.' Ik probeerde me te rechtvaardigen, excuses te bedenken, ik wilde haar vertellen dat het zinloos was om rationele redenen voor liefde te zoeken.

'Mij overtuig je niet. Misschien wel jezelf,' zei Nechama.

Ik probeerde het nog een keer. 'Ik heb het gevoel dat we iets gemeen hebben. Misschien vanwege zijn verdriet, misschien is dat het wat mij tot hem aantrekt.'

'Verdriet,' zei Nechama spottend en minachtend, terwijl ze wolken wittige rook uitblies.

En ik, dwaas, ging door met mijn bekentenis: 'En ook om zijn handen, je zou zijn handen moeten zien. Ik werd verliefd op hem toen ik zijn handen zag.'

'Zijn handen?' herhaalde ze ongelovig.

'Die hebben iets biologerends. Iets magnetiserends. Ik kan het niet uitleggen. En afgezien daarvan is hij ook heel aantrekkelijk.'

'Dat is niet voldoende,' zei ze knorrig.

'Toen ik zijn handen zag, wilde ik dat die me aanraakten,' probeerde ik uit te leggen, maar ik vertelde haar niet dat ik jaloers was op zijn overleden vrouw, wier lichaam bemind geweest was door die handen. 'Zodra ik ze zag, wilde ik met hem naar bed.'

Nechama grinnikte en zei dat ze mij niet kon zien rondrollen op een bed met een man met een dikke baard, en dat ik, wanneer die *dos* alle lagen van zijn kleren verwijderde, en ik zijn bleke, uitgemergelde lichaam zag, vast niet meer naar hem zou verlangen. En toen, alsof ze zich iets herinnerde, voegde ze eraan toe: 'In feite heb jij je altijd aangetrokken gevoeld tot *haredim*. Zelfs in je doctoraalscriptie. Wie kiest er tegenwoordig nog zo'n onderwerp?'

Ik beet op mijn lip en bleef zwijgen. Aangemoedigd door mijn zwijgen praatte ze verder: 'Je lijdt onder nare gedachten,' zei ze, als diagnose van mijn toestand. 'Je liefde voor hem zal altijd eenzijdig en onbeantwoord blijven. En dat is misschien juist de reden waarom je hem niet uit je hoofd kunt zetten. Hij heeft een verschrikkelijke tragedie ervaren en het valt te betwijfelen of hij daar ooit overheen komt, en bovenal: hij is een *haredi*, en jij bent een wereldse jodin. Het is een hopeloze zaak.'

Later riep ze de dienster en bestelde chocolademousse, en ik zei knorrig tegen haar dat ze zo rationeel was en dat het onmogelijk was om met haar over liefde te praten. Zij zei: 'Ik ben liever rationeel dan gestoord.' Ik wilde dat niet op me laten zitten en zei: 'Laten we dan maar zeggen dat Cupido's pijl me heeft geraakt en dat ik verliefd werd op een ezel,' en eindelijk glimlachte ze naar me.

We kregen bij de chocolademousse, die besprenkeld was met gemalen groenige pistaches, twee lepels geserveerd. Nechama stak haar lepel als eerste in de bruine, poreuze massa, bracht de lepel naar haar mond en zuchtte van tevredenheid.

Achter me hoorde ik een gesprek tussen twee jonge meisjes.

'Hij heeft gewoon mijn hart uitgerukt. Zomaar, regelrecht, zonder verder na te denken. Op dezelfde manier waarop ik het zijne ga uitrukken.'

Het andere meisje zei: 'Maar hij was knap, die klootzak, knap als een prins.'

'Knap, maar hij deugde niet. Ik was helemaal gek van hem, wild.'

'Maar vanaf het begin veroorzaakte hij scènes.'

'Oké, maar wat kan ik eraan doen. Zodra ik hem zag, zo knap als hij is, ging er een pijl door mijn hart. En dat brak, zo gek was ik op hem.'

En Nechama zei, alsof ze het gesprek achter ons voortzette, dat mensen over liefde praten alsof ze over oorlog praten, en ze voegde eraan toe dat ik me moest troosten met de mousse en dat ze voor zo'n mousse bereid was een moord te plegen. Ik schepte wat van de kleverige massa op voor mezelf, en de bruine pudding zakte in. 'Hoe kun je zo praten over mousse?' zei ik vol eigendunk, en zij zei: 'Hou op, doe niet zo serieus, ontspan je een beetje, ga eens van het leven genieten.'

Ik likte mijn lepel af en mijn keel werd droog van die zoetigheid. 'Waarom val ik jou eigenlijk lastig met liefde, wat weet jij daarvan?'

Nechama geloofde niet in liefde. Ter verdediging citeerde ze wetenschappelijk onderzoek dat beweerde dat liefde niets méér was dan een biochemisch proces in de hersenen. Een klein molecuul wordt losgelaten en hecht zich aan andere substanties uit de adrenalinefamilie, en samen creëren die een gevoel van enthousiasme en euforie dat niets anders is dan een tijdelijke psychotische toestand. Ze zei ook dat die substantie maar een jaar of vier in de hersenen actief blijft, daarna lost ze op. Dat wordt bewezen door de statistieken die aangeven dat het grootste aantal echtscheidingen na vier jaar plaatsvindt.

Zij was niet van plan zichzelf aan die fantasie over te geven; integendeel, ze meed die als de pest. Ze heeft me herhaaldelijk verzekerd dat er alleen ware liefde, diepe, zuivere liefde ontstaat tussen een ouder en een kind, een liefde die uitsluitend gebaseerd is op geven. Een geven dat niet door verlating wordt bedreigd. En dan tilde ze haar Yoeli op, zwaaide hem door de lucht als een overwinningstrofee, ze kuste hem op zijn mondje en op zijn dikke babywangetjes, en verkondigde voor de hele wereld: 'Dit is mijn enige liefde.'

Later gaf ze toe, als om vrede te stichten, dat ik, anders dan zij, inderdaad in staat was tot liefhebben, en ze karakteriseerde mij zelfs als 'verslaafd aan liefde'. In mijn verlangen naar een romantische relatie, zei ze, was ik geneigd onmogelijke banden te vormen, die waarschijnlijk op frustratie zouden uitlopen.

De volgende dag dacht ik na over Avsjalom en het gesprek dat ik met Nechama had gehad, terwijl ik onderweg was naar de universiteit en luisterde naar de zender van het leger – sinds die ene dag had ik vermeden naar de Voice of Music te luisteren, omdat ik voor geen prijs meer wilde luisteren naar Beethovens *Ode an die Freude*. Klanken van eigentijdse muziek ruisten levendig en geani-

meerd door mijn auto die voortgleed over de brede weg die onder
dwang was aangelegd op de landerijen van het Arabische dorp Beit
Zafafa. Langs de weg werd een nieuw paleis gebouwd, en ik herinnerde me dat toen ik daar zo'n twee weken eerder langskwam,
een paar minuten voor de terroristische aanval, steigers had gezien, en gele heuvels zand en gehouwen natuursteen. Ik dacht aan
die snelle werkers die in zo korte tijd huizen voor zichzelf bouw-
den. Als onrijpe vruchten van grote waanideeën waren de huizen
van Beit Zafafa dicht op elkaar gebouwd, en ze pasten helemaal
niet bij het dorp. Als te dik opgemaakte jonge vrouwen die op
het podium met hun heupen wiegen voor een schoonheidswedstrijd concurreerden ze met elkaar met enorme woonkamers, ve-
randa's, fraaie balkons, ramen die in oosterse stijl versierd waren,
uitkijktorens, kroonlijsten, muren en pijlgleuven. Met losbandige
en genotzuchtige kokuetterie kropen de huizen langs de oeroude
hellingen, beten er vraatzuchtig in, ontwortelden oeroude boom-
gaarden en olijfbosjes en sloten het dorp onzichtbaar en volledig
in. Ze braken de hekken af, namen het plein over en reikten met
hun hebzuchtige stenen armen naar de huizen van de wijken Gilo
en Patt.

Ik passeerde het dorp snel en bereikte de gedoemde bushalte,
waar ik mijn blik afwendde, een gewoonte die ik me had aange-
leerd, en toen reed ik tussen de kleine blokkendozen van de naargeestige woningbouwprojecten van roze gekleurde natuursteen in
de wijk Katamon. Ik liet het winkelcentrum achter me, de fala-
fel- en shoarmakraampjes met hun rookpluimen, de verkopers van
broodjes en groenten, en het tankstation waar het een hele drukte
was van dorstige auto's. Bij de verkeerslichten van de kruising vlak
voor de Begin-Boulevard hoorde ik het gejammer van ambulan-
ces die ons met stentorstemmen commandeerden opzij te gaan.
Ik reed vlak langs het trottoir en telde ze. Toen ik de zevende had
geteld, zakte het aardige wijsje opeens weg, om vervangen te worden door een Hebreeuws lied vol verlangen en treurnis, en dat
werd op zijn beurt weer afgebroken door de dramatische woorden van een nieuwslezer die op de sombere toon die alleen voor dit
soort gebeurtenissen werd gereserveerd, meldde dat er zojuist een
bomaanslag was gepleegd op de Machane Yehuda, een markt in Je-

ruzalem. Tot dusver waren er vier doden geteld, afgezien van de persoon die zelfmoord had gepleegd. Het aantal doden zou waarschijnlijk stijgen aangezien veel van de gewonden die nu werden opgehaald, in kritieke toestand verkeerden, en in één adem noemde hij de telefoonnummers die men kon bellen voor nadere informatie. Ik voelde me ellendig. Ik draaide de raampjes open en zoog de buitenlucht op die verzadigd was van uitlaatgassen, en met mijn laatste krachten reed ik door naar de universiteit. Ik parkeerde op het plein, struikelde de auto uit en haastte me naar mijn werkkamer. Ik legde mijn tas op mijn bureau, de tas die plotseling zwaar was geworden alsof hij vol rotsblokken zat, en ik ging er moe en uitgeput naast zitten.

Grijs winterlicht scheen door het smalle, langwerpige venster de kamer binnen, en doodsangst besloop me van achteren. Zijn koude, genadeloze vingers grepen me in mijn nek. Ik snakte naar adem. Mijn hart voelde zich bedreigd en ging sneller kloppen. Misselijkheid kroop omhoog naar mijn keel. Ik worstelde tegen de wurgende handen, rukte een knoopje los van de kraag van mijn klamme blouse. Ik probeerde op te staan en wist niet waar ik naartoe ging. Ik wilde om hulp roepen en kon de woorden niet bedenken, totdat Louisa binnenkwam en me zag, 'zo wit als een doek' en ik mompelde met verstikte stem: 'Mijn hart, mijn hart.' Ik werd op een draagbaar gelegd, vastgesnoerd om te voorkomen dat ik eraf zou vallen, en er werd een naald in mijn arm geprikt, en vloeistoffen drupten mijn lichaam in vanuit een doorschijnende plastic zak, en ze holden met me door de doolhof van gangen waar iedereen naar me keek, en schoven me in de loeiende hartambulance. Daar lag ik, met een zuurstofmasker over mijn gezicht, en met Louisa die mijn hand vasthield, en ik zei tegen haar dat ik stervende was en vroeg haar wie Yoavi nu moest grootbrengen – wat zou er van hem worden.

Ze viel me in de rede. 'Alles komt weer goed, dat zul je zien,' zei ze, en ze streelde mijn haar.

Ik werd naar een zaal vol bedden gereden, en op die bedden lagen mensen met gezichten die even geel waren als die van oeroude thorarollen. Het leven dat uit hun lichamen wegdrupte werd weergegeven door groene lichtjes en tekende scherpe zigzaglijnen op tv-schermen. Flitsende instrumenten, die in allerlei kleuren licht gaven, moesten voor hun breekbare zielen zorgen, en telden de weinige tijd die ze nog hadden, in een zacht geklop, met vrolijke hoge en diepere pieptonen, alsof ze in geheimtaal een symposium leidden.

In de zaal werd ik begroet door een heel kleine verpleegster, met een platte borstkas als een jong meisje, en zachte, meelevende ree-enogen; ze zei zacht, met een Amerikaans accent: 'Nog één klein prikje, nog maar één, straks is het klaar.' Ik wist dat zij wist dat ik stervende was; ze praatte zo lief tegen me uit medelijden, zoals je praat tegen kleine kinderen. Toen werd een grote naald in mijn arm gestoken, ze nam me bloed af, heel veel bloed, en deed dat in verschillende reageerbuisjes. Ik werd gekoppeld aan het ECG-apparaat, en heel nauwkeurig controleerde het meisje de rollen papier die uitgespuugd werden. Ik volgde haar gelaatsuitdrukkingen en zag hoe ze haar neus vol sproeten optrok tot hij kleine rimpels vertoonde, en ik vroeg: 'Wat is er? Wat kunt u zien?' Zij ontweek mijn vragen en verdween haastig, alsof ik een besmettelijke ziekte had. Ik bestudeerde de blauwe plek die op mijn arm was verschenen, op de plek waar ze me bloed had afgenomen. Zo dadelijk zouden ze me komen vertellen dat ik nog maar een paar uur te leven had.

Achter het raam stonden Nachum en Louisa naar me te kijken, ze wuifden naar me, en Louisa praatte met me in een gebarentaal die ik niet begreep. Ik kon haar oorringen niet horen toen ze me kushandjes toewierp.

En alsof ik niet genoeg kon krijgen van mijn straf troostte ik me met mijn ziekte en geloofde ik dat ik daar de kans zou krijgen veilig te slapen. De instrumenten die verantwoordelijk voor mij waren, zouden over me waken en me te hulp komen. Kalm en getroost wikkelde ik me in het laken, totdat ik merkte dat een bril met dikke lenzen naar me staarde. Een heel lange arts van middelbare leeftijd stond over me heen gebogen. Om een of andere reden concentreerde ik me op zijn witte, verwarde wenkbrauwen die als kleine korenschoven boven zijn ogen groeiden alsof ze daar bij wijze van grap waren vastgeplakt. Hij onderbrak mijn gedachten en vroeg: 'Mag ik?' en hij gebaarde naar het bed. 'Natuurlijk,' zei ik, en hij ging voorzichtig op de rand van de matras zitten, alsof hij bang was het laken te kreuken.

'Goed nieuws. We hebben niets kunnen vinden. U bent gezond en kunt naar huis.'

Ik greep de rand van het bed vast. 'Maar ik heb pijn in mijn borst. Ik ben misselijk, ik stik bijna, en ik zweet.' Een lichte spot flakkerde in zijn ogen. 'Wat is er dan met me gebeurd?' vroeg ik, en hij fluisterde, alsof hij bang was dat de andere patiënten het zouden horen: 'We hebben hier te maken met een piepkleine paniekaanval.' Hij praatte met me in de eerste persoon meervoud, alsof ik een baby was, en piepklein, hij had zelfs niet gewoon 'klein' gezegd. En zonder een woord van afscheid, of een beleefde groet, alsof ik geen echte patiënte was, liet ook hij me alleen achter. Ik voelde me schuldig dat me niets mankeerde, en bleef daar liggen, bang om de kamer en die apparatuur te verlaten. Door de glazen wand zag ik de dokter met Louisa en Nachum praten, zijn welwillende ogen werden opeens scherper, sceptische blikken werden op me afgeschoten en drongen door het glas en landden naast me, waar ze me verschroeiden met hun kou. Ik bad om een piepkleine, onschadelijke hartaanval, een rechtvaardiging voor de heisa die ik had veroorzaakt. En achter mijn rug was de doodsangst teruggekomen, hijgend. Ik werd overvallen door doodsangst en wist dat mijn versleten hart een volgende aanval niet zou overleven. Het zou in opstand komen en doodgaan, ik zou sterven en iedereen bewijzen dat mijn klachten volledig gerechtvaardigd waren geweest. Maar toen kwam het kleine zustertje weer binnen, ze maakte het infuus los en eiste dat ik opstond. Nu was haar stem vermoeid en verontwaardigd. Ik wilde vragen om nog een heel klein beetje tijd, zodat ze, als ik weer een aanval kreeg, in staat zouden zijn mijn hart te controleren op het toppunt van de pijn – ze zouden de symptomen zien, en begrijpen dat ik me in een levensbedreigende situatie bevond.

Opeens verscheen Nechama voor het raam, blozend en hijgend, en met de arrogantie van een vrouw die zich bewust is van haar omvang, waardoor iedereen om haar heen in het niet zonk, praatte ze met de lange dokter, zei wat het ook was dat ze moest zeggen, en toen verscheen ze aan mijn bed en hielp me overeind. Bij de receptie stopten ze mijn ontslagformulier en een nieuwe handvol kalmerende middelen in haar handen.

Alleen in mijn pijn en ellende bleef ik achter de mensen die me niets dan goeds toewensten lopen, als een patiënte die bijna dood was en te vroeg uit haar ziekbed was verdreven. Ik liep naar zijn auto met een langgerekt spoor van schaamte achter me aan. Ik was ervan overtuigd dat iedereen naar me wees, ik was die neppatiënte die zo brutaal was geweest een ziekte te simuleren, net nu de dokters meer patiënten hadden dan ze redelijkerwijs konden behandelen, en nu ze in de ondergrondse operatiekamers, als vlijtige dwergen met bloederige handen, mensen repareerden die ooit compleet waren geweest.

Nechama bleef thuis bij me, en nadat Nachum vertrokken was, zei ze dat die namaakhartaanval die ik gehad had, door de dokters een angst- of paniekaanval werd genoemd, maar wat zij een PTS-stoornis noemde, posttraumatische stress. Toen ze me een kopje thee aanbood, voegde ze daar met een knipoog aan toe dat zoiets waarschijnlijk gepaard ging met gewetenswroeging en angst vanwege mijn liefde voor Avsjalom, en dat dergelijke aanvallen bijzonder vaak voorkwamen bij mensen die leden onder een onbewust conflict. Als ik mijn problemen niet oploste, zou ik dergelijke aanvallen blijven houden, en dan zou ik uiteindelijk doodsbang worden voor de angst zelf.

Toen Nachum thuiskwam, zei hij dat hij had nagedacht over mijn aanval, en dat hij tot de conclusie was gekomen dat ik mijn onderzoek weer moest oppakken. 'Je moet jezelf bezighouden. Zo bezig dat je bijna omvalt en niet meer hoeft na te denken over wat je is overkomen.' Hij geloofde, zei hij, dat als ik in contact kwam met mensen die rouwden om het verlies van een dierbare, ik in staat zou zijn mijn eigen rouw en angst te vergeten. 'In onze stad zijn mensen die veel ergere dingen hebben meegemaakt dan jij.' Toen dacht hij nog even na, alsof hij weifelde, en zei toen: 'Waarom bel je niet op naar de vader van dat patiëntje van me, hoe heette hij ook weer, Davidl, dat kind dat in de bus samen met zijn moeder gedood is. Hij is een haredi. Je kunt met hem praten over begrafenisgewoonten voor slachtoffers van terreur. Ik heb het gevoel dat dat een nieuw en interessant aspect van je onderzoek is.'

Adviseerde hij mij om van alle mensen op de wereld uitgerekend naar Avsjalom te gaan? Ik wist hoe ongepast het zou zijn om met hem te praten over begrafenisgewoonten bij zijn dierbaren, en dat het typisch Nachum was om zo'n ongevoelige oplossing aan te raden. Met een droge mond vroeg ik: 'En stel dat hij me niet wil ontmoeten?' en Nachum antwoordde vol vertrouwen dat hij geloofde dat Avsjalom erin zou toestemmen. 'Er is iets wat jullie beiden verbindt. Per slot van rekening ben jij de laatste die zijn vrouw en zoon levend heeft gezien.'

Die avond vertelde ik Nechama over de telefoon over dat voorstel. Ze grinnikte en zei op spottende toon: 'Dus Nachum heeft aangeraden dat je hem opbelt? Nou, doe dat dan, doe wat je echtgenoot je heeft gezegd. Misschien zal die getikte verliefheid dan sneller overgaan dan je denkt.'

Ik deinsde terug. 'Hem opbellen? Wat moet ik dan tegen hem zeggen?'

Nechama giechelde. 'Jij hebt het volmaakte excuus. Je bent antropologe, jij kunt toch zeker wel een onderwerp bedenken voor onderzoek naar de *dosim*, en hij zal graag willen helpen.' En toen we ons gesprek bijna wilden afbreken, zei ze nog: 'Denk aan het gezegde: in liefde en oorlog is alles geoorloofd.'

Die nacht, toen Nachum al sliep, liep ik naar de vrieskast en pakte de fles wodka die we daar voor gasten bewaarden en die ik gebruikte als vervanging voor mijn vaders arak. Ik schonk de heldere vloeistof zó door mijn keel. Een bevroren ringslang gleed van mijn mond naar mijn maag, beet in mijn buik, zijn gif bubbelde in mijn bloed en verdoofde de doodsangst die een integraal onderdeel van me was geworden.

De volgende ochtend klopte ik op de kamerdeur van professor Har-Noy. Hij begroette me met een stralend gezicht: 'En, hoe maakt ons meisje het vanochtend?' riep hij luid. 'Prima, dank u,' antwoordde ik, en ik zei dat ik hem moest spreken. Zijn gezicht betrok. 'Je weet dat ik niet van zulke gesprekken hou. Die brengen nooit goed nieuws.' Hij zette zijn bril af, blies op de lenzen, poetste ze energiek op met een slip van zijn rimpelige overhemd die altijd over zijn broek hing en zei: 'Nou ja, kom dan maar binnen,' en hij verplaatste zijn zware gestalte om me binnen te laten en sloot de deur achter ons.

'Ik heb besloten een nieuwe richting in te slaan met mijn onderzoek,' deelde ik haastig mee, in een poging het nieuws zo snel mogelijk kwijt te zijn.

Hij zette zijn bril weer af, alsof hij was vergeten dat hij hem net had schoongemaakt, blies op de glazen, poetste ze energiek met de slip van zijn overhemd en bestudeerde me met zijn blote ogen, die me meelevend en bezorgd aankeken, alsof ze wilden zeggen dat je voorzichtig moet omgaan met mensen die een gewelddadig trauma hebben doorgemaakt, want die raken tijdelijk hun gezond verstand kwijt. Toen hij zijn wenkbrauwen fronste, realiseerde ik me dat hij moeite deed om zijn reactie te matigen. Hij vroeg niet wat voor nieuw onderwerp ik had uitgekozen, maar vroeg alleen maar vermoeid: 'Waarom?'

Ik haalde diep adem en vertelde hem dat ik het sinds die dag moeilijk had gevonden om me bezig te houden met begrafenisgewoonten en rouw. 'Ik merk dat ik moet huilen tijdens interviews en als ik erover schrijf. Het onderwerp maakt me depressief. Ik heb iets anders nodig, iets nieuws en optimistisch.'

Het medeleven in zijn ogen zei iets wat ik nooit te horen had gekregen. 'Dus al je research en je verzameling van gegevens, de uren die je hebt besteed aan de interviews – is het niet zonde om al dat werk en al die moeite overboord te gooien?' Dus zei ik vol vertrouwen dat niets verloren zou gaan, dat ik dat onderwerp kon behandelen in een seminar, en dat ik geloofde dat ik heel wat belangstelling zou krijgen, omdat dat onderwerp momenteel erg in de mode was. Toen probeerde ik zijn nieuwsgierigheid te wekken: 'Mijn nieuwe onderwerp houdt ook verband met de ultraorthodoxe gemeenschap.'

Professor Har-Noy keek me aan en hij trok opeens zijn dikke bruine wenkbrauwen op, als tenten boven zijn ogen, en een tweetal lange, verticale rimpels ploegden boven de brug van zijn neus, zodat zijn gezicht een stuurse uitdrukking kreeg. Omdat ik hem al jaren kende, wist ik dat hij niet boos was, maar eerder bezorgd en alert. Ik staarde diep in zijn ogen, die ondanks zijn gevorderde leeftijd een speelse, jeugdige twinkeling hadden behouden, en zei dat het onderwerp waaraan ik nu dacht, luidde: 'De ultraorthodoxe gemeenschap in een tijdperk van verandering', en dat het zich zelfs zou kunnen concentreren op 'De computer en zijn integratie in de sociale samenstelling van de ultraorthoxe gemeenschap in Israël.'

Hij keek me niet aan toen hij zei: 'Je weet dat ik zo'n verandering niet kan goedkeuren. Je zult een nieuw onderzoeksvoorstel moeten indienen. Minstens tien pagina's. We zullen de onderzoekscommissie bijeen moeten roepen om je nieuwe onderwerp goed te keuren. En waarom heb je juist dit onderwerp gekozen?'

Ik antwoordde enthousiast: 'Tegenwoordig ondergaat die conservatieve gemeenschap een veranderingsproces. Het gaat weliswaar langzaam, maar ze veranderen toch. Er is een enorme spanning tussen enerzijds de noodzaak van de gemeenschap om geld te verdienen en anderzijds het spirituele leven. Het lijkt erop dat er iets in de logica van de computer zit wat aantrekkelijk is voor mensen die gewend zijn aan de logica van de talmoed.'

Toen vertelde ik hem dat ik bij mijn eerdere onderzoek had geconstateerd dat er de afgelopen jaren allerlei handboeken waren verschenen over levensonderhoud en financiën, gericht op die gemeenschap. Die boeken boden zodanig advies dat je op diverse terreinen succesvol geld kon verdienen zonder het geloof in God en studie te schaden.

De professor zweeg terwijl ik echt op dreef kwam: 'Bij dat onderzoek kan ik verhelderen hoe ze, als ze dat al doen, kijken naar de verleidingen van internet en de pornografie die daar worden aangeboden, met al die chatrooms en verboden films en dat soort dingen. Dat is de reden dat ze dat verhitte debat hebben over de kwestie van "De computer: voor en tegen". Hun kranten staan vol met botsende denkbeelden, manifesten en alle mogelijke verboden. En dat alles bewijst hoeveel belang zij aan deze kwestie hechten.'

Het gezicht van professor Har-Noy klaarde op en ik oefende nog wat druk uit: 'Een onderzoek naar al die dilemma's, zelfs binnen een sekse-specifiek kader, zal de manieren blootleggen waarop die gemeenschap omgaat met een veranderende omgeving. Als we de ultraorthodoxe vrouw als voorbeeld nemen – haar rol was thuisblijven en de kinderen grootbrengen. Tegenwoordig kan ze, door het bestaan van de computer, thuis werken én haar traditionele rollen volhouden.'

De professor aarzelde even. 'Weet je zeker dat dit de juiste tijd is voor een dergelijk onderzoek, nu de hightech-markt het nog nooit zo slecht heeft gedaan?'

Ik haastte me de handschoen op te rapen en zei: 'Nu is precies de juiste tijd. Mijn onderzoek zal aantonen hoe ze met de nieuwe situatie omgaan.'

Professor Har-Noy zei dat het hem een interessant onderwerp leek en vroeg me een nieuw schriftelijk voorstel in te dienen. Toen vroeg hij hoe ik me voorstelde dat onderwerp aan te pakken. Hoewel ik nog niet met Avsjalom had gepraat en zijn toestemming nog niet had gekregen, zei ik dat ik een ultraorthodoxe contactpersoon had die een computerspecialist was, en dat die in zijn vrije tijd jesjiva-leerlingen, religieuze studenten en haredi-vrouwen les gaf. 'Hij zal me in contact brengen met zijn studenten, zodat ik een diepte-interview kan afnemen. En afgezien daarvan,' verklaarde ik, 'kan ik altijd directe waarnemingen doen van het gedrag van jesjiva-studenten tijdens hun studie, en natuurlijk zal ik interviews hebben met de mensen van hightech-firma's die haredim in dienst hebben.'

Voordat ik zijn kamer verliet, waarschuwde hij me dat hij niet geloofde dat iemand in de academische wereld buiten Israël belangstelling voor dit onderwerp zou hebben, en dat hij betwijfelde of de inspanningen die ik me zou getroosten, wereldwijd een positieve reactie zouden krijgen. 'Maar als je het toch wilt doen, dan sta ik achter je. En vergeet niet dat seminar over rouwgewoonten,' voegde hij daar nog aan toe, een herinnering aan mijn academische verplichtingen.

Die middag zocht ik zijn telefoonnummer op in de telefoongids.

Avsjalom herkende mijn stem meteen en zei: 'Sjalom, Yael.' Ik meende een vleugje blije verrassing te horen.

'Hoe maakt u het?' Ik stelde die afgezaagde vraag die een gewoonte was geworden, zelfs wanneer de wereld om ons heen uiteenviel, en ik kreeg onmiddellijk een hekel aan mezelf. Hij antwoordde ernstig en in het meervoud: 'Goddank proberen we eroverheen te komen, en hoe maakt u het?' 'Ongeveer net zo,' antwoordde ik, en toen zweeg ik. Hij wachtte geduldig aan de andere kant en ik kon de verwachting aan zijn ademhaling horen. Ik begon mijn verzoek te beschrijven, zocht voorzichtig naar woorden en stamelde een beetje. Hij aarzelde even en zei dat het idee hem wel aanstond, maar dat hij eerst zijn rabbi zou moeten raadplegen, en hij vroeg me om mijn telefoonnummer. Ik gaf hem het nummer van mijn werkkamer op de universiteit.

Elke dag vroeg ik aan Louisa of er soms boodschappen voor me waren, totdat ik, na een week, zijn stem over de telefoon hoorde. De rabbi had gezegd dat de religieuze privacy een probleem was, zei hij, en stelde voor dat we zolang we samen waren, de deur openhielden, of een van de buren zouden vragen erbij te zijn. Omdat ik ongeduldig was en een snelle oplossing wilde, vroeg ik: 'Dus wanneer kunnen we afspreken?' en na een korte pauze, alsof hij een onzichtbare agenda raadpleegde, antwoordde hij vragend: 'Aanstaande donderdag, om vijf uur 's middags?' Ik loog en zei: 'Geweldig. Dan heb ik tijd,' en aan het eind van ons gesprek kostte het me moeite de hoorn op de haak te leggen. Ik was bang voor Nechama's reactie, want die dag en die tijd waren gereserveerd voor onze heilige wekelijkse ontmoeting, die we met heel veel moeite in stand hadden weten te houden, ondanks alle mogelijke verleidingen.

Ik belde Nechama op en vertelde van de afspraak die ik met Avsjalom had gemaakt, en zij zei: 'Dat is fijn voor je. Ik ben al bezig met het voorbereiden van een snelle therapie voor je gebroken hart en je verdriet.'

Ik zag voor me hoe haar lippen ironisch lachten, en ik had het gevoel dat haar kringetjes rook rond mijn keel kropen en me wurgden.

Als Nimrod, een jager zonder weerga

Genesis 10:9

Op de donderdag van die week was ik bij hem.

Voordat ik van huis vertrok, bracht ik een hele tijd door bij mijn klerenkast. Eerst trok ik een witte trui aan, en een lange rok van spijkerstof, mijn camouflagekleding voor religieuze begrafenissen, met behulp waarvan ik met succes opging in de rouwstoet. Er zat een lippenstiftvlek op de kraag van mijn trui, dus koos ik voor een zwarte blouse. In de spiegel zag ik een vrouwelijke kolonist. Ik kleedde me uit en stond een hele tijd in mijn onderbroekje en beha naar mezelf te kijken, en kneep met duim en wijsvinger in een dun laagje vet dat zich sluw op mijn buik had genesteld.

Toen rukte ik de lange zwarte jurk van zijn hanger die ik duizend jaar geleden had gekocht voor Louisa's aanstaande trouwerij. Die gleed in behoudende glorie over mijn lichaam, en het hoge kraagje benadrukte mijn groene ogen en bleke gezicht. Ik voegde er een ketting van zoetwaterparels aan toe, een geschenk van Louisa nadat ik haar aan Yoram had voorgesteld. Ik glimlachte naar mijn spiegelbeeld: een zelfverzekerde, intelligente vrouw, knap om te zien, met een prachtig figuur, beantwoordde mijn glimlach. Tevreden liep ik de kamer uit. In de spiegel in de gang liep ik langs een in het zwart geklede Griekse weduwe in permanente rouw, met een treurig gezicht en harde ogen.

Zo wilde ik er niet uitzien bij onze eerste ontmoeting. Eigenlijk stond zwart me goed, bedacht ik toen ik weer naar mijn kamer ging en opnieuw in de spiegel keek. Je kunt beter weduwe blijven, zei ik tegen mezelf, dat is veel handiger en zuiverder dan een scheiding. Dat bespaart je al die weerzinwekkende ruzies en onenigheid over de kinderen en eigendommen, en het ondervangt ook sociale kritiek en geroddel. Toen ik de weduwekleding uittrok, realiseerde ik me dat dit de tweede keer was dat de gedachte aan scheiding door mijn hoofd was gegaan. Opnieuw liep ik naar de open kleerkast en diep daarin, in een verre hoek, vond ik een groene, geplooide rok die ik een week voordat ik ontdekte dat ik zwanger was had gekocht, en die ik nooit gedragen had. De rok herinnerde me aan een tijd die ik wilde vergeten. Ik wist niet of ik me erin zou kunnen wringen. Ik trok hem met kracht over mijn hoofd, hij zat een beetje strak om mijn borstkas, gleed over mijn ribben en stopte bij mijn middel. Met grote moeite knoopte ik de rok dicht, en ik keek naar mijn groene onderlichaam. De rok verborg mijn buik en benadrukte de heupen. Ik voegde er een witte zijden blouse aan toe, en controleerde of mijn beha er niet doorheen schemerde. Ik deed een band om mijn haar, en tevreden met het resultaat verliet ik de kamer.

Ik had nog nooit zo veel aandacht besteed aan het kiezen van mijn kleding.

Hij liet de voordeur wijd openstaan, zei dat ik kon gaan zitten in een leunstoel en gaf me een kopje thee. Ik hoorde het roffelen van kindervoeten die de trap op en af renden, en het kaatsen van een bal in de hal. Ik nam slokjes van de mierzoete thee en begon aan de vragenlijst die ik samen met professor Har-Noy had samengesteld.

Avsjaloms ogen meden de mijne, maar hij beantwoordde de ene vraag na de andere en sloeg steeds zijn ogen neer alsof hij iets zocht. Ik noteerde vlijtig dingen die me totaal niet interesseerden, en even ving ik een blik van zijn blauwe ogen op. Hij sloeg zijn ogen haastig weer neer, gaf een tik tegen zijn voorhoofd en zei: 'Wat ben ik nou toch voor een gastheer, ik heb vergeten u nog een kopje thee aan te bieden.' 'Dat hoeft echt niet,' zei ik, maar hij was al naar de keuken gelopen en ik hoorde stromend water en later de ketel die op de gaspit floot. Opnieuw werden twee kopjes neergezet op de tafel die als een dampende vesting tussen ons in stond. Hij liep nog een keer naar de keuken en kwam terug met een schaal koekjes, met 'smiley'-gezichtjes, het soort waar kleine kinderen van houden. Ik vroeg me af of ze nog bewaard waren uit de tijd van Davidl.

Ik nam snel slokjes van de hete thee en verbrandde mijn gehemelte en tong. Ik wendde me af van Avsjalom opdat hij niet ineen zou krimpen als hij mijn van pijn vertrokken gezicht zag. Ik zag wel dat hij een blik op me wierp, en toen ik hem mijn gezicht toewendde, meden zijn ogen opnieuw de mijne.

Na een uur namen we afscheid van elkaar, en terwijl hij me naar de deur bracht, vroeg hij: 'Donderdag, zelfde tijd?' Ik knikte bij wijze van antwoord en bedacht dat hij deze ontmoetingen kennelijk niet minder nodig had dan ik.

Ik reed recht naar Nechama's flat om Yoavi op te halen, vertelde haar over mijn ontmoeting met Avsjalom, en intussen keek ik naar het dunne snorretje boven haar bovenlip. Ik vroeg me voor de zoveelste keer af of ik tegen haar moest zeggen dat het tijd werd dat ze daar eindelijk vanaf kwam. Zij zei dat ze die Avsjalom van mij aardig begon te vinden en stelde voor dat ik hem iets over zijn verleden zou vragen, want ze had de indruk dat hij niet alleen religieus ontwikkeld hoefde te zijn. 'Jij denkt altijd dat je alles weet,' zei ik beschuldigend, en zij schoot terug: 'Dat is mijn intuïtie. Vraag hem er ronduit naar, dan zul je merken dat hij wil praten. Ik heb het gevoel dat hij in die gesprekken meer geïnteresseerd is dan jij denkt.'

Toen ik met Yoavi thuiskwam, bleek Nachum al thuis te zijn, en hij begroette me met een nijdig gezicht. 'Hoe kun je de deur uitgaan en zo'n rommel achterlaten?' Hij sprak luider, trok me naar de slaapkamer en wees naar de berg kleren en kleerhangers die ik op de vloer had gegooid toen ik me haastte naar die ontmoeting met Avsjalom.

'Je bent net je moeder. Ik kan op die manier niet leven. Je moet echt netter worden,' verweet hij me op nijdige toon.

Toen keek hij me aan, alsof hij me voor het eerst van zijn leven zag, en hij vroeg: 'Waar heb je dat groene kreng vandaan dat je aan hebt? Van een of andere vlooienmarkt? In Jaffa? Waar je vaders wolwinkeltje was?'

Ik kreeg het gevoel dat ergens in me iets tot ontploffing kwam. Ik kleedde me haastig om, trok de blouse en de rok van mijn lichaam en gooide ze op de grond, stapte over de vijver van kleren die aan mijn voeten was ontstaan, en verliet de kamer, waarbij ik ervoor zorgde dat ik het licht uitdeed en Nachum en de rommel in duisternis achterliet.

Naar de volgende ontmoeting ging ik in een nieuwe, donkerblauwe wollen jurk die ik in warenhuis Malcha had gekocht. Ik nam slokjes van de sterke thee die hij had gezet en zei dat ik in het kader van mijn onderzoek een paar persoonlijke vragen moest stellen. Ik raapte al mijn moed bijeen en alsof ik het van de bladzijde oplas vroeg ik in één adem: 'Waar bent u geboren? Hebt u broers of zusters? Leven uw ouders nog? Wat voor onderwijs hebt u genoten?' Hij stak zijn hand op, als om te proberen al die vragen tegen te houden, streek over zijn baard en zijn ogen glimlachten naar me, voor de eerste keer.

'Weet u zeker dat u dat echt wilt weten?'

Ik volgde met mijn ogen zijn prachtige vingers die nu zijn dikke blonde baard streelden en knikte. Avsjalom werd serieus, nam een slokje thee en fluisterde alsof iemand buiten de open deur hem zou kunnen horen: 'Tot een jaar of acht geleden was mijn naam Nimrod. Ik ben geboren in een kibboets van *Hasjomer Hatsa'ir*, kibboets Sjikmim in de noordelijke Negev. Mijn ouders leven nog en ik heb twee jongere broers.'

'Nimrod?' herhaalde ik ongelovig. Ik wilde hem vragen: 'Wat doet u dan in vredesnaam hier?' maar dat kon ik niet. Hij las mijn gedachten: 'U wilt waarschijnlijk weten hoe ik hier terecht ben gekomen?' en ik knikte zwijgend. 'Waar wilt u dat ik begin?' vroeg hij, en ik fluisterde: 'Bij die naam, uw naam, Nimrod.' 'Tja,' zei hij, 'zoals u weet zou een religieuze jood die naam nooit krijgen.'

Hoewel ik wist wat hij bedoelde, zei ik dat Nimrod voorzover ik wist een bijbelse naam was. Opnieuw streek hij over zijn baard alsof hij die net ontdekt had, en als een soort schuldbekentenis fluisterde hij dat die naam destijds prima was geweest voor iemand die in een kibboets geboren was en wiens ouders gezocht hadden naar de naam van een oude bijbelse held, omdat hij 'een geweldig jager voor het aangezicht des Heren' was. Toen schuifelde hij onrustig op zijn stoel en zei, alsof hij declameerde: 'Nimrod was slecht en wreed. Zo wordt hij in elk geval beschreven in de legenden van onze wijzen. Toen de zonen van Noach hem tot hun koning kroonden, probeerde hij tegen de Heer te rebelleren, en daarom werd hij Nimrod genoemd, van de Hebreeuwse stam "rebelleren". Hij was degene die het "separatistische volk", de afstammelingen van Noach, voorstelde de Toren van Babel te bouwen, een gebouw dat ook bekend stond als "het Huis van Nimrod", en dat was een huis van afgoderij. Een andere legende vertelt dat hij Abraham in een vurige oven heeft gesmeten nadat hij de godenbeelden van zijn vader Terach had stukgeslagen.'

'En Avsjalom?' vroeg ik. 'Waarom hebt u juist die naam gekozen? Per slot van rekening was ook Avsjalom niet zo'n toonbeeld van deugd. Hij kwam in opstand tegen zijn vader, David, en die naam wordt niet geaccepteerd in de haredi-wereld. Voorzover ik me kan herinneren,' voegde ik daaraan toe, 'ben ik nooit een haredi-man tegengekomen die Avsjalom heette.'

'Daar hebt u gelijk in. De rabbi's waren niet echt gesteld op de naam die ik gekozen had, en ze probeerden me te overreden de naam van een of andere rechtvaardige te kiezen. Maar ja, Avsjalom was mijn dierbaarste bijbelse held, en uiteindelijk heb ik hen op een of andere manier kunnen overtuigen. Ze begrepen hoe belangrijk het voor me was.'

' "Nu was er in geheel Israël niemand die zozeer om zijn schoonheid te prijzen viel als Absalom. Van de voetzool tot de hoofdschedel aan toe was er geen gebrek aan hem," ' citeerde ik de passage die ik uit mijn hoofd had geleerd na onze eerste ontmoeting. Avsjalom zweeg, en ik zweeg met hem mee. We bleven heel lang zwijgen, tot ik de stilte verbrak met de voor de hand liggende vraag: 'En hoe is Nimrod veranderd in Avsjalom?'

Maar het was of Avsjalom zich van mij had losgemaakt en verzonken was in verre gedachten, in oorden waar ik geen deel van uitmaakte. Ik herhaalde mijn vraag, maar hij negeerde die, hij sprong op, liep naar de keuken en vroeg of ik nog een kopje thee wilde. Hij wachtte niet op antwoord en kwam terug met twee dampende kopjes. Hij zette ze neer op de lage tafel tussen ons en zijn stem klonk uitgeput toen hij, op een toon die plotseling hees was geworden, zei: 'Alstublieft, vandaag niet. Ik kan er nu, op dit moment, niet over praten.'

'Wanneer dan wél?' vroeg ik op dringende toon, en hij dacht even na en beloofde: 'Wanneer we elkaar volgende week ontmoeten,' en ik was blij dat we elkaar nog een keer zouden ontmoeten, en dat Avsjalom nog een keer een uur lang van mij zou zijn, en misschien daarna nog een keer.

Toen ik thuiskwam, hing Nachum in zijn leunstoel naar de flikke-rende tv te staren met een krant als een lampenkap boven zijn ge-zicht. Hij bewoog de krant even, keek naar me en zei: 'Je ziet er de laatste tijd vrolijk uit.' Ik knikte vreugdeloos, hij verborg zijn ge-zicht weer achter de krant en zei terloops: 'Goed dat je eroverheen begint te komen. Ik maakte me zorgen, echt zorgen, dat je er niet overheen zou komen.' Handen met een droge en gebarsten huid van vaak wassen in een antiseptische oplossing, streken met korte vingers de pagina's van de krant glad, de nagels waren tot op het vlees afgevijld. Ik vergeleek zijn handen met die van Avsjalom. En opnieuw kwam die stem vanachter de krant: 'Hoe gaat je research met de vader van Davidl, hoe heet hij ook weer...' Ik antwoordde nijdig en verwijtend: 'Hij heet Avsjalom, maar vroeger heette hij Nimrod.'

Nachum toonde geen enkele belangstelling, hij vroeg niet eens waarom die man zijn naam had veranderd. Ik keek naar hem en zag opeens dat zijn buikje wat dikker was geworden. Ik herinnerde me hoe hij de eerste keer naar mijn ouderlijk huis was gekomen, gekleed in een blauw jasje en een broek met scherpe vouwen, met een boeketje voor mij en een doos chocolaatjes voor mijn moeder, of andersom, en hoe hij beloofd had mij voor middernacht weer thuis te brengen. 'Net als Cinderella,' had hij toen gezegd, met een ergerlijk grijnsje dat me hinderde. Om halftwaalf opende ik de voordeur, en vond mijn vader die op de bank op me zat te wachten, onder zijn landkaart. Hij zei dat Nachum een keurige, betrouwba-re jongen leek, en ik was blij dat hij tevreden was, maar de volgen-de ochtend sprak moeder de beroemde woorden uit dat die jongen van mij vlees noch vis was. 'Als je met hem trouwt, zul je een glans-loos leven krijgen,' verklaarde ze.

En ik bedacht dat ik Nachum nooit had liefgehad. De eerste keer dat ik hem zag, dacht ik dat hij een aardig gezicht had, net als mijn vader, en dat ik vast wel van hem zou gaan houden zoals ik van mijn vader hield.

Maar later was dat aardige verdwenen, en was alleen het gezicht overgebleven.

Ik keerde Nachum en zijn krant de rug toe en ging naar Yoa-vi's kamertje. Ik bukte me over hem heen en snoof hem op, hij opende zijn ogen en stak me vanuit zijn slaap zijn mollige armpjes toe. Hij omhelsde me en fluisterde in mijn hals: 'Wat doen de bomen?' en ik antwoordde: 'Die groeien.' Ik kuste hem op zijn wang en vroeg me opeens af wanneer die zoete geur zou verdwijnen en er massa's borstels op zijn wangen zouden groeien. Yoavi sloot zijn ogen en vroeg: 'Blijf nog even bij me,' en ik bleef een hele tijd naast hem zitten en wachtte tot ik Nachums gesnurk hoorde. Pas toen ging ik naar ons bed, waar ik me aan de rand oprolde en aan Avsjalom moest denken. Ik raakte mijn borsten aan en streek met mijn vingers over de knopjes van mijn tepels, die vol vreugde reageerden en hard werden. Ik zag Avsjaloms mond boven me en zijn lippen die naar mijn borsten zochten, hij vond een tepel en zoog daar zachtjes aan. Ik onderdrukte mijn gekreun en voelde hoe mijn vingers in zijn borsthaar woelden. Nachum hield op met snurken, werd wakker, stak zijn hand uit vanaf de andere kant, raakte mijn buik aan en vroeg: 'Is alles in orde?' 'Prima, slaap maar verder,' stelde ik hem met verstikte stem gerust, boos omdat hij mijn vrijage had verstoord. Ik kroop onder het dekbed en rook aan mijn vingers, ik dacht aan Nimrod en Avsjalom, en wist dat ik hen allebei liefhad.

'Wie was Nimrod?' vroeg ik hem bij onze volgende ontmoeting, en alsof het een onderdeel van een vast ritueel was, vroeg hij: 'Wilt u soms een kopje thee?', en zonder een antwoord af te wachten, ging hij naar de keuken om terug te komen met de twee kopjes. Hij liep weer terug en ik kon horen hoe keukenkastjes werden geopend, en hij kwam terug met een bord vol smiley-koekjes, ook al had hij niet gezien of ik daar de vorige keer van had gegeten.

'Nimrod was piloot bij de luchtmacht,' zo begon hij, sprekend in de derde persoon, alsof hij het had over iemand die langgeleden gestorven was, 'een gevechtspiloot die in de oorlog tegen Libanon heeft gevochten.' Voor mezelf verwijderde ik de dikke baard van zijn gezicht, en hij veranderde in een piloot in een grijze overall. Zijn stem veranderde opeens, en er zat een andere man tegenover me, een man die me vertelde dat Nimrod had geloofd in wat hij gedaan had, dat hij het erg naar zijn zin had gehad bij de luchtmacht en echt gek was op vliegen. 'Zelfs tijdens een gevecht bevuilt een piloot zijn handen niet met bloed,' zei hij, als een soort verontschuldiging. Ik stelde me hem voor, vliegend in de lucht, vrolijk boven de wolken, want de geluiden van explosies, noch de kreten van de gewonden of het gedruis van instortende gebouwen drongen tot de cockpit door.

'In wat voor soort vliegtuig vloog u?' vroeg ik, want mijn nieuwsgierigheid was gewekt. Een lichte glimlach verscheen om zijn lippen en ik was gelukkig, alsof die glimlach voor mij bedoeld was, en hij zei: 'In een Phantom. Het werkpaard van de Vietnam-oorlog. Wat is het verschil?' Ik wist niet wat ik daarop moest antwoorden en hij zei dat mijn vraag in feite belangrijk was, want de vorige generatie piloten, degenen die eerder dan hij in dienst waren geweest, had het voorrecht gehad te vliegen in de lichte en elegante Franse vliegtuigen. En toen was de Phantom gekomen, dat wrede, zware monster uit de Verenigde Staten, dat zelfs geen vleugje Franse chic bezat, en mét dat vliegtuig had onze luchtmacht de Amerikaanse strijdlust overgenomen.

'En wat gebeurde er met hem, met Nimrod, wat was het keerpunt?' vroeg ik.

Zijn leven was veranderd toen ze hem op vernietigingsvluchten begonnen uit te sturen. Het commando bepaalde het doelwit, legde precies uit welke terroristen zich daar verborgen, en gaven op de kaart aan waar ze te vinden waren. 'We bereikten ons doelwit, voelden hoe het vliegtuig bewoog wanneer de bommen werden afgeworpen, zagen de zuilen rook in de diepte, en dan vlogen we terug, met schone handen en ongedeerd.' En Avsjalom schraapte zijn keel en nam een slokje thee. 'Pas later heb ik andere dingen geconstateerd.'

'Wat, bijvoorbeeld?'

'Als je bij een vernietigingsvlucht je bommen laat vallen, wil je een militair doelwit raken, of een gebouw waar terroristen zitten. Maar elke officier wist, of liever, iedereen wist dat zich in die duidelijk gespecificeerde doelwitten ook onschuldige mensen bevonden. Kinderen.' Zijn stem brak toen hij beschreef hoe hij zijn bommen liet vallen en alleen het gebouw voor zich zag, en niet de ogen van zijn slachtoffers.

'En wanneer kinderen gedood worden, denk je onvermijdelijk

aan de kinderen die je zelf misschien zal krijgen, in de toekomst.'

Opnieuw vroeg hij of ik nog een kopje thee wilde, hoewel ik het kopje dat voor me stond nog niet had aangeraakt. Hij haastte zich naar de keuken en rammelde met borden, zette de kraan aan en uit, zocht in de koelkast en kwam terug met lege handen. Hij ging tegenover me zitten en vervolgde zijn verhaal waar hij het had onderbroken. 'En toen begonnen die verslagen te verschijnen, in de kranten en op de buitenlandse televisiezenders. Ik zal nooit de dag vergeten dat een kop in een krant, ik weet niet eens meer in welke, verkondigde: "De Piloot Die de Bom Laat vallen – Hoe Kan Hij 's Nachts Slapen?"' Sindsdien was hij zichzelf gaan kwellen, 's nachts. 'Als je zegt dat je 's nachts niet kunt slapen, proberen ze je vliegopdrachten te verminderen. Maar dat heeft altijd gevolgen voor je kameraden – die moeten jouw werk doen. Ik begon slaappillen te slikken, eerst een halve pil, en als ik om drie uur 's nachts wakker werd, nam ik de andere helft. Ik kwam dan slaperig op de instructie en kreeg mijn opdracht. Voor elke vlucht vroeg ik om alle mogelijke informatie, wie woonden er in die gebouwen, en waren daar ook kinderen bij. Ik wist dat de terroristen burgers gebruikten als menselijk schild, en mijn superieuren waren niet altijd in staat mijn vragen te beantwoorden. Bij elke briefing vroeg ik door over de slachtoffers.' Toen hij had ontdekt dat hij twee kinderen had gedood, was hij ingestort. Hij had gevraagd geen vernietigingsvluchten meer te hoeven doen, en aangeboden in plaats daarvan luchtafweergeschut te bombarderen. 'Een piloot is vergeleken met de gewone soldaat in het voordeel,' legde hij uit, 'want niemand kan je dwingen tegen je wil of tegen je geweten in een missie uit te voeren.' En een keer, toen ze hem eropuit hadden gestuurd om luchtafweergeschut te bombarderen, en hij had ontdekt dat dat in een openbaar gebouw zat, op het dak van een school of een ziekenhuis, had hij zijn bom in zee laten vallen en was hij met een zuiver geweten teruggekeerd naar de basis.

Zijn blik dwaalde door de kamer en bleef ten slotte rusten op de foto van Davidl op het buffet. 'Volgens mij is er geen verschil tussen een granaat die door een vliegtuig op een gebouw met terroristen wordt afgeschoten, en kinderen die in een naburig straatje spelen en gedood worden, of kinderen die gedood worden bij een zelfmoordaanslag op een bus. In beide gevallen zijn het onschuldige slachtoffers. De fout die een piloot maakt, is niet minder erg dan die van de pleger van een zelfmoordaanslag die uit kwade bedoelingen handelt.'

Ik voelde dat ik hem moest verdedigen, dat ik hem de schande moest ontnemen: 'De pleger van een zelfmoordaanslag wil dood en verderf zaaien, maar u viel uit zelfverdediging vernietigingsdoelen aan.' Maar Avsjalom wendde zijn blik af en vroeg me voor de zoveelste keer: 'Nog een kopje thee?'

Ik schudde van nee en vroeg hoe hij nu precies zijn weg naar de godsdienst had gevonden.

Hij raakte verstrooid zijn keppeltje aan, alsof hij wilde controleren dat het er nog was en zijn hoofd beschermde, en staarde naar een ver punt op de wand.

Plotseling veranderde de man die tegenover me zat in een haredi, die in hun taal sprak.

'Ik voelde me een moordenaar, en zocht een manier om mijn daden goed te maken. Om te smeken om vergiffenis. Het bloed van de onschuldigen die ik had gedood schreeuwde naar me vanaf de grond. Bij de luchtmacht hadden ze ons geleerd te vliegen, bommen te werpen, de opdracht uit te voeren, maar ze hadden ons niet geleerd hoe we ons konden bevrijden van het bloed en de stank van de dood die aan onze handen kleefden.'

En dus, na enkele jaren als vlieginstructeur, had hij de luchtmacht verlaten en zich ingeschreven bij de 'Or Sameach'-jesjiva in Jeruzalem.

'Ik herinner me dat de jongens op de jesjiva tegen me praatten over zonden als lasterpraat, het dankgebed na de maaltijd uitspreken zonder oprechte toewijding, lustvolle gedachten en de verspilling van zaad op de grond. Anders dan zij voelde ik me als Nimrod uit de schrift: slecht en wreed, met handen die dropen van het bloed van onschuldige kinderen. Voor het eerst van mijn leven vastte ik op Jom Kippoer en ging ik naar de synagoge. Ik leerde hoe ik moest staan en wanneer ik moest buigen en wanneer ik me op de borst moest kloppen en zeggen dat ik gezondigd had. En toen, ten overstaan van iedereen, verklaarde ik: "Ik heb gezondigd, ik ben ongelovig geweest, ik heb gestolen, ik heb verachtelijk gesproken," en ik voegde aan die lange lijst ook het woord "gemoord" toe, en elke slag van mijn vuist op mijn borst zuiverde me een beetje van mijn zonden. In de synagoge spraken ze over de rampen en gevaren die nieuwjaar brengt voor de zondaar, en ik wist dat ik, zonder volledig berouw te tonen, nooit vergeven zou worden, want dat was het moment dat de Almachtige besloot wie zou leven en wie zou sterven. Wie door het zwaard, en wie in de oorlog.'

'En Batsjeva?' vroeg ik – eindelijk slaagde ik erin haar naam uit te spreken – 'kwam zij uit een religieus gezin?'

'Batsjeva was mijn vriendin van vroeger, toen we werden opgeroepen voor het leger, zij was voortdurend bij me. Ze steunde me en begreep me. Om het leven voor ons gemakkelijker te maken, zijn haar ouders, die traditionele joden waren, ultraorthodox geworden.'

'En uw ouders?' waagde ik te vragen.

'Die hebben mij doodverklaard. Die zullen nooit begrijpen hoe hun zoon de piloot, de trots van de kibboets, zijn verstand heeft verloren en veranderd is in een bijgelovige religieuze jood. Ze zijn niet naar ons huwelijk gekomen, en ook niet naar de plechtigheid van Davidls besnijdenis, onder het voorwendsel dat ze niet apart wilden zitten, hij bij de mannen en zij bij de vrouwen. Batsjeva schreef hen wel eens en stuurde foto's van Davidl, maar ze wilden het mij niet vergeven. Zelfs na die tragedie wrokken ze nog steeds.'

'En uw broers?' vroeg ik.

'Die wonen nog in de kibboets,' zei hij, 'en soms komen ze op bezoek. Ze zijn ook gekomen voor de begrafenis en voor *sjiwwes*.'

Opeens begroef hij zijn gezicht in zijn handen en hij fluisterde: 'Het was niet genoeg. Ik ben tekortgeschoten.'

'Hoezo, tekortgeschoten?' vroeg ik verrast.

'Ik ben er niet in geslaagd hen te redden. Ik ben er niet in geslaagd mijn zonden goed te maken. Zij hebben moeten sterven vanwege mij. Davidl en Batsjeva hebben met hun leven betaald voor mijn misdaden.'

Hij huilde en zei dat hij misschien niet voldoende berouw had getoond, dat hij misschien te veel bezig was geweest met de materiële wereld, met zijn werk, en te weinig met de bestudering van de thora. 'Het komt allemaal door mijn trots,' kreunde hij. 'Ik wilde niet gesteund worden door de religieuze instanties van onze gemeenschap. Mijn rabbi heeft tegen me gezegd dat mijn werk in de computerwereld mijn bestudering van de thora in de weg zou staan, maar ik had het gevoel dat ik geld moest verdienen om mijn gezin te onderhouden.'

In mijn herinnering zag ik de twee hoofden weer, starend naar mij, het ene groot en donker, het andere klein en blond. Davidl en Batsjeva staarden naar me met beschuldigende ogen, door het raam van de opgeblazen bus.

Ik huilde met hem mee, want ik wist dat hun dood noodzakelijk was geweest voor deze onverwachte verbintenis tussen Avsjalom en mij.

En mijn moeders stem kwam me te hulp: 'Niets is toeval,' hoorde ik haar zeggen, 'er is een hand die de weg wijst. Het noodlot heeft een duivels plan bedacht, en heeft alles gedaan om ervoor te zorgen dat jullie elkaar ontmoetten.' Nechama vergiste zich, jubelde ik inwendig. Onze ontmoeting was geen toeval. Zijn tragedie zou Yoavi en mij beschermen.

'Geen tweemaal verheft zich de benauwdheid.' Het zinnetje dat mijn vader zo graag citeerde uit het boek Nahum weerklonk in mijn hoofd, de woorden die hij gebruikte wanneer hij me omhelsde. Met beloftes en verwensingen verzekerde hij me altijd dat niemand mij van hem zou wegnemen, want problemen die iemand één keer waren overkomen, zouden hem nooit een tweede keer overkomen.

Mijn huid jeukte van opwinding. Geprikkeld en genadeloos verlangde ik ernaar mijn armen en benen om Avsjalom heen te slaan, mijn nagels en tanden in hem te slaan, hem aan mijn lichaam te binden met mijn haren, zijn leven aan het mijne te ketenen. Ik zou hem niet laten gaan. Wij moesten samen zijn. Zijn Davidl was gestorven opdat mijn Yoavi zou leven. Door hem zou de vloek worden opgeheven.

Geagiteerd stond ik op en zei dat ik moest gaan. Hij probeerde me niet tegen te houden.

Ik wist niet waar ik de kracht vandaan haalde: ik liep naar hem toe en hield zijn koortsige hoofd tussen mijn handen. Zijn lichaam beefde, vlak bij het mijne, en ik wist dat hij wist dat zijn doden ons verenigd hadden. Maar opeens schrok hij en hij rukte zich uit mijn armen. 'Zullen we elkaar over een week weer ontmoeten?' vroeg ik bezorgd, en hij, bleek en uitgeput, knikte zwijgend.

Ik stapte in mijn auto die zo nieuw rook, en mijn handen, die vlak daarvoor Avsjaloms hoofd hadden vastgehouden, brandden op het stuur. Ik dacht aan mijn oude Minimoesj, die op die ochtend opzettelijk startproblemen had vertoond, opdat ze mij naar hem kon leiden.

Ik reed in mijn nieuwe auto en mijn ogen dwaalden over de weg, en volgden haar, volgden mijn oude auto.

En die vrouw was zeer schoon van uiterlijk

Samuel 11:2

De telefoon ging over en het geluid viel ons met uitgestoken klauwen aan en versnipperde ons gesprek. Zijn gedachten dwaalden af en hij wachtte een hele tijd voordat hij opnam. Maar de bel was dringend, omringde ons en wierp een bastion tussen ons op, totdat hij eindelijk met tegenzin zei dat het waarschijnlijk een noodgeval was en dat hij moest opnemen. Hij stond op en liep naar de keuken om de telefoon te beantwoorden, en toen hij terugkwam, zei hij dat hij was opgeroepen voor een *minjan* van rouwenden in Neveh Ya'akov. Hij verontschuldigde zich en vroeg of ik op hem wilde wachten, want na de gebeden zou hij meteen weer terugkomen. Hij vertrok en sloot zachtjes de deur die sinds ik zijn flat had betreden open had gestaan.

Terwijl het geluid van de voetstappen op de trap wegstierf, ging ik haastig op zoek naar de wc. Tijdens ons gesprek had ik met opeengeklemde dijen en samengeknepen billen tegenover hem gezeten, en pijn geleden. We hadden een hele tijd zitten praten, en ik zat verstijfd op mijn stoel, omdat ik niet van houding durfde te veranderen om het kopje thee aan te raken dat hij me had gebracht. Mijn blaas stond op springen, en toch had ik hem niet durven vragen waar het toilet was.

Hoewel hij al vertrokken was, controleerde ik of de deur gesloten was. Met een zalig gevoel leegde ik mijn met thee gevulde blaas, en als een handige, zwijgzame wijnkelner die het elixer tegen de wand van het glas giet, stuurde ik de stroom tegen de zijkant van de wc, opdat er niets te horen viel. Daarna ging ik naar de badkamer om mijn handen te wassen, en daar, aan de roe van het afwezige douchegordijn, hing een schrikwekkend monument ter herinnering aan de overleden echtgenote: een witte beha waarvan de cups even klein waren als die van een jong meisje, en drie wit

213

katoenen onderbroekjes. Ik raakte het ondergoed aan dat tweeduizend jaar geleden was opgehangen om te drogen, en hard, droog stof bleef aan mijn vingers kleven. Ik waste de as van de overledene van mijn handen en een bleek en vervaagd gezicht staarde me teleurgesteld aan uit de spiegel van het medicijnkastje boven de wastafel. Die spiegel, die ontelbare keren naar haar gezicht had gekeken, controleerde nu het mijne en vergeleek waarschijnlijk mijn gelaatstrekken met de hare.

'Spiegeltje, spiegeltje aan de wand, wie is de schoonste...'

Ik droogde mijn handen aan een ochtendjas van roze badstof die aan een haak achter de deur hing. Op de zak was een monogram van drie Hebreeuwse letters geborduurd, *Bet*, *Sjin* en *Waf*. Waarschijnlijk een geschenk van hem. Ik stak mijn hand in de zak en haalde er een verfrommeld papieren zakdoekje uit, en ik rook eraan.

Later, toen ik alles aan Nechama vertelde, zei ik dat ik haar wilde leren kennen. Ik wilde weten wie de vrouw was die hij had liefgehad, ik onderzocht haar geur en zocht naar sporen die ze had achtergelaten. Dus opende ik ook dat kastje en bekeek wat erin zat. Ik vond een flesje vloeibare paracetamol, babycrème, een vergeeld papieren zakje met hoofdpijntabletten, een bosje eenvoudige zwarte haarspelden met een elastiekje erom, een kam die een paar tanden miste met wat krullende haren ertussen, een pak maandverband en een klein bundeltje gaasjes, te gebruiken om de reine dagen van de menstruatiecyclus te testen.

'Cosmetica?' vroeg Nechama, en ik zei dat ik geen sporen van haar schoonheid had gevonden – geen gezichtscrème, geen make-up, geen parfumflesjes, alleen een half opgebruikte roze lippenstift die zich kuis verborgen had in de hoek van het kastje.

Ik kwam naar buiten, passeerde Davidls afgesloten kamertje en liep regelrecht hun slaapkamer binnen. Een muurkast met vier deuren, met lichtgekleurd formica bekleed, hing aan de wand tegenover het raam. Twee naast elkaar geschoven eenpersoonsbedden met kleurige spreien eroverheen. Naast elk bed stond een goedkoop rotantafeltje.

Ik ging op het bed bij het raam liggen. De matras verschoof

onder me en het bed verschoof enigszins naar het raam. Ik leunde over de rand, tilde de sprei op en zag de twee metalen wieltjes die aan de poten bevestigd waren: dit was haar bed geweest – het menstruatiebed. Naast de leeslamp op het tafeltje lag een versleten gebedenboek en daarnaast een donkere haarband, waar in de plooien van het fluweel een paar lichtbruine haren waren blijven zitten. Ik opende een la: een paar zwarte haarspelden, Nivea handcrème, een dunne, kleurige hoofddoek, en het september/nieuwjaarsnummer van *Het gezin*. De stoffen boekenlegger in het midden was achtergebleven bij 'Koken voor de feestdagen met Lea', met een recept voor 'Geroosterd kalfsvlees met honing'.

Ik rolde om naar het andere bed: het vaste bed, zijn bed. Een leeslamp aan de muur stak zijn gekromde nek naar me uit, en de doorschijnende, peervormige gloeilamp inspecteerde me. Aan de wand boven het hoofdeinde was een eenvoudige plank bevestigd, die met schroeven op zijn plaats werd gehouden. Op zijn tafeltje stonden de foto in zijn zilveren lijst, een paar religieuze boeken en een zakje met zijn gebedsriemen van paars fluweel, geborduurd met bloemen, en daarboven een gele kroon. Ik ging op zijn bed liggen, waar Batsjeva tijdens haar reine dagen naast hem had gelegen. Ik trok de sprei ervan af, liet mijn gezicht in het kussen zinken en rook eraan. Een zwakke zeepgeur steeg op. Ik werd opgezogen door de zachtheid van de matras, genot vulde mijn lichaam en er kwam een rust over me die mijn oogleden met pluizig dons streelde. Ik was zo moe, dat ik de verleiding voelde om mijn ogen te sluiten en te slapen, te slapen en nog eens te slapen, duizend jaar lang misschien wel, totdat hij me kwam zoeken, vocht met de draak en de doornhagen, mijn kamer boven in de toren vond en me met een zachte kus op mijn lippen wekte.

Met moeite schudde ik de slaap van me af en ik stond op van het bed.

Ik moest haar leren kennen.

Vanaf mijn zitplaats op zijn bed opende ik een van de kastdeuren. Die viel langzaam open, en een sterke geur van mottenballen kwam me tegemoet. Het was haar kant van de kast.

Japonnen hingen aan eenvoudige ijzeren kleerhangers op regelmatige afstand naast elkaar. Ze hadden lange mouwen en waren hooggesloten, en omdat ze geen persoonlijkheid hadden, verdrongen ze zich daar als ineengedoken, fronsende, magere en kuise vrouwen die geduldig wachtten op een belangrijke gebeurtenis in hun leven. Aan hun voeten stonden twee paar donkere schoenen met ronde neuzen en lage hakken. Tegen de wand van de kast, staande op hun prachtige hoge hakken, stonden de bevoorrechte feestschoenen van zwart fonkelend lakleer, met puntneuzen en glinsterende gouden vlindergespen. Achter de volgende deur, die enigszins piepte toen ik hem opendeed, lagen een paar gestreken blouses opgestapeld, keurig verzorgd. Daaronder waren drie houten laden. Ik trok er een open en ik zag daar in al zijn bescheidenheid wat eenvoudig katoenen ondergoed. De la daaronder ging moeilijk open, daarin lagen massa's opgerolde donkere kousen. In de onderste la vond ik een rommeltje van kleurige hoofddoeken, in elkaar gewonden alsof ze troost zochten.

'Ik moest haar voelen. Haar kleren dragen. Haar schoenen aandoen,' bekende ik later aan Nechama.

Ik trok mijn blauwe wollen jurk uit, en in mijn beha en panty bestudeerde ik de ene hanger na de andere, ik voelde aan de stof, rook aan de oksels in een poging haar geur te ontdekken. Ik verwierp de ene jurk na de andere, tot ik de donkergroene vond, met witte stippen die vrolijk glansden. Ik trok die jurk over mijn hoofd en worstelde in het donker naar de hals, de mouwen, het middel. Toen de jurk strak om me heen zat, voelde ik achter me, vond een rij knopen die ik stuk voor stuk in bezit nam. Mijn lichaam zat in de stof gevangen. De jurk verspreidde onbekende geuren van transpiratie en mottenballen, de hoge kraag kneep in mijn hals en dreigde me te smoren wegens mijn gotspe.

Yael, gekleed in Batsjeva's japon, treurig en depressief, een dwerg met een dik middel, staarde me in de spiegel aan de binnenkant van de kastdeur aan. Ik verweet de misvormende spiegel dat hij mijn lengte ingekort en mijn lichaam verbreed had. Opnieuw tastte ik achter me, maakte de knopen los en rukte de jurk van mijn lijf. En weer bewoog ik de ene kleerhanger na de andere en koos afwezig een zwarte japon. Die schonk zichzelf vlot en welwillend aan mij. Ik bekeek opnieuw mijn spiegelbeeld. De jurk maskeerde mijn rondingen, de dikke stof gleed over mijn borsten en maakte ze totaal onzichtbaar. Het was een tot op de draad versleten positiejurk.

Ik peinsde over de schoenen en koos ten slotte die van lakleer. Toen ik ze pakte, zag ik de versleten zolen en de droge barsten in het glimmende leer. Mijn voeten, in dikke wollen kousen, waren er veel te groot voor. Ik trok de kousen uit en perste met veel moeite mijn voeten in de schoenen.

Ik bleef een hele tijd staan bij de la met de hoofddoeken. Ik pakte een lichtpaarse, wond hem om mijn hoofd en bond de uiteinden aan elkaar in mijn nek. Een vrouw in een verband vol bloedvlekken staarde me aan uit de spiegel. Ik rukte de doek van mijn hoofd en koos een andere uit, een donkerblauwe. Die vouwde ik diagonaal en ik legde de driehoekige stof over mijn hoofd, met een knoop achterin. Toen zocht ik in de la, en daar vond ik een witte hoofdband, en die legde ik om mijn hoofd. Ik stopte de losse pieken haar die aan de hoofddoek ontsnapt waren weg zodat geen enkele haar zichtbaar zou zijn.

Een vreemde vrouw, met mijn ogen, staarde me nietszeggend aan. De tijd viel uiteen en mijn hart stond stil, en ik schrok toen ik Avsjalom achter die vrouw in de spiegel zag staan. Zijn ogen waren wijd opengesperd. Zijn stem weerklonk geschokt tegen mijn rug: 'Batsjeva?'

Ik draaide me naar hem om. Verstard stond hij in de deuropening van de slaapkamer, waar zijn gestalte zich als een portret in het deurkozijn aftekende, met een gezicht alsof hij een geest had gezien. Hij opende zijn mond, maakte een klakkend geluid alsof hij zijn tong van zijn gehemelte had losgetrokken om iets te zeggen, keerde mij toen de rug toe en sloeg op de vlucht. Batsjeva's positiejurk verschroeide mijn huid, mijn hart bonsde in mijn keel en mijn maag kolkte van een overmaat aan maagsap. Ik voelde achter mijn rug, worstelde met trillende vingers met elke knoop, soms ernaast tastend, tot ik erin slaagde me van de jurk te bevrijden. Ik trok de hoofdband en de hoofddoek af, trok haastig mijn eigen jurk aan, hing de kleren weer in de kast en verliet de kamer.

Hij stond in de keuken met zijn rug naar me toe, met zijn lichaam over de gootsteen gebogen, en met zijn gezicht naar het raam. Bijna afwezig zei hij: 'Gaat u maar weg, alstublieft.'

Een krachtige wind plukte aan de elektrische leidingen boven mijn hoofd, zwart en gevaarlijk als boosaardige slangen. Toen de wind mij in het oog kreeg, sloeg hij me, blies stof in mijn ogen en geselde mijn gezicht met duizend tressen haar. Hij achtervolgde me naar mijn auto, porrend en duwend in mijn rug, en dreef me weg daarvandaan.

Toen ik bij de auto kwam, worstelde ik om het portier open te krijgen. Dat lukte me nauwelijks en het sloeg plotseling wijdopen, zodat de wind het bijna uit zijn scharnieren rukte, fluitend en gierend alsof hij smeekte binnen te komen en met mij weg te rijden. Tijdens de hele weg naar huis bombardeerde hij me met ronde ijsprojectielen die als ijzeren stormrammen tegen carosserie en voorruit sloegen.

Ik bereikte met de grootste moeite mijn falt. Ik liet mijn auto aan zijn lot over en rende naar het gebouw. Als een nijdige stier viel de wind de verlaten auto aan, die heen en weer schommelde en bijna omviel. Op de trap, halverwege mijn flat, riep de auto me terug met de smekende, veeleisende tonen van de alarminstallatie. De wind reageerde daarop met gegier, en angstige buren ontstaken lampen en lieten rolluiken zakken, terwijl hun ogen in het donker naar die loeiende auto zochten.

Achtervolgd door de wind klom ik met een rood gezicht, verwarde haren en scheef zittende kleren naar de flat.

Volstrekte stilte. Nachum zat in zijn fauteuil, met de krant op zijn knieën, terwijl de tv zwijgend stond te flikkeren. Ik zei hallo, en wilde naar de slaapkamer ontsnappen, maar hij keek naar beneden, naar mijn voeten, en vroeg: 'Wat is dat nou? Waar komen die rare schoenen vandaan?' Ontzet zag ik dat ik nog steeds haar schoenen droeg, en ik zei tegen hem dat ik in een plas had getrapt, zodat mijn schoenen drijfnat waren, en een van de secretaressen van de faculteit, die een extra paar in haar auto bewaarde, had ze aan mij gegeven tot de mijne waren opgedroogd. Nachum merkte op dat mijn vriendin een vreemde smaak op het gebied van lakschoenen had, en wie dat eigenlijk was. Ik antwoordde dat hij haar niet kende, ze was via een uitzendbureau gekomen en zou waarschijnlijk niet zo lang bij ons werken. Ik deed de schoenen in een plastic tas en hing die met de hengsels aan de knop van de voordeur, opdat ik ze niet zou vergeten.

De volgende ochtend, toen ik Yoavi aan het aankleden was, ging de telefoon. Het was Avsjalom die rustig zei, alsof er niets was gebeurd: 'U hebt uw schoenen en kousen hier laten liggen.' Ik was opgelucht dat hij belde en vroeg of hij thuis zou zijn nadat mijn werkdag erop zat. Ik wilde me verontschuldigen, ik wilde mezelf verklaren en rechtvaardigen, maar hij antwoordde met gebarsten stem dat dat niet nodig was, hij wilde het hoe en waarom niet begrijpen, en slapende honden moest je niet wakker maken.

We wisselden de zakken uit bij zijn deur als een stel geheim agenten. Ik vroeg hem wanneer we elkaar weer konden ontmoeten, en hij antwoordde dat hij dat nu nog niet wist. Als hij tijd had, zou hij me dat laten weten. Ik liep de trap af met een plastic tas waarop 'Rachel Modes – Dameskleding' stond. Daarin zaten mijn schoenen en kousen, ze hingen zwaar aan mijn arm. Toen ik me omdraaide zag ik hem op de overloop staan, met in zijn ene hand mijn tas waarin Batsjeva's schoenen zaten, en met de wijsvinger van zijn andere hand in de buurt van de lichtknop. Hij wachtte tot het licht doofde, zodat hij het weer voor mij kon aandoen.

Hij belde me een week later op en vroeg of we elkaar nog een keer konden ontmoeten.

'Ik heb al haar spullen aan de liefdadigheid gegeven,' zei hij toen ik in de fauteuil ging zitten. Ik sloeg mijn ogen neer. Dat had hij voor mij gedaan, zodat ik niet opnieuw in de verleiding zou komen om aan haar eigendommen te komen. En alsof er binnen in hem iets was gebroken, stond hij op, haastte zich naar de keuken en kwam terug met twee kopjes thee en een schaaltje smiley-koekjes. Ik wist dat hij was weggelopen om zijn tranen te drogen, en toen hij met vochtige ogen terugkwam, staarde ik naar de punt van mijn schoenen en verontschuldigde me nogmaals omdat ik haar kleren had aangetrokken, maar hij hield me met een gebaar tegen.

'Ze hebben hen in de kleren die ze aanhadden begraven,' zei hij. 'Ze konden de lichamen niet eens ritueel reinigen. Ze zeiden dat in het geval van Batsjeva en Davidl, die een gewelddadige dood waren gestorven, de doden in hun met bloed bevlekte kleding begraven moesten worden, omdat het bloed gelijk is aan de ziel. En ik weet niet wat ze die dag aanhad. Hebt u het misschien gezien? Kunt u het zich herinneren?'

Ik schudde van nee en hij zei dat toen ze haar op de draagbaar naar het graf hadden gedragen, haar hand, de hand die ongedeerd was gebleven, onder het laken uit was geschoven. Hij had die hand willen vastpakken en haar, stap voor stap, naar haar graf willen brengen, en hij had niet geweten met wie hij het eerst moest meelopen, met zijn zoon of met zijn vrouw. 'Die onschuldige zielen waren zonder reden vermoord. Ze hadden onbewust hun nek naar de slachtbank uitgestrekt.' En Avsjalom verborg zijn gezicht in zijn prachtige handen. Ik had die lijdende handen willen kussen, de pijn uit zijn lichaam willen wegnemen en naar het mijne willen overbrengen. En alsof hij het brandende verlangen van mijn lippen voelde, balde hij zijn vuisten en vouwde zijn armen over zijn borst, en verzonk in een langdurig zwijgen. Ik kon me niet beheersen: 'Hoe zit het met de boosheid, hoe zit het met het verlangen naar wraak?' Hij staarde me even aan en sloeg toen zijn ogen op, naar zijn God, hoogstwaarschijnlijk, maar zijn blik werd tegengehouden door het plafond en de lelijke, werelds gekleurde lampenkap die daar hing.

'In dit soort gevallen zeggen wij: "Moge de Heer hun bloed wreken",' zei hij ten slotte.

'Is dat alles? Voelt men niet de noodzaak om wraak te nemen op de mensen die die moordenaar hadden gestuurd?'

'Ik ben niet geïnteresseerd in wraak. Dergelijke slechte gevoelens wil ik niet hebben.'

'Maar waarom denkt u dat God die ramp over ons heeft gebracht?' durfde ik in het meervoud te vragen.

'Ik geloof dat de Almachtige, gezegend zij Zijn naam, ons elke dag voor een moeilijke beproeving stelt.'

'En na wat er gebeurd is – gelooft u nog steeds in zo'n beproeving?'

'De Heer geeft en de Heer neemt, gezegend zij de naam des Heren. Hij heeft me voor een beproeving geplaatst, een gruwelijke beproeving. Hij heeft mij niet toevallig uitgekozen. Hij weet dat ik sterk ben en het zal weerstaan.'

'Zou u de Almachtige, gezegend zij Hij, niet willen vragen om een beetje rust na tweeduizend jaar van beperkende wetten, vervolgingen, ballingschappen en holocausts...'

Maar Avsjalom negeerde de vraag en staarde alleen maar naar de lampenkap, en er trok een schaduw over zijn gezicht toen hij opeens zei: 'Daar heerste een gruwelijke stilte. Als op een begraafplaats.'

'Waar?' vroeg ik verrast.

'Op de afdeling pathologie. Ik kon hen niet in het ziekenhuis vinden, en ze hebben me daar per taxi naartoe gebracht, naar de afdeling forensische geneeskunde. En daar was het zo stil. De mensen daar fluisterden, alsof ze bang waren om slapende mensen wakker te maken. En er waren daar dennenbomen en bloemen in bloempotten.' Na een kortstondig zwijgen voegde hij eraan toe: 'Ze stelden me vragen op het kantoor, en ze schreven de antwoorden op een gedrukte vragenlijst, met zwarte letters, als een overlijdensbericht.'

'Wat vroegen ze?'

'Ze wilden persoonlijke kenmerken weten om ze te kunnen identificeren, en ik wist niet hoe ik mijn dierbaren moest beschrijven. Maar ze drongen aan.'

'En wat hebt u tegen ze gezegd?'

'Ik zei dat Batsjeva een mooie vrouw is, dat ze honingkleurige ogen heeft, lichtbruin haar en een blanke huid. Ze heeft een diep kuiltje in haar kin, en als ze lacht, zie je fijne rimpeltjes om haar ogen, net tere zonnestralen. En haar handen, haar handen zijn zacht en liefdevol, en haar grote tenen zijn klein en mollig, als bij een klein meisje.'

'En Davidl? Hoe hebt u hem beschreven?'

'Toen ze informeerden naar Davidl, zei ik dat hij een volmaakt evenbeeld van zijn moeder is, van Batsjeva, vooral als hij glimlacht. En hoewel de kamer vol mensen stond, luisterden ze geduldig naar me, en informeerden naar andere identificatiemiddelen, zoals moedervlekken, littekens, gebit, en ik wist niet wat ik hun moest vertellen. En toen herinnerde ik me dat Batsjeva een litteken op haar voorhoofd had, van toen ze waterpokken had gehad, en ze zeiden dat het niet mogelijk was dat litteken te ontdekken en vroegen naar de naam van hun tandarts. De naam van uw man was uit mijn geheugen verdwenen, en het enige wat ik hun kon vertellen was dat zijn kliniek in Emek Refa'im is. En zo hebben ze hem gevonden.' En Avsjalom vertelde me hoe hij zich, ondanks alles, was blijven vasthouden aan de hoop dat zij tot de overlevenden behoorden, totdat ze met ernstige gezichten naar hem toe kwamen.

'Ik vroeg of ik hen mocht zien,' zei Avsjalom in tranen, 'nog één keer. Hoe kon ik immers weten dat zij het waren? Hoe kon ik weten dat het voor hen voorbij was? Hoe kon ik verder leven?

En wat vertelden ze me?' vroeg hij, zonder op antwoord te wachten. 'Ze zeiden: als ik me hen herinnerde zoals ze geweest waren, zou het beter zijn als ik hen niet zag. Maar ik drong aan, en ten slotte stemden ze ermee in me een van Batsjeva's handen te laten zien. Eén, niet allebei. Ze zetten me voor een glazen wand, waarachter een stretcher stond met een klein bergje, bedekt met een legerdeken. Ik kon haar lichaam niet herkennen. Ze lichtten de deken wat op en ik zag de hand en de vinger met de trouwring. En bij Davidl toonden ze me alleen zijn krullen, meer niet. Het was een kleine troost dat ze beiden op slag dood waren geweest en helemaal niet hadden geleden.'

'En hoe zat het met uw God? Waar is Hij, terwijl Zijn uitverkoren volk zo zwaar wordt getroffen?'

Avsjalom zei dat God Zijn eigen redenen heeft en Zijn handelen niet aan ons hoeft uit te leggen. Toen vroeg hij of ik nog een kopje thee wilde en zijn stem klonk vermoeid. Ik schudde nee, maar hij ging toch naar de keuken en kwam terug met lege handen en zei: 'In de nacht voor die ochtend had ik tot in de vroege uren in het computerlab gewerkt, en wilde niet dat Batsjeva alleen in de flat was met Davidl. Daarom waren ze de nacht gaan doorbrengen bij haar zuster in Gilo. Ze was daar al 's ochtends vroeg vertrokken, ze had een afspraak met haar gynaecoloog.' Hij rolde een smiley-koekje rond met zijn vingers en zei toen: 'Ik geloof dat ze zwanger was. Ik heb de mensen van de afdeling pathologie gevraagd dat na te gaan, maar ze zeiden dat haar lichaam zo zwaar verminkt was dat het onmogelijk was haar te onderzoeken.'

Het satanische gezicht van de vrouw in het rood grijnsde boosaardig naar me: 'Je zoon zal sterven bij een bomaanslag, je zoon zal sterven bij een bomaanslag,' hoorde ik haar roepen, als een wraaklustig kind. Ik voelde de foetus trappelen in mijn lege buik, en boog me voorover, verkrampt van pijn. Ik drukte mijn nagels in mijn handpalmen en hield de kreet tegen die uit mijn keel dreigde te komen: ik wil zwanger zijn. Van jou. Ik wil dat we kinderen krijgen. Ik boog me haastig over het theekopje, dat nog vol was, en slikte de hete drank in. Die verschroeide mijn mond, kroop door mijn slokdarm en zette mijn ingewanden in brand. Ik hikte van de pijn en hij keek naar me en vertelde me over de laatste keer dat hij haar had gezien, op de avond voor haar dood, toen hij afscheid had genomen van haar en Davidl, met een kusje op de wang. 'Leven alsof iemand elk moment kan doodgaan, zou onnatuurlijk zijn,' zei hij, als om zich te verontschuldigen, en hij voegde eraan toe hoe pijnlijk het voor hem was dat het geen echt afscheid was geweest.

Ik knikte hem toe en zei dat onze levens zo breekbaar zijn, en hij zei dat hij, als hij geweten had wat er zou gebeuren, haar verteld zou hebben wat ze zo graag van hem wilde horen, terwijl hij die woorden nooit had uitgesproken. Ik bedacht dat hij waarschijnlijk gezegd zou hebben dat hij haar liefhad, dat ze zo mooi was, hoezeer hij haar wijsheid en gulhartigheid bewonderde, en misschien zou hij haar gevraagd hebben of ze gelukkig met hem was.

Het brok in mijn keel loste opeens op en ik barstte in tranen uit. Ik huilde om Batsjeva en Davidl, om mijn leven met Nachum, om Yoavi die al voor zijn geboorte vervloekt was, en om mijn vader die gestorven was en bij wiens graf ik niet had kunnen huilen. Ik wilde dat hij naar me toe kwam, me aanraakte, me in zijn armen nam en mijn tranen wegveegde. Maar hij verroerde zich niet en keek toe hoe ik huilde. 'En wat nu?' vroeg ik. 'Hoelang kan ik doorgaan met huilen? Daar komt nooit een eind aan.' En hij glimlachte verontschuldigend naar me, alsof mijn tranen zijn schuld waren, en hij zei: 'Het is goed dat u kunt huilen, dat zal u zuiveren,' en ik wist dat hij wist dat ik niet alleen om zijn Batsjeva en Davidl huilde.

Opnieuw trok mijn buik samen van die scherpe, genadeloze pijn, en mijn ingewanden leken weeën te hebben bij een lege maag. Mijn kruis was vochtig en ik stond op en deelde dapper mee dat ik naar de wc ging: 'De wc,' zei ik, expres een terughoudend eufemisme. Ik trok snel mijn broekje uit en zag de donkere, vochtige vlek die erg vroeg was gekomen, en een rode tong naar me uitstak vanuit de stof van mijn broekje. Ik plaste zachtjes, en richtte de stroom op de zijkant van de pot, om te voorkomen dat hij het hoorde vanuit de woonkamer. Vervolgens voerde ik mijn broekje met handen vol wc-papier dat in vierkantjes geknipt was teneinde de voorschriften van de sabbat niet te overtreden. Ik trok de wc door, veegde de zitting af en controleerde of ik niets bezwarends had achtergelaten. Toen ik naar de badkamer ging om mijn handen te wassen, zag ik dat het douchegordijn kaal was, en dat de roze kamerjas van de haak was verdwenen.

'We moeten doorgaan met leven, we moeten de zin van het leven behouden. Niets, zelfs niet de wreedste handeling, mag dat gevoel uitdoven,' zei hij toen ik afscheid nam.

In de auto bedacht ik dat Avsjalom, afgezien van mijn vader natuurlijk, de enige man in mijn leven was bij wie ik kon huilen.

Het was niet gegaan zoals ik gepland had. Ik had niet bedoeld dat wat gebeurde ook zou gebeuren. Achteraf echter kon ik niet stoppen. Ik had me laten gaan, en achteraf voelde ik me enorm opgelucht, maar ik schaamde me ook diep.

Telkens en telkens weer, als een stomme film, zie ik die momenten voor mijn geest. Ik zat tegenover hem in een nieuwe grijze rok die ik speciaal gekocht had voor onze ontmoetingen. Mijn haar viel over mijn schouders en geurde doordat ik net een uur daarvoor bij de kapper was geweest. Ik was daar niet meer geweest sinds mijn trouwdag, en ik had mijn gezicht licht opgemaakt.

We zaten tegenover elkaar in de woonkamer. De deur stond open, want dat had de rabbi voorgeschreven. De stemmen van de kinderen die buiten speelden, stierven geleidelijk weg. De winterse schemering vulde de kamer met schaduwen en maakten Avsjaloms gezicht donker, dempte de gevoelens, verduisterde mijn gedachten. Maar hij stond niet op om het licht aan te steken. De koekjes glimlachten naar me vanaf het bord, de twee theekopjes waren allang leeg en Avsjalom begroef zijn gezicht in zijn handen en huilde. Witte sporen die ik niet eerder had gezien, vormden strepen in zijn haar.

Ik herinner me niet wat hem op dat moment deed huilen, maar er waren redenen te over.

Bevend van vrees en verlangen liep ik naar hem toe, en met mijn vingertoppen raakte ik de prachtige vingers aan die zijn gezicht bedekten. Later heb ik dat tegenover Nechama gerechtvaardigd, door haar te vertellen dat ik alleen de last van zijn herinneringen had willen verlichten. Maar ik wist dat ik wilde dat hij zijn doden vergat, dat ik tegen hem wilde zeggen: laten we alles stopzetten, laten we alles vergeten, laten we bij het begin beginnen, een nieuw leven.

Zijn warme tranen vloeiden over mijn hand en hij trok zijn handen niet weg. Ik werd overvallen door diep medeleven. Ik wilde hem vertellen dat dit geen willekeurig toeval was, dat de levens van Batsjeva en Davidl opgeofferd waren opdat wij samen konden zijn. En terwijl hij zijn hoofd nog in zijn handen verborg, sloeg ik mijn armen om hem heen en voelde hoe zijn stevige, brede lichaam onder mijn handen beefde. Ik wilde dat hij mij omhelsde want zijn omhelzing zou ons beschermen, Yoavi en mij, tegen elke vorm van ongeluk. Want geen tweemaal verheft zich de benauwdheid. Want alleen een man die een vrouw en zoon heeft verloren, zou weten hoe hij ons kon beschermen en de vloek van die vrouw teniet kon doen.

Haastig, voordat ik me kon bedenken, vertelde ik hem alles wat ik wilde zeggen:

'Neem mij, neem mij in plaats van Batsjeva, en dan geef ik je mijn Yoavi als zoon, en dan voeden we hem samen op.'

In een flits schoot hij overeind, hij maakte zich los uit mijn armen, balde zijn vuisten en verborg ze in zijn zakken, en zijn natte ogen waren wijdopen van ontzetting: 'Jij bent een getrouwde vrouw!' hoorde ik hem schreeuwen. 'Een getrouwde vrouw!' Toen ging hij weer zitten en ik ging terug naar mijn stoel en zei niets, want ik had geen woorden meer. Als zondaars sloegen we de ogen neer en we durfden niet naar elkaar te kijken. Vervolgens verzocht hij me beleefd te vertrekken. Ik pakte mijn tas en mijn mantel, en ik nam de tijd om die aan te trekken, want misschien zou hij me toch nog vragen te blijven. Maar dat deed hij niet.

Toch liet ik de voordeur achter me open, misschien zou hij van gedachten veranderen en me terugroepen. Vanuit de voortuin keek ik omhoog naar zijn raam. Het gesloten luik bleef dicht en het gordijn bleef op zijn plaats. Gedurende de hele weg naar huis dacht ik na over wat ik had gezegd. Ik reconstrueerde de bewegingen van zijn lichaam waarmee hij op mijn omhelzing had gereageerd, het vasthouden van zijn vochtige handen, zijn kreet: 'Getrouwde vrouw!'

Ik wist dat het niet het goede moment was geweest.

De volgende dag belde hij op en vroeg hij of ik wilde komen, hij wilde me die dag zien, als ik tijd had, natuurlijk. Gretig vroeg ik of ik nu kon komen, en hij zei: 'Ik ben vandaag thuis. Wanneer u maar wilt. Zeg alleen even hoe laat.'

Tijdens de hele rit daarheen deed ik beloften en zwoer ik eden.

'Het spijt me,' zei hij bij de deur, die hij wijdopen liet staan. Ik volgde hem naar de woonkamer. Hij keek me niet aan, hij staarde naar de lelijke lampenkap die aan het plafond hing en zei: 'Ik was gisteren te overspannen en kwetsend. Ik kon niets beginnen met wat u zei. Maar het is voor mij een onmogelijk voorstel.' Toen zei hij dat als een man zijn eerste vrouw verliest, het is alsof de Tempel in zijn tijd verwoest is. 'Ik heb haar lief. Dat is een liefde die onmogelijk vergeten of vervangen kan worden. U zou, meer dan enig ander, moeten weten dat ik nog in de rouw ben. Ik weet niet wanneer daar een eind aan komt, áls dat al mogelijk is.'

Ik slikte mijn speeksel in en zei niet: 'Maar ik verlang naar je.' In plaats daarvan zei ik: 'Er is zo veel liefde in je. Zo veel te geven. En de doden kunnen het niet meer aannemen. Jij hebt hun een eigen deel van deze wereld geschonken, en nu zijn ze begraven, en die liefde van jou kan hen niet bereiken.'

'Elke dag heb ik hen opnieuw lief, steeds meer,' zei hij met een nietszeggend gezicht.

'Maar ze zijn dood. Je moet niet bang zijn voor het leven. Je hebt zelf gezegd dat we moeten doorgaan met leven.'

Ik vroeg hem nog eens na te denken over mijn voorstel. 'Ik meen het. Ik heb heel lang nagedacht voordat ik mezelf aanbood,' en ik voegde eraan toe dat ik zou instemmen met de voorschriften van de thora, dat ik zelfs naar het rituele bad zou gaan en mijn hoofd

226

zou bedekken. Ik bekende dat ik aan een scheiding dacht. 'Al voordat ik jou ontmoette. Ik kan niet doorgaan met een leven met mijn man,' zei ik. Hij luisterde aandachtig en ik was hem in stilte dankbaar dat hij niet vroeg of ik tot in detail wilde vertellen waarom ik niet bij mijn echtgenoot kon blijven.

Toen ik wegging, zei hij opeens bij de deur: 'U hebt een kind. U moet ook met hem rekening houden.' En tot slot zei hij: 'Zelfs het altaar weent om de man die van zijn eerste vrouw scheidt.'

Ik keek hem aan en liet een bitter glimlachje zien en zei dat ik in feite ook weduwe was, een weduwe die levend begraven was. Ik keerde hem de rug toe en liep weg over de donkere overloop. Het licht ging aan, en ik draaide me om. Avsjalom stond in de deuropening, met zijn vinger op het lichtknopje. Vervolgens ging hij weer naar binnen en sloot de deur achter zich. Toen ik op de parkeerplaats stond, keek ik omhoog naar de vierde verdieping, waar ik het gordijn enigszins zag bewegen. Ik wist dat hij naar me keek terwijl ik in de auto stapte.

Zijn blik begeleidde me gedurende de hele rit naar huis.

De volgende dag belde hij me op mijn werk op en zei dat hij met zijn rabbi had gesproken, en dat de rabbi besloten had dat hij niet de juiste man voor mijn onderzoek was. Hij dicteerde snel naam en telefoonnummer van een van zijn collega's, en voegde daar beleefd aan toe dat het aangenaam was geweest met mij te praten, en hij zei vaarwel. En ik zei: 'Avsjalom, zo kunnen we geen afscheid nemen,' maar hij antwoordde haastig: 'Belt u me alstublieft niet meer op. U stelt me ernstig op de proef.'

Ik keek een hele tijd naar de hoorn die in mijn hand brandde, totdat Louisa met vrolijk rinkelende oorbellen binnenkwam; ze keek me aan en zei: 'Wat is er aan de hand, *ma chérie*? Je ziet eruit alsof je een pond bent afgevallen en een penny hebt teruggevonden,' en ik antwoordde: 'Laat me met rust, Louisa,' en ik pakte mijn tas en reed naar huis.

Hierbij bent u toegelaten voor elke man

Die avond zei ik tegen Nachum: 'Ik wil scheiden.'

Ik had dat moment al zo lang geoefend en de drie woorden die ik zou zeggen uit mijn hoofd geleerd. Ik had dat met plezier gedaan. Ik wilde dat hij verbleekte, me zou smeken, dat hij beloften deed, tegen me zou zeggen dat hij me liefhad. En ik zou mijn hart verharden en hem alles vertellen wat ik al die jaren niet had durven zeggen. Ik had tegen hem willen zeggen dat het te laat was, en dan zou ik hem de rug toekeren en als een Hollywood-actrice de kamer elegant en met geheven hoofd verlaten.

Niets had me kunnen voorbereiden op wat er in werkelijkheid gebeurde.

Nachum tuurde naar me over het avondblad en leek totaal niet verrast toen hij kalmpjes antwoordde: 'Prima,' alsof het allemaal zijn idee was geweest en hij al namens ons tweeën een beslissing had genomen. Opeens schrok ik, en ik vroeg: 'Weet je het zeker?' en hij antwoordde: 'Ja. Ik denk dat dat het beste is voor ons allemaal.'

Een misselijk gevoel steeg op in mijn keel, en mijn lichaam beefde toen ik gekwetst vroeg: 'Houd je niet meer van me?' en hij antwoordde in de verleden tijd: 'Ik hield zo veel van je.' Hoewel ik het antwoord wist, herhaalde ik de vraag, 'Maar nu houd je niet meer van me?' en hij zei, als het ware tegen zichzelf, dat ik er geen idee van had hoeveel hij van me hield. 'Ik heb waanzinnig veel van je gehouden,' zei hij, nu wat luider. Mijn stem veranderde onmiddellijk in een scherpe kreet: 'En nu? Hoe zit het met nu?' en hij zweeg. Ik vergoot lelijke, ellendige tranen, was kwaad op hem omdat hij niet om me vocht, omdat hij me niet smeekte te blijven. 'Wat is er met ons gebeurd? Wanneer is er een eind aan gekomen?' schreeuwde ik, en hij haalde zijn schouders op als een kind dat een standje krijgt, en hij meed mijn ogen. Ik gaf het niet op, ik pakte hem bij zijn schouders en riep: 'Vertel me wat er met ons gebeurd is!' en hij antwoordde, als om me te troosten: 'Yaeli, het was al een hele tijd geleden over tussen ons. Lang voordat Yoavi geboren werd.' Opeens herinnerde ik mijn zoon, en ik huilde: 'En Yoavi, wat moet er van Yoavi worden?' en Nachum antwoorde kalm: 'Ik blijf natuurlijk zijn vader.'

Opeens realiseerde ik me dat hij de scheiding in het geheim had gepland, lang voordat ik erover had gedacht, en bittere gal borrelde in mijn ingewanden, brandde zich een weg naar mijn keel en verzamelde zich in mijn mond als groenige verbittering. Toen barstte het gif eruit: 'Zijn vader? En waar ben je tot nu toe geweest?' Nachum zei er zeker van te zijn dat hij het kind na de scheiding vaker zou zien dan nu, en afgezien daarvan: er waren zo veel kinderen in Yoavi's kinderdagverblijf van wie de ouders gescheiden waren dat het bijna normaal was geworden. En ik krijste verbitterd: 'En dat sust je geweten, dat scheiding normaal is geworden?' En hoewel ik wist dat ik nooit van hem had gehouden zoals mijn moeder mijn vader had liefgehad, barstte ik in tranen uit. Huilend vroeg ik of er een andere vrouw was en opnieuw meden zijn ogen de mijne. Ik herhaalde het en mijn stembanden explodeerden zo ongeveer: 'Je hebt iemand anders!' en opeens hoorde ik hem kalm antwoorden: 'Ja.' 'Wie is het?' riep ik, maar hij gaf geen antwoord. Ik schudde uit alle macht aan zijn schouders en vroeg of ik haar kende, en hij antwoorde met een nonchalant 'Ja'. Ik eiste dat hij haar naam noemde, maar dat weigerde hij. Tegen die tijd was ik buiten mezelf, ik wentelde me in mijn gekwetste gevoelens en was beledigd. Ik noemde de namen van de belangrijkste verdachten, en daar stonden ze geduldig in een lange, rechte rij om zich te laten identificeren. Ik liet ze stuk voor stuk de revue passeren, waarbij ik de namen van de kandidates noemde alsof het om een schoonheidswedstrijd ging. Ze liepen naar hem toe, hij zat daar in zijn fauteuil als heer en meester, en diskwalificeerde hen stuk voor stuk.

Vooraan de rij hoeren marcheerde de beeldschone Louisa. Nachum sputterde tegen: 'Ben je helemaal? Ze is verloofd, en afgezien daarvan, Yoram is mijn beste vriend.' Na Louisa kwamen de echtgenotes van onze vrienden, en daarna vergat ik niet Sjosjana, de juf van het kinderdagverblijf, en Levana, onze buurvrouw, op de lijst van hoertjes te plaatsen, maar hij verwierp ze allemaal met een spottend gebaar. Ten slotte noemde ik zelfs Nechama, al noemde hij haar altijd 'die dikke met dat snorretje', en toen Nechama langzaam naar het eind van de rij liep, raakten mijn kandidates op. 'Nee,' herhaalde hij, en in zijn stem hoorde ik een vage echo rollen tussen besneeuwde bergtoppen, ik hoorde hoe hij een hoge berg raakte en een vreselijke lawine veroorzaakte die dood en verderf zaaide op haar pad, en mensen, bomen en chalets bedolf.

En toen de storm voorbij was, vroeg ik of hij een spelletje met me speelde, want de naam van die hoer zou vroeg of laat toch uitkomen, en het zou in alle opzichten beter zijn als ik het van hem hoorde, en niet van anderen.

Met grote moeite flapte hij het er ten slotte uit : 'Hagit.'

Ik huiverde en vroeg of die Hagit zijn mondhygiëniste was, en toen hij knikte, zag ik opeens haar diepe decolleté, haar zacht golvende slappe borsten terwijl ze zich over de mond van patiënten boog, en de huid van haar borstkas, vlekkerig en gerimpeld als crêpepapier. En ik zag haar droge haren, knalblond geverfd, en haar gezicht dat bewerkt was met een dikke laag make-up. Met bevende lippen zei ik verbitterd dat haar inspanningen geslaagd waren, hoer die ze was, dat ze eindelijk een tandarts had gevangen, zelfs ten koste van een gezin, en ik wilde weten hoelang die verhouding al gaande was. Nachum negeerde mijn vraag alsof ik die niet gesteld had, en ik vroeg schreeuwend of onze vrienden ervan afwisten, en hij zweeg, maar zijn blik zei: 'Ja.' 'Nechama ook?' vroeg ik, dwars door mijn tranen heen, en hij gaf toe dat Nechama op een dag naar zijn kliniek was gekomen en hem ondervraagd had over de roddels die ze had gehoord, maar hij had dat gerucht destijds ontkend. Opnieuw vroeg ik hoe lang die verhouding al bestond, en hoe vaak per week ze elkaar ontmoetten, hoe ze in bed was, en of haar lichaam mooier dan het mijne was. Hij gaf grootmoedig antwoord op al mijn vragen, alsof hij een hele last kwijtraakte, waarschijnlijk blij dat hij zich eindelijk bevrijd had van dat lastige geheim en die leugens.

Zwelgend in mijn tranen eiste ik alles te horen, alles, tot in de bloederigste bijzonderheden, en het ergerde me mateloos dat iedereen ervan af had geweten, behalve ik. Ik jammerde: 'Hoe heb je me zoiets kunnen aandoen?' maar opeens reageerde hij met een krachtige aanval, hij gaf mij de schuld van zijn ontrouw, schreeuwde dat niets van dat alles gebeurd zou zijn als ik hem niet emotioneel en seksueel had verwaarloosd. Mijn vingers schoten uit, met de nagels naar voren, om zijn lelijke gezicht open te halen, om hem te slachten, om de ader te doorboren die zich op zijn slaap aftekende en als een gek klopte, en nu bevonden mijn nagels zich in zijn dunner wordende grijze kuif, en ze trokken er een bosje haar uit. Nachum greep mijn polsen vast en zijn gezicht werd rood terwijl hij schreeuwde: 'Wie denk je wel dat je bent, dat jij dat als enige mag doen? Denk je dat ik blind ben? Dat ik niet wist dat je verliefd was geworden op die *dos* van je? Ik ben ook maar een mens, ik heb ook liefde nodig!' Druppeltjes slijmerig speeksel sproeiden uit zijn mond en raakten mijn gezicht als brandend zuur, en ik kon ze niet wegvegen omdat mijn handen gevangen zaten in de zijne. Ik jammerde, huilde en schreeuwde dat ik tenminste niet met Avsjalom naar bed was geweest terwijl hij sliep met die hoer van een Hagit en God mocht weten met wie nog meer, terwijl iedereen ervan wist, behalve ik.

Opeens werd Yoavi wakker en gilde luid, Nachum liet me onmiddellijk los en duwde me weg. Ik rende naar mijn zoon, struikelde over de stapel speelgoed in de deuropening, en toen was ik bij hem, hij zat rechtop in zijn ledikantje en huilde met gesloten ogen, met Tutti tegen zijn neus gedrukt. 'Niet bang zijn, het was alleen een griezelfilm op de televisie, nu wordt het stil,' zo stelde ik hem gerust. Yoavi deed zijn ogen open en staarde verward naar mij, terwijl de tranen op zijn pyjama drupten en zijn lijfje op en neer schommelde, op en neer. Ik voelde me beschaamd en riep zijn naam, maar hij reageerde niet. Ik tilde hem op, zijn lijfje was warm en zwaar van slaap, en ik schudde hem zachtjes door elkaar tot hij wakker werd en vroeg of ik bij hem kwam zitten, en hij pakte mijn hand vast en smeekte me niet weg te gaan, hem nooit te verlaten.

Ik hoorde hoe Nachum het huis verliet en zijn auto startte.

Toen Yoavi in slaap viel, ging ik naar de badkamer en bekeek ik mijn gezicht in de spiegel, de rode, opgezwollen ogen, de voddige lippen en de fijne rimpels van verbittering aan weerszijden van mijn mond. Ik hield mijn armen onder het stromende koude water en zag de laatste sporen van de witte vingerafdrukken die Nachum daar had achtergelaten. Ik waste het speeksel af dat hij op mijn gezicht had gespuwd, en bedacht hoe zielig mijn echtgenoot was, dat hij, ondanks de grote selectie waaruit hij had kunnen kiezen, uit gemakzucht de meest beschikbare had genomen, die hoer van een Hagit die voor de hand had gelegen. Zijn sukkeltje. Als een lelijk, vettig bord uit een fastfood-tent.

Nachum kwam die avond niet thuis, en in de ochtend, nadat ik Yoavi naar het kinderdagverblijf had gebracht, reed ik naar Nechama's kliniek.

'Nachum heeft me verlaten! Jij wist ervan, iedereen wist ervan, en niemand heeft de moeite genomen mij iets te vertellen,' schreeuwde ik nadat ik een vader en zoon die bij haar waren, de kamer uit had gestuurd. De vader had haar hulpeloos aangekeken, wachtend tot zij iets zou zeggen, en zij zei dat ze weg konden gaan, want dit was een noodgeval, en beloofde de tijd die ze hadden verloren, de volgende week zou inhalen. 'U had trouwens nog maar vijf minuten over!' riep ze hun verdwijnende ruggen na, en onmiddellijk draaide ze zich om naar mij en zei boos dat zelfs een Griekse tragedie mij niet het recht gaf om haar patiënten te verjagen. 'Als ze volgende week terugkomen,' beloofde ze, 'zal ik hun vertellen dat jij gek bent, en suïcidaal, en dat ik daarom geen andere keus had dan jou te ontvangen.' Daarna siste ze tussen opeengeklemde lippen: 'Je wilde het gewoon niet weten. Je hield je ogen dicht. Het stond op de muur geschreven. Jij weigerde het te zien.'

'Als jij het wist, waarom heb je dat dan niet aan mij verteld? Aan je beste vriendin?'

Nechama ging in de verdediging. 'Ik heb geruchten gehoord. Bewijzen had ik niet. Ik kon jou niet vertellen wat ik vermoedde.'

'Je had me op zijn minst de schande kunnen besparen dat iedereen ervan wist, behalve ik.'

'Is dat waarover je je zorgen maakt?' schreeuwde ze kwaad. Ik haalde mijn schouders op en zij herhaalde: 'Is dat waarover je je zorgen maakt? Niet over dat leugenachtige leven dat je met hem leidde? Jullie waren twee eenzame, zielige wezens onder één dak. Kun je je de laatste keer herinneren dat jullie met elkaar sliepen? Is dat ooit wel voorgekomen behalve die keer dat jij zwanger werd van Yoavi? Je moet je gesternte dankbaar zijn dat hij weg wil, sommige mannen weten niet eens hoe ze moeten scheiden! En trouwens, wat maakt het voor jou voor verschil wie wie verlaat? Je zou God moeten danken dat het op deze manier voorbij is en niet met een opname in een gesticht voor jou! Ik was namelijk bang voor jou. Echt waar, ik was bang voor je geestelijk evenwicht. Dat komt niet van die bus. Die bus was alleen maar de aanleiding.'

Toen maakte ze een kopje thee voor me, veegde mijn tranen af en legde me, voordat haar volgende patiënt kwam, uit dat die ontrouw onvermijdelijk was geweest. 'Nachum heeft het alleen eerder gedaan dan jij. Als Avsjalom had willen meewerken, dan had jij, dat weten we allebei, allang met hem geslapen.'

Hoewel ik wist dat ze gelijk had, kon ik me niet losmaken van het idee dat ik het slachtoffer was. Ik viel haar in de rede en schreeuwde beledigd: 'Maar hij heeft me belazerd, snap je dat dan niet? Hij heeft me bedrogen met die Hagit!'

Nechama grinnikte. 'En jij hebt hem in je geest bedrogen met Avsjalom. Geef het maar toe, hoe vaak per dag fantaseer je dat je met hem naar bed gaat, nou?'

'Jij probeert me dus te vertellen dat je rechtvaardigt wat Nachum heeft gedaan?' schreeuwde ik. 'Rechtvaardig je dat zielige bedrog van hem? Hoe zit het met de liefde? Geloof je dat hij dat lelijke mens liefheeft?'

'Liefde!' riep Nechama spottend uit. 'Praat jij met mij over liefde? Hoe vaak heb ik je niet verteld dat liefde niets anders dan bedriegerij is! Liefde heeft er niets mee te maken!' En ze herhaalde haar afgezaagde theorie dat de ontrouw van mannen een evolutionaire rol heeft, met als doel vervanging van een partner, wat weer zorgt voor genetische diversiteit van het nageslacht van de nieuwe vrouw, en dat biedt weer een mogelijkheid voor de overleving van de genen van de man in kwestie.

Ik graaide een handvol tissues uit de doos op haar bureau, snoot luidruchtig mijn neus en zei nijdig tegen haar: 'Ik begrijp echt niet waarom je tegen me preekt in plaats van je te gedragen als een goede vriendin en mijn kant te kiezen, en me te vertellen dat Nachum een rotzak is en een overspelige man.'

Ik rende haar kamer uit, en opdat ze wist dat ik boos was, smeet ik de deur achter me dicht, waardoor ik de volgende patiënt, die in de wachtkamer zat, aan het schrikken maakte. Toen ik thuiskwam, hoorde ik haar stem die me verwijtend via de telefoonbeantwoorder toesprak: 'Hou op met dat zelfmedelijden en concentreer je op Yoavi, je moet met hem praten over de verandering die in zijn leven zal komen. Als je hulp nodig hebt, ben ik er altijd voor je.'

Die nacht, verdoofd door kalmerende middelen en dommelend op de bank voor het flakkerende tv-scherm, wachtte ik op Nachum. Om twee uur in de nacht kroop ik in bed totdat ik gewekt werd door Yoavi. Ik keek op de klok en zag dat het al halfnegen was. Ik had de wekker niet gehoord. Yoavi keek me bezorgd aan en vroeg: 'Is Imoesj vandaag een nachtvlinder of een dagvlinder?' en hij informeerde niet naar Nachum. Ik liep achter hem aan naar zijn kamertje en kleedde hem aan, gaf hem geen ontbijt en bracht hem naar het kinderdagverblijf. Toen belde ik op naar de universiteit, vertelde dat ik ziek was, ging op bed liggen en slikte nog een pil. Ik dommelde wat en werd telkens even wakker; ik nam de telefoon niet aan, zelfs niet toen ik Nechama's stem bezorgd hoorde roepen: 'Yaeli, neem de telefoon aan. Als je me niet terugbelt, kom ik naar je toe, ik heb je sleutel.' Ik belde haar receptioniste en vroeg of zij aan Nechama wilde vertellen dat ik thuis lag te slapen, dat ze echt niet naar mij toe mocht komen en toen legde ik neer. 's Middags werd ik wakker met schele hoofdpijn, en ik haastte me om Yoavi op te halen bij het kinderdagverblijf voordat Nechama daar arriveerde.

We gingen niet terug naar huis. We reden naar de Duitse Kolonie en gingen een speelgoedwinkel binnen. Ik zei tegen Yoavi dat ik iets voor hem wilde kopen, 'wat je maar wilt.' Yoavi gaf me een kusje en zei: 'Dank je wel, Imoesj,' en hij rende naar de roze planken waar het meisjesspeelgoed stond. Hij dacht een hele tijd na over de verschillende poppen en keukendozen, en ik probeerde tevergeefs hem mee te nemen naar de planken voor jongens en hem met autootjes en bouwblokken te verleiden. Ten slotte vroeg hij of ik voor hem een half blote babypop wilde pakken, met een blauwe luier om zijn pikkie en een flesje in zijn hand geklemd. Ik keek naar dat plastic monster met zijn verstarde gezichtje, dikke wangen en wijdopen ogen. Toen we betaalden, wees de winkelier ons op het kleine gaatje in zijn mond waarin de speen van de fles precies paste, en het andere kleine gaatje in het onderlijf waar het water uit droop waardoor de luier nat werd.

Toen we de winkel uit gingen, zei Yoavi dat hij de pop Bobo ging noemen, want hij was een jongetje en geen meisje. Hij kuste dat kale hoofdje en beloofde me dat hij goed voor hem zou zorgen en niet zou vergeten hem te voeden en zijn luier te verschonen.

Toen reden we naar de speelplaats in Talpiot. We zaten op een bankje en aten wat, Yoavi speelde met Bobo en vroeg of ik wat sap in zijn flesje wilde gieten, en hij voedde hem door het gaatje in zijn mond. De blauwe luier kreeg onmiddellijk een paarse kleur, en Yoavi schrok en zei dat de baby bloed-pipi had. Ik vertelde hem dat dat van het sap kwam, en hij vroeg of zijn pipi ook de kleur van bloed zou hebben, omdat hij ook van dat sap had gedronken. Maar hij wachtte mijn antwoord niet af, rende naar de schommels en vroeg of ik hem wilde duwen. Ik zette hem op de schommel en vroeg of hij de touwen goed wilde vasthouden, en ik duwde tegen zijn rug, en hij riep: 'Meer, Imoesj, meer, Imoesj.'

De schommel piepte en piepte en dat geluid was een nieuwe kras en nog een kras in het korstje van mijn oude wond, die openging en begon te bloeden. Ik zag haar, het meisje van drie op de schommel in haar witte sabbat-jurk, met ronde ogen en klam van angst, met aan haar mondhoeken een lachje dat verwelkt was. Met tegenzin herinnerde ik me die warme sabbat toen mijn vader me had meegenomen naar de speeltuin, me opgetild had en me op de schommel had gezet. Ik greep de touwen van Yoavi's schommel vast, met knokkels die wit van inspanning waren, terwijl ruige vezels in mijn handpalmen krasten en de huid open schuurden. Mijn vader wikkelde mijn vingers rond de touwen in zijn vuisten en zei dat ik me goed moest vasthouden, zodat ik er niet af viel. Hij kwam achter me staan, met de touwen in zijn handen, en schommelde me hoog in de lucht, en dan liet hij me weer naar beneden gaan, naar de grond, en dan weer omhoog en weer naar beneden.

Yoavi's stem schreeuwde van angst en lachte van verrukking,

twee geluiden die zich vermengden met de geluiden van mijn kreten en mijn gehuil, want mijn vader had mijn handen opeens losgelaten. Hij hield zich niet meer samen met mij vast aan de touwen, en zijn rug trok zich terug, met reuzenstappen, tot zijn gestalte vervaagde en ik hem niet meer kon zien. Ik was alleen op de wereld op die hoge schommel tussen hemel en aarde. Ik riep hem met een zwak geluidje, en vervolgens met luid gehuil, tot hij opeens terugkwam, met zijn zwarte fototoestel in zijn handen. Hij riep: 'Sha, sha, sha, mijn lieve Yaeli, ik maakte alleen maar een foto van jou!', maar het feit dat hij mij had verlaten had zijn rottende wortels diep in mij verankerd. Sindsdien had die foto op de bodem van de doos met foto's gelegen, de blikken trommel waarin in vrolijker tijden kleine flikjes van bittere chocola hadden gezeten. Na vaders dood, toen de foto's netjes in een album werden geplakt, zag ik die foto terug, en al die oude, verstikte angsten kropen als harige wormen naar buiten. En ik duwde de schommel steeds hoger, en Yoavi's lach veranderde in tranen, en ik hoorde opeens zijn smekende stemmetje: 'Stop, Imoesj, ik ben bang, stop, Imoesj, hou op.' Met een schok kwam ik tot mezelf, tilde hem van de schommel en zag dat zijn gezicht groenachtig was. Hij zei dat hij zich niet lekker voelde en gaf opeens met een stroom braaksel over op zijn schoenen.

Ik veegde zijn gezicht en kleren schoon, gaf hem wat water te drinken en vroeg of hij zich beter voelde. Zijn bleke gezichtje keek naar me op, in het felle zonlicht glansden de honingkleurige vlekjes in zijn ogen. Hij vertrok zijn mond, en alsof hij bang was dat ik me ongerust om hem zou maken, fluisterde hij: 'Ja, beter.' 'En, wat zullen we nu doen?' vroeg ik, en hij stelde voor: 'Zullen we glijden bij het Monster?' en we reden naar Kirjat Yovel.

Een rood, wit en zwart monster lag op zijn buik alsof het op een ei broedde, en keek ons aan met zijn schele ogen, terwijl het speels zijn slangentongen uitstak.
Lachende kinderen klommen omhoog en gleden van de lange tongen af, en Yoavi deelde mee: 'Ik alleen,' hij rukte zich los en verdween achter het monster. Ik rende hem achterna, maar hij was al verdwenen in die donkere schoot. Ik liep eromheen en bleef aan de voet staan wachten tot Yoavi in de gekrulde lippen verscheen en

op zijn gatje zittend recht in mijn armen zou glijden. Maar Yoavi verscheen niet. En toen kwam het allemaal bij me terug. De doodsangst. Koude vingers klemden zich om mijn keel en mijn hart bonsde alsof het zou barsten. Ik wist dat mijn kind nooit meer zou terugkomen, hij was doorgeslikt naar de diepte van het monster, in de buik van Moloch. In paniek riep ik zijn naam, maar hij antwoordde niet. Ik kon nauwelijks op mijn benen staan, maar ik rende naar de achterkant van het monster, naar het trapje dat naar zijn buik leidde. Ik klom omhoog, bereikte hijgend zijn brede voorhoofd en zag kinderen spelen op de kleine ruimte op zijn kop. Telkens weer riep ik Yoavi's naam en hij reageerde opnieuw niet. Het was daarbinnen donker en verstikkend, ik wilde wegrennen en ging zitten op een van die tongen. Die trok me naar binnen en veel te snel kwam ik met mijn zitvlak ruw op het vochtige zand terecht. Beneden wachtte Yoavi niet op me. Telkens weer riep ik zijn naam, en mijn stem werd opgeslokt door het lachen van kinderen en het lawaai van passerende auto's. Ik ging op het vochtige zand zitten en huilde. Eigenhandig had ik mijn zoon geofferd aan Moloch, en die had hem ingeslikt. En toen hoorde ik een schreeuw, en Yoavi's kleine blonde hoofdje kwam uit de lippen van het monster te voorschijn. Ik riep naar hem dat hij voorzichtig moest zijn, haast je niet, Ima komt, maar opnieuw slaakte hij een vreselijke kreet, van plezier of van angst, dat weet ik niet, en toen gleed hij op zijn buik naar beneden, met zijn hoofd naar voren. Ik stond moeizaam op, rende naar hem toe om hem tegen te houden als hij zou vallen, maar hij was al van het einde van de glijbaan gevallen en huilde. Ik zag zijn geschramde en bloedende kin, en lachte en snikte tegelijk: 'Het is niet zo erg,' en ik zette hem op mijn knie en likte zijn geschaafde kin af. Hij verspreidde een geur van kattenpis, nat zand kraakte tussen mijn tanden en ik proefde de zurige smaak van het bloed van mijn zoon. Het kon me niet schelen, en ik zei: 'Het gaat heus wel over,' en ik likte en likte tot zijn gehuil veranderde in gegiechel. Hij zei: 'Hou op, Imoesj, het kietelt.' Ik herinnerde me hoe Nachum mij een keer datzelfde had zien doen bij zijn geschaafde elleboog en schouder, en had geschreeuwd dat ik me gedroeg als een wild beest, want het aflikken van een wond bij een kind was niet hygiënisch. Yoavi had tegen hem gezegd: 'Imoesj is geen beest, ze is net een kat die haar jonkies likt.'

We gingen uitgeput op het vochtige zand onder aan het monster liggen; het gezicht van het beest was zachter en vriendelijk geworden, als dat van een dikke dame die beladen met boodschappenmanden terugkomt van de markt. Ik dacht aan de beeldhouwster, Nikki de Saint-Phalle, en vroeg me af hoe één kleine vrouw zo'n enorm monsterlijk werk had kunnen maken, en waarom ze dat angstwekkende beeldhouwwerk had opgedragen aan nota bene de kinderen van Jeruzalem.

Ik staarde naar de zwakke middagzon en mijn ogen vulden zich met tranen terwijl ik Yoavi vertelde dat Abba binnenkort niet meer bij ons thuis zou wonen. Ik wreef mijn ogen uit opdat hij mijn tranen niet zou zien. Mijn oogbollen brandden en ik dacht dat mijn tranen waren opgedroogd in de zon en kleine zoutkristallen hadden gevormd. Yoavi's hoofd zette het mijne opeens in de schaduw en zijn ogen keken in de mijne: 'Is het net zoiets als Abba die in het leger moet?' vroeg hij, en ik zei: 'Juist, slimme jongen dat je bent.'

'Maar hij komt altijd weer thuis na het leger,' hield hij vol. 'Het zal zoiets zijn alsof hij een hele lange tijd in het leger moet,' zei ik, in een poging hem gerust te stellen, en Yoavi kuste mijn mond en zei: 'Bah, je smaakt zout.'

Toen de dag in een duister gordijn werd gehuld, verdreef de koude wind ons van de speelplaats en we gingen naar huis. Ik zag Nachums auto op de parkeerplaats staan. Hij begroette ons opgewekt, Yoavi wuifde met zijn pop en zei: 'Kijk eens wat Imoesj vandaag voor me gekocht heeft.' Nachum vertrok zijn lippen en zei kortaf: 'Prachtig,' en hij zei tegen me dat het antwoordapparaat stikvol boodschappen van Nechama stond en vroeg of we wilden dat hij ons avondeten maakten. Yoavi slaakte een vreugdevolle kreet en vergat alles wat ik hem had verteld. Hij vroeg of hij op het aanrecht mocht zitten als Abba de groenten klein sneed voor een salade. Nachum vroeg aan mij wat Yoavi op zijn kin had, en ik zei dat het een schaafwondje was. Yoavi zei vrolijk uit zichzelf: 'Imoesj zette me op de schommel en ik moest overgeven, en daarna ben ik van de glijbaan van het monster gevallen.' Nachums handen gingen de lucht in en vielen nijdig neer op de snijplank, waar hij een komkommer mishandelde. Hij keek me beschuldigend aan en vroeg of ik de wond gedesinfecteerd had. Ik zei dat ik dat genoegen aan hem overliet. Uit de badkamer kwam Yoavi's smekende stem: 'Hou op, Abba, het brandt,' en Nachums nijdige stem: 'We moeten het schoonmaken, anders komt er pus uit.'

Voordat hij naar bed ging, hoorde ik hoe hij zoals altijd in de flat rondliep, van kamer naar kamer. Hij doofde lichten, deed deuren op slot en sloot onveranderlijk in dezelfde volgorde de rolluiken, om ons te beschermen tegen de duisternis, en tegen het licht, en wie weet waartegen nog meer.

'Juliet, slaap je?' vroeg hij, en ik schrok van dat bijnaampje dat hij me ooit had gegeven, toen we elkaar pas hadden leren kennen en ik hem Romeo had genoemd.

Ik keerde hem mijn rug toe en zei dat ik nu niet met hem kon praten.

'We moeten praten,' zei hij. 'We moeten praten over de verdeling van de spullen en over wat er met jou moet gebeuren. De flat staat op mijn naam. We moeten een nieuwe woning voor je zoeken. Wat dacht je van een huurwoning in Gilo? Dat zou een stuk eenvoudiger voor je zijn.'

Ik ging rechtop zitten en schreeuwde: 'Is dat alles waarover je je zorgen maakt, nu? Jouw verdomde eigendom? En hoe zit het met je zoon? Of was je vergeten dat we een zoon hebben? Momenteel maak ik me alleen zorgen over Yoavi,' en ik keerde hem weer de rug toe.

'Niet schreeuwen,' zei hij smekend. 'Je maakt Yoavi nog wakker.'

'Plotseling maak jij je zorgen over je zoon?' vroeg ik verbitterd.

Hij huilde bijna toen hij zei dat Yoavi hem heel dierbaar was en dat hij nooit zijn verplichtingen als vader zou verzaken. Hij stelde voor dat we bij elkaar bleven tot na de scheiding, en als we tegen die tijd nog geen passende flat hadden gevonden, zou hij een geschikte woning met mij zoeken en dat ik me geen zorgen hoefde te maken over het levensonderhoud. Hij kon zich niet beheersen, stapte uit bed, kwam terug met een vel papier en vroeg op smekende toon of ik dat wilde bekijken: 'Juliet, je kunt het niet negeren. We gaan scheiden. We moeten spijkers met koppen slaan.' Ik rukte het papier uit zijn handen: dat was door een dikke lijn verdeeld in twee kolommen, elk met een eigen titel: 'Nachums eigendom' en 'Yaels eigendom'. Onder onze namen kropen de bezittingen voort, de ene na de andere, in rechte rijen. Ik smeet het papier op de vloer. 'Je bent een kleinzielige, gierige en weerzinwekkende man,' zei ik kalm, maar hij schraapte zijn keel en las het papier voor, alsof hij een boodschappenlijstje voor de kruidenier voor zich had. Ik stopte mijn oren dicht en vroeg hem op de bank in de studeerkamer te gaan slapen. Maar hij mompelde iets wat erop neerkwam dat het bed, tot aan de scheiding, ook van hem was, en hij ging een heel eind van me vandaan liggen.

's Ochtends werd ik wakker met zijn armen van achter om me heen, een zeldzaam moment van intimiteit. Toen ik opstond, zag ik in de badkamer dat hij tandpasta op mijn borstel had gedaan, net als in het begin van onze verliefdheid. In de keuken wachtten me dampende koffie en toast.

Daarna reed ik naar de universiteit en dacht na over de manier waarop ik het nieuws aan mijn collega's zou vertellen.

Louisa was me voor en kwam mijn werkkamer binnen zonder mijn sombere gezicht te zien, terwijl ze mij een fraaie, verzegelde envelop overhandigde. 'Wat is dat?' vroeg ik alsof ik het niet wist, en zij drong aan: 'Vooruit, maak eens open.' Cursief Hebreeuws schrift en Franse letters deelden mee dat de ouders van de bruid en bruidegom mij tot hun vreugde uitnodigden voor het huwelijk van hun dierbare kinderen. Ik kuste haar op haar wang en zei 'Mazel tov' en 'Jullie hebben er geen gras over laten groeien,' en zij zei: '*Ma chérie*, dat is allemaal aan jou te danken, jij bent de huwelijksmakelaar geweest.' Ik kon me niet beheersen. 'Geweldig. Een van ons tweeën gaat trouwen en de ander gaat scheiden.' Haar gezicht werd ernstig, ze kwam op mijn bureau zitten en vroeg wat ik bedoelde. En ik zei: 'Speel niet de vermoorde onschuld, je hebt vast wel van Yoram gehoord dat hij een minnares heeft.' Louisa's ogen werden groot. 'Ik zweer je dat ik dat niet wist.' Ik zei fel: 'Ga me niet vertellen dat je het niet wist. De hele wereld, behalve zijn echtgenote, wist dat hij een minnares had.' 'Wie is dat dan?' schreeuwde ze. 'Ik zal haar de ogen uitkrabben.' Ik antwoordde: 'Die lelijke Hagit van hem.' Nijdig zei ze: 'Hoe kan het dan dat Yoram het niet weet; ze werken samen, vlak naast elkaar.' Ik antwoordde: 'Ik dacht dat iedereen van de kliniek het wist. Misschien heeft Yoram je niets verteld omdat jij mijn vriendin bent.' Ze liet zich van het bureau glijden en omhelsde me, en haar oorringen dreunden in mijn oren terwijl ze zei: 'Jij blijft mijn beste vriendin, ongeacht wat er met die mannen gebeurt.'

'En de bruiloft?' vroeg ik aarzelend.

Ze antwoordde met een vraag: 'Hoe bedoel je, de bruiloft?'

Ik zei nuchter: 'Nachum wordt vast uitgenodigd en komt waarschijnlijk met zijn hoer, en ik wil hen niet zien.' En zij zei: 'Maar Nachum is Yorams partner, we moeten hem wel uitnodigen.' 'Nou,' zei ik, 'dan kom ik niet' en zij schreeuwde: 'Ben je nou helemaal gek? Jij bent de eregast. Dit huwelijk zou nooit gesloten zijn als jij er niet was geweest.' Ik zette me schrap en zei: 'Ik wil wel komen, zolang Nachum wegblijft.' Maar Louisa hield vol: 'Dat kun je me niet aandoen. Je mag mijn grote dag niet bederven.' Maar ik gaf geen krimp. 'De beslissing is aan jou, óf ik kom, óf hij.' Ze deelde mee dat ze er met Yoram over moest praten en zei: 'Je weet dat je het mij heel moeilijk maakt, en het is onmogelijk Nachum van de gastenlijst te schrappen.' Brandend zuur vormde zich alweer in mijn maag terwijl ik gelaten zei: 'Dan kom ik niet, en ik wens jullie beiden veel geluk.'

Nachum belde die middag op en vroeg wat ik ervan dacht om Yoavi samen op te halen en naar het winkelcentrum te gaan om eindelijk een echt bed voor hem te kopen, dan konden we daarna samen ergens uit eten gaan. Verbitterd vroeg ik wat we eigenlijk vierden. Hij aarzelde even en antwoordde toen dat hij zo veel mogelijk bij ons wilde zijn, en dat hij al contact had gezocht met de voorzitter van het rabbinale hof van Jeruzalem, die zuiver toevallig een patiënt van hem was. De scheiding, zo had de rabbi hem verzekerd, zou in een mum van tijd voor elkaar zijn, in minder dan een maand. 'Het heeft geen zin het langer te rekken,' zei hij, in een poging mij redelijk te benaderen. 'Dat willen we toch allebei?' En ik wilde hem toeschreeuwen: 'In een mum van tijd? Wil je op die manier een eind maken aan negen jaar huwelijk?' maar ik beheerste me, opdat hij niet zou denken dat ik me gekwetst voelde.

Tientallen banken en bedden stonden naast elkaar in de showroom, als één uitgestrekt, kleurrijk bed. Yoavi klom op een ervan met aan het hoofdeinde een sierlijk hekwek, hij nam Bobo in zijn armen en deed of hij sliep. Hij stapte eraf en zei dat hij dat bed wilde, maar Nachum weigerde en zei dat het een meisjesbed was. Hij koos het bed daarnaast, een donkerblauw bed dat veel goedkoper was. Hij trok meteen zijn portefeuille en betaalde contant, het bed zou de volgende ochtend bezorgd worden. Yoavi staarde vol verlangen naar het bed dat hij had willen hebben; ik troostte hem en zei dat Abba gelijk had, en dat het bed dat hij morgen zou krijgen, het bed voor een grote jongen was.

Daarna gingen we naar een restaurant. Ik koos het duurste gerecht van het menu – biefstuk in cognacsaus met paddestoelen – en Nachum vroeg of ik zeker wist dat ik zo'n uitgebreid gerecht wel op kon. Ik antwoordde dat ik honger had en dat hij zich met zijn eigen zaken moest bemoeien. Toen ik vroeg welke wijn we zouden kiezen, zei hij dat hij moe was en nog naar huis moest rijden en dat wijn hem slaperig maakte, bovendien was de prijs van wijn in dit restaurant exorbitant. Hij bestelde voor zichzelf een Caesar salad en een glas water en voor Yoavi een hamburger met patat. Akelig beleefd zaten we aan tafel, en we beperkten onze conversatie tot 'Heel lekker' of 'Mag ik het zout even?' We overstelpten Yoavi en Bobo die naast hem zat, met overdreven en onhandige aandacht, we moedigden hem telkens weer aan te eten, veegden zorgvuldig zijn geschaafde kin af, lieten onze vingers over zijn kortgeknipte hoofdje glijden, en zeiden meermalen dat hij een beste jongen was en dat hij zo netjes at, net als een grote jongen. Het kind zat daar tussen ons in, treurig en gegeneerd, nu eens keek hij mij aan, dan weer Nachum, alsof hij de bal volgde tijdens een tenniswedstrijd. En ik wist dat hij wist dat we dit deprimerende spelletje, die grote leugen, enkel en alleen voor hem opvoerden.

Nadat Nachum Yoavi naar bed had gebracht, zaten we in de keuken, en opeens vroeg hij: 'Wil je soms een glas wijn?' 'Ben je dan niet te moe voor wijn?' vroeg ik pesterig, maar hij had al een fles Chardonnay ergens vandaan gehaald, ik wist niet eens dat we die in huis hadden. Met grote moeite trok hij de kurk eruit en rook eraan als een wijnkenner. Hij schonk de wijn in twee glazen en begon herinneringen aan het verleden op te halen, vergeten verhalen van vroeger. Hij praatte nostalgisch over onze eerste tijd samen, hoe we elkaar hadden ontmoet in de tandheelkundekliniek voor studenten, en hoe aantrekkelijk hij mij had gevonden, en hoe hij me destijds al had willen veroveren. Toen stelde hij grootmoedig voor dat hij onmiddellijk na de scheiding de flat zou verlaten, hoewel die op zijn naam stond, want hij had wel elders onderdak. 'Chez Hagit,' zei ik verbitterd, en ik haatte mezelf. 'Ja, bij Hagit,' bevestigde hij, 'al is het daar niet groot genoeg voor Yoavi.' En hij voegde eraan toe dat ik in de flat mocht blijven wonen tot ik een huurwoning had gevonden in een prettige buurt. Het kon hem niet schelen hoelang dat zou duren, zei hij, het belangrijkste was dat ik geen compromis moest sluiten en echt het meest geschikte appartement moest zoeken.

In mijn ochtendgesprek met Nechama vertelde ik haar over Nachums meegaandheid en onverwachte gulheid, en ik hoorde hoe ze in combinatie met wat gegrinnik rook uitblies. Toen vertelde ze me met haar hese stem dat Nachum zich gedroeg als een klassieke echtgenoot die zijn vrouw bedroog, en dat ik naar alle waarschijnlijkheid nog veel aangename momenten met hem zou beleven. 'Het soort plezier dat ontstaat door de tijdelijke emotionele openheid die je momenteel ervaart,' legde ze uit, en daaraan voegde ze toe dat deze fase van vitaal belang was voor de vermindering van angsten: 'Nachum, en jij misschien ook, zijn aan hofmakerij begonnen om de liefde en aantrekkingskracht van de partner te herstellen, zelfs als die al langgeleden verdwenen zijn.'

Toen Nachum zich de avond voor de scheiding uitkleedde, keek ik voor de laatste keer naar zijn lichaam, en alsof ik zijn naaktheid voor de eerste keer zag, bedacht ik hoe kwetsbaar hij er zonder kleren uitzag. Zijn voeten waren plat en breed als vinnen van roze rubber, de benen waren lang, mager en recht, volkomen glad van enkel tot halverwege het dijbeen, en vandaar omhoog redelijk behaard. Waar de benen bij elkaar kwamen in de schaamstreek, was de schaduw van een buikje, en een waterval van overvloedige, glanzend zwarte haren daalde daarheen af vanaf zijn borstkas. Ik kan me zijn lid en bijbehorende delen niet herinneren, dus is het beter die beschrijving over te slaan. Iets boven de schaamstreek, omgeven door donkere sprieten haar, was een ronde, uitpuilende navel, heel anders dan de mijne, die verzonken was. Daarboven, opvallend in de bleke huid, waren twee brede roze tepels, omgeven door een kring kleine stippels en krullend haar. Toen hij met zijn rug naar me toe de badkamer uitkwam, bukte hij zich even om zijn onderbroek aan te trekken. Met zijn brede achterwerk, overdekt met donzig haar en rode pukkels met witte etterkopjes, liet hij mij een verticale glimlach zien, onderaan de rug die overdekt was met sproeten en moedervlekken die ik nooit had gezien. Toen hij zich naar het bed omdraaide, keek ik naar zijn gezicht, in een poging het in mijn geheugen te griffen. Een middelmatige man, knap noch lelijk, met een gewoon, onopvallend gezicht: een rechte neus en brede neusvleugels, smalle lippen, een enigszins opwippende kin met kuiltjes, lichte, ongerichte ogen, als van een bijziende. Boven het te brede voorhoofd liepen twee diepe rimpels van slaap naar slaap, waardoor het gezicht een zekere rijpheid en ernst kreeg, en boven de haarlijn, in de dunner en grijzer wordende kuif, waren twee inhammen uitgegraven. Ik bedacht dat als er waarheid school in de overtuiging dat echtparen in de loop der jaren op elkaar gaan lijken, dat proces bij onze scheiding doorbroken zou worden, en dat was maar goed ook. Ik wilde part noch deel van Nachum overnemen.

Zo lag ik naast hem, die laatste nacht, luisterend naar zijn zware ademhaling en ergerlijke gesnurk. Opnieuw kwelde ik mezelf in een poging te begrijpen waarom ik juist met hém getrouwd was, die man wiens echtgenote ik morgen niet meer zou zijn. Wie weet, misschien had ik niet beter verdiend, misschien had ik geen recht op een liefde zoals mijn ouders hadden. Ik bad of het ochtend wilde worden, om me te bevrijden van mijn pijnlijke gedachten. Steeds weer voelde ik een nerveuze druk op mijn blaas en dan stond ik op om naar de badkamer te gaan, totdat Nachum bromde dat ik hem wat rust moest gunnen, en als ik weer naar de wc ging, moest ik niet doortrekken, want dat lawaai maakte hem gek. Vlak voordat het licht werd viel ik in slaap.

De beweging van zijn lichaam wekte me.

'Ben je wakker?' vroeg hij.

'Ik heb geen oog dichtgedaan,' klaagde ik, en opeens voelde ik een hand om mijn borst, en de andere zat binnen het elastiek van mijn broekje en trok het naar beneden, glijdend over mijn buik, voelend naar mijn schaamdelen. Toen voelde ik zijn gewicht op me, en ik spreidde automatisch mijn benen en hielp hem, zodat hij zich binnen in me kon verbergen. Als een astmapatiënt die een berg beklom hijgde hij tegen mijn borsten, en het was allemaal al voorbij voordat het was begonnen. Toen zijn lichaam van me af rolde, zei hij sorry. Ik lag verstard op mijn rug, en zijn zaad, warm, kleverig en weerzinwekkend, gleed langs de hellingen van mijn dijen.

'De echtscheidingspapieren zijn nog niet klaar, gaat u maar weg en komt u later terug,' zei een van de in het zwart geklede heren. Het schuifspeldje aan zijn keppeltje kon zich nauwelijks vasthouden aan het schaarse haar dat zorgvuldig over zijn schedel was gekamd. 'Over ongeveer een uur zijn ze klaar,' beloofde hij, alsof hij het over een heel gecompliceerd gerecht had dat we in een chique restaurant hadden besteld.

'Koffie?' vroeg Nachum onschuldig, en zonder op antwoord te wachten was hij halverwege de trap, met mij achter zich aan. We gingen naar Café Hillel aan de Jaffa Road. Toen ik mijn mantel uittrok, zag Nachum de jurk die ik droeg, en hij vroeg spottend: 'Ter ere van wie ben je zo opgetut? Voor mij of voor hem? En nog wel een lange witte jurk? Was je vergeten dat we hier zijn om te scheiden, niet om te trouwen?' in een poging grappig te zijn. Ik zweeg. Toen de kelner kwam, bestelde Nachum een gebakken ei, en ik zei: 'Maar jij wilt altijd roerei.' Hij glimlachte tevreden: 'Een man kan soms van gewoonte veranderen, nietwaar?' Hij at met smaak en veegde zijn bord schoon met een snee brood. Wat dik eigeel droop over zijn kin, maar ik zei niets.

Ik kon niet begrijpen hoe hij zo veel trek kon hebben terwijl mijn maag zich dreigde om te keren.

Ik dronk kruidenthee en keek hautain naar iedereen die binnenkwam en zijn tas voor inspectie opende bij de ingang, en dacht: als een van hen besloten had zich op dit moment op te blazen, zou ik sterven, en Nachum zou weduwnaar zijn, en Hagit zou mijn kind overnemen. Ik zei dat hij moest opschieten met eten. Toen we in de zon kwamen, glinsterden druppels gestolde dooier als weerzin-wekkende puistjes op zijn kin en dat vond ik prachtig. Nachum vroeg: 'Wat heb ik op mijn kin – je kijkt er aldoor naar,' en hij veeg-de over de gele vlekken. Droge korstjes vielen van zijn gezicht op het blauwe jasje dat hij droeg.

Toen bekende hij met een glimlach: 'Weet je, toen ik je pas had leren kennen, was ik bang om samen met jou te eten. Ik dacht dat jij als antropologe waarschijnlijk conclusies zou trekken uit de ma-nier waarop ik at.' Van plotseling medelijden veegde ik de kruimels van zijn jasje, en ik dacht: wie zou dat voor hem doen nadat ik weg ben, en Hagit en haar halslijn drongen zich aan mij op.

We gingen terug naar het rabbinaat. In de echtscheidingszaal keken drie in het zwart geklede mannen met zware baarden op ons neer, ze spraken, vroegen, preekten, legden uit en verzochten mij al mijn ringen af te doen. De trouwring die Nachum zo lang ge-leden aan mijn vinger had geschoven, had zich zo diep ingegraven dat hij vlees van mijn vlees was geworden. Vreemde ogen volgden me, hun blikken jaagden me op. Ik probeerde hem met geweld los te trekken, totdat Nachum zijn geduld verloor en nijdig fluister-de: 'Waarom heb je dat niet thuis gedaan?' Ze stuurden me naar het toilet, misschien zouden water en zeep helpen. Daar slaagde ik erin de ring los te trekken, maar ik had geen zin om terug te gaan. Laat ze maar wachten, mij maakt het niets uit, ik heb geen haast. Ik draaide mijn hand om. Een wit streepje gaf aan waar de opstan-dige ring had gezeten, en een afdruk op mijn gebruinde huid had achtergelaten. Ik had hem in het verleden maar één keer afgedaan, toen ik zwanger was van Yoavi, toen mijn hele lichaam was opge-zwollen en mijn vingers in worstjes waren veranderd. Ik begroef de ring in het kleine vakje van mijn tas, en vroeg me af wat ik er nu mee zou doen.

Toen ik terugkwam werd ik door naargeestige gezichten be-groet. Nachum, wiens geduld was opgeraakt, mompelde nijdig: 'Je bent wel een halfuur weggebleven,' en ik fluisterde luid: 'Ik heb last van verstopping.'

Een rol papier belandde in mijn schoot, mij werd gevraagd die met beide handen vast te houden en ermee naar buiten te gaan, het balkon op. Ik moest me naar de muur keren, me dan omdraaien en blijven staan. Als een automaat deed ik wat me was opgedragen, liep naar buiten en kwam weer terug. En in de derde persoon verklaarden ze, alsof ik er helemaal niet bij aanwezig was, dat ik geen omgang meer mocht hebben met mijn echtgenoot en seksuele partner. 'Maar dat is een vergissing,' wilde ik uitroepen, 'ik heb geen seksuele partner. Nachum wél. Die is de partner van een andere vrouw. Zij zou verboden moeten worden voor hem!' maar toen werd ik getroffen door de woorden, wreed en plechtig: 'Hierdoor bent u gescheiden. Hierdoor bent u verstoten. Hierbij bent u voor elke man beschikbaar,' net als een veilingmeester die iets aanbiedt waarvoor geen gegadigden zijn. Ik wilde het uitschreeuwen dat ik alleen voor Nachum beschikbaar was, en dat ik nooit een andere man had gekend, en dat ik bang was, zo bang om bij niemand te horen. Nu paste immers niemand meer op me, ik was een verlaten kind dat aan zijn lot was overgelaten.

Ik dacht na over de man die nog naast me stond en over de manier waarop zij hem in een mum van tijd uit mijn leven hadden verwijderd. Opeens wilde ik niet dat hij wegging. Buiten, zonder hem, zou ik immers voor elke man beschikbaar zijn. Komen jullie maar, allemaal, kom kijken, voelen, aanraken, penetreren en wegwerpen. Allemaal, althans – behalve een man uit de priestersekte.

We liepen samen de gang in, voor elkaar verboden door een vodje papier, en ik kon nauwelijks mijn arm in bedwang houden toen die dreigde naar zijn arm te gaan. Ik keek naar hem en dacht dat ik zijn oog zag glinsteren, en wilde hem vragen: 'En wat gebeurt er nu?' Op dat moment zagen we hem: een bonestaak van een man in tot op de draad versleten zwarte kleren, met een grijze baard die opwapperde, met rode, starende ogen, en een mond vol tanden met nicotinevlekken, die schreeuwde: 'Waar is ze? Waar is mijn poppetje? Ik heb je lief, mijn hartje. Van mij krijg je geen scheiding. Nooit. Nooit.' Het duurde even voordat we ons realiseerden dat een politieman met boeien aan hem vast zat, en dat de arm van de crimineel geketend was aan de handhaver van de wet, de lichamen vlak bij elkaar. Ruw duwde de politieman hem de kamer binnen waar wij net uit kwamen, terwijl de woorden 'voor elke man beschikbaar' nog tussen de muren galmden. De gevangene draaide zich om en probeerde te ontsnappen naar de trappen, waarbij hij de politieman meesleurde, zodat deze zijn weerzinwekkende twee-lingbroer vervloekte.

'Je boft dat ik niet geweigerd heb van je te scheiden,' zei mijn ex-echtgenoot. Het verblindende winterse zonlicht overviel ons buiten en ik knipperde met mijn ogen die nog aan het donker ge-wend waren. Ik hield mijn hand erboven. Ik wilde nog even bij hem blijven. Ik vroeg of hij met me mee wilde lopen naar de par-keerplaats. Bij het hek schudde hij me de hand en vroeg: 'Kunnen we vrienden blijven?' maar hij wachtte niet op antwoord en haast-te zich naar zijn kliniek omdat die hoer Hagit waarschijnlijk met taart en champagne op hem wachtte.

En voordat de hersenen erin geslaagd waren te verwerken wat de ogen hadden gezien, stroomde de adrenaline al door mijn aderen, en huiverde mijn huid alsof er gevaar dreigde: ik zag haar. Ze liep voor me uit met een rinkelende sleutelbos in haar hand. Ik was er zeker van dat zij het was. Dezelfde rode mantel en hetzelfde blonde haar dat als een helm haar hoofd omsloot. Mijn ogen staarden naar haar rug en mijn voeten volgden haar. Ik moest met haar praten, het aan haar vragen, maar wist niet wat ik moest zeggen als ze zich plot-seling zou omdraaien. Ik versnelde mijn voetstappen, hijgde ach-ter haar aan en haalde haar in. Ze was het. Geen twijfel mogelijk. Ik wist het zeker. Mijn hart krijste in mijn binnenste, probeerde eruit te springen en te vluchten. Een over drijvende wolk bedekte de zon en mijn stem was hees en beverig: 'Kunt u zich mij nog herinneren?' Ze keek dwars door me heen. Haar ogen waren vreemd en koud, en twee boze rimpels liepen van haar voorhoofd naar de brug van haar neus. Haar mond vertrok toen ze antwoordde met een vraag: 'Waarom denk je dat ik me jou kan herinneren?' en onmiddellijk versnelde ze haar pas, vol devotie rinkelend met haar sleutels, met mij op een holletje naast zich. 'We hebben elkaar een keer ont-moet,' zei ik hijgend, en zij keek even opzij naar mij en staarde op-nieuw dwars door me heen. 'Ik kan me jou niet herinneren. Neem me niet kwalijk, maar ik heb haast.' Opnieuw versnelde ze haar pas in een poging te ontkomen, maar ik versperde haar de weg. 'Ik laat u hier niet weggaan voordat we gepraat hebben!' Zij zei: 'Ik ken je niet en we hebben niets om over te praten.' 'Bent u het echt vergeten?' schreeuwde ik, 'bent u die vloek vergeten?' vroeg ik, bijna in tranen, 'de vloek over mijn zoon nog voordat hij geboren was?' en ik kon de gistende geluiden in me horen, de gal zou spoedig opstijgen naar mijn mond en mijn lichaam zou uiteenvallen.

'Ik heb niet de gewoonte mensen te vervloeken,' zei de vrouw vol weerzin.

'Maar u hebt mijn zoon vervloekt toen hij nog in mijn buik zat. Bij de demonstratie van "Vrouwen in het Zwart",' zei ik in een poging haar geheugen op te frissen.

In de stilte hoorde ik het gekwetter van vogels dat de hemel doorboorde.

'U hebt mijn leven kapot gemaakt,' zo beschuldigde ik haar van de grote ramp van mijn leven.

'Je bent gek.' Een boosaardige blik priemde door mijn ingewanden. Ze probeerde me te ontwijken en ik smeekte: 'Laten we erover praten. We zijn allebei een vrouw, we zijn allebei moeder, we moeten elkaar begrijpen.'

'Ik heb geen kinderen,' zo viel ze me in de rede.

'En uw zoon dan? U zei dat u een zoon had, dat hebt u gezegd, en dat hij gedood was door terroristen,' stamelde ik.

'Ik heb geen kinderen, ik heb ze nooit gehad,' zo hield de vrouw vol, 'en wil je me nu eindelijk laten doorlopen, ik heb haast.' Ruw duwde ze me opzij, en mijn voeten bleven haken in de zoom van de lange witte japon die ik voor de scheiding had aangetrokken. Ik verloor mijn evenwicht en viel neer in het grind. Haar blote nek bewoog zich van me vandaan en haar haastige hakken trommelden nijdig op het grind, krak-krak, krak-krak, als de ontsteker van een bom.

Ik keek haar verdwijnende gestalte een hele tijd na, totdat die veranderde in een verre rode stip. Ik had kunnen zweren dat zij het was.

Struikelend zocht ik mijn auto op. Ik huilde, helemaal tot aan Yoavi's kinderdagverblijf. Op de parkeerplaats maakte ik me enigszins op, als camouflage voor de diepe, bootvormige schaduwen die verankerd waren onder mijn ogen. Ik kamde mijn haar, vormde een brede glimlach om mijn lippen en opende bereidwillig mijn tas voor Nikolai, de bewaker.

Onderweg naar huis vertelde ik Yoavi dat Abba niet meer thuis zou slapen, maar dat Yoavi bij Abba mocht slapen, wanneer hij maar wilde. 'Waar slaapt Abba dan 's nachts?' vroeg hij bezorgd. 'Abba slaapt in een andere flat,' antwoordde ik. 'Waar dan?' vroeg hij, en toen wist ik niet wat ik moest zeggen. Waar woonde die hoer van Nachum in vredesnaam? Ik probeerde uit te leggen dat wij ook binnenkort uit onze oude flat zouden vertrekken en in een nieuwe gingen wonen, en dat Abba, als wij vertrokken waren, weer naar de oude flat zou terugkeren. Ik wist dat ik zelf niet eens begreep wat ik zei en probeerde me uit die warboel te draaien. Ik zei dat wij zolang in de oude flat bleven wonen en dat Yoavi's nieuwe bed daar zou blijven. 'Zodra wij naar onze nieuwe flat verhuizen, koop ik een ander bed voor je,' beloofde ik. 'En nemen we dan ook een poes?' wilde hij weten, en ik zei: 'Ja hoor.' Yoavi wreef over zijn geschaafde kin die niet wilde genezen, en alsof hij het zich nu herinnerde, vroeg hij of ik voor hem dat bed zou kopen dat hij had willen hebben, daar in de winkel, dat Abba niet had willen kopen, en opnieuw zei ik: 'Ja hoor.'

Toen we thuiskwamen, werd hij ernstiger en stelde hij de voor de hand liggende vraag: 'Houdt Abba niet meer van ons?' Ik wenste mezelf dood, maar verklaarde vol vertrouwen: 'Abba houdt meer van jou dan van alles op de wereld. Hij heeft je innig lief.'

'Maar Imoesj, houdt hij dan niet meer van Imoesj?' half een vraag, haast een constatering. Hij bracht zijn gezicht naar het mijne, keek een hele tijd in mijn ogen en zei toen: 'Maar ik hou van Imoesj en als Abba niet meer van Imoesj houdt, dan ga ik met haar trouwen.' Toen hij met zijn kersenlipjes mijn mond kuste, moest ik toegeven dat met zo'n zoon Nachums genen misschien toch niet zo slecht waren.

Die avond schoof ik de berg poppen weg van zijn bed en ging naast hem liggen, met mijn rug tegen de muur en mijn armen om hem heen. Ik keek naar de maan en de lichtgevende sterren die ik op het plafond had geplakt en zong 'En wat doen de sterren?' Yoavi zweeg en ik antwoordde namens hem: 'Die vallen naar beneden. Ze vallen, vallen, vallen, waarnaartoe?' En hij liet het antwoord horen: 'Nergens naartoe.' Toen vroeg hij opeens: 'Wat is doodgaan?' en hij wilde weten wanneer ik doodging, en of de terroristen me zouden doden, en wat er dan met hem zou gebeuren, en waar hij dan moest wonen. Ik schrok ervan en zei dat we de volgende ochtend daarover zouden praten, maar hij hield aan, en ik antwoordde, zonder na te denken, dat doodgaan net zoiets was als een dagvlinder zijn. 'Hoe dan?' vroeg hij. Ik herinnerde hem aan de zijderupsen die Sjosjana had meegebracht naar het kinderdagverblijf, en hij knikte gretig, en samen telden we de stadia: eitje, larve, pop en vlinder. En ik vertelde hem dat na de pop de vlinder overblijft, en dat sterven hetzelfde was. Toen omhelsde ik hem zo stevig dat hij klaagde dat ik hem pijn deed, en ik beloofde dat zelfs als Abba niet meer thuis sliep, geen terrorist ons kwaad zou doen. Hij keek me aan, vroeg of ik een geweer voor hem wilde kopen en viel opeens in slaap, met zijn benen tussen de mijne, en met de uiteinden van mijn haar tussen zijn mollige vingers. Ik drukte hem tegen me aan. Die nacht hoorde ik onze buren op de vierde verdieping niet met de meubels over mijn plafond schuiven, en ik hoorde ook Levana niet schreeuwen terwijl ze de liefde bedreven.

Ik werd vroeg wakker, mijn witte jurk plakte vochtig en kleverig tegen mijn lichaam, de tv tsjilpte op de achtergrond met het ochtendprogramma voor kinderen, en Yoavi glimlachte me toe en zei: 'Nou zijn we allebei dagvlinders.'

Later die dag belde ik Avsjalom op. 'Ik ben voor elke man beschikbaar,' had ik hem willen vertellen, maar niemand nam op. De hele dag probeerde ik hem te bellen, ook 's avonds, nadat ik Yoavi in bed had gestopt, maar de telefoon ging almaar over, zonder reactie. Ik bleef hem dag in dag uit bellen, een aantal keren per dag, tot ik op een ochtend antwoord kreeg van een zacht, vrouwelijk 'Hallo? Wie is daar?' en de hoorn bevroor in mijn hand. 'Hallo? Wie is daar?' herhaalde de vrouw. Ik had haar willen vertellen dat ik het was, Yael, haar willen vragen wat ze zo vroeg in de ochtend deed in de flat van de man die ik liefhad, maar ik kon geen woord uitbrengen. De volgende dag probeerde ik het nog een keer, en opnieuw stelde die vrouwenstem haar vragen, en mijn hart stokte terwijl ik de hoorn neerlegde. Die avond bemoeide een man zich met het onvoltooide gesprek, en ik hoorde hoe zijn diepe basstem tegen haar zei: 'Laat mij maar even.' Het was niet de stem die ik had verwacht en opeens hervond ik mijn stem en informeerde naar Avsjalom. De basstem antwoordde: 'Die is weg, hij is verhuisd.' 'Hebt u misschien zijn nieuwe adres?' vroeg ik hoopvol. Ik kreeg antwoord met een bitter lachje: 'Ik ben zelf ook naar hem op zoek. Hij heeft een onbetaalde elektriciteitsrekening achtergelaten.'

Wat doen kinderen? Niets

Daarna daalde stilte neer over het huis. Avsjaloms voetafdrukken waren verdwenen, terwijl die van Nachum uitgewist waren alsof ze nooit hadden bestaan. Zijn kant van de hangkast was een gapende leegte, een lege, donkere muil. Een paar knaapjes van ijzerdraad, van het soort waarmee je kleren terugkrijgt van de stomerij, hingen naakt en skeletachtig aan de roe, schommelend wanneer de deur openging, alsof ze snakten naar zijn kleren. Zijn kam was verdwenen, zijn scheerkwast was weg, het geschuifel van zijn slippers was gedempt, net als het zoemen van zijn elektrische tandenborstel, het rammelen van zijn sleutels wanneer ze in het koperen kommetje gegooid werden, die niet meer door het huis klonken. De stank van zweet was weggetrokken, evenals de geur van de olie en de aftershave, en de klinische luchtjes waar zijn hemdslippen soms naar roken. Alleen het schort dat ik voor hem in Londen gekocht had, dat met de plastic borsten, was achtergebleven als herinnering aan de uren en dagen die hij bij de gootsteen had doorgebracht.

Het huishouden veranderde nadat hij was vertrokken. Avondmaaltijden die op tijd klaargemaakt werden, het afwassen na elke maaltijd, het wekelijks verschonen van het bed, vrienden ontvangen op vrijdagavond, naar de bioscoop op zaterdagavond: alles was als een kaartenhuis ingestort. De tijden waren veranderd, gewoonten waren verdwenen, wanorde en stilstand hadden de macht, en mijn thuis leek op dat van mijn moeder. De bedden bleven de hele dag onopgemaakt, vuile borden stapelden zich op in de gootsteen, restjes schimmelden in de koelkast, een kraan drupte, lampen gingen een voor een kapot, uitgetrokken kleren werden op de vloer gegooid, en het tv-toestel stond de hele dag aan zonder dat iemand ernaar keek.

Op maandag en donderdag haalde de ordelijke, methodische Nachum Yoavi op bij de kinderopvang, en dan bracht hij hem precies om zeven uur thuis, zoals de scheidingsovereenkomst had geeist. Als hij dat niet op tijd kon doen, vond ik Hagit en Yoavi hand in hand op de stoep. Dan ging het litteken op mijn buik open en trok mijn lege baarmoeder zich als bij een wee samen, en dan wilde ik het uitschreeuwen: 'Raak de jongen niet aan, hij is van mij, ik heb hem gebaard en het is mijn buik die opengesneden is om hem eruit te halen, het is mijn bloed dat gevloeid heeft.' Maar ik glimlachte naar haar en vroeg wat hij gegeten had en waar ze geweest waren, en Yoavi zei altijd: 'Imoesj, kijk eens wat Hagiti voor me gekocht heeft,' en dan liet hij me een goedkoop plastic speelgoedje zien.

Op een dag, ongeveer een maand na de scheiding, ging ik niet naar mijn werk en belde Nechama op om te zeggen dat ze gauw moest komen om Yoavi aan te kleden en hem mee te nemen naar het kinderdagverblijf, omdat ik de kracht niet meer had. Ze gebruikte de sleutel die ik haar had gegeven, stormde mijn slaapkamer binnen en mompelde afkeurend over al dat vuil en die verwaarlozing. 'Je moet je leren beheersen,' zei ze grimmig, en ze ging Yoavi's slaapkamer binnen. Toen hoorde ik haar vanuit het toilet tegen hem preken: nu Ima een beetje ziek was, moest hij leren zelf zijn billetjes af te vegen. Yoavi vroeg: 'Wat heeft Imoesj dan?' en wilde weten of je aan mijn ziekte doodging. Nechama stelde hem gerust en zei: 'Ima is een beetje zwak en moe, morgen voelt ze zich vast veel beter.' Brandschoon en glimmend, met nog vochtige krullen op zijn voorhoofd geplakt, kwam Yoavi naar mijn bed, waar hij me plechtig een kus gaf, zoals men dat doet bij zieke mensen, en hij zei heel vormelijk: 'Beterschap, Imoesj,' en vertrok met Nechama. Ik legde de hoorn naast de telefoon en zonk weg in een diepe slaap vol nachtmerries, werd wakker met een droge mond en dronk wat water, zó uit de kraan in de badkamer, en ging weer terug naar bed.

'Dus je blijft toch maar leven?' vroeg Nechama me verwijtend toen ze opeens naast mijn bed verscheen. 'Hoe laat is het?' vroeg ik, en zij zei knorrig: 'Tijd om te gaan leven,' en ze trok de rolluiken op. Het roze licht van de ondergaande zon kroop naar binnen door het raam en Nechama kwam op mijn voeteneind zitten: 'Dus ondanks alles zullen we doorgaan met leven, we zullen 's ochtends opstaan, onze tanden poetsen, ontbijt maken voor Yoavi, hem naar het kinderdagverblijf brengen, gaan werken, wat koken, een beetje uitgaan, wat plezier maken, 's avonds gaan slapen en 's ochtends opstaan,' zei ze zacht. En toen sprak ze opeens luider: '*Yalla*, raap jezelf bij elkaar, hou op met dat zelfmedelijden en ga voor je zoon zorgen, die heeft zijn moeder nodig.' Gehoorzaam en onderdanig stapte ik uit mijn bed en liep naar de badkamer, ik poetste mijn tanden en waste mijn gezicht en vroeg aan Nechama of ze Yoavi thuis wilde brengen. Vijf minuten later stond Levana voor de deur met een pan kippensoep, met daarop een schotel met chocoladekoekjes. Ze zei dat ze had gehoord dat ik een beetje ziek was, en dat ik niet mocht aarzelen haar om hulp te vragen. Intussen moest ik die soep opeten, evenals de koekjes, en zorgen dat ik weer sterk werd, dan zou zij voor de rest zorgen.

Ik ging in mijn smerige kamerjas in de keuken zitten, knaagde aan een kippenpootje, zó uit de pan, en de vettige vloeistof bevochtigde mijn ongekamde haren. Levana ging naar het werkhok en stopte de wasmachine vol, vervolgens ging ze van kamer naar kamer, ze verzamelde Yoavi's speelgoed, verschoonde het bed, nam stof af, deed de afwas en bevrijdde de koelkast van beschimmelde etenswaren. En ik liep maar achter haar aan: 'Laat maar, Levana, ik doe het wel,' maar ze ging gewoon door: 'Daar zijn we toch vriendinnen voor?'

De volgende dag belde ik een makelaar op en deelde mee dat ik een flat in het centrum van Jeruzalem wilde huren.

Nadat de plassen waren opgedroogd, ruimden gemeentewerkers de takken op die afgewaaid waren bij de stormen of afgebroken door het gewicht van de sneeuw, en Louisa trouwde in de lente, zonder mij. In de lente schoot het groene fluweel van gras op in de heuvels, er verschenen blauwachtige blaadjes aan de kale bomen in het Gazellendal, en een bruine korst op Yoavi's geschramde kin. En tegen de tijd dat dat korstje eraf viel, waren de knoppen aan de takken ontloken, en de bomen waren prachtig in hun bruidsgewaad, versierd met massa's roze en witte sterretjes. De bloemen vielen uit, vruchten hingen groen aan de takken en zouden spoedig een blos op hun wangen krijgen.

In het voorjaar verhuisden we naar onze nieuwe flat op de derde verdieping van een gebouw in de Duitse Kolonie, aan een rustig straatje waar geen auto's mochten komen. De wanden van ons nieuwe thuis glansden wit, we hadden een klein balkon dat uitkeek op de tuin rondom het gebouw, en kinderen van Yoavi's leeftijd konden daar zonder toezicht spelen. Ik bedekte de kale wanden met posters van kunstwerken die ik bij het Israël Museum had gekocht, ik verfde de wanden van Yoavi's kamertje in 'de kleur van sinaasappels' en het plafond in 'het blauw van de hemel'. Ik kocht voor hem het bedje met het sierlijke hekwerk aan het hoofdeinde en verwende mezelf met een nieuw tweepersoonsbed met springmatras. Zo kon Yoavi erop springen, als op een trampoline, zonder dat iemand tegen hem zou schreeuwen.

In die eerste dagen van de lente wandelde ik door de straatjes van de buurt, ik genoot van de geur van jasmijn en kamperfoelie die groeiden over de muren die de goedverzorgde tuinen beschermden, ik gluurde door de hekken en inspecteerde de oude natuurstenen tempeliershuizen die met Europese charme waren opgetrokken. Elke ochtend maakte ik voordat we vertrokken de bedden op, we wasten meteen na het eten af, en gooiden het afval elke avond buiten weg, op de juiste tijd. Bij de vuilnisbakken ontmoette ik dan Greta, mijn bejaarde buurvrouw van de tweede verdieping, die haar best deed om een wandelingetje te maken met haar zieke hond, wiens slappe buik bijna de grond raakte. Ze groette me dan met 'Gut efening', informeerde naar mijn 'Darlink lietel boy' en trok haar Mutzi achter zich aan, wankelend op zijn reumatische poten. Ik keek naar hen en dacht erover Yoavi te verrassen met een eigen huisdier, en ik beloofde mezelf ook dat ik me zou inschrijven bij een cursus yoga, misschien wel bij een bridgeclub, en ik zou naar het volksdansen gaan in het cultureel centrum dat op vijf minuten lopen van onze nieuwe flat lag.

Algauw zou de hete, droge zomerwind met zijn brandende adem aan de deur kloppen. Vanuit Yoavi's kamertje klonk zijn lievelingsliedje en hij zong mee: 'Wat doen de bomen? Die groeien. En wat doen de huizen? Die staan. En de wolken? Die vliegen en vliegen. En de doorns? Die maken vuur.'

In het begin van de zomer had ik de uitdrukking van zijn ogen ver- geten, ik kon me de kleur van zijn huid niet meer herinneren en het geluid van zijn stem was verdwenen. Ik kon alleen zijn handen zien, die uit de mouwen van zijn zwarte jasje staken, en ik wist dat ik die uit duizend paar handen zou herkennen.

Ik wandelde vaak door de straten van de ultraorthodoxe wij- ken, in de hoop hem toevallig tegen te komen, ondervroeg religi- euze studenten die ik 's avonds tijdens mijn onderzoek ontmoet- te bij computercursussen, ultraorthodoxe huisvrouwen en jesjiva- studenten, maar niemand wist iets van hem, en niemand had iets van hem vernomen. De inhoud van mijn interviewdossier groei- de, en ik deelde professor Har-Noy mee dat ik klaar was om aan mijn dissertatie te beginnen. Hij trok zijn harige wenkbrauwen op: 'Haast je vooral niet. We hebben een hele tijd gewacht. We zijn aan een onderwerp begonnen. We hebben een onderwerp laten varen. Wacht af. Misschien verander je van plan, misschien besluit je om naar Nieuw-Zeeland te gaan om de getatoeëerde motieven op de gezichten van Maori's te bestuderen.' Ik keek hem glimlachend aan, hij klopte op mijn schouder en vertelde me hoe trots hij op me was, dat we, ondanks alles wat ik had meegemaakt, gewoon door- gingen, het niet opgaven.

Tweemaal per week, als steeds op zondag- en woensdagmiddag, kwamen Nechama en Yoeli naar ons toe, en de twee kleuters, die omgedoopt waren tot 'Max en Moritz' naar de twee fictieve deug- nieten, sloten zich dan op in Yoavi's kamertje, zodat wij gelegen- heid hadden om met elkaar te praten.

Destijds was het net of Yoavi voortijdig volwassen was gewor- den. Hij hield rekening met mijn behoeften, als een attente echtge- noot, hij maakte geen misbruik van mijn zwakheden en gebruikte al zijn komische talenten om me aan het lachen te maken en mijn leven op te vrolijken. Hij wilde het mij zo naar de zin maken dat hij zijn eigen wensen uit het oog verloor. Ik bedacht dat het voor ons volwassenen al moeilijk was met de wereld om te gaan, terwijl deze kleuter de lasten van ons allebei op zijn schouders nam.

In zijn laatste week in het kinderdagverblijf voor de zomerva- kantie herinnerde ik me dat mij nooit gevraagd was een cake mee te nemen voor de plechtigheid van de avond voor sabbat, net als andere moeders. Ik vroeg Sjosjana, de juffrouw, daarnaar, en zij vertelde glimlachend dat elke keer als ze hem gevraagd had aan mij door te geven dat het de volgende week mijn beurt was, Yoavi heel gewichtig had gezegd dat zijn moeder het druk had, dat ze op de universiteit werkte en dat ze geen tijd had om cakes te bakken.

Zo lief en meelevend als mijn Yoavi was, zo wild en onhandelbaar was Nechama's Yoeli. Als zij weigerde hem zijn zin te geven, zette hij het op een gillen, hij liet zich op de grond vallen en schreeuwde tegen haar: 'Jij bent mijn moeder niet,' en dan lachte hij haar uit omdat ze zo dik was. Bij zulke buien kwam Yoavi op mijn schoot zitten en staarde hij verbaasd naar wat er gebeurde. Ik moest de neiging onderdrukken om op te staan en Yoeli een pak op zijn broek te geven. Nechama bleef er onverschillig en apathisch bij zitten, en wachtte tot het kind kalmeerde. Pas als Yoeli heel lang bleef doorschreeuwen stond ze op, ergerlijk traag. Ze drukte de rug van het kind tegen haar forse lichaam, sloeg haar armen om hem heen, kuste hem op zijn hoofd en zei hardop dat ze van hem hield. En o wonder, dan ontspande het kind zich, en binnen een paar minuten kalmeerde hij en vroeg hij om vergiffenis, en zij liet hem dan gaan zonder tegen hem te preken. Vervolgens keek ze me triomfantelijk aan alsof ze wilde zeggen: 'Zie je dat? Mijn zoon weet hoe hij zijn boosheid en frustraties moet uiten. Zo gedragen normale kinderen zich.' En dan keek ik naar mijn Yoavi, mijn engeltje Gabriël, en dan vroeg ik me af wanneer de geest eindelijk uit de fles zou springen. Die lag voor mij op de loer, wachtte het juiste moment af om door de voordeur binnen te komen. Als een ongenode gast die zijn plaats met geweld opeist zou hij zich naar binnendringen, hij zou de kamers overnemen, met zijn vuile schoenen op de nieuwe bedden en banken gaan liggen, ons proberen te verdrijven en zijn vriendjes de demonen binnenhalen – en die laatsten zouden samen diepe gaten proberen te slaan in de vesting van mijn vriendschap met Nechama.

Op die dag, 's middags, toen ik in de woonkamer zat met Nechama, hoorden we vanuit Yoavi's kamertje stemmen die schoten en explosies nadeden. We slopen naar binnen en zagen door de half openstaande deur, de doodserieuze gezichten van Max en Moritz, alsof ze in een of ander ritueel verwikkeld waren. Ze stonden met denkbeeldige geweren op elkaar te schieten, Yoavi viel neer op het kleedje en zei met gesloten ogen en fladderende armen en benen: 'Ik ben dood,' terwijl Yoeli almaar geluiden van explosies maakte en schreeuwde: 'Ik pleeg een zelfmoordaanslag, ik ben een *shaheed*, ik ben gekomen om joden te doden,' en met zijn handen tegen zijn buik gedrukt liet hij zich vallen op het naakte lijk van Bobo, die zijn luier was kwijtgeraakt. Een hele tijd bleven de twee kinderen in doodsstrijd op het kleedje liggen. Nechama en ik glipten terug naar de woonkamer. Nechama zei dat we er niets tegen konden doen, want zelfs als we hen beschermen en isoleren dringt alles wat hier gebeurt door tot kinderen. Dat is de droeve realiteit van ons leven en het hunne, en het is een gezonde manier van omgaan met de angsten en lastige vragen waarmee wij volwassenen niet kunnen omgaan. 'Je zag wat daarbinnen gebeurde,' zei ik, 'het waren niet zomaar kinderen die oorlogje speelden.' En zij antwoordde dat die spelletjes hun spanning oplosten, dat spelen een bevrijdende bezigheid was die kinderen hielp de kracht van hun ego te versterken, een creatieve uiting die een brug sloeg tussen inwendige en uitwendige werkelijkheid. 'Praat geen onzin,' zei ik, 'dat soort spelletjes wordt niet in mijn huis gespeeld,' en ik voegde eraan toe dat wij kennelijk tekortgeschoten waren bij hun opvoeding. Wij hadden hun geen geweren gegeven, zij maakten zelf denkbeeldige wapens. En zij zei: 'We moeten die niet afpakken, want in de huidige situatie is het onmogelijk te voorkomen dat kinderen oorlogsspelletjes doen.'

Daarmee was ik het niet eens, en ik redeneerde dat we moesten proberen hen te interesseren voor positieve, niet-destructieve spelletjes. 'Dat spel is een kopie van de weerzinwekkende acties van moordenaars,' beweerde ik, en Nechama verloor haar geduld en riep: 'Wat wil je anders? Die moordenaars lijden in hun kampen, met afsluitingen, afzettingen en de avondklok, noem maar op. In een genadeloze en onderdrukkende staat als de jouwe – mogen de verslagenen daar niet in verzet komen? Als ik een Palestijnse was, zou ik zelf een shaheed worden!'

En alsof ik een schop in mijn buik had gekregen klapte ik hijgend dubbel en siste dat ik mijn oren niet geloofde. Hoe kon ze zo praten over die beesten, die laffe, gewetenloze wezens die systematisch onschuldige mensen vermoordden, vrouwen, kinderen en bejaarden. En de mensen die ze erop hadden uitgestuurd, hadden hun beloofd dat ze aan gene zijde met zoveel maagden naar bed mochten als ze maar wilden. Ze sprak nu op luide toon. 'Maar je begrijpt het niet, wij zijn allemaal hun vijanden geworden, jij, ik en onze kinderen. En totdat we ons uit alle bezette gebieden terugtrekken zullen zij zich overal opblazen en proberen zo veel mogelijk mensen van ons te doden.'

'Ik was erbij toen die bus werd opgeblazen,' herinnerde ik haar, 'jij leest over die wreedheden alleen maar in de krant,' en zij schoot terug: 'Wij hebben hen gemaakt tot wie ze zijn. Zij zijn de vluchtelingen, zij zijn de onteigenden, en door me tegen de bezetting te verzetten, verzet ik me tegen de bomaanslagen. En totdat we alles teruggeven, maar dan ook alles, zal het leven in dit land slecht zijn.' Ik probeerde haar op luide toon te overstemmen, en schreeuwde tegen haar dat ze aan zelfhaat leed, en zij vroeg spottend: 'Sinds wanneer ben jij psychologe?' en ik negeerde haar vraag en zei dat ze naïef was. Zelfs als we inderdaad alles teruggaven, alles, dan zouden zij het recht op terugkeer eisen, en ons opsluiten in een benauwd getto; ik hoorde hoe mijn vader met mijn mond sprak en met me mee schreeuwde. Ze staarde me ontzet aan en zei dat ik sinds dat trauma volledig de kluts kwijt was. Toen Yoavi en Yoeli ons hoorden schreeuwen, kwamen ze binnen en keken ons bezorgd aan. Ik tilde mijn zoon op en Nechama tilde de hare op, en ze zei heel vriendelijk dat zelfs grote mensen soms mochten ruziën en schreeuwen. Yoavi's warme, zware lijfje dat zich tegen me aan drukte, kalmeerde me en ik overlaadde zijn hoofd met kusjes. Ik bracht het gesprek op Sjosjana en het feestje van het kinderdagverblijf aan het eind van het jaar, en we namen afscheid van elkaar, als altijd met een kus op de wang en de belofte elkaar zondagmiddag opnieuw te ontmoeten.

Een paar dagen later opende ik de voordeur, en vlokjes wol, strootjes en sponzige vlokjes kwamen me tegemoet, dansten over de vloer voor me toe en bedekten de banken en kleedjes met een dun, poezelig laagje. Zachte poelen van gekleurde vodden vormden kleine hoopjes in de richting van de keuken. Orli de babysit zat te dommelen voor de tv, en Max en Moritz, die me niet hadden

horen binnenkomen, waren druk bezig met een systematische ver-
nietiging: de eerste die me groette was het hoofd van Bobo, wiens
lichaam verdwenen was, en daarnaast lag een hele berg geofferde
speelgoedbeesten en poppen zonder ledematen. Ontzet zag ik hoe
Yoeli met een speelgoedschaar zwaaide, totaal geconcentreerd op
Yoavi's beminde Teddy Beer. Toen hij daar eindelijk in doordrong,
propten ze allebei hun hongerige vingers in diens ingewanden en
rukten de wol en het stro eruit. IJswater vloeide door mijn aderen
totdat Yoavi, die opeens voelde dat ik er was, mij een honingzoete
blik schonk, een en al onschuld.

En het liedje speelde door mijn hoofd: 'Wat doen de kinderen?
Niets.'

'Wat doen jullie?' vroeg ik, niet in staat het beven van mijn stem
te onderdrukken, en Orli werd geschrokken wakker.

'Zie je niet dat we een bomaanslag doen?' zei Yoeli, alsof dat
vanzelf sprak, en hij staarde me aan met zijn ogen als sterretjes.
'Wij zijn shaheeds en zij zijn dode joden,' echode Yoavi, om de zin
af te maken, en hij wees op het bergje slachtoffers.

Ik slikte de misselijkheid die in mijn keel kwam in en rende naar
de keuken. Ik dronk wat water uit de kraan, waste mijn gezicht en
leunde hulpeloos tegen het aanrecht. Orli kwam haastig binnen
en probeerde excuses te maken, maar ik weigerde te luisteren. Ik
wuifde met mijn hand om haar te doen zwijgen en haalde een paar
bankbiljetten uit mijn tas. Ze herhaalde dat het haar speet, maar ik
gaf geen antwoord. Ik wilde het niet gemakkelijker voor haar maken.

Ik scheurde boos een zwarte plastic vuilniszak van de rol, schudde hem open en ging, met mijn laatste krachten, terug naar de
woonkamer.

Op ijzige toon zei ik: 'Nu moeten jullie alle beesten en poppen
die jullie kapotgemaakt hebben oprapen en in de zak stoppen.' Ik
vluchtte naar de slaapkamer en ging, geheel gekleed en met schoenen aan, op de sprei liggen. Yoavi kwam me achterna en stak zijn
hoofd om de deur en vroeg: 'Is Imoesj boos?' 'Heel, heel erg boos,'
antwoordde ik, en hij jammerde van berouw: 'Maar Abba zei dat
ik geen meisje was, en al mijn spelletjes waren meisjesspelletjes,
en we moesten al mijn oude poppen en beesten in de vuilnisbak

gooien, en hij beloofde nieuw speelgoed voor me te kopen.' Zonder mijn hoofd naar hem om te draaien beval ik hem terug te gaan naar de woonkamer en samen met Yoeli alles in de zak te stoppen. Daarna konden we praten. Toen Nechama langskwam om Yoeli op te halen, wachtte het belastende bewijsmateriaal haar op bij de voordeur, een dikke, zwarte plastic zak, tot aan de rand gevuld.

'Zie je het nou? Dat is jouw gezonde manier om angsten te verwerken,' zei ik ijzig. Ik opende de zak en schudde de inhoud op de vloer: onthoofde poppen, afgerukte ledematen, verminkte speelgoedbeesten bij wie de buik was opengereten zodat die nu leeg was: dat alles viel als een weerzinwekkend bergje op de vloer.

'Bekijk deze pogrom eens. Mooie opvoeding geef jij aan je zoon, dat hij kan langskomen om het speelgoed van andere kinderen kapot te maken, dat hij het spel shaheeds en joden kan spelen. Neem je kleine shaheed maar mee, en vertel hem dat de shaheeds alleen maar arme ongelukkige mensen zijn die hun verloren land terug willen hebben. En misschien kunnen jullie in jullie eigen flat samen nog wat speelgoed vernielen, of is dat alleen toegestaan in de woning van andere mensen?'

Nechama verbleekte, pakte haastig Yoeli bij de hand en ze renden samen naar beneden. Ik volgde haar en riep haar door het trappenhuis na: 'Toe maar, loop maar weg, negeer het maar, ga maar verder met het bederven van zuivere jonge zielen!' Ik smeet de deur dicht en leunde er zwaar hijgend tegenaan. Yoavi zat op de vloer en snikte zachtjes terwijl hij een zielige poging ondernam om de sporen van de slachting uit te wissen. Hij schoof de resten van de verminkte kadavers terug in de zak en raapte stukjes wol en vulsel van speelgoed op waar ze waren blijven hangen aan het vloerkleed en de banken. Ik omhelsde hem, hij snikte tegen mijn borst en vroeg of hij nu Yoeli niet meer mocht zien omdat ik boos was op Yoeli en diens Ima. En ik antwoordde: 'Natuurlijk zie je hem weer in het kinderdagverblijf,' maar hij herinnerde me eraan dat hij volgend jaar naar een nieuw dagverblijf zou gaan, zonder Yoeli, en zei smekend: 'Ik wil bij ons thuis met hem spelen,' en hij drong erop aan dat ik Nechama opbelde en haar om vergiffenis vroeg, omdat ik hen beledigd had. Ik antwoordde dat ik eerst moest kalmeren, en daarna zou nadenken over wat hij had gevraagd.

Toen ik de volgende middag thuiskwam, stond de zwarte zak bij de deur, en er stond een gestamelde verontschuldiging op het antwoordapparaat. Nechama nodigde me uit om te eten in Café Caffit zodat we konden praten.

Ik snoerde de zak dicht en zwaaide ermee door de lucht.

'Wat gaan we met die zak doen?' vroeg ik aan Yoavi.

'We moeten ze begraven,' verklaarde hij, 'ze zijn allemaal dood. En doden worden in de grond begraven.'

Toen ik hem de volgende dag naar het kinderdagverblijf bracht, informeerde hij niet naar de zwarte zak, en toen Hagit hem 's middags thuisbracht, had hij een klein geweer van roze plastic bij zich. 'Kijk eens wat Hagit voor me gekocht heeft,' zei hij opschepperig. Ik schonk haar een blik vol haat en siste in het Engels dat ik het niet aangenaam vond als zij wapens voor hem kocht. Zij vroeg 'Wat? Wat?' en ik herhaalde mijn woorden in het Hebreeuws, en zij haalde haar schouders op en zei onschuldig: 'Maar hij vroeg er zelf om. Je weet toch hoe moeilijk het is hem iets te weigeren als hij erom vraagt – hij is zo lief. En afgezien daarvan zei Nachum dat het oké was,' zei ze luchtig. Ze kuste hem op zijn wang en zei: 'Tot donderdag.' Ik smeet haastig de deur achter haar dicht en leunde ertegen alsof ik bang was dat ze zou terugkomen en vragen of ze binnen mocht komen.

Op donderdag bracht Nachum Yoavi vroeg terug, hij stuurde hem naar zijn kamertje omdat hij met Ima moest praten. In de open deur deelde hij me mee dat hij was uitgenodigd voor een stage van een jaar, in de kaakchirurgie, bij een New Yorks tandheelkundig instituut. Ik zweeg, en hij probeerde de klap te verzachten en zei dat ik in de vakanties Yoavi naar hem toe kon sturen. Ik snakte naar adem: 'Wanneer vertrek je?' en hij antwoordde: 'Deze maand nog.'

'En Hagit gaat met je mee,' zei ik, een nuchtere constatering, en opnieuw dreigde die bittere prop me te verstikken. 'Zeg me de waarheid, wanneer heb je die uitnodiging gekregen?' zo krabde ik aan de korstjes van mijn wonden. 'Zeg alleen maar of het voor of na die aanslag op de bus was.' 'Voor die tijd,' bekende hij fluisterend en mijn woede kookte over. 'Klootzak die je bent, hoe heb je dat kunnen verzwijgen.' Ik wapende me met Yoavi en zei tegen hem dat hij nu besloten had ook van zijn zoon te scheiden. Al deze problemen raken dit arme kind zo ongeveer tegelijk, eerst die bomaanslag, toen de scheiding en nu dit. En Nachum verkondigde plechtig, alsof hij op dit moment had zitten wachten: 'Als het je te moeilijk is om voor het kind te zorgen, wil ik hem best meenemen.' 'Over mijn lijk,' schoot ik terug, en hij zei, totaal niet terzake: 'Maak je geen zorgen, je krijgt heus elke maand je alimentatie wel.' Ik hoorde mezelf op hese toon schreeuwen: 'Denk je dat ik me daarover zorgen maak, over jouw rottige alimentatie?' en hij antwoordde: 'Ik ben hier niet naartoe gekomen om ruzie met je te maken, en praat wat zachter, het kind kan je horen.' 'Heb je het al aan Yoavi verteld?' vroeg ik, en hij zei: 'Nog niet, ik dacht dat jij dat beter kon doen.' Ik zei tegen hem dat hij een klootzak was, want hij was degene die wegging, niet ik, en voordat hij kon antwoorden, riep ik Yoavi. Die kwam met gebogen hoofd binnen, en ik vertelde hem dat Abba hem iets belangrijks te vertellen had, en er verscheen een vonkje hoop in zijn gouden ogen. Nachum keek me woedend aan, knielde neer, nam het kind tussen zijn knieën en zei: 'Abba gaat naar het buitenland, naar Amerika, en hij komt heel gauw weer terug, met een boel cadeautjes.' 'Is dat alles?' zei Yoavi schouderophalend, en Nachum zei tegen hem: 'Dat is alles,' en Yoavi zei: 'Nou, dan ga ik weer terug naar mijn kamertje, want ik zit midden in een spelletje.' Nachum keek me aan alsof hij wilde zeggen: 'Zie je wel, hem kan het niets schelen,' en ik zei: 'Ga nu weg, ik voel me niet goed.'

Toen ik Yoavi naar bed bracht, zei ik dat Abba hem zou komen bezoeken vanuit Amerika, en als ik genoeg geld had, zouden wij ook naar Amerika gaan en daar zouden we het geweldig hebben, en misschien gaan we dan wel naar Disneyland. En hij zei: 'Goed,' en keek me aan alsof hij me begreep. Later belde ik Nechama op en sprak met haar af voor de lunch in Caffit.

De volgende ochtend holde ik Yoavi's kamertje binnen, en mijn vingers, die onder zijn lijfje voelden, vonden een warm, droog laken.

De tijd verstrijkt en de aarde rust

'En nu vertrekt hij naar Amerika en laat hij zijn kind hier achter,' klaagde ik bij Nechama tijdens onze verzoening in Caffit. Ze keek me ernstig aan en glimlachte toen. 'Wees nou eerlijk, je zult die twee vrije middagen missen, wanneer hij Yoavi bij zich heeft.' Ik negeerde die hatelijkheid. 'Moet je je voorstellen, die rotzak had die trip allang gepland voordat we over een scheiding praatten, én hij was van plan zijn hoer mee te nemen.' 'Hou op met dat schelden,' zei ze verwijtend, en ze voegde eraan toe dat het soms beter was om een kind alleen op te voeden dan samen met een partner op afstand.

De plotselinge knal van de uitlaat van een motorfiets deed me uit mijn stoel overeind schieten.

'Kijk nou eens naar jezelf,' zei Nechama, 'je bent één brok zenuwen, je schrikt van het geringste geluid,' en onmiddellijk kwam ze met een diagnose: 'Je lijdt nog steeds aan een posttraumatische stressstoornis. Je lichaam kan het niet vergeten, en jij zult dat trauma steeds weer doormaken,' voegde ze eraan toe, en ze zei dat ik volgens haar zo gauw mogelijk aan psychotherapie moest beginnen, want als ik dat niet deed, zou ik me thuis gaan opsluiten en een depressie krijgen.

Hoewel ik wist dat ze me zou uitlachen, vertelde ik haar dat ik hem nog steeds miste. Avsjalom. 'Hij is plotseling uit mijn leven verdwenen,' zei ik treurig, 'en dat is de enige reden waarom ik zo schrikachtig ben, verder niets.'

Maar Nechama had al een besluit voor mij genomen. 'Je gaat haar vandaag bellen om een afspraak te maken,' zei ze, en ze wierp een indrukwekkend visitekaartje op tafel, in cursieve letters bedrukt met de tekst 'Dr. Shaula Wachtel, klinisch psychologe'. Ik zei dat ik geen vertrouwen had in mensen met zulke opzichtige visitekaartjes, maar ze wilde niet luisteren en deelde mee: 'Je gaat nu met haar praten.' Ze tikte het nummer in op haar mobieltje en ik hoorde haar allervriendelijkst zeggen: 'Hallo, Shaula, weet je nog dat ik je van mijn vriendin verteld heb, die met dat trauma? Nou, ze zit hier naast me en wil een afspraak met je maken,' en ze liet me een vals lachje zien terwijl ze me het apparaat overhandigde. Op sombere toon zei ik hallo, en Shaula Wachtel vertelde me met diepe en gezaghebbende stem dat ze geen afspraak met me kon maken vóór de Grote Feestdagen. Ik slaakte een zucht van opluchting en zei: 'Dat is prima, ik heb het ook druk, dus dan ontmoeten we elkaar na de feestdagen.' Maar plotseling zei zij vastberaden: 'Wacht even, Nechama zei dat uw kwestie niet uitgesteld kan worden. Ik kan u morgen ontvangen, om zes uur 's avonds. Om zes uur precies. Emek Refa'imstraat nummer tweeënzestig.' 'Aha, dan zijn we bijna buren,' zei ik met onechte vrolijkheid. 'Laat me even in mijn agenda kijken.' Maar Nechama staarde me fel aan, greep het mobieltje en zei: 'Prima, ze zal er om zes uur zijn.' Ze nam afscheid met een paar beleefde woorden, staarde nijdig naar mij en drukte haar sigaret fijn in de Thousand-Island-dressing van haar bijna onaangeroerde salade. De sigaret siste, het oranje filter viel ervan af en gouden krulletjes verspreidden zich over het bord als de bacteriën van een epidemie. 'Waag het niet je afspraak af te zeggen. Ze is de meest gerenommeerde psychologe van Jeruzalem, en jij speelt tegenover haar de onbereikbare? Ik zal Yoavi mee naar huis nemen, hij kan bij ons eten.' Ik bedankte haar mompelend en speelde met het hoopje salade op mijn bord. Ik had geen trek meer.

Ik lag de hele nacht te woelen in mijn bed. Ik wist niet wat ik moest bij die psychologe, ik wist niet wat ik haar zou moeten vertellen. 's Ochtends ontmoette ik Nechama bij Sjosjana's kinderdagverblijf en ze zei tegen me: 'Praat met haar over alles wat je wilt, over alles wat je hindert. Je fantasieën, je kinderjaren, de relatie met je moeder, over Nachum, over Avsjalom, kortom, over alles wat je te binnen schiet. Je kunt vrijuit praten, niets komt buiten haar spreekkamer.' Ik vroeg hoeveel het me zou kosten, en ze klopte me op mijn schouder en zei dat het eerste bezoek door haar betaald zou worden, daarvoor had ze al gezorgd. 'Dat is mijn cadeautje voor je volgende verjaardag,' zei ze, en ze wachtte op mijn dankbare antwoord. Toen dat niet kwam, zei ze nog dat elk bezoek vierhonderd shekels zou kosten. 'Vierhonderd shekels?' riep ik uit. 'Vierhonderd shekels per bezoek, dat komt neer op tweeduizend per maand, waar moet ik dat vandaan halen?' Nechama stak een sigaret op, en zei dat het elke cent waard was. Later liep ze mee naar mijn auto en voorspelde dat ik heel gauw zou merken dat ik niet kon wachten om naar Shaula te gaan, aangezien psychotherapie een onvergelijkbare luxe voor de psyche was. Soms was het zelfs beter om honger te lijden dan er niet heen te gaan, en ooit, wanneer mijn ogen eenmaal geopend waren, zou ik haar dankbaar zijn.

Kwart voor zes. Roze wollige wolken dommelden stilletjes in de blauwe hemel, en algauw zou duisternis over mijn stad neerdalen. Zacht licht uit de vensters van cafés viel neer op de straat en mijn auto beschreef kringen in de smalle steegjes van de Duitse Kolonie. Ik was op zoek naar een plek om te parkeren en kwam weer terecht in de Emek Refa'imstraat, en dacht over de afschuwelijke naam die hij had gekregen, de Vallei der Doden. Eindelijk vond ik een kleine plek op de stoep van een zijstraat. De auto klom er met grote moeite in, met een dreun tegen het oliecarter, zodat er een schok door me heen ging. Maar hopend dat er zo laat geen parkeercontrole zou komen wandelde ik de straat in, op zoek naar het huis van dr. Wachtel. Om vijf voor zes bereikte ik een grijze villa van twee verdiepingen, met een bord bij de ingang dat meedeelde dat dit gebouw had gediend als bestuurswoning van de Tempeliers. Ik duwde tegen het hek, dat moeizaam en met luid gepiep openging. Een fluisterend baldakijn van oeroude pijnbomen hing over me heen en liet scherpe naaldjes vallen die in mijn haar bleven steken en waterdruppels die het licht van de straatlantaarn weerkaatsten. Ik keek omhoog naar de boomtoppen waartussen fijne webben hingen die bewogen in de wind. Ik stak de tuin op een holletje over, bang voor die harige rupsen die pijn deden en in je huid brandden. Ik bedacht dat ik met Shaula zou kunnen praten over mijn angst voor rupsen, maar tegen de tijd dat ik hijgend de vestibule bereikte, was ik dat helemaal vergeten.

Op de deur zag ik een Armeense keramische leeuw, versierd met arabesken en met cursieve woorden: 'Welkom in het thuis van dr. Shaula Wachtel.' Naast de bel hing een vergeeld vodje papier met twee regels flamboyant handschrift: 'S.v.p niet bellen. Open de deur en wacht op de bank.' Ik deed wat me gezegd was en ging zitten op de houten bank waarvan de rugleuning voorzien was van houtsnijwerk – jachttaferelen van Afrikaanse krijgers. Een brede rieten mand, die vol lag met de *National Geographic* en de Hebreeuwse versie daarvan, wat erop wees dat de dame des huizes over goede smaak en een brede horizon beschikte, stond naast de bank, terwijl ik alleen maar mijn spanning had willen verminderen met een vrouwenblad. Om vijf minuten over zes ging een zijdeur, die me nog niet was opgevallen, open, en een blond hoofd kwam te voorschijn. De lippen krulden enigszins boosaardig omhoog. 'Yael Maggid?' vroeg dr. Wachtel, alsof ze niet wist dat ik het was, en ze verontschuldigde zich niet eens dat ze een beetje laat was. Ik knikte, en zij beval: 'Komt u binnen.' Ik volgde haar naar binnen en wist niet waar ik moest gaan zitten. Zij schoof me een comfortabel uitziende fauteuil toe, vol kussens die gehuld waren in kleurige, glanzende, Thaise zijde, alsof ze wilden zeggen: 'Ga zitten.' Toen ging ze ontspannen op een identieke stoel tegenover me zitten. Hoewel de stoelen precies gelijk leken, was de hare iets hoger, zodat ik tegen haar op moest kijken. Ze beantwoordde mijn blik zonder met haar ogen te knipperen. Ik voelde me naakt en kwetsbaar, ik verbrak het oogcontact en liet mijn ogen door de kamer dwalen. Perzische gebedskleedjes vormden kleurige vlekken op de bruine houten vloer die glom van het vele boenen, en olieverfschilderijen en pasteltekeningen van beroemde Israëlische kunstenaars bedekten de glanzend witte wanden. Een kleine boekenkast met dikke, in leer gebonden boekwerken met op de ruggen glimmende gouden letters, stond in de hoek en aan weerszijden daarvan stonden schalen van gehamerd koper met daarin goed onderhouden kamerplanten. Een antiek mahoniehouten bureau met leeuwenpoten schuilde achter de leunstoel van de dokter, en op het glanzende blad stond een koperen staande lamp met een kap van geïllustreerd perkament. Daarnaast zag ik een doos met papieren zakdoekjes staan.

Dr. Wachtel volgde mijn dolende ogen zwijgend en zette de doos dichter bij me, alsof ze wilde zeggen: die heb je waarschijnlijk nodig om je tranen te drogen en je neus te snuiten. Ondanks het lawaai van het verkeer op de Emek Refa'imstraat vulde een drukkende stilte de kamer, en slechts een verstikt gebrul dat zich tegen het dubbele glas van het raam smeet, zinspeelde erop dat de wereld daarbuiten gewoon volgens zijn eigen regels door draaide. De kamer was aangenaam warm en ik voelde hoe mijn lichaam zich ontspande. Inwendig bad ik dat ze zou vragen: 'Thee of koffie?' maar dr. Wachtels lippen bleven verzegeld en haar groene ogen inspecteerden mij zonder een schijn van medelijden. Ik vond dat haar kleren bij haar kamer pasten, en ik schaamde me voor de fraaie broek van zwarte gabardine, al wat versleten, die ik voor deze gelegenheid had aangetrokken. Zij was gekleed in een wit broekpak, en een bloedrode Pashmina-sjaal bedekte zachtjes haar schouders. Haar voeten werden opgeslokt door een paar opvallende, hooggehakte cowboylaarzen met puntige tenen, bezet met glinsterend turkoois en strips van krokodillenhuid. Ik vond dat die laarzen niet in overeenstemming waren met de smaakvolle sfeer van de kamer die zowel ingehouden als indrukwekkend was, maar zei meteen tegen mezelf dat iedereen, zelfs de beroemdste psychologe van Jeruzalem, recht had op een eigen privé-dwangmatigheid. Ik wilde haar complimenteren met haar laarzen en vragen waar ze die had gekocht, maar bedacht vervolgens dat dat een te persoonlijke vraag was. Ik wendde mijn blik af van haar laarzen en concentreerde me op haar fascinerende gelaatstrekken. Een strenge scheiding spleet haar haren in een kaarsrechte lijn, en onder het blond gluurden aan weerszijden brutale witte en donkergrijze haarwortels, wat mij gelukkig stemde, alsof ik een verborgen schat had ontdekt. Ze wendde me haar profiel toe, alsof ze me vroeg haar gezicht van alle mogelijke kanten te bekijken. Een kleine, strakke knot lag in haar nek.

Ik wist dat ze mijn bewonderende blikken volgde, en ik kreeg de indruk dat ze gewend was aan zulke reacties, want haar mondhoeken gingen iets omhoog en vormden een tevreden glimlach. Ik vroeg: 'Moet ik praten?' Ze knikte en strekte haar benen uit, als om de schoonheid van haar glimmende laarzen naast mijn oude schoenen te benadrukken. Ik stopte mijn voeten onder mijn stoel weg en vroeg opnieuw: 'Moet ik praten?' en opnieuw knikte ze. Er trok een verveelde uitdrukking over haar gezicht en ze zei: 'Ik heb het allemaal al eens eerder gezien en gehoord, en niets van wat jij zegt kan mij schokken.' Ik verschoof mijn blik van haar schoenen naar een plek op het midden van haar keel en vroeg: 'Waarmee moet ik beginnen?' en zij antwoordde: 'Met wat belangrijk is voor u.' Opnieuw zag ik de bus in vlammen opgaan. Ik wilde mijn bezoek rechtvaardigen en zei tegen haar dat mijn leven in puin lag en dat ik onder een afschuwelijk gevoel van leegte en eenzaamheid leed, en zij zei: 'Ga verder.'

Ik wist niet hoe ik moest beginnen en wat ik moest zeggen in de vijftig minuten die ze voor me beschikbaar had. Ten slotte vertelde ik alles wat ik meende te moeten zeggen. Ik legde haar mijn verdriet voor, mijn bezorgdheid om Yoavi, de dood van mijn vader, mijn scheiding, ik vertelde haar ook over Hagit en Louisa, maar ik vertelde haar niet van die vrouw in het rood en van de bus die was opgeblazen. Ook noemde ik Davidl niet, en ik kreeg Avsjaloms naam niet over mijn lippen, alsof ik die in mijn eigen geheime hoekje bewaarde, omdat ik weigerde toe te staan dat zij in mijn leven rondneusde.

Ik gluurde naar haar. Ze spreidde haar armen, bestudeerde een hele tijd haar rode nagels en onderbrak me opeens door elegant mee te delen: 'Onze tijd zit erop,' en zonder mij ook maar iets te vragen zei ze: 'Zelfde tijd volgende week, precies om zes uur.' Terwijl ik in mijn tas voelde, deelde ze me mee, zonder Nechama's naam te noemen, dat ik voor de eerste sessie niets hoefde te betalen. Ik zei dank u wel zonder eigenlijk te weten waarvoor ik haar bedankte, en zij was zo hoffelijk om de deur voor me te openen, en die deed ze ook weer achter me dicht.

Vanuit de gang hoorde ik de telefoon gaan. Ik rende de trap op, deed hijgend de deur open en liet die open staan. Toen hoorde ik Nechama's stem in mijn oor: 'En, hoe was het?' en ze wachtte niet op antwoord en kwam tot de slotsom: 'Je voelt je waarschijnlijk nu al opgelucht,' en zei toen: 'Is ze niet geweldig?' Ik viel haar in de rede en zei dat ik me nogal verward voelde. 'Ik praatte en praatte maar en zij luisterde en deed haar mond niet open,' klaagde ik.

'Natuurlijk,' zei Nechama met enige tevredenheid, 'zo hoort het te gaan. Je hoort jezelf te onderzoeken terwijl je over jezelf praat.'

De volgende donderdag, om tien voor zes, wachtte ik op haar op de houten bank, en ik bladerde in een *National Geographic*. De minuten tikten langzaam voorbij voordat ze haar deur opende. Ik volgde gehoorzaam dr. Wachtel de kamer binnen, leunde achterover in de stoel en inspecteerde haar elegante zwarte japon en de hooggehakte lakleren schoenen die met een gouden gesp aan haar voeten bevestigd waren met een logo van een ontwerper van wie ik nooit had gehoord. Het viel me op dat de wortels van haar haar bijgeverfd waren, en dat het grijs spoorloos verdwenen was. Opnieuw vroeg ik: 'Moet ik praten?' en zij knikte. Deze keer koos ik ervoor om Nechama's professionele terminologie te gebruiken, en ik zei dat ik haar wilde vertellen over een ernstig trauma dat ik had ondergaan op een winterochtend, vorig jaar, en beweerde dat sindsdien de tijd voor mij gespleten was in het leven dat ik tot die tijd had geleid en het leven zoals het sindsdien was geweest. 'Het is net zoiets als voor en na Christus,' zei ik, in een poging het te verduidelijken, en met grote moeite beschreef ik wat er gebeurd was met de bus, en ik beschreef de kleine jongen van wie ik gedacht had dat het een meisje was, maar ik zei geen woord over Avsjalom. Opeens stortte ik in, en blind van tranen tastte ik naar de doos met zakdoekjes. Zij legde hem op mijn schoot, ik bedankte haar en bedacht hoe erbarmelijk mijn gehuil was in deze prachtige kamer van haar.

Nu had ik graag een paar meelevende woorden van haar willen horen, ik wilde dat ze van me hield, dat ze me in haar armen nam, maar ze keek geïnteresseerd toe hoe ik mijn neus snoot en een prop maakte van de zakdoekjes, nat van tranen, en haar onbewogen uitdrukking maakte me opnieuw duidelijk dat ze het allemaal al eerder gezien en gehoord had, en dat er niets was wat haar kon schokken. Ik had niet gemerkt dat de tijd verstreek, totdat ze op haar horloge keek, en ik werd kwaad op haar omdat ze berekende hoeveel tijd ik nog over had tot ik vertrok, zodat zij haar honorarium kon opstrijken en zich kon voorbereiden op de volgende arme sukkel. Ten slotte stopte ze mijn woordenstroom met een opgestoken hand en zei: 'Onze tijd zit erop,' en ze stond op. Ik keek op mijn horloge en zag dat we nog precies drie minuten hadden, maar ik zei niets. Zij strekte haar handen uit, inspecteerde de glinsterende ringen die haar vingers tot aan haar kootjes versierden, en zei, verveeld en onverschillig, alsof mijn akelige verhaal al uit haar geheugen was gewist: 'Vierhonderd shekels.'

'Ik voel geen enkele opluchting, ook deze keer was ik de enige die iets zei, en zij luisterde...' zei ik tegen Nechama, en zij gaf me met trots een kopje schuimende cappuccino uit de nieuwe espressomachine die ze zichzelf voor haar verjaardag had gegeven. Ik bleef klagen terwijl ik slokjes koffie dronk. 'Ik heb haar precies verteld wat ik ook aan jou heb verteld, en aan Louisa in een enigszins gecensureerde versie, maar anders dan jij wilde ze geld van me, en ze nam niet eens de moeite om me koffie en cake aan te bieden.' Nechama zei dat ik geduld moest hebben en er rekening mee moest houden dat de therapie wel een paar maanden kon duren. En toen, alsof ze zich opeens iets herinnerde, vroeg ze: 'Heb je trek in cake? Ik heb een heerlijke worteltaart gemaakt,' en ze gaf me een dikke plak met wit glazuur en een miniem worteltje als versiering. Ik haalde de marsepeinen wortel uit zijn suikerlaagje, sabbelde op de zoete sinaasappelsmaak en bedacht hoe fijn het was om zo'n vriendin te hebben, en vroeg waar ze die geweldige cake had gekocht. Maar net op dat moment kwamen Max en Moritz de keuken binnen hollen. 'Willen jullie een plakje cake?' vroeg Nechama, en als uit één mond vroegen ze: 'Wat voor soort?' 'Worteltaart,' zei ze. Ze liet haar boventanden zien, trok een konijnengezicht, stak haar handen op aan weerszijden van haar hoofd en wapperde ermee alsof het oren waren. Ze moesten allebei lachen alsof ze hun een leuke grap had verteld, maakten geluidjes van weerzin en zongen: 'Jakkes, worteltaart.'

De volgende donderdag weigerde professor Har-Noy, ondanks mijn verzoek, de vergadering van het academisch comité, die om halfvijf precies zou beginnen, vroeger te starten, en hij zei dat de traditionele tijd niet veranderd mocht worden en dat er geen sprake van kon zijn dat tijd of datum gewijzigd werden vanwege één lid van het comité. De vergadering eindigde om kwart voor zes, en ik bereikte ademloos het adres van de dokter om zeven minuten over zes.

Shaula zat in haar leunstoel op me te wachten, met haar benen over elkaar en haar panty maakte een irritant ritselend geluid.

Ze keek me streng aan en zei dat ze, omdat ik zo laat kwam, de sessie moest bekorten, want het was niet eerlijk om haar volgende patiënt te laten wachten omdat ik zo laat was gekomen. Ik zat nijdig en zwijgzaam tegenover haar, en zij zweeg met me mee. Zo zaten we enige tijd tegenover elkaar, totdat ik eindelijk mijn zwijgen doorbrak en vroeg: 'Moet ik praten?' en zij onverschillig antwoordde: 'U mag het zelf weten.' 'Waarover?' vroeg ik, en zij deed een suggestie: 'Misschien kunt u het beste bij uw kinderjaren beginnen.'

Kinderherinneringen begonnen in me op te borrelen, en wedijverden onderling om als eerste aan de beurt te komen om dingen uit het verleden op te rakelen. Ik stond er hulpeloos tegenover. Ik wilde alleen de goede, de aangename, de herinneringen die ik liefhad. Ik wist niet goed wat ik moest kiezen en zei gegeneerd: 'Maar wat heeft mijn kindertijd te maken met die bus en het trauma dat ik heb opgelopen?' en zij zei: 'Alles staat met elkaar in verband. Misschien kunt u beginnen met de relatie met uw vader.' En herinneringen aan mijn vader stapten trots naar voren, staken hun tong uit naar degenen die niet uitgenodigd waren, en ik wilde ze wegduwen, en zei: 'Maar ik wil praten over wat er nu met me gebeurt. Over de toestand waarin ik me nu bevind,' en zij drong aan: 'Waarom interesseert het u niet om over uw kinderjaren te praten, over uw vader?'

Ik opende een klein hekje voor de herinneringen die ik wilde behouden en zei dat vader afkomstig was geweest van 'daar', en als hij me verteld had over alles wat hij had doorgemaakt, dan had ik complete boekdelen kunnen vullen. Zij viel me echter in de rede en vroeg: 'Wat voor soort vader was hij?' Ik vertelde haar dat hij me boeken voorlas in het Hebreeuws, maar dat hij zijn dromen in het Ladino had geweven. 'Wat waren uw gevoelens voor hem?' vroeg ze ongeduldig, en ik vertelde hoe hij naast mijn bed kwam zitten, mijn hand vasthield als ik niet kon slapen, en me inwreef met arak wanneer ik ziek was. 'Als hij dat deed, raakte hij u dan aan op verboden plekken?' vroeg ze opeens vol belangstelling, en ik zei alleen: 'Mijn vader was bang voor wat er met mij zou gebeuren,' en ik begon een reeks angsten op te sommen – mijn vader was bang voor de

273

Arabieren, onze buren, bang voor verkeersongelukken, voor branden en slangen en schorpioenen, en hij was bang dat ik met jongens zou uitgaan die me zouden aanraken, en bang dat ik in een openbare wc op een besmette bril ging zitten. En ze knikte en bleef zwijgen, en ik ging op in mijn pijn en vertelde haar, totaal onopzettelijk, over zijn laatste levensdagen toen zijn toestand verergerd was. En hoe hij naast me had gezeten in Minimoesj wanneer ik hem naar de dokter bracht, en dat hij me opeens had uitgescholden voor hoer, voor hoerendochter van een hoer, en ik had hem van opzij aangekeken en zag hoe bleek zijn gezicht wegtrok, hoe hij zijn lippen had ingetrokken en hoe de smalle lijn die daarvoor in de plaats was gekomen, leek op een open wond die zich boosaardig spottend op mij richtte. 'Hoerendochter van een hoer,' zei hij, de woorden uitspuwend met druppels speeksel, als een brutale jongen die vieze woorden zei. Speeksel verzamelde zich in zijn mondhoeken, en ik begreep niet waarom hij me zo haatte, en waar hij de kracht vandaan haalde voor die intense haat. Ik zat ineengedoken in mijn stoel en had het stuur vastgegrepen, bang dat ik mijn greep daarop zou verliezen, en mijn knokkels waren wit van inspanning geworden terwijl ik me op het verkeer probeerde te concentreren. Maar hij hield niet op: 'Hoerendochter van een hoer,' neuriede hij, terwijl zijn uitgemergelde lichaam op en neer wiegde en zijn lange vingers, krom van artritis, zich vasthielden aan een denkbeeldige haarlok die hij om een van zijn vingers wond en almaar liet krullen, en zijn andere hand over de baard streelde die hij niet had. Zijn lichaam bewoog opnieuw achteruit en vooruit, bij die woorden. Hoerendochter van een hoer. En ik huilde en veegde de tranen weg met de mouw van mijn blouse, en ik smeekte hem: 'Hou op, Abba, zo is het genoeg.' Maar het hielp niet. Enthousiast herhaalde hij de woorden, die als verbitterde hikgeluiden uit zijn mond kwamen, en zijn adem stonk. Ik legde mijn hand op zijn knie, in een poging hem te kalmeren, en hij keek me aan met zijn lege ogen en spuwde naar me. Zijn speeksel, kleverig en schuimend, gleed langs zijn kin op zijn beste jasje, en een klein brokje slijm viel op zijn broek, trok in de zware stof en liet een donkere vlek achter. Ik was bang voor hem. Ik wist dat ik deze vreemdeling niet kende, hij was niet de vader die ik had gehad, mijn geliefde vader, die me had leren fietsen en die hele nachten bij mijn bed had gezeten, om er zeker van te zijn dat ik ademhaalde.

Een licht werd ontstoken in Shaula's ogen en ze onderbrak me opeens en vroeg of ik, toen ik een kind was, seksueel misbruikt was door mijn vader. Verbijsterd en stamelend vroeg ik waarom ze dat dacht, maar zij keek op haar horloge en deelde mee: 'Onze tijd zit erop.'

Ik verliet snikkend haar kamer en zag mijn vader in de wachtkamer zitten, heen en weer wiegend als een jesjiva-student, en hij staarde wezenloos naar me. Verdomde hoer.

Ik huilde terwijl ik terugging naar de auto, zielig gehuil, een en al zelfmedelijden, huilend om de vader die ik ooit had gehad. Ik negeerde de meelevende blikken van voorbijgangers en deed geen moeite om de tranen weg te vegen. Vervolgens ging ik achter het stuur zitten en startte – opgelucht dat hij niet naast me zat – de auto. Ik reed langzaam, als in een begrafenisstoet, en negeerde de auto's die ongeduldig achter me toeterden, de auto's die me in wilde haast passeerden en de boze blikken die me werden toegeworpen. Onverschillig voor de drukte die ons omringde reed mijn auto langzaam door, want alleen op zo'n trage rit was ik in staat het allemaal te reconstrueren. Ik stopte bij een rood verkeerslicht en zag hem weer voor me, verschrompeld, krom en beschaamd lopend tussen twee lange verplegers in het wit, en hij groette de passerende mensen met zijn ene arm opgestoken, op de manier van de nazi's. Ik volgde zijn rug die zich terugtrok door de gang, tot hij werd opgeslokt door de lift, en ik wist dat dit de dodenmars van mijn vader was geweest. Ze brachten hem naar een andere plek, vanwaar hij niet zou terugkeren. Ik zag niet dat het rode licht groen werd en hoorde niets van het ongeduldige toeteren achter me, en ik huilde, met mijn hoofd op het stuur. Het was mijn schuld. Ik had hem naar dat laatste oord vervoerd.

Het gezicht van een man keek naar me door de ruit, en ik hoorde een bezorgde stem zeggen: 'Voelt u zich goed, hebt u hulp nodig?' Ik schudde van nee, reed haastig de kruising op en hoorde gepiep van remmen, claxons en de kreet 'zottin', die me onderweg begeleidden, allemaal bewijzen voor het feit dat ik door rood licht was gereden.

Bij een kopje cappuccino vertelde ik aan Nechama opnieuw dat er geen verandering was. Ik voelde geen spoor van opluchting. En hoe moest ik in godsnaam opluchting voelen wanneer Shaula durfde aan te nemen dat ik als kind seksueel misbruikt was? En Nechama stelde me opnieuw gerust, je moet haar nog een kans geven, het is nog te vroeg, ik geloof dat je binnenkort verandering zult voelen.

Dus gaf ik dr. Shaula Wachtel nog een kans, en nog een, en nog een, en bij de volgende sessies, terwijl ik praatte en zij zweeg, etste ik in mijn geheugen de verveelde uitdrukking van haar gezicht, totdat ik met gesloten ogen elke rimpel kon tekenen die verscheen bij haar mondhoek en op haar voorhoofd. Ik probeerde te raden wat er door haar hoofd ging en wat haar gevoelens tegenover mij waren. Verveelde ze zich dood en telde ze de minuten tot het eind van de sessie? Misschien telde ze wel het aantal mensen dat haar vandaag bezocht had, en rekende ze uit hoeveel ze verdiend had. En in mijn hoofd maakte ik mijn eigen berekeningen, en ik vermenigvuldigde enorme bedragen en telde ze op: een gemiddelde van zes personen per dag maal vierhonderd shekels per patiënt, maal vijf dagen per week en vier weken per maand. Afgunst overviel me en ik haatte haar, die vrouw die zo'n duur huis had dat gekocht was van ons leed, van onze beschadigde zielen. Maar toen keek ze me glazig aan alsof ik doorschijnend was, en ik dacht: misschien reconstrueerde ze de neukpartij van de vorige nacht, en misschien koesterde ze fantasieën voor de volgende nacht. Ik verjoeg die hinderlijke gedachten en probeerde uit alle macht mezelf te dwingen haar aardig te vinden, en haar iets dergelijks voor mij te laten voelen. Ik nam aan dat dr. Wachtel getrouwd was, en dat de glazige blik in haar ogen slechts de blik was van een vrouw die nadacht over wat ze zou koken voor haar man wanneer hij thuiskwam van zijn werk. En ik knoopte in mijn oor dat ik aan Nechama moest vragen of Shaula al of niet getrouwd was, want het was onvoorstelbaar dat die vrouw vrijwel alles van mij wist, en ik totaal niets van haar.

Ik kon me niet beheersen en vroeg haar of mijn verhalen haar vervelden, en zij antwoordde met een vraag: 'Waarom vraagt u dat?' Ik zei dat ik het gevoel had dat ik haar tijd verspilde en durfde absoluut niets te zeggen over mijn eigen tijd of geld. Ze bleef een hele tijd zwijgen, totdat ze opnieuw antwoordde met een vraag: 'Waarom denkt u dat?' Ik stamelde dat ik enigszins gefrustreerd was, en dat het me moeite kostte te blijven praten als zij nooit reageerde, maar ze liet me niet uitspreken, ze stond op en zei ernstig: 'Onze tijd zit erop.'

'Bij de volgende sessie maak ik haar aan het praten, en als ze dat niet doet, zal ik haar ronduit vertellen dat ik niet meer bij haar wil komen,' zei ik tegen Nechama toen ik Yoavi kwam ophalen.

En zij begon te schreeuwen en te preken en zei iets over het voordeel van luisteren voor een psycholoog, en ik zei dat die Shaula veel geld van mij aannam voor dat geluister, en dat het niet bijster moeilijk was aandachtig te kijken als je ervoor betaald wordt. Bovendien wist ze bijna alles over mij, terwijl ik niets over haar wist, en dat was niet goed voor het evenwicht. Nechama zweeg en ik voegde eraan toe dat Shaula Wachtel een kille vrouw was, die niet wist wat medelijden was. Nechama was geschokt. 'Elke therapeut moet kwaliteiten hebben als medeleven, vriendelijkheid, menselijke warmte en oprechtheid.' En daaraan voegde ze toe dat ik met mijn opmerking had bewezen dat de therapie werkte. Het was een duidelijke overdracht, en ze benadrukte het woord 'overdracht', en zei dat dat gevoelens waren die ik, de patiënte, overdroeg van een belangrijke en vroegere figuur in mijn leven naar de figuur van Shaula de therapeute, die in feite geen contact had met de oorsprong van die gevoelens. 'Je zit op de juiste weg,' zo vatte ze het samen. 'Ik denk dat Shaula je herinnert aan je moeder.'

De volgende donderdag, om halfvijf 's middags, zat Louisa de bijeenkomst van het academisch comité voor, en zij verzekerde me dat de vergadering ditmaal bijzonder kort zou zijn. Dan kon ik op tijd naar dr. Shaula Wachtel gaan en haar meedelen dat dit onze laatste sessie zou zijn, en dan konden zij en Yoram naar haar gynaecoloog voor onderzoek.

Die dag, tijdens de ochtendkoffie, wisselden we vertrouwelijkheden uit over onze frustraties en besloten we naar professor Har-Noy te gaan en te vragen om verandering. Glimlachend, opdat hij zou begrijpen dat we het niet bijzonder serieus bedoelden, kwam Louisa met een onderwerp voor een geweldig en vernieuwend onderzoek, terwijl ze charmant haar oorringen bewoog, en professor Har-Noy's ogen liepen in de val van haar armbanden. Hij verkondigde dramatisch dat hij voelde dat er in deze kamer een complot tegen hem werd gesmeed. Ik deelde serieus mee dat we allebei geïnteresseerd waren in een nieuw experiment: 'De manier waarop academische vergaderingen geleid worden als correlatie van seksebehoeften.' De professor trok nijdig zijn wenkbrauwen op: 'Verdraaid, over welke sekse hebben jullie het?' Zonder met mijn ogen te knipperen zei ik: 'De sekse die de vergaderingen leidt.' Har-Noy keek even naar Louisa en toen naar mij. Hij greep met beide handen naar zijn hoofd, zijn lange witte krullen bedekten zijn vingers met vlokken sneeuw, en hij zei wanhopig: 'Ik begrijp niet wat deze vrouwen van me willen.' En Louisa zei meelevend, alsof ze het had tegen een kind dat de dingen niet zo goed begreep, dat wij beiden tot de conclusie waren gekomen dat er een verschil was in de manier waarop de vergaderingen van onze afdelingen werden gehouden. Dat verschil zat in één enkel feit, de sekse die de bijeenkomsten regelde, en dat hij, als wij de kans kregen om een van de aanstaande bijeenkomsten te leiden, zeker tot de conclusie zou komen dat vrouwen veel sneller tot besluiten komen dan mannen. Ze hebben het veel te druk om vergaderingen bij te wonen en hun tijd met praten te verspillen. Professor Har-Noy keek haar met gespeelde ernst aan en verklaarde: 'Goed, ik bezwijk, jij leidt de bijeenkomst van vandaag, en Yael zal de daaropvolgende leiden,' en hij knipoogde zodat ik wist dat dit hele spelletje bijzonder amusant was en dat hij zich helemaal niet gekwetst voelde. Ik antwoordde: 'En voor de verandering notuleert u.' Hij grinnikte en wuifde ons weg, alsof hij wilde zeggen: 'Eruit, zien jullie niet dat ik bezig ben?' en hij duwde ons zijn kamer uit.

'Onze afdeling ontvangt volgende week een gast,' deelde Louisa mee aan het begin van de vergadering, om de spanning erin te houden, 'uit Oxford.' Ze wachtte op een reactie, en toen die niet kwam, verklaarde ze plechtig: 'Professor Charles Bailey,' en opnieuw wachtte ze af, alsof ze applaus had verwacht. 'Professor Bailey zal een lezing houden in het Van Leer-auditorium, en wel over...' zo probeerde ze het nog eens; ze verviel in gegeneerd zwijgen en keek naar de papieren die voor haar lagen; ze bladerde ze geërgerd door en keek professor Har-Noy aan, die naast haar zat met een gele blocnote voor zich. Hij negeerde haar echter en deed of hij bezig was. Louisa's stem werd wat scherper en ze herhaalde. 'Hij zal een lezing houden in het Van Leer-auditorium over...' en toen sloeg ze een vriendelijker toon aan en zei: 'Professor Har-Noy, zou u zo vriendelijk willen zijn de aanwezigen op de hoogte te stellen van de datum van de lezing van professor Bailey?' Professor Har-Noy legde zijn pen neer, wachtte even, keek naar de aanwezigen en kondigde triomfantelijk aan, met een stem die opmerkelijk veel weg had van een klaroenstoot: 'Professor Bailey zal zijn lezing houden op aanstaande donderdag, de veertiende van de maand, om zeven uur 's avonds, in het Van Leer-auditorium.' En hij kon het niet nalaten om tegen Louisa te zeggen: 'Beste dame, iedereen die een vergadering voorzit, moet de bijzonderheden bij zijn of haar hand hebben, zelfs als ze verwaarloosbaar worden geacht,' en hij zei dat hij een opmerking in die zin aan de notulen zou toevoegen. Louisa bloosde en las de reisroute van professor Bailey voor van een vel papier, maar professor Har-Noy liet haar nog niet gaan en vroeg met een onschuldig gezicht welk onderwerp de gewaardeerde gast uit Oxford zou behandelen. Louisa rinkelde gegeneerd met haar oorbellen, hij staarde daar geboeid naar en beantwoordde snel zijn eigen vraag, en opnieuw maakte hij een aantekening in de notulen.

Onderweg naar dr. Wachtel gaf ik Louisa een lift naar haar huis in de Griekse Kolonie. 'Zie je wel dat die chauvinist zonder enige reden een aanval op ons doet?' vroeg ze verbitterd. 'Als hij echt gewild had dat ik van alle bijzonderheden op de hoogte was, had hij me de documenten moeten geven.' En meteen herinnerde ze mij eraan dat ik de volgende vergadering zou leiden. 'En ik waarschuw je, doe je huiswerk zodanig dat hij je nergens op kan pakken.' Ik nam afscheid van haar met een kus op haar wang, en ze vroeg of ik die reuzekerel Yoavi namens haar wilde zoenen met de mededeling dat die zoen van Louisa afkomstig was.

Zodra ik ging zitten op mijn leunstoel in Shaula's kamer, vertelde ik haar dat ik haar iets belangrijks te vertellen had. 'En ik ben er niet zeker van of u dat zal aanstaan,' voegde ik eraan toe. Zij rekte haar nek en haar kin ging omhoog. Ze luisterde aandachtig, en ik dacht aan de uitdrukking 'een en al oor', en kreeg de neiging om te lachen, maar ik werd onmiddellijk weer serieus omdat ik mijn woorden een dramatische lading wilde geven. Ik zei dat ik veel had nagedacht over onze sessies, en dat ik ten slotte besloten had de therapie niet voort te zetten omdat ik tot de conclusie was gekomen dat ik zowel haar tijd als de mijne verspilde. Ik had er nog aan willen toevoegen: 'Alsook mijn geld,' maar besloot het financiële aspect te negeren opdat ze niet zou denken dat ik gierig was. 'Waarom denkt u dat?' vroeg ze. Ik was blij dat ze reageerde en zei humeurig: 'Ik krijg helemaal geen feedback van u. Ik denk wel eens dat ik beter met een goede vriendin in een café over mijn problemen zou kunnen praten, dat zou aangenamer zijn, en het zou me heel wat minder kosten dan vierhonderd shekels,' zei ik, niet in staat me te beheersen. Shaula's gezicht betrok en die zelfgenoegzame uitdrukking verdween opeens van haar gezicht. Ze verzonk in diep nadenken, althans, daar leek het op, en ik begon haar aan te sporen: 'Kom, zegt u eens wat, stelt u een vraag, reageert u eens, kijkt u eens, u kent me, u hebt al mijn verhalen gehoord, wat hebt u tegen me te zeggen, of over mij?' Ze schraapte haar keel en vroeg op ernstige toon: 'Hebt u in enige periode van uw kinderjaren geleden aan penisnijd?'

'En dat is alles wat ze me te vragen had,' zei ik, toen ik het verhaal verkondigde aan Nechama, terwijl ik tevreden een kopje cappuccino dronk en knabbelde op een plakje cake. 'En dat nadat ik uren daar in haar kamer had gezeten en mijn hele levensverhaal over haar heen had gestort.'

Maar ja, toen ze haar zegje had gedaan, had ik mijn chequeboek uit mijn tas gehaald, en kalm, maar met bevende vingers een cheque uitgeschreven. Ik zei dat ze geen moeite hoefde te doen om me een reçu te geven en dat ik voor een vol uur betaalde hoewel ik er maar een paar minuten was geweest. Toen stond ik op en rekte me uit, en zij zei: 'Maar waarom gaat u weg? We zijn nog niet klaar. We hebben nog dertig minuten,' maar ik was al bezig mijn jas aan te trekken, en ik verliet het huis van Shaula Wachtel, om er nooit meer terug te keren.

Ik werd overvallen door een heerlijk gevoel van bevrijding en bedacht dat Shaula me misschien onbedoeld had geholpen. Ik drukte op de knop van de radiozender van het leger en danste op mijn stoel op de maat van de muziek, tot ik de woning van Nechama bereikte, waar niet alleen Yoavi op me wachtte, maar ook liefde, medeleven, een kopje cappuccino en een in de winkel gekochte worteltaart.

En hij zal de vrouw het bittere water, dat de vloek brengt, te drinken geven

Numeri 5:24

Ik werd in mijn slaap gestenigd. Gesluierde vrouwen in lange zwarte bontjassen staken me met hun boze ogen, en benige vingers met lange nagels priemden naar me. Verborgen lippen mompelden me verwensingen toe, en het woord 'sotah', 'perverseling', droop vanuit de openingen in het kledingstuk als een dunne gifslang op me neer.

En ik smeekte voor mijn leven.

'Ik heb het niet gedaan, ik heb niets gedaan!' maar zij hielden zich doof en tegelijkertijd bukten ze zich tot hun nagels de grond raakten en daar stenen en klonten aarde uit rukten. Ik wilde hun vertellen dat ik voor elke man beschikbaar was, ik niet bezoedeld was, ik geen overspel had gepleegd, alleen had liefgehad, en dat ik wegens liefde niet gestenigd mocht worden. Maar mijn buik, een vat dat gevuld was met water dat bitter was van de as van de Tempel, trok mijn lichaam naar beneden, en mijn voeten raakten verstrikt in de lange witte jurk die ik droeg. Ik viel en bedekte mijn hoofd tegen de vele stenen die overal om me heen vlogen. Overdekt met stof en stenen lag ik op de grond, en zij kwamen steeds dichter bij me. Tussen de bontjassen zag ik opeens een rode mantel en het van haat verwrongen gezicht van die vrouw. Ze kwam achter me staan, bracht haar handen onder mijn oksels, greep mijn schouders vast en klemde me tegen haar lichaam, zoals Nechama doet met haar Yoeli als hij al te wild wordt. Twee anderen knielden voor me, grepen naar mijn schoppende benen, pakten ze stevig beet en spreidden ze als met een stalen bankschroef. En nu kwam Louisa naar me toe, en haar oorringen kondigden een waarschuwing aan. Ik was blij haar te zien en smeekte haar of ze me wilde redden, maar zij vertrok haar gezicht slechts tot een glimlach en fluisterde, alsof ze me een geheim verklapte: 'Ma chérie, ik doe dit alleen maar voor je eigen bestwil. Nu zul je niet meer hoeven lijden.' Ik zag het scheermes in haar hand opflitsen, en zij stak daarmee heftig tussen mijn benen. Een scherpe pijn ging door me heen, ik gilde en hoorde hoe haar lach naar me toe rolde: 'Het is voor je eigen bestwil, voor je eigen bestwil, voor je eigen bestwil.' De vrouwen verzamelden zich duwend en dringend om me heen, om te zien wat mij werd aangedaan. En terwijl ik gilde van de pijn, trommelden hun vingers in vreugdevol gejoel tegen hun lippen.

Toen werden er lampen ontstoken en zat Moloch tegenover me, en zijn holle buik was gevuld met sissende hete kolen. En er kwam een processie van vrouwen in het zwart naar hem toe, geleid door de vrouw in het rood, en ze droegen boven hun hoofd het in een gebedskleed gehulde offer. Ik schudde de stenen en de aarde van mijn kapotte lichaam af, veegde mijn tranen weg zodat ik kon zien, en gewond en bloedend kroop ik naar hen toe. Ik sleepte me over de grond achter hen aan, smekend of ze het gebedskleed wilden weghalen zodat ik het gezicht van het kind kon zien, en ze negeerden me. Moeizaam kwam ik overeind, ik ging op mijn tenen staan en tilde het gebedskleed op. Donkere gaten staarden me aan, een glimlach met heel kleine melktandjes verscheen spottend en boosaardig voor mijn ogen, dikke witte maden krioelden over de verblekende botten en kropen in en uit de schedelgaten. En ik gilde: 'Wiens kind is dit? Bij wie hoort hij?' en ze antwoordden me met de lach van een hyena en wezen naar mij: 'Bij jou, bij jou, bij jou.' En het huilen van een kind werd hoorbaar, en mijn hart bonsde als een gek. Mijn hele lichaam was bezweet toen ik zijn kamertje binnenkwam, en hij zei dat hij pipi had en dat het bijna uitgelekt was. Ik droeg hem naar de wc en daarna gingen we terug naar zijn kamertje en ik stopte hem in bed en bedekte zijn lichaam met een laken. Ik bleef een hele tijd naast hem zitten, ik telde zijn ademhalingen, stuk voor stuk, en beschermde zijn leven tegen de vrouw in het rood en de vrouwen in het zwart.

'Als we van onszelf in wakende staat wisten wat we weten wanneer we dromen, zouden we nooit meer slapen. En als we tijdens het dromen vergaten wat we in wakende staat onderdrukken, zouden we niet wakker willen worden,' zei Nechama de volgende ochtend toen ik haar van die droom vertelde.

Die week ontmoette ik op woensdag professor Charles Bailey, de sociaal-antropoloog uit Oxford. Louisa, die hem ontving namens de faculteit, smeekte of ik hem wilde bezighouden. Zij en Yoram hadden het druk met zwanger worden, ze had geen tijd voor gasten, en ze zou die gunst nooit vergeten zolang ze leefde. Afgezien daarvan verzekerde ze me dat ik er geen moment spijt van zou krijgen, want hij was jong en knap om te zien. Ze gaf me een blanco cheque zodat ik hem kon meenemen naar een restaurant, en knipoogde toen ze zei dat ik niet al te zuinig moest zijn. Het zou me niet kwalijk genomen worden als ik een dure fles wijn zou kiezen, of zelfs champagne, want de faculteit betaalde de rekening.

Ik wachtte op hem in de lobby van het bescheiden YMCA-hotel. Een lange, knappe jeugdig uitziende man stond opeens voor me, hij keek me aan en vroeg met een prettige stem, maar met de verkeerde Hebreeuwse klemtoon: 'Ya-el?' Ik knikte en begreep niet waarom hij me niet eerder was opgevallen. Hij toonde me een bijzonder brede glimlach en ik was blij te zien dat hij gelijkmatige, gezonde tanden had. We zwegen gedurende een lang gegeneerd moment, totdat ik vroeg: 'Frans, oriëntaals of etnisch?' en hij liet zijn vingers door zijn dichte blonde krullen glijden en zei zacht: 'Ik stel voor dat we de straat oversteken en gaan eten bij King David. Daar heb ik altijd al willen eten.' Ik knikte tevreden. Misschien was ook hij bang om door het stadscentrum te lopen.

Een portier in rood uniform met gouden strepen begroette ons en deed de deur open. In de schitterende lobby, zonder toeristen, keek Charles omhoog naar het beschilderde plafond; hij zuchtte van tevredenheid en zei dat het hotel schitterend opgeknapt was. 'Jullie ondergrondse heeft de Britten tenminste op tijd gewaarschuwd voordat ze het opbliezen,' merkte hij op. Ik prees zijn kennis van de plaatselijke geschiedenis en hij zei bescheiden: 'Mijn oom, de broer van mijn moeder, was hier hoofd van de telefoondienst, hij was degene die de waarschuwing van die bom ontving en doorgaf aan het hoofdkwartier. Maar hij was slechts een van de weinigen die de waarschuwing geloofden, dus had hij het gebouw verlaten omdat hij zogenaamd hoofdpijn had, en zo is hem verwonding of erger bespaard gebleven,' zei hij verontschuldigend. Ik liep naast hem over het zachte, paarse tapijt naar het restaurant met zijn glazen wanden, en een half slapende kelner bracht ons naar een tafeltje bij het raam. De verlichte muren van de Oude Stad vormden een beeldschone achtergrond. Ik keek om me heen in het lege restaurant en vroeg of hij het vervelend vond dat wij de enige gasten waren, en hij glimlachte: 'Maar dat was juist mijn bedoeling. Ik heb het hele restaurant voor ons geboekt, speciaal voor deze avond,' en hij schoof een stoel voor me naar achteren, wachtte tot ik zat, en ging toen pas zelf zitten. Hij staarde boos naar een paar Amerikaanse toeristen die net waren binnengekomen en luidkeels het uitzicht bewonderden.

Toen bestudeerde hij de wijnkaart en vroeg mij om hulp. Ik bekende dat ik niet zo veel van wijnen afwist. Hij haalde gegeneerd zijn schouders op en zei dat ook hij niet veel wist van Israëlische wijnen. 'In dat geval moeten we dus de duurste wijn uitkiezen,' zei hij, en hij vroeg de ober om raad. Als een baby verpakt in een witte doek werd een fles vol eerbied naar onze tafel gebracht, en om te proeven werd een klein scheutje wijn in een glas geschonken. Als een ervaren sommelier keurde Charles de helderheid van de wijn tegen de flakkerende vlam van de kaars op ons tafeltje, hij prees de dieppaarse kleur, liet de wijn ronddraaien in het glas, nam een slokje, koesterde de wijn in zijn mond en knikte toen naar de bezorgde ober. Onze maaltijd arriveerde bij het tweede glas, en terwijl hij het derde glas inschonk, vertelde hij me over de lezing die hij zou houden in het Van Leer-auditorium: De rol van de grootmoeder van moederszijde in het leven van het kind. 'Laten we drinken op de oma,' zei hij, en hij tilde zijn vierde glas op. Zijn blauwe ogen schitterden in het kaarslicht en zijn lange, zijdezachte, bijna vrouwelijke wimpers bewogen druk. Ik vroeg of hij wat wilde vertellen over zijn onderwerp en hij was verrukt. Hij vroeg of wij op de hoogte waren van de leer van Charles William Merton Hart, die in 1920 een studie had gemaakt van jagers en verzamelaars, de Tiwi-stammen in Australië. Ik was bang dat hij mij zou verdenken van gruwelijke onwetendheid, trok onmiddellijk een ernstig gezicht en zei dat ik me dat kon herinneren. 'En weet u nog wat hij gezegd heeft over grootmoeders?' vroeg hij, en zonder mijn antwoord af te wachten zei hij: '"Ze zijn vreselijk lastig en fysiek erg weerzinwekkend." Die domme onderzoeker begreep niet dat het de grootmoeder is die de herinneringen van de familie bewaart, en zij de sleutel is tot het inzicht in de menselijke prehistorie.' Vervolgens verklaarde hij op dramatische toon dat hij bij een door hem geleid onderzoek had ontdekt dat in sommige gemeenschappen merkwaardigerwijs de sleutel voor de overleving van mannelijke kleinkinderen te vinden was bij de grootmoeder van moederszijde. Ik dacht aan mijn eigen moeder en haar bijdrage aan Yoavi's ontwikkeling, en verjoeg haar beeld ijlings uit mijn hoofd. 'Een baby die geboren wordt in Gambia, een van de armste landen in Afrika,' zei hij, bij wijze van samenvatting van zijn onderzoek in dat land, 'heeft zelfs als hij relatief lang borstvoeding krijgt en een tamelijk sterk immuunsysteem heeft, vijftig procent meer kans op overleving door de aanwezigheid van de moeder van zijn moeder, vergeleken met een baby die onder identieke omstandigheden opgroeit, maar zonder grootmoeder.' Ik knikte beleefd boven mijn nog volle bord, Charles dronk zijn vierde glas leeg en zei: 'Louisa heeft me verteld dat je een zoontje hebt. Heeft hij een grootmoeder, ik bedoel, leeft jouw moeder nog?' vroeg hij alsof hij zich verontschuldigde voor zo'n brutale vraag, en ik vermoedde dat hij al wat informatie over mij van Louisa had gekregen, en dat die babbelkous hem vast en zeker een heleboel had verteld.

Opnieuw knikte ik, en ik keek naar Charles' bord dat ook nog vol was.

'Woont ze bij je in de buurt?' vroeg hij, zodat hij me in een van de proefpersonen voor zijn onderzoek veranderde.

'Nee.'

'Ziet ze haar kleinzoon vaak?' vroeg hij.

Ik antwoordde dat ze in een andere stad woonde, in Jaffa, en het kind dus maar eens per maand of op een joodse feestdag zag. Charles knikte en zei: 'Dat is jammer,' en hij benadrukte dat in Gambia de status van de grootmoeder in het leven van het kleinkind belangrijker was dan die van de vader. 'Dat verbaasde mij ook,' gaf hij toe toen hij zag dat ik verrast mijn wenkbrauwen optrok. 'De vader vergroot de kansen op overleving van het kind niet. Zijn dood of afwezigheid maakt geen verschil voor de statistieken van kindersterfte, alleen de grootmoeder, maar op één voorwaarde:

dat zij de grootmoeder van moederszijde is, niet van vaderszijde.'

Ik kan me niet herinneren wat ik die avond gegeten heb. Alleen de smaak van de sterke koffie die we aan het eind van de maaltijd dronken, is me bijgebleven, evenals die opgestoken pink van Charles als hij zijn kopje optilde. Ik bedacht dat ik altijd een grote hekel had gehad aan mensen die tijdens het drinken hun pink optilden. Alsof hij mijn gedachten kon lezen, haastte hij zich die indruk te corrigeren, hij zette zijn kopje op de palm van zijn hand, snoof met kennelijk genot aan de geur van de donkere vloeistof en nam toen langzame slokjes, om goed te proeven, alsof er geen haast was, alsof het niet laat was. Dat was het moment waarop ik me afvroeg hoe hij de liefde bedreef.

Ik vroeg om de rekening en Charles stond erop te betalen, ondanks mijn mededeling dat het geld niet uit mijn eigen zak kwam. Toen het me niet lukte hem te overtuigen, wuifde ik hem met Louisa's blanco cheque toe die van twee handtekeningen was voorzien. Maar zijn wil gaf de doorslag – hij zei dat hij als Engelse gentleman niet kon toestaan dat een dame voor zijn maaltijd betaalde. Terwijl we ruzieden, stond de kelner met een beschaamd gezicht bij het tafeltje, en ten slotte gaf ik toe. Hij liet zijn hand over mijn schouder glijden bij wijze van gebaar van dank, en zijn vingers gleden bijna afwezig over mijn nek. Ik kreeg kippenvel. 'Als je morgen vrij bent, kunnen we na mijn lezing jouw cheque gebruiken,' zei hij.

Toen we weggingen en ik afscheid van hem nam, nodigde hij me uit op zijn hotelkamer. Ik stond versteld van zo'n afgezaagde smoes: 'Daarvandaan heb je het prachtigste uitzicht op de Oude Stad en de Toren van David.' Ik wist heel goed waarom ik hem de lobby in volgde, en samen met hem in de smalle lift stapte, en ik was bang dat hij zou aanvoelen dat ik al een hele tijd niet meer met een man had geslapen.

In de lift kusten we elkaar voor het eerst. Toen we zijn kamer binnengingen, omarmde hij me van achteren, hij omsloot mijn borsten alsof die altijd van hem waren geweest, en liet ze pas gaan om een drankje uit de minibar te halen. Hij vroeg me op het bed te gaan zitten. Ik ging op het voeteneind zitten, waarbij ik uitkeek dat ik de strak ingestopte sprei niet kreukte, en ik zag mijn beeld in de spiegel tegenover me. Vanuit mijn bleke gezicht staarden twee ogen me aan, omgeven door donkere kringen van vermoeidheid en zwarte, uitgelopen mascara. Mijn vettige rode lippenstift, die niet hoorde uit te lopen, zelfs niet na een flinke maaltijd of intense zoenen, was geheel verdwenen. Ik wist dat ook ik daarin zou verdwijnen, net als de geesten van eerdere bewoners van de kamer die eveneens hun spiegelbeeld in diezelfde spiegel hadden bekeken. Ik dacht aan de lichamen die de liefde hadden bedreven op de zachte matras waarop ik zat: tientallen? honderden? En ik dacht aan het zweet, aan het speeksel, het zaad, de tranen, en al die andere lichaamsvloeistoffen die erop gemorst waren.

'Ben je besneden?' vroeg ik opeens angstig terwijl hij me de rug toekeerde en zich bukte om een drankje uit de minibar te halen.

Hij kwam overeind en draaide zich naar me om, en met een verontschuldigende glimlach antwoordde hij dat dat niet het geval was. In het licht van de halogeenlamp die in de hoek van de kamer stond kon ik zijn ronde neus zien, en de kleine adertjes in zijn wangen, dooreenlopend als in roodachtig kantwerk – het resultaat van overmatig drankgebruik.

'Sinds de Britse National Health gestopt is met betalen voor de besnijdenis van zuigelingen wordt dat in Engeland niet meer geaccepteerd. Ze hebben prins Charles nog te pakken genomen, maar ik ben ontkomen aan het scalpel.'

Ik richtte mijn ogen op de punten van mijn schoenen en had spijt van mijn vraag.

'Ik dacht dat alleen Louisa in dat onderwerp geïnteresseerd was. Is het een vrouwelijk tijdverdrijf in dit land?' vroeg hij in een mislukte poging grappig te zijn.

'Ik wil zien hoe dat eruitziet,' vroeg ik, alsof ik de koopwaar wilde proeven voordat ik betaalde.

Geamuseerd kwam Charles voor me staan. Ongegeneerd trok hij zijn schoenen, broek en onderbroek uit, en hij lichtte de lange slippen van zijn overhemd op; ik zag dat hij zijn buik introk terwijl hij dat deed. Ik keek naar de man die voor me stond op zijn bruine sokken, met de onderste helft van zijn lichaam bloot. Ik zag doffe, schaarse haren die in neerwaartse richting willekeurig over zijn buik verspreid waren. De punt van zijn rossige penis, die beefde van opwinding, barstte te voorschijn uit de huidplooien eromheen, als een bejaarde schildpad die nieuwsgierig uit zijn pantser gluurde.

Charles staarde in mijn ogen terwijl ik hem bekeek.

'Het is anders,' merkte ik op nadat ik zorgvuldig gekeken had.

Zijn penis kromp opeens ineen en trok zich terug, en de top verschool zich onder een dun, roze laagje huid.

'Wekt het je weerzin?' vroeg hij bezorgd.

Als een in de liefde bedreven vrouw stak ik mijn armen op, omhelsde zijn middel en trok hem neer op het bed. We zaten naast elkaar. Hij kleedde me langzaam en geduldig uit, alsof hij geen haast had, met zijn mond op de mijne, strelend over mijn borsten. Hij maakte de knoopjes van mijn blouse een voor een los en voelde naar de haakjes van mijn beha. Die trok hij met één hand uit. Mijn borsten vielen zwaar en vermoeid neer en de tepels plakten aan mijn buik. Ik trok mijn rug recht om ze op te lichten, zijn handen bevoelden ze even, voelden toen naar de rits van mijn broek en trok die uit, samen met mijn slipje. Vreemde vingers gleden over mijn lichaam, onderzoekend, voelend, tastend, en verstarden plotseling toen ze het dikke litteken op mijn buik tegenkwamen. Ik kromp van schaamte ineen, probeerde zijn vingers weg te duwen, en hij vroeg: 'Een keizersnee?' Ik knikte en probeerde het licht uit te doen, maar hij ving mijn handen in de zijne en zei hees: 'Ik wil het zien,' en hij legde me achterover op het bed en keek een hele tijd naar me. Ik wilde tegen hem zeggen dat ik last had van het licht, dat het me verblindde. Ik sloot mijn ogen, maar het licht weigerde weg te gaan, het drong door mijn oogleden heen en flitste in zwarte kringen in het donker. Zijn zachte tong voelde al naar het litteken, en kuste en likte het van het ene uiteinde naar het andere, en probeerde de uitpuilingen weg te drukken en de pijn te verzachten. En zijn tong fluisterde vanaf mijn buik: 'Laat me je proeven,' en zonder af te wachten was zijn tong bezig mijn schaamlippen te spreiden, en donker en dringend fladderde hij rond als een vlinder die mijn sappen indronk. Ik hoorde geluiden en kon niet geloven dat die van mij afkomstig waren. Hij hijgde: 'Nu?' en ik antwoordde met geknepen stem, en zijn tong stopte. Opnieuw was zijn gezicht boven het mijne, en zijn mond droop van mijn vocht, en ik likte het op. Hij kwam in me, langzaam en voorzichtig, terwijl hij mijn ogen en lippen kuste en telkens weer zei: 'Je bent zo mooi.' En ik, bijna wanhopig en zo trots, bewoog mijn heupen in een onbekend ritme, langzaam, langzaam, langzaam. Samen met hem voelde ik mijn verlangen naar Avsjalom, zijn warmte, zijn handen, zijn lippen, zijn liefde die ik nooit had leren kennen. Ik sloeg mijn benen om hem heen en schommelde samen met hem op en neer, veeleisend, met organen die gevuld waren met honing, het genot dat ik verdiende. 'Meer? Wil je nog meer?' vroeg hij, en ik schreeuwde: 'Ja, ja, ja,' en hij vervulde zijn verplichtingen en mijn genot, hij vulde de leegte, de bodemloze kuil die telkens en telkens weer smeekte gevuld te worden. Later, toen ik uitgeput en verzadigd onder hem lag, vroeg hij: 'Mag ik?' en nadat ik mijn toestemming had gegeven, begon hij binnen in me te bewegen, eerst langzaam en toen sneller, hij verhoogde het ritme, controleerde zijn bewegingen en klopte met zijn penis tegen de zijden van mijn spleet. Zijn ogen stonden wijdopen, met een blauwe kleur die langzaam donkerder werd, met een mond die hijgde in de mijne, totdat hij met een diepe zucht tot een climax kwam, en zijn warme, kleverige zaad diep in me liet komen. En hij riep luid: 'Ya-el!' Nog een hele tijd daarna hield hij me vast, streelde mijn lichaam en fluisterde in mijn oor dat hij naar me verlangd had vanaf het moment dat hij me zag, en vroeg of ik wilde blijven slapen. Hij wilde van geen excuus horen, Louisa had hem verteld dat mijn zoon bij mijn vriendin Nechama logeerde. 'En wat heeft ze je verder over mij verteld?' vroeg ik. Hij lachte en zei: 'Alles wat een man hoort te weten over een vrouw.' Ik wilde vragen of ze hem verteld had dat Nachum de enige man in mijn leven was geweest, maar dat deed ik niet. Ik zei alleen dat ze de volgende ochtend van me zou horen, en ik dekte me toe met de deken. Hij trok die weer naar beneden, onder mijn borsten, bekeek ze, en sloeg zich toen tegen zijn voorhoofd alsof hij zich opeens iets herinnerde: 'Weet je dat we het helemaal niet gehad hebben over jouw onderzoek? Ik heb eindeloos gepraat, dus vertel jij me eens wat jij doet.' Ik was te moe om antwoord te geven en vroeg of hij snurkte, want als hij dat deed, zou ik niet in slaap kunnen vallen. Hij glimlachte en fluisterde: 'Voor jou ben ik bereid de hele nacht wakker te blijven.' Ik keerde me naar hem toe en viel in zijn warmte in slaap, en niets verstoorde mijn slaap die nacht, geen nachtmerrie, geen bezwaard geweten. Ik werd wakker toen roze zonnestralen tussen de openingen van de luiken schenen en over mijn gezicht trokken. Hij was al wakker, lag naast me met zijn hoofd op zijn hand gesteund naar mij te staren. Nachum had nooit op die manier naar me gekeken.

'Goedemorgen, hoe gaat het?' zei hij in het Hebreeuws, en hij omhelsde me van achteren, zo zacht en teder dat het mijn hart verwarmde. Ik voelde zijn erectie hard en veeleisend tegen mijn rug. Ik trok me los uit zijn armen en zei dat ik moest opstaan, ze wachtten op me in de faculteit. Hij trok me overeind, omhelsde me van achteren, en terwijl zijn trots in de naad van mijn billen kietelde bracht hij me naar het raam en opende hij het luik, zodat we de zon konden zien opkomen boven de muren van de Oude Stad. 'Zo mooi,' verzuchtte hij, met iets droevigs in zijn stem. Onze kleren lagen los op de vloer als onbetrouwbare lieden die wakker waren geworden in een vreemd huis, en opnieuw zei ik dat ik weg moest. Maar hij draaide zich naar me toe en met een droge mond die rook naar tanden die nodig gepoetst moesten worden, kuste hij me diep in mijn mond. Ik duwde zijn tong weg met de mijne, maar die gaf zich niet over en worstelde tegen mijn opeengeklemde tanden, gaf het vervolgens op en bewoog in neerwaartse richting, om kringen te beschrijven op mijn borsten en eraan te likken. Ik maakte me los en ontsnapte naar de badkamer om zijn speeksel, gestold zaad en ons opgedroogde zweet af te wassen. Als een ongenode gast volgde hij me naar binnen, hij deed het deksel op de wc en ging wijdbeens zitten, zijn onbesneden pik lag op het plastic deksel in de losse, roze huid, als de vervelde huid van een slang wiens lichaam al ergens anders is.

In het bad leegde ik een klein plastic flesje waarop stond dat het schuim zou vormen, en richtte een flinke straal water op dat vettige plasje, maar helaas weigerde het te gaan bubbelen. Ik lag in het warme, stille, ondiepe water en hij vroeg of hij mijn rug mocht wassen. Ik keek naar die vreemdeling van wie ik tot gisteravond vrijwel niets had geweten, beschaamd over die plotselinge, afgedwongen intimiteit, en weigerde. Hij keek me aan met zijn onderzoekende blik terwijl ik mijn oksels en borsten inzeepte, en hij vroeg of hij ook in bad mocht komen, maar ik vroeg of hij wilde weggaan en in de kamer op me wachten. Gehoorzaam boog hij zijn hoofd en vertrok, van achteren zag hij er zo kwetsbaar uit, en zijn voetstappen onthulden de latente verlegenheid van een afgewezen man. Ik ving een glimp op van een brede rug en de blanke helften van zachte, stevige billen, aan weerskanten versierd met twee kuiltjes, als de achterzijde van een atleet. Ik hoorde hoe hij ongeduldig op het tapijt heen en weer liep dat zijn voetstappen niet smoorde, telkens en telkens en telkens en telkens weer.

Mijn blaas leek te barsten. In de wc durfde ik niet te plassen omdat hij dat zou kunnen horen, dus deed ik dat in het bad. Later spoelde ik mijn lichaam af onder de douche, en toen ik de kraan dichtdraaide, kwam hij de badkamer weer binnen. Als een matador hield hij een badhanddoek omhoog en nodigde mij in die zachtheid uit. Ik gaf toe, de handdoek werd strak om mijn lichaam getrokken en omsloot me in die zachte warmte. Hij masseerde en wreef zachtjes mijn ingepakte vlees en fluisterde in mijn oor, hetzij een vraag, hetzij een mededeling: 'Zie ik je vanavond, na de lezing?' en ik zei: 'Nee, vanavond niet, Yoavi is dan thuis.' Ik wilde daar niet aan toevoegen dat het ook twijfelachtig was of we elkaar de volgende dag zouden ontmoeten. Ik dacht dat ik met wat hij me de afgelopen nacht had gegeven, het wel een jaar zou kunnen volhouden, misschien zelfs twee, totdat ik Avsjalom weer ontmoette. Want wij zouden uiteindelijk samenkomen, Avsjalom en ik. Dat had het lot bepaald. Bovendien – zou Charles over een paar dagen terugvliegen naar zijn vesting in Oxford, en ik zou achterblijven met de herinneringen. Dit soort incidenten moest in de kiem gesmoord worden.

Bloot en kwetsbaar, als een naakte man in aanwezigheid van een aangeklede vrouw, zat Charles op het onopgemaakte bed en keek toe hoe ik me aankleedde. Met mijn onderbroekje en broek al aangetrokken, en gegeneerd en verward door zijn blik, verpakte ik mijn borsten in de beha, trok de bandjes over mijn schouders en tastte achter me om de haakjes te sluiten. Ik trok mijn beha altijd verkeerd om aan, eerst om mijn middel om de haakjes te sluiten, dan draaide ik de cups naar voren en pas dan hees ik hem naar mijn borsten omhoog. Mijn moeder en Louisa hadden me echter samen aangevallen en gedemonstreerd hoe men met vrouwelijke gratie een beha aantrok, net als in Hollywoodfilms. Dat probeerde ik nu ook te doen zonder succes, met ongeoefende handen voelend en uitglijdend op mijn rug. Hij kwam naar me toe en vroeg welk rijtje haakjes ik wilde, en ik antwoordde: 'Dat doet er niet toe.' Ik was blij dat ik voor deze ontmoeting mijn goede beha had aangetrokken, die met kant, die mijn borsten beeldschoon optilde, en hij maakte de haakjes vast, veegde mijn vochtige haar uit mijn nek weg en kuste me daar. Opeens ging er een huivering door mijn huid. En ik bedacht hoe het mogelijk was dat we al na maar één nacht zo ver waren gekomen, waar ik met Nachum nooit was geweest. Ik geloofde werkelijk dat ik van hem hield toen hij me bezorgd vertelde dat hij bang was geweest in slaap te vallen omdat hij niet wilde dat zijn gesnurk mijn slaap verstoorde. Hij merkte zachtjes op dat ik waarschijnlijk erg moe was geweest, want ik had de hele nacht met mijn tanden geknarst, maar misschien had de wijn dat veroorzaakt. Ik wist niet of Louisa hem verteld had over 'die dag', en zei instemmend dat ik waarschijnlijk erg moe was geweest. Ik wees zijn aanbod van een ontbijt van de hand, loog dat ik nooit ontbeet, en dat ik op kantoor een kop koffie zou drinken. Hij omhelsde me bij de deur, nog steeds naakt, en zei dat hij geen zin had om zich te wassen omdat hij me de hele dag wilde ruiken. Ik giechelde gegeneerd, en hij zei bijna verontschuldigend: 'Voor mij kwam het zo plotseling,' en ik dacht: voor mij óók. Hij kuste me opnieuw en zei smekend: 'Misschien kun je toch nog naar de lezing komen,' maar ik gaf geen antwoord, en met natte haren stapte ik in mijn auto en reed naar de universiteit.

Om een uur of twaalf verscheen Louisa op de afdeling, met een ondeugende blik in haar ogen. 'En, hoe was het?' vroeg ze, maar ze wachtte niet op antwoord, keek me recht in de ogen en merkte op, voor zichzelf leek het: 'Dus die wijn heeft geholpen?' en ze probeerde de bijzonderheden van die nacht los te peuteren. Ik bleef zwijgen, en zij vroeg, verrassend grof, of Charles besneden was. Ik was geshockeerd en zei: 'Zo is het genoeg, Louisa, hou erover op.' Maar zij hield aan en ging onmiddellijk verder met haar lievelingsonderwerp, merkte voor de zoveelste keer weer eens op dat seks met een onbesneden man lekkerder is dan met een besneden man. Ik wist dat ze uit eigen ervaring sprak, maar vroeg haar niet verder uit te weiden, al wist ik dat ze dat graag gedaan had. Ik deed alsof ik er niet van wilde horen en zei smekend tegen haar: 'Louisa, alsjeblieft, niet nu, kun je niet zien dat ik bezig ben?'

'Dus we zien je om vijf uur bij de lezing?' vroeg ze in het meervoud, alsof ze met Charles had samengezworen.

Ik boog me over de scripties van studenten die op mijn bureau lagen en zei: 'Ik heb zijn lezing gisteravond gehoord en ik heb ontheffing gekregen, maar afgezien daarvan moeten we praten. Hoezo praat jij achter mijn rug om over mij? Hij wist alles van me.' Louisa klemde haar lippen opeen alsof ze gekwetst was, en voordat ze op mijn verzoek inging om de deur achter zich te sluiten, draaide ze zich om en zei: 'Er zijn momenten dat ik je totaal niet begrijp. Ik dacht dat het, na alles wat je hebt doorgemaakt, geen kwaad kon om een nacht met een aardige kerel door te brengen. Ik heb het voor jou gedaan, begrijp je dat dan niet?'

Toen ze weg was, belde ik mijn moeder op.

'Yoavi heeft zijn grootmoeder nodig,' deelde ik haar mee, geïnspireerd door Charles, en zij beloofde haastig dat ze het weekend zou overkomen. 'En ik hoop dat het voor jou geen probleem is als Yoskeh met me meekomt,' voegde ze eraan toe, en ze nam haastig een besluit over de overnachtingen: 'Dan slapen wij in jouw slaapkamer, en jij slaapt bij Yoavi.'

Toen ik de hoorn neerlegde, voelde ik een intens verlangen om Charles te zien. 's Middags liet ik Yoavi bij Nechama achter en ging ik naar het Van Leer-auditorium. Bij de ingang van de zaal zag ik een kleine menigte staan, het blonde hoofd van Charles stak boven iedereen uit. Hij was aan het woord en zij luisterden. Ik zag Louisa bij hen staan, met haar hoofd achterover, terwijl ze met haar vingers door haar roodbruine krullen streek en hardop lachte. Ik liep om de groep heen en sloop het auditorium binnen, maar Charles greep me bij de arm en zei: 'Ya-el, wat ben ik blij dat je kon komen.' Ik zag hoe Louisa's mondhoeken opwaarts krulden tot een glimlach, en met een rood gezicht ging ik op de laatste stoel van de achterste rij zitten, en ik dacht: nu weet iedereen dat ik vannacht met hem naar bed ben geweest, en degenen die dat niet wisten, zouden het nieuws van Louisa vernemen.

De zaal was algauw helemaal vol, en Louisa, gekleed in een korte rok die haar mooie benen benadrukte, bracht Charles plechtig naar de voorste rij, die gereserveerd was voor gasten. Vervolgens beklom ze het podium en introduceerde, in haar Engels dat gestreeld werd door dat beeldige Franse accent, Charles als een van de rijzende sterren van de universiteit van Oxford, ze noemde zijn academische prestaties, en nodigde hem met een elegant gebaar uit om zijn lezing te houden. Charles negeerde de drie houten treden naar het podium en sprong er snel overheen, ging achter de katheder staan en duwde de microfoon opzij. In zijn keurige pak leek hij zijn kwetsbaarheid te hebben afgelegd – hij had een nieuw uiterlijk aangenomen, dat van een kalme, zelfverzekerde man die zijn lichaam als vanzelf bewoog.

'Deze avond is, als steeds, gewijd aan de vrouw die mij het liefst is, mijn grootmoeder, de moeder van mijn moeder,' zo begon hij. 'De grootmoeder is de centrale figuur in het leven van het kleinkind. Als je aan de winnaar van de Nobelprijs voor literatuur, Gabriel García Márquez, vraagt wat voor omstandigheden nodig zijn om schrijver te worden, zal hij waarschijnlijk zeggen dat de allereerste is: een grootmoeder die verhalen vertelt.'

Ik vroeg me af of zijn vingers nog de geur van mijn inwendige hadden, of Louisa met haar opmerkelijke zintuigen die had opgevangen, en wie van de hoogwaardigheidsbekleders van deze avond hem een hand hadden geschud die nog doordrongen was van mijn geur. Ik dacht aan zijn rug en realiseerde me waarom ik de vorige avond zo graag met hem had willen slapen, en waarom ik naar de lezing was gekomen, hoewel ik had gedacht dat ik dat niet zou doen.

Charles sprak over de universele grootmoeder, over haar betekenis voor het leven van haar kleinkinderen, hij citeerde onderzoeken, presenteerde zijn statistieken uit Gambia, ondersteunde die met overeenkomstige gegevens die door verschillende onderzoekers waren verzameld in noordelijk India en in pre-modern Japan, en vatte die samen met studies uit Europa. Even was Avsjalom vergeten, en ik wilde het podium opgaan, mijn armen om hem heen slaan, zijn lippen kussen en iedereen laten zien dat hij van mij was. In plaats daarvan stak ik echter mijn hand op en vroeg ik hoe die onderzoekers het feit verklaarden dat het de grootmoeder van moederszijde was, en niet de grootmoeder van vaderszijde die de overlevingskansen van haar kleinkind vergrootte. Charles glimlachte en zei intiem, alsof we alleen in die zaal zaten: 'Dat is een uitstekende vraag, Ya-el, en ik ben blij dat je die stelt.' Blikken werden op mij gericht, en ik dacht te zien dat Louisa's hoofd zich vanaf de voorste rij naar mij omdraaide. 'Ik moet toegeven dat ik daarop geen duidelijk antwoord heb. Een simplistisch en voor de hand liggend antwoord is natuurlijk de oude veronderstelling dat de moeder een gegeven is, en de vader een kwestie van geloof. De grootmoeder van moederszijde kan er voor honderd procent zeker zijn dat haar kleinkind rechtstreeks van haar afstamt. Dat geldt niet voor de grootmoeder van vaderszijde, wier relatie met haar schoondochter twijfelachtiger is, zelfs op onbewust niveau...' Ik hoorde wat gelach onder het publiek, maar ik luisterde niet langer, verliet het auditorium en reed naar Nechama's woning.

'Vertel het aan je grootje,' zei Nechama ironisch toen ik haar vertelde van de lezing, maar later was ze bereid toe te geven dat het wel interessant klonk. 'Nu ik er goed over nadenk,' zei ze, 'die studie bewijst zichzelf ook in mijn geval. Mijn moeder helpt me en verzorgt Yoeli, en zijn moeder negeert het feit dat zij een kleinkind heeft gekregen.' Ze moest om haar eigen grapje lachen en zei dat als het waar was, het dan tijd werd om aan mijn moeder te vragen haar best te doen en een uitstekende relatie met haar kleinzoon op te bouwen. Ik zei tegen haar dat ik haar al had uitgenodigd, maar ze kwam samen met haar Yoskeh, en ik vond het moeilijk te geloven dat ze tijd zou vinden voor haar klassieke grootmoedersrol. Toen ik op het punt stond te vertrekken, zei ze tegen Yoavi, die ik op mijn arm had: 'Yoavi, lieverd, zeg tegen je oma dat ze moet uitkijken voor de wolf.' En in het trappenhuis vroeg Yoavi aan mij wie die wolf was voor wie oma moest uitkijken, en of die gevaarlijker was dan de terroristen. Ik vertelde hem dat het om een oud sprookje ging, en beloofde het hem die avond te vertellen, als hij in bed lag.

'Oma, wat heb je grote ogen,' zei Yoavi tegen mijn moeder toen ze met Yoskeh in de deuropening verscheen, nog voordat ze haar pan soep op het aanrecht had kunnen zetten.

En zij speelde het spelletje mee, ze opende haar ogen wijd en antwoordde met norse stem: 'Dat is om je beter te kunnen zien, jongen.'

'En oma, wat heb je grote oren,' giechelde het kind, blij dat ze meewerkte.

En zij gromde: 'Dat is om je beter te kunnen horen, jongen.'

'En oma, wat heb je grote tanden.'

'Dat is om jou mee op te kunnen eten,' brulde ze, en ze ging met Yoskeh de keuken in, die beladen achter haar aan liep, zette de pan op het aanrecht, haalde haar kunstgebit uit haar mond en klapperde ermee alsof het castagnetten waren. Yoavi schreeuwde van zogenaamde angst en rende naar zijn kamertje, en zij met lege kaken achter hem aan, met haar tanden in haar hand, en uit haar keel klonk het gegrom van een uitgehongerde wolf. Ik hoorde hun vreugdekreten uit het kamertje opklinken en vroeg Yoskeh of hij hun spullen in mijn slaapkamer wilde leggen, en wat hij wilde drinken.

Later, in de keuken, waar ik aardappels schilde en zij groente sneed voor een salade, en Yoavi op de vloer zat te spelen met het nieuwe speelgoed dat ik voor hem gekocht had, ging de telefoon. Zij deed alsof de woning van haar was, en ik hoorde haar Engels spreken, en ze vroeg overdreven beleefd: 'Who is calling, please? One moment, please.' Ze overhandigde mij de hoorn, bedekte het mondstuk met haar hand en zei: 'Een of andere Charles wil je spreken; hij klinkt alleraardigst.' Ik pakte de telefoon, waaraan peterselie plakte, en antwoordde kortaf: 'Ja,' 'Nee,' en nog een keer 'Nee,' en 'Tot ziens,' en legde neer. Ze moest het gewoonweg weten. 'Wie was dat?' Ik zei: 'Een collega uit Oxford die hier op bezoek is,' en ze vroeg: 'Hij wilde je zien, nietwaar?' Ik keek haar over de pan met aardappels aan en knikte. 'En waarom heb je nee gezegd?' vroeg ze. 'Het doet je heus geen kwaad om uit te gaan met mannen, na alles wat je hebt doorgemaakt.' Ik vroeg me af of ze met Louisa had gepraat, en herinnerde me toen dat ze elkaar niet kenden. Ik antwoordde: 'Hoe kan ik uitgaan als jij hier bent?' Mijn moeder sprak opeens luider: 'Daarvoor zijn we toch hier,' riep ze, 'wij zorgen voor Yoavi en jij gaat uit en hebt een leuke avond, meteen na het eten. Goed, Yoavile?' vroeg ze aan het kind. 'Wil je wel een tijdje bij oma zijn?' En Yoavi, die verraderlijke overloper, was dolgelukkig: 'Ja!' 'Zie je wel?' zei ze. 'Bel hem dus maar terug en zeg dat hij je na het eten kan komen ophalen. Of misschien is het zelfs beter hem hier uit te nodigen, hij klinkt zo aardig.' Ik wilde hen nu niet zo direct met elkaar in contact brengen, maar ik zou hem dolgraag nogmaals zien, dus belde ik op naar het hotel en vroeg of men me wilde doorverbinden naar zijn kamer. Ik hoorde een ingesprektoon en legde de hoorn neer. 'En?' vroeg ze. 'Hij is in gesprek,' antwoordde ik. 'Dan probeer je het nog eens,' drong ze aan, en ik draaide het nummer nogmaals en nu antwoordde Charles. Ik nodigde hem uit voor het sabbatdiner en hoorde de teleurstelling in zijn stem: 'Louisa heeft me net bij haar thuis uitgenodigd.' 'Mooi, dan wens ik je een goed weekend,' antwoordde ik, en ik stond op het punt de hoorn neer te leggen toen hij me tegenhield. 'Ya-el, wacht even,' en toen vroeg hij: 'Wie was dat die de telefoon aannam toen ik belde?' Ik zag dat mijn moeder de oren spitste. 'Dat was mijn moeder,' antwoordde ik, en ik hoorde de glimlach aan de andere kant. 'Gun me een minuut de tijd,' zei hij, 'daarna bel ik je meteen terug.' Toen de telefoon weer ging, keek mijn moeder me aan met een gezicht dat zei 'Zie je nou wel'. Ik knikte en verzocht haar aan te nemen. Ze veegde haar handen af aan het schort met de plastic borsten dat Nachum geweigerd had mee naar zijn nieuwe woning te nemen, en ik hoorde haar hoge, uitnodigende 'Hallo?' En alsof ze al jaren bevriend waren, zei ze in het chique Engels dat ze geleerd had van haar Britse vrijers tijdens het mandaat: 'Charles, beste man, ik ben zo blij dat je komt en ik zal meteen voor nog een persoon dekken. We eten om acht uur. Wijn hoef je niet mee te brengen.' En toen giechelde ze als een meisje tegen een vrijer, en vroeg waar hij vandaan moest komen. Ze dicteerde ons adres en voegde daaraan toe dat hij tegen de taxichauffeur moest zeggen dat hij de meter aanzette, en dat hij een joodse taxi moest nemen.

Toen ze de hoorn neerlegde stuurde ze mij de keuken uit, want zij zou voor de rest zorgen, ik moest gaan douchen en me aankleden. 'En doe wat parfum op, en lippenstift en poeder, je ziet er zo bleek uit.'

Een feestelijk boeket rode rozen verscheen in de deuropening, gevolgd door het gezicht van Charles, en ik vroeg me af of hij dat voor Louisa had gekocht. Mijn moeder was dolgelukkig toen ze het boeket zag en zoende hem op zijn wang om hem te bedanken. Ze schudde aan Yoskehs schouder, die lui naar 'Deze Week' zat te kijken, en zei met slecht verborgen wrok: 'Kijk eens wat een prachtige bloemen hij voor me heeft meegebracht.' Toen onthief ze me van al mijn plichten als gastvrouw, plaatste Charles naast zich aan tafel, schepte zijn bord telkens weer vol, stelde vragen, lachte, deed meisjesachtig, deed mal, en daarbij had ze nog steeds tijd voor Yoavi, die ze aanmoedigde te eten. Charles zat stralend naast haar en concentreerde zich uitsluitend op haar. Hij verslond haar gerechten alsof hij uitgehongerd was, complimenteerde haar met de kruiden, de manier van tafeldekken, de toegewijde zorg voor haar kleinkind, en wierp mij ter compensatie kortstondige, ontwijkende blikken toe. Eén keer voelde ik zelfs dat zijn hand in mijn dij kneep, die ik met een zacht tikje verwijderde.

Na de koffie met gebak droeg mijn moeder me in het Hebreeuws op: 'Breng hem nu terug naar zijn hotel, en maak je geen zorgen, wij blijven hier bij Yoavi, je komt maar thuis wanneer je wilt.'

Onderweg naar het hotel hield Charles maar niet op met zijn lofzang op mijn moeder. Ze is een heel bijzondere, dynamische en intelligente vrouw, zei hij, en ze ziet er veel jonger uit dan ze is, ze moet echt een schoonheid zijn geweest toen ze jong was. Hij vergat ook niet haar rol als grootmoeder van Yoavi te prijzen, en hij sprak zijn verwondering uit over hun hartelijke relatie. Ik luisterde in stilte, en zei toen giftig dat ik versteld stond dat een man als hij zijn instincten als onderzoeker niet gebruikte. 'Jouw indrukken zijn volkomen oppervlakkig,' beweerde ik, 'en je kunt je na één avond nog geen mening over iemand vormen.' Hij keek me van opzij aan en zei zacht: 'Ik hoop dat je niet jaloers bent, Ya-el. Neem het niet op tegen je moeder, anders krijgt ze nooit de kans haar rol als grootmoeder te spelen.' Ik antwoordde spottend, zonder te begrijpen hoe ik die afschuwelijke woorden kon uitbrengen: 'Je mag haar best het hof maken, ze is weduwe.' Hij keek me opeens vijandig aan en zei: 'Ya-el, dat was een heel nare opmerking die ik niet van je verwacht had, zeker niet na wat wij samen al hebben gehad.'

En toen zweeg hij. We reden in stilte verder, en toen ik voor het YMCA-hotel stopte en de motor afzette, smeekte ik berouwvol om vergiffenis. Ik verwachtte dat hij me zou uitnodigen naar zijn kamer, maar hij zei droogjes goedenacht, bedankte me beleefd voor de uitnodiging voor de maaltijd en drukte een koel kusje op mijn wang. Toen stapte hij haastig uit de auto zonder de moeite te nemen het portier achter zich te sluiten, en op de hele route naar huis terug vervloekte ik mezelf en hem en mijn moeder, die weer eens met de eer was gaan strijken.

Ik werd begroet door een donkere flat en een enorme bos rode rozen stond in een vaas op de tafel waar de resten van de maaltijd waren opgeruimd. Ik liep de keuken in, en hoopte daar in de gootsteen een stapel vuile borden te vinden om af te wassen, maar die glom in het donker, leeg en schoon. Ik opende de koelkast en vond de etensresten die in stevig verzegelde plastic dozen opgeborgen waren. Teleurgesteld dat mijn moeder me opnieuw redenen had gegeven om boos op haar te zijn liep ik naar Yoavi's kamertje, en ging daar op het logeerbed liggen dat ze mij had aangeboden. Hij keerde zich naar mij toe en zei vanuit een diepe slaap: 'Wat heb je een grote mond.' Vanuit mijn slaapkamer hoorde ik gekreun, en Yoskeh die tegen mijn moeder fluisterde met zijn zware stem, 'Ssst, ze is thuisgekomen.'

Toen ik 's ochtends wakker werd, hoorde ik hoe mijn moeder in de keuken groente hakte voor de sabbatsalade, en ik ging naar binnen. Yoavi zat op het aanrecht naast haar op een wortel te knabbelen en vrolijk met zijn benen te schommelen.

'Goedemorgen, Schone Slaapster,' zo begroette ze me hartelijk, en Yoavi grinnikte mee: 'Mijn Imoesj is de mooiste van allemaal.'

'Koffie, waar is de koffie,' zei ik schor, en ze haastte zich om de vitaliserende vloeistof in een mok te schenken met in groen de tekst 'Israëlisch Tandartsen Congres Voorjaar 1995'. Ik bedacht dat misschien de tijd was gekomen om dat ding in stukken te smijten.

'Wat was je vroeg terug,' zei ze nuchter, ik knikte en had mijn gezicht wel willen begraven tussen de plastic borsten van het schort, dan huilen en medelijden met mezelf hebben, en voelen hoe haar ruwe hand in mijn haar woelde.

'Yoavi, lieverd, ga eens kijken wat oom Yoskeh in de woonkamer uitspookt,' zei ze dringend, terwijl ze hem hielp van het aanrecht af te glijden en hem met een tikje op zijn broek aanspoorde.
Toen keek ze me met meelevende ogen aan en zei: 'Dus, wat gaat
er gebeuren?' en ik antwoordde: 'Dat doet er niet toe.' Ze richtte
haar ogen op haar rimpelige handen, draaide ze onmiddellijk om
en inspecteerde de achterkant, en ik zag de levervlekken die zich
daar hadden verspreid. Met duim en wijsvinger kneep ze afwezig
in de huid, en liet toen weer los. De huid bleef als een heel kleine,
lelijke plooi overeind staan, en ze zei zuchtend: 'Ik word oud.' En
ze vroeg opnieuw: 'En, wat gaat er gebeuren?' en ik gaf geen antwoord, ging naar mijn kamer en sloot de deur achter me. Ik keek
naar mijn handen, draaide ze om en kneep net als zij in de huid en
liet toen weer los. Mijn huid sprong trouw en soepel weer terug op
zijn plaats. Toen ging ik voor de spiegel staan en keek naar mijn gezicht. Ik zag een huid die zijn frisheid kwijt was en ogen waarvan
de hoeken enigszins uitgezakt waren. Ik trok mijn onderjurk uit
en raakte het litteken aan dat mijn buik in tweeën spleet, liet mijn
handen glijden over mijn dijen die al te rond waren geworden en
vond troost in mijn borsten. Ik stak een potlood onder een ervan,
en het potlood viel neer en rolde over de vloer, wat mij vertelde
dat mijn borsten nog stevig waren en omhoog wezen. Bemoedigd
kleedde ik me aan en liep naar de keuken om mijn moeder te helpen. Yoskeh speelde met Yoavi, en het kind noemde hem 'opa', en
hij, dolgelukkig met die naam, danste rond met hem op zijn rug,
waarbij hij gezichten trok als een werkloze clown en met zijn ingevallen, borstelige wangen over Yoavi's gladde gezichtje wreef, tot
zijn huid rood werd en hij hikkend van de lach smeekte: 'Stop,
stop.' Wat jammer dat Yoavi mijn vader niet gekend had, dacht ik,
en een hartverwarmend beeld kwam uit mijn geheugen te voorschijn: Yoavi, één maand oud, liggend in de armen van mijn vader, wiens verstand nog niet was verdwenen, en hij vertelde de baby verhaaltjes over zichzelf, zijn ouders en 'daar'. Yoavi had hem
aangekeken alsof hij elk woord begreep, en mijn vader lachte zo
blij en kuste het hoofdje van de baby, dat hoofdje met die zwarte harenkrans, als van een dominicaner pater. En hij vertelde iedereen die in de kamer was dat dit kind iets heel bijzonders was,

het was geen gewone baby, hij begreep elk woord dat je zei. En ik had gezegd: 'Abba, niet overdrijven, het is een heel gewone baby.' Mijn vader had me aangekeken en had streng en zacht gezegd: 'Zeg nooit dat je zoon gewoon is. Je kunt nu al zien dat deze baby zal opgroeien tot een mens.' Ik wilde hem antwoorden: 'Wat had je dan gedacht? Dat hij zou opgroeien tot een aap?' maar de agressieve blik van mijn moeder had ervoor gezorgd dat ik mijn mond hield. Ik rukte de baby uit zijn armen, zei dat ik hem moest voeden en sloot me samen met hem op en dacht: ik hoop maar dat mijn vader zijn hoofdje niet vol stopt met onzin, zoals hij dat bij mij heeft gedaan.'

's Middags, toen ze hun spullen hadden ingepakt en we naar beneden gingen om hen uit te zwaaien, bedacht ik dat ik ze graag nog wat langer had willen houden, en ik zei tegen Yoskeh: 'Jullie moeten vaker komen.' Hij bloosde, stak zijn hoofd in de kofferbak van de auto en zette hun spullen anders neer, duwde ze naar binnen en maakte ruimte. Mijn moeder omhelsde me en fluisterde: 'Probeer me te begrijpen. Met Abba was het anders. Het was vol in bed, met hem.' En ik vroeg bezorgd: 'Voelde je je niet vervelend in mijn bed?' en toen lachte ze. 'Niet jouw bed. Ons bed in het huis in Jaffa. Zijn hele familie was bij ons in bed, plus nog eens zes miljoen.' En toen de auto wegreed en ze naar me wuifde, wist ik waarom ze me dat uitgerekend op dat moment had verteld.

's Avonds belde ik het hotel op en vroeg of ze me met Charles wilden verbinden. De telefoon werd niet opgenomen, en het antwoordapparaat deelde metalig mee dat de gast van kamer 517 momenteel niet aanwezig was – 'Laat u alstublieft een boodschap achter.' Ik aarzelde even, en toen wilde ik neerleggen en later bellen, maar ik was bang dat het apparaat mijn zware ademhaling al had vastgelegd. Ik schraapte mijn keel en zei dat het me speet van alles wat er gebeurd was. Daarna, toen ik de hoorn neerlegde, dacht ik dat mijn stem misschien paniekerig had geklonken, al te gretig, en betreurde mijn dwaze boodschap, die ten onrechte kon worden opgevat alsof ik spijt had van de nacht die we samen hadden doorgebracht in zijn kamer. Ik belde het hotel opnieuw op, en de telefoniste vertelde me in het Engels, met een zwaar Arabisch accent, dat het onmogelijk was die boodschap te verwijderen, maar als ik wilde, kon ik een andere achterlaten. Ik probeerde haar over te halen, maar ze hield voet bij stuk en herhaalde haar eerste woorden, ditmaal overdreven langzaam. Ze kauwde de woorden met een zeker sadistisch plezier, als een kleuterjuffrouw die de regels van een spelletje uitlegt aan een niet zo snugger kind. In mijn wanhoop maakte ik een fout, en zei tegen haar: 'Als vrouw zou u zich met mij moeten identificeren,' maar zij antwoordde op spottende toon: 'U had moeten nadenken voordat u een boodschap achterliet,' en toen legde ze neer. Ik was bereid te zweren dat het kreng meteen al had geluisterd naar de zielige boodschap die ik voor Charles had achtergelaten.

Later die nacht was hij nog steeds niet terug op zijn kamer, ik belde naar Louisa's huis en hoorde hoe haar antwoordapparaat vrolijk meedeelde: 'U bent bij het huis van Louisa en Yoram, we zijn heel gelukkig, en als u een boodschap achterlaat, zullen we nog gelukkiger zijn en uw telefoontje beantwoorden.' Ik legde de hoorn neer en probeerde nogmaals zijn kamer, en dezelfde telefoniste antwoordde ongeduldig dat de gast van kamer 517 nog niet terug was. Ik belde omstreeks middernacht opnieuw nadat ik eerst besloten had meteen neer te leggen als ik weer de stem van die boosaardige vrouw hoorde. Ik was blij toen ik een man aan de lijn kreeg, en hij verbond me door met Charles' kamer. De telefoon ging almaar over en werd niet opgenomen.

De volgende ochtend vond ik op het antwoordapparaat van mijn bureau een verontschuldigende boodschap van Charles. Hij was de vorige avond heel laat teruggekomen en had mijn telefoontje dus niet kunnen beantwoorden. Hij was nu in Ramallah en zou proberen me te spreken te krijgen zodra hij terugkwam.

Tegen de avond had ik nog steeds niet van hem gehoord. Toen besloot ik de telefoon op het antwoordapparaat aan te sluiten, zodat hij een beetje zou lijden als hij opbelde, en mij niet te spreken kreeg. Maar laat in de nacht, toen ik luisterde naar binnengekomen boodschappen, was er niet één van hem bij.

De volgende ochtend vertelde Louisa me dat Charles was teruggekeerd naar Engeland. Hij was twee dagen eerder vertrokken, en was zelfs bereid geweest bij te betalen voor de retourvlucht. Nee, ze had geen idee waarom hij zo halsoverkop was weggegaan, zei ze, en ze keek me veelzeggend aan, alsof ik het antwoord wel wist.

Nadat zij mijn afdeling af was, herinnerde ik me dat ik had vergeten hem te vragen of hij getrouwd was, maar bedacht onmiddellijk dat dat niet belangrijk was. Hij was me niets verschuldigd, kalmeerde ik mezelf. Hij had mij nodig gehad, en ik hem, en het was voor ons allebei goed geweest. Bovendien was hij teruggekeerd naar zijn eigen land, en waarschijnlijk zou ik hem nooit van mijn leven meer zien.

En als een talisman tegen mijn angstige gedachten zocht ik in de diepte van mijn geheugen weer naar Avsjaloms handen, en gedurende de rest van de dag probeerde ik me alleen daarop te concentreren.

En wat doe ik? Niets

Een flits van grijze bliksem besprong me in de schemering van het trappenhuis, verstrikte zich in de omslagen van mijn broekspijpen, bleef er met zijn nagels aan hangen, klom snel naar mijn schouder, ging vlak bij mijn linkeroor zitten en begon triomfantelijk te spinnen. Stomverbaasd bleef ik staan, en Yoavi danste om me heen, wuivend met zijn armen in een soort indianendans. In zijn opwinding stotterde hij een beetje, en ten slotte wist hij uit te brengen: 'Imoesj, dat is een kat.'

Ik schudde mezelf en probeerde de stoutmoedige klimmer los te maken, maar hij stak zijn kromme klauwen in mijn blouse en weigerde los te laten. Ik ging hulpeloos op de onderste tree zitten en hij, wollig en koppig, hield mijn schouder vast en proefde met een ruw tongetje aan mijn oor. Huiverend vroeg ik aan het trappenhuis: 'Wat ben ik aan het doen?' en Yoavi, bijna stikkend van opwinding, deelde mee: 'Niets. We gaan naar huis. En nemen hem mee.' Ik pakte Yoavi's hand en samen beklommen we de trap, de kat keek vanaf mijn schouder op ons neer, en Greta's Mutzi van de tweede verdieping barstte opeens los in luid, diep geblaf, aan de andere kant van de verstevigde deur. Greta deed haar deur op een kier open en onmiddellijk weer dicht, en vanuit haar flat hoorde ik hoe ze probeerde de opgewonden Mutzi te kalmeren.

Toen ik de deur van onze flat opende, sprong de kat luchtig naar beneden, liep alsof hij de flat vanbinnen en vanbuiten kende regelrecht naar de keuken, en ging daar voor de koelkast zitten miauwen. Op dat moment ging de telefoon, en het was Nachum, die Yoavi wilde spreken. Ik overhandigde hem de hoorn, en nadat hij 'Best,' had geantwoord op Nachums eerste vraag, hoorde ik hem zeggen: 'Maar Abba, ik kan nu niet met je praten want ik heb een nieuwe kat,' en hij gaf de hoorn aan mij terug en rende weg om de kat te aaien. 'Dus door een nieuw speeltje kan hij onmogelijk met zijn vader in Amerika praten,' zei Nachum nijdig, en ik antwoordde op scherpe toon: 'Daar lijkt het wel op,' zonder de moeite te nemen om uit te leggen dat het geen speelgoedbeest was, maar een echte, levende kat.

Yoavi's gekleurde plastic borden waren al op de vloer neergezet, gevuld met allerlei voedsel: op een ervan lag halvah, op een ander cocktailnootjes, op een derde spaghetti, en daarnaast stond een kom met cornflakes en melk. De kat dwaalde verward van het een naar het ander en snoof er met opgestoken snorharen aan. 'Hij wil waarschijnlijk kattenvoer eten,' zei ik. Samen gingen we naar de kruidenier, waar we een hele tijd peinsden over blikjes met diverse smaken, totdat Yoavi er een met kip uitkoos en uitlegde dat de kat waarschijnlijk niet van vis hield en aan lever een grote hekel had. En je moest katten niet dwingen dingen te eten die ze niet lusten. Toen we thuis kwamen, deed ik het voer op een bord, de kat liep er langzaam naartoe en als een koning, verwaardigde hij zich even overdreven verfijnd aan het bergje voedsel te ruiken. Toen stak hij zijn roze tongetje uit, bewoog zijn snorharen en viel er uitgehongerd op aan en zijn bek en tong maakten vochtige smakgeluidjes. Tegen de tijd dat de kom leeg was, verklaarde Yoavi: 'Poes heeft dorst,' en we zetten een soepkom met water voor hem neer, en zijn tong, als een roze bloemblaadje, proefde voorzichtig van het water en likte het toen haastig op in zijn bek. Toen zijn buik vol was, ging hij in het midden van een doorschijnende plek zonlicht zitten, en zijn zijdezachte grijze vacht, met fijne, zilverige streepjes, glinsterde in het licht. Hij werd zich bewust van de bewondering die hij genoot, likte aan een van zijn pootjes en waste daarmee zijn oren en snuit. We hielden hem als betoverd in het oog, en Yoavi vroeg of hij zich ook zo mocht wassen, als een kat, en ik zei dat katten zich eigenlijk niet wassen, ze vegen zich alleen schoon met kattenspuug. Yoavi lachte, en we staarden beiden naar de kat die klaar was met wassen en zich langzaam uitrekte. Toen ging hij op zijn gatje zitten, met beide oren gespitst, alsof hij luisterde naar geluiden die niet tot mensenoren kunnen doordringen, en zijn groenige, glanzende ogen, waren gericht op zaken die verborgen blijven voor mensenogen.

Die avond groef hij voor zichzelf een kuiltje in de zandbak die we op het balkon hadden gezet en daar ging hij boven zitten, en gedurende een hele tijd daarna dekte hij het toe en maakte alle sporen onzichtbaar. 'Hoe weet hij dat hij zijn kakki zo met zand moet toedekken?' vroeg Yoavi, en ik antwoordde: 'Dat moet hij van zijn moeder geleerd hebben.' Yoavi tilde hem op en rook aan zijn buikje, zoals ik altijd deed toen hij nog een baby was. De kat wist snel te ontsnappen en rolde zich op in de beste fauteuil in de woonkamer, de stoel die van Nachum was geweest, met Yoavi's Tutti als laken.

De kleine kattenpersoonlijkheid nam algauw het hele huishouden over, en wij werden kamerbewoners die hij slechts hoefde te bevelen. Hij streek met zijn gestreepte vacht langs onze benen, scherpte zijn nagels aan de nieuwe meubels die ik gekocht had en wekte ons 's ochtends met zijn gemauw. En wij, een tweetal zachtmoedige reuzen, bedienden hem op zijn wenken, we wilden hem behagen en al zijn wensen vervullen. Ik dacht na over de manier waarop een klein balletje bont ons zo kon overheersen, hoe het mogelijk was dat in dit wezentje zulke tegenstrijdige eigenschappen naast elkaar konden bestaan – hij was namelijk het ene moment poeslief, en even later onverschillig, sluw, dan weer onschuldig, speels en dan weer lui, zachtmoedig en wreed, al zijn negen levens verschenen tegelijk voor onze ogen. Nieuwe regels, die wij niet durfden te overtreden, werden ingevoerd in de flat, en voor onze nachtrust werden ons vreemde arrangementen voorgeschoteld. Hij begon de nacht in Yoavi's armen, en vandaaruit kwam hij naar mij toe, warm en geurig, met de geur van mijn slapende kind bij zich. Dan rolde hij zich luid spinnend op mijn buik op en wekte me uit mijn slaap die overigens toch al licht was. Vervolgens ging hij terug naar Yoavi, en tegen de tijd dat het licht werd herinnerde hij zich mij. Dan sprong hij met veel kabaal op mijn bed, miauwde veeleisend in mijn oor, en dan veranderde ik tegen mijn wil in een vlinder, want ik sjokte met rode slaapogen met hem mee naar de koelkast, waarna hij te eten kreeg. 's Avonds, wanneer ik achter de computer zat en de gesprekken uittypte die ik gevoerd had met ultraorthodoxe vrouwen, studenten van jesjiva's en hogescholen, sprong hij op mijn schoot, en vandaar naar het bureau, waar hij voor het scherm kwam zitten zodat ik niets meer zag. Dan probeerde hij met zijn fluwelen pootjes de letters te vangen die voor zijn ogen bewogen. Daarna zette ik hem op mijn knie, ik luisterde naar zijn tevreden spingeluiden en zag hoe de teentjes van zijn poten zich uitstrekten en introkken, zoals bij een jong poesje. Op die manier werkte ik verder tot ik pijn in mijn rug kreeg en mijn ogen niet veel meer zagen. Als ik de computer had uitgezet, bleef ik nog een hele tijd staan kijken hoe de kat probeerde de visjes van de screensaver te vangen.

Op een ochtend, toen ik de geur opsnoof van regen die nog moest vallen, wist ik dat de zomer bijna voorbij was en dat er koeler, aangenamer weer op komst was. De bladeren zouden binnenkort oranje kleuren en van de bomen afvallen; geel zou de trottoirs van de stad tooien en tussen de windvlagen spelen, en de hemel zou zich wikkelen in de bewolkte doeken van de eerste regen. En we vierden Rosj Hasjana met mijn moeder en Yoskeh, en de andere Grote Feestdagen pelgrimeerden naar ons toe. De herfsttijlozen en de scilla's begonnen te bloeien, Yoavi bracht zijn eerste dagen door op de nieuwe kleuterschool en ik maakte de morele balans op van het afgelopen jaar. Koude nachten brachten me ertoe de dekbedden te luchten om de geur van mottenballen te verdrijven en de winterkleren op te zoeken. Ik besteedde een hele avond aan die van Yoavi en stond versteld hoeveel mijn kind sinds de vorige winter gegroeid was.

Vlak voor de Grote Feestdagen en de lange schoolvakantie kwamen Nechama en Yoeli vaker bij ons op bezoek, om zowel de kat te zien als Yoavi, die nu zonder Yoeli op zijn nieuwe kleuterschool was. En terwijl ze speelden met de kat, leek het of de echo's van de explosies van de shaheeds bijna vergeten waren. Tijdens die rustige dagen van balans opmaken knoopten Nechama en ik onze vriendschap weer aan elkaar, en we werden het er ten slotte over eens dat we niet over psychologie en politiek zouden praten, en meer in het bijzonder besloten we dat we woorden als shaheed, 'bezetting', 'afsluiting' en 'avondklok' zouden mijden. 'Nu heb ik echt het gevoel dat je eroverheen komt,' zei ze, en ik antwoordde dat ze gelijk had, ik kwam er echt overheen. Ik dacht na over het feit dat het leven gewoon doorgaat: mensen zaten in cafés, zelfs in cafés die ooit opgeblazen waren of zouden worden, en ze reisden met de bus, zelfs langs routes die vernietigd waren of zouden worden, en de warenhuizen waren vol mensen. Mensen maakten reizen, trouwden met elkaar en kregen kinderen, en ik herinnerde me onze kinderen en zei tegen Nechama dat het verdacht stil was in Yoavi's kamertje. We gluurden naar binnen via de half geopende deur en zagen hoe ze probeerden de kat een poppenjurkje aan te trekken. Hij kwam in verzet, stak zijn klauwen uit en probeerde aan hen te ontkomen. Toen ze naar buiten kwamen, met krabben op hun handen, waste Nechama hun handen af, deed er jodium op en zei dat katten geen kleertjes nodig hadden omdat ze hun eigen vacht hadden. Toen waarschuwde ze Yoeli dat hij niet eens mocht nadenken over het openknippen van de buik van de kat met de schaar, want het enige wat eruit zou komen was bloed en een heleboel ingewanden.

'Meneer Grijs', zo noemde Yoavi de kat, hij groeide en werd zwaarder, en op een mooie dag verdween hij. We vonden haar terug in mijn hangkast, vredig liggend op een bedje van mijn blouses en met zes jonkies in allerlei kleuren, hangend aan haar tepels. Die dag moest ik een lang en vermoeiend gesprek voeren met mijn zoon, die speelde met de gedachte dat jongens kinderen konden krijgen, en ik legde uit dat Meneer Grijs een vrouwtje was en dat wij dat gewoon niet hadden geweten, want katten zijn anders dan mensen. Tegelijkertijd veranderden we zijn naam in 'Mevrouw Grijs', en Yoavi zei dat hij helemaal niet zo blij was dat de kat een meisje was, want hij hield niet van meisjes. Ondanks de afgedwongen geslachtsverandering bleven we over en tegen hem praten alsof het een mannetje was, en bij de bijeenkomst op de vooravond van sabbat op zijn nieuwe kleuterschool, toen Yoavi de kinderen vertelde over zijn mannetjeskat die jonkies had gekregen, werd hij de held van de avond. Sinds die tijd kwam hij elke dag thuis met nieuwe vriendjes die de poesjes wilden zien.

Een maand na de bevalling van Mevrouw Grijs ontving ik het nieuws in een dikke, chique witte envelop die tussen de tientallen brieven en tijdschriften in mijn brievenbus zat. Op de envelop zaten een paar postzegels die trots het lichtroze gezicht van Elizabeth II in het jaar van haar gouden jubileum vertoonden. Ik draaide hem om en ontdekte geen naam en adres van de afzender, maar wel het fraaie reliëf van het zegel van de universiteit van Oxford. Omdat ik gelijk wilde zien wat erin zat, scheurde ik de envelop open, samen met de bovenrand van de brief, waarop mijn adres stond, evenals de aanhef 'Geachte mevrouw'. In plechtige ambtenarentaal deelde de brief me mee dat ik voor het aanstaande academische jaar werd uitgenodigd als gastonderzoekster op de afdeling antropologie van de universiteit. Aan het eind van de brief, in kleine lettertjes, werd me een bescheiden, maar zeker heel redelijk onderdak toegezegd, evenals een beurs die gelijkstond aan mijn jaarsalaris aan de universiteit hier. Toen ik op het punt stond de envelop in de prullenmand te gooien, viel er een klein briefje uit, met een fraai ingeperst briefhoofd: 'Professor Charles Bailey'. Met een paar woorden in rond handschrift smeekte hij me om vergiffenis dat hij er niet in geslaagd was me te ontmoeten op de avond voor zijn vertrek, en hij verzocht me het voorstel positief op te nemen; hij zou me heel graag opnieuw ontmoeten en helpen waar hij maar kon. Met de brief in mijn hand rende ik naar mijn werkkamer, en daar was Louisa al. Ze liet me een samenzweerderig lachje zien, wuifde enthousiast met haar armen en rinkelde met de belletjes aan haar oorringen, die sinds haar huwelijk in aantal waren toegenomen. 'Dus je hebt eindelijk die brief ontvangen,' zei ze lachend, en tot mijn lichte teleurstelling vertelde ze dat zij ongeveer een maand eerder een dergelijke uitnodiging had gekregen, maar dat ze die van de hand had moeten wijzen omdat ze toen nog maar net getrouwd was en Yorams loopbaan niet minder belangrijk was dan de hare. Bovendien probeerden ze zwanger te worden en konden de banden met hun arts in Israël niet verbreken. Om hen niet met lege handen weg te sturen, zei ze, had ze geadviseerd mij uit te nodigen, en ze was niet zeker geweest of ze haar aanbeveling hadden aanvaard, en dus had ze de moeite niet genomen om het aan mij te vertellen, opdat ik niet teleurgesteld zou raken. Ik begreep niet waarom ze me dat alles moest vertellen, en deed of het me onverschillig liet. Ik zei dat ik waarschijnlijk niet zou vertrekken omdat ik dan mijn onderzoek zou moeten uitstellen, en zij gaf me een standje en zei dat als ze geweten had dat ik zo'n verleidelijke uitnodiging zou afwijzen, ze een andere onderzoeker zou hebben aanbevolen, en nu compromitteerde ik haar. Om haar te kalmeren zei ik dat ik erover na zou denken, maar er eerst met professor Har-Noy over moest praten.

'Doe het, beste kind, doe het, je hebt een moeilijk jaar achter de rug,' trompetterde de professor, en toen wist ik dat Louisa hem als medesamenzweerder had geronseld. 'Je *dossim* kunnen wachten. En afgezien daarvan, misschien vind je wel net zulk interessant materiaal in de bibliotheken daar.' Ik keek naar de vermoeide zakken onder zijn ogen en naar zijn op en neer rijzende adamsappel, overdekt met rode bultjes, en ik bedankte hem. Opeens stak hij zijn hand uit en streelde over mijn haar, en toen wist ik dat hij dat altijd al had willen doen, en dat hij nu de kans had gekregen. Ik ontweek hem, ging terug naar mijn werkkamer en schreef een lange, gedetailleerde brief waarin ik hen bedankte dat ze mij hadden uitgekozen. Om niet al te gretig te lijken schreef ik dat ik over de kwestie wilde nadenken en vroeg wanneer ik een definitief antwoord moest geven.

Eenmaal weer thuis kwam ik tot de conclusie dat ik die reis verdiend had. Tot dusver, zei ik bij mezelf, had ik de werkelijkheid van mijn leven beschouwd als een beschikking van het lot. Ik dacht aan mijn huidige leven dat verloren was, aan mijn leven dat zichzelf geregeld had, bijna zonder invloed van mijzelf, en over de tijd die niet vanzelf was verstreken, met mij er machteloos achteraan. Ik wilde die vicieuze cirkel doorbreken en besloot dat de tijd was gekomen om een rustig leven te leiden, ergens waar geen bussen vlak in de buurt opgeblazen dreigden te worden. Ik verscheurde de afstandelijke brief die ik had geschreven en verving die door een andere waarin ik hen bedankte voor de uitnodiging en vroeg wanneer ik kon komen.

De brief uit Oxford verstoorde onze dagelijkse en nachtelijke routine. Ik begon te dromen van vliegvelden, van koffers die hun bestemming niet bereikten, van een donker en somber appartement dat ons daar zou wachten, van boeken die ik vergeten had terug te geven bij de universiteitsbibliotheek en van de waarschuwende dreigbrieven die me naar Oxford zouden volgen. Yoavi huilde een beetje en zei dat hij geen afscheid wilde nemen van Yoeli, zijn beste vriendje, en ik beloofde hem dat Yoeli en Nechama vast een keer op bezoek zouden komen. Dat kalmeerde hem enigszins, totdat hij zich Mevrouw Grijs herinnerde en alleen wilde meekomen als die ook meeging. Ik zat tegenover hem, met de kat op mijn knie, terwijl de jonkies rondholden in de flat, en ik legde uit dat het heel moeilijk was om met een kat naar het buitenland te reizen, want als we daar aankwamen, zouden ze hem afpakken en in quarantaine stoppen, en hem pas na een hele tijd laten gaan. En Yoavi werd angstig en keek me met zijn ronde ogen aan, en hij vroeg aarzelend: 'Quarantaine?' en angst bleek duidelijk uit zijn stem toen hij vroeg: 'Net als wat wij met de Palestijnen doen?' Ik wist niet waar hij dat vandaan had en ook niet waar hij dat woord had geleerd, en ik vermoedde dat hij het bij Nechama thuis had gehoord. Een hele tijd probeerde ik uit te leggen wat het verschil was tussen de quarantaine voor katten en de afzondering van de Palestijnen, en hij keek me verward aan en vroeg: 'Dus als de Palestijnen naar Engeland gaan, stoppen ze hen in quarantaine, net als de katten?' Ik antwoordde dat katten naar een speciale quarantaine voor katten gingen, en hij schreeuwde dat hij het begreep: 'En de Palestijnen stoppen ze in een speciale quarantaine voor Palestijnen!' Ik wist dat ik in de problemen kwam, en ik was gedwongen hem te vertellen dat wij, elke keer dat er een bom ontplofte in Israël, 'van een zelfmoordaanslag,' zei hij, om mijn zin af te maken, de steden en dorpen van de Palestijnen afsluiten, zodat ze er niet uit kunnen komen, zodat wij de mensen kunnen oppakken die het gedaan hebben. En hij zei: 'Maar dat is niet wat Nechama zei.' 'En wat zei zij dan?' en ik voelde hoe de oude woede in mijn keel opres. 'Zij zei dat wij slecht zijn en wij sluiten ze op, wat neerkomt op gevangenschap, en dat ze er niet uit kunnen, zelfs niet als ze ziek zijn en naar het ziekenhuis moeten.'

Toen veranderde ik mijn verhaal, en ik zei dat quarantaine voor katten in Engeland in feite een ziekenhuis was, waar ze Mevrouw Grijs zouden onderzoeken of ze gezond was, zodat ze Engelse katten niet met ziekten zou besmetten, en pas daarna zouden we daarheen kunnen gaan om haar op te halen.

'En de jonkies?' vroeg hij, op het punt in tranen uit te barsten.

'Die zullen we cadeau doen aan andere kinderen die hen willen hebben.'

'Ook aan Yoeli?'

'In de eerste plaats aan Yoeli, maar alleen als zijn moeder het goed vindt.'

Een week later ontwikkelde Yoavi een nieuwe gewoonte.

'Imoesj, hier is bezoek, en hij wil de poesjes zien,' hoorde ik hem bij de voordeur roepen, en daar stond hij met een jeugdige soldaat die verontschuldigend naar me glimlachte en zei dat Yoavi hem op straat was tegengekomen en gevraagd had of hij mee wil- de komen om bij hem thuis de poesjes te zien. 'En toevallig houd ik erg van katten,' voegde hij eraan toe, en hij stelde zich voor als Yishai. Ik glimlachte naar hem en zei: 'Je mag er een meenemen, want wij gaan binnenkort naar het buitenland en ik moet een goed tehuis voor hen vinden.' Yishai verontschuldigde zich en zei dat zijn basis ver weg was, en dat hij alleen maar met verlof thuis was. Hij was bang dat er tijdens zijn afwezigheid niemand was die voor de kat kon zorgen, maar dat hij graag met hen en met Yoavi wilde spelen zolang hij met verlof was, want hij woonde bij zijn ouders in het gebouw naast ons. Vervolgens sloten ze zich op in Yoavi's ka- mertje, en ik hoorde hoe Yoavi informeerde of hij getrouwd was, en hoe Yishai schaterde van het lachen toen hij antwoordde: 'Ik heb geen vrouw, ik ben niet getrouwd, maar ik heb wel een vrien- din.'

'Ga je met haar trouwen?' zei Yoavi's bezorgde stem, en Yishai antwoordde: 'Misschien, als ze het me vriendelijk vraagt.' Vervol- gens hoorde ik hen zingen: 'Wat doen de bomen? Groeien,' en Yoavi stond erop dat ze alle coupletten zongen: 'En wat doe ik? Nie-ie-iets.' Pas nadat ze uit het kamertje kwamen en Yishai was vertrokken, zei Yoavi tegen me dat Yishai een goede vader voor hem zou zijn, omdat hij ook van katten hield. Ik moest even slik- ken voordat ik tegen hem zei dat iedereen maar één vader heeft.

'Maar die is in Amerika,' zei hij met gefronste wenkbrauwen, en hij hield aan: 'Als Yishai met jou zou trouwen, dan zou hij mijn Abba zijn.' Ik streek een paar zachte krullen van zijn voorhoofd en beloofde hem oprecht dat Abba naar Londen zou komen om hem te bezoeken.

Later, toen ik hem naar bed bracht, vertelde ik hem dat hij voorzichtig moest zijn, en dat hij geen vreemden die hij op straat tegenkwam, mee naar huis kon nemen. Ik voegde eraan toe dat Yishai een aardige kerel was, maar dat er ook slechte mensen op straat rondliepen, en die hielden niet allemaal van kinderen. Ik wilde dat hij me beloofde dat hij, als hij nieuwe vrienden mee naar huis nam, dat alleen zou doen wanneer ik thuis was, en als hij hen meenam naar zijn kamertje, moest de deur open blijven. En Yoavi glimlachte en zei: 'Natuurlijk, Imoesj, jij moet thuis zijn, want jij moet hen ook zien zodat je een nieuwe Abba voor me kan uitkiezen.'

De reis kwam steeds dichterbij, en tal van kartonnen dozen stapelden zich op in de flat. Ik holde daartussen heen en weer, en dacht na over wat ik moest inpakken en wat ik moest achterlaten. Ik deelde de huisbaas mee dat ik voor een jaar vertrok, en dat ik de flat niet wenste op te geven. We spraken af dat ik een onderhuurder zou zoeken. Yoavi was heel opgewonden over de aanstaande reis, en ook hij verpakte zijn boeken in een doos, overhandigde mij zijn Tutti en zei dat hij die niet meer nodig had want hij was een grote jongen, en binnenkort zou hij naar Engeland reizen en Engels leren spreken.

Ongeveer een maand voordat we zouden vertrekken, kochten we voor Mevrouw Grijs een plastic kattenmand, en namen haar mee voor onderzoek en injecties naar Yonit de dierenarts, en die stelde op mijn verzoek Yoavi gerust en legde hem uit dat Mevrouw Grijs ging logeren in een kattenhotel en dat ze daar veel nieuwe vriendjes zou leren kennen. 'En hoe moet hij dan met hen praten?' vroeg hij, en ik kon horen hoe bezorgd zijn stem klonk. 'In het Kats,' antwoordde Yonit geruststellend, en Yoavi's ogen schitterden toen hij haar vertelde dat hij veel nieuwe vrienden in Engeland zou krijgen, en dat hij met hen in het Engels zou praten.

Ongeveer een week voordat we vertrokken, hoorde ik Yoavi opnieuw opgewonden roepen: 'Imoesj, Imoesj, hier is bezoek, en hij wil de poesjes zien.' En ik stond, omringd door kartonnen dozen, gekleed in een oud T-shirt en Nachums schort met de plastic borsten, bij het aanrecht de afwas te doen, en ik draaide mijn hoofd even om en keek naar de lange, slanke bezoeker die een nieuwe spijkerbroek met omgeslagen pijpen droeg. Ik zag glad blond haar met een scheiding, en ik zei terloops 'Hallo, bezoek.' De vreemdeling glimlachte verontschuldigend naar me, en zijn ogen bleven staren naar mijn plastic borsten, ik vond hem een bijzonder knappe man, en ik hoorde hem zeggen: 'Ik hoop dat ik niet stoor; de jongen sprak me buiten aan en nodigde me uit om naar de poesjes te komen kijken, en ik wil er wel eentje meenemen.' En ik antwoordde tevreden: 'Er zijn er nog maar twee over, u mag zelf kiezen.'

Ik ging verder met de afwas en bedacht dat Yoavi een uitstekende smaak had als het om mannen ging, want elke man die hij tot dusver had meegebracht, was bijzonder knap om te zien geweest, en ze waren allemaal zonder uitzondering aardig. Verder bedacht ik dat het gezicht van deze man me enigszins bekend voorkwam, en dat ik hem waarschijnlijk in de buurt van de flat had gezien, bij de kruidenier of in de rij bij het postkantoor. Ik deed het schort af en kwam tot de conclusie dat het hoog tijd was om dat af te schaffen, want ik was bepaald niet van plan het mee te nemen naar Oxford, en ik propte het in de zwarte vuilniszak die bij de deur stond, en die gevuld was met de resten van mijn vorige leven dat ik wilde vergeten.

Uit Yoavi's kamertje kwamen de geluiden van het gesprek dat werd gevoerd op de manier die hij de laatste tijd had ontwikkeld.

'Heb je een vrouw?' vroeg mijn zoon, en het was even stil, en toen hoorde ik het kind zeggen, met hoop in zijn stem: 'Als je niet getrouwd bent, dan heb je ook geen kinderen.' De vreemdeling reageerde daarop kennelijk door met zijn hoofd te schudden. Toen hoorde ik hoe Yoavi hem vertelde dat wij onze kat Meneer Grijs hadden genoemd omdat we dachten dat hij een jongen was, totdat hij op een dag jonkies had gekregen in Imoesj' hangkast, en de vreemdeling schaterde van het lachen, recht uit zijn hart. Ik hoorde hem tegen Yoavi zeggen dat hij, toen hij klein was, ook katten had gehad, en dat het, als ze nog klein zijn, moeilijk te zien is of het jongens of meisjes zijn. Toen vertelde Yoavi hem dat we naar Enge-

315

land vertrokken omdat Ima daar werk had gekregen, en hij vroeg welk poesje hij zou willen hebben, en ik hoorde een zacht gemiauw, en de stem van de vreemde zei dat het laat was en dat hij nu weg moest.

Een gestreept poesje was tegen de borstkas van de man gedrukt toen hij Yoavi's kamertje uitkwam.

Bij de voordeur keek hij naar mij en zijn ogen glimlachten terwijl hij ons goede reis wenste, en Yoavi rende weg om de deur voor hem te openen, hij kuste het kopje van het katje dat in de grote hand van de vreemdeling rustte, en hij vroeg angstig: 'Kom je nog een keer bij me op bezoek voordat ik naar Engeland ga?' en de vreemde antwoordde: 'Als het mag van je moeder.' Hij stak zijn andere hand uit en streelde hartelijk het hoofd van mijn zoontje.

Ik zag hoe de mooiste hand ter wereld speelde met de krullen van mijn zoon.

'Imoesj, het is toch echt goed?'

Ik stond moeizaam op uit de leunstoel, kwam dichterbij en keek in zijn heldere ogen. De vreemdeling bloosde en sloeg zijn ogen enigszins neer. Het poesje miauwde in zijn hand, en ik was bang dat hij het onbedoeld te stevig vasthield, en zijn vingers speelden opnieuw gegeneerd met Yoavi's krullen.

Yoavi trok aan mijn T-shirt en zei: 'Imoesj, zeg dat hij morgen mag terugkomen om weer met de poesjes te spelen.'

Twee diepe, blauwe vijvers openden zich in mijn richting, en ik koesterde me in zijn blik, verzinkend in de hemelse zachtheid van pluizige wolken. Kalmte overstroomde me, en ik had in zijn armen willen vallen en huilen en lachen en vragen stellen en informeren. Maar Yoavi, die naast me stond, trok aan mijn hand en bracht me terug in de werkelijkheid en herhaalde: 'Zeg dat het goed is als hij morgen weer op bezoek komt bij ons en de poesjes.' En zonder een woord te zeggen knikte ik, en ik hield Yoavi's handje vast en samen begeleidden we de man met het grijze poesje in zijn armen naar de overloop.

Ik volgde zijn dalende stappen met mijn vinger boven het lichtknopje, om hem, mocht het donker worden om hem heen, de weg te wijzen.

Dankbetuiging

Ik dank dr. Nurit Stadler van de Faculteit Sociologie en Antropologie aan de Hebreeuwse universiteit in Jeruzalem, die me toegang heeft verleend door de voordeur, naar 'Het heilige en profane in het denkbeeld arbeid: de ultraorthodoxe gemeenschap in Israël', haar doctoraalscriptie, geschreven onder toezicht van wijlen professor Reuven Kahane.

Ik dank de psychologen dr. David Kahane en Daphna Winter voor hun adviezen.

Ik dank Eli Shai voor zijn adviezen over Lilith.

En ik dank mijn Hebreeuwse redactie, Nili Mirsky, dr. Ilana Hammerman en Tirza Biron-Fried, voor hun geduld en liefde.

Van Shifra Horn is eveneens leverbaar bij Archipel:

Vier moeders
Tamar loopt op het water